À quatre mains

Du même auteur
dans la même collection

Ombre de l'ombre (n° 124)
La Vie même (n° 142)
Cosa fácil (n° 173)
Quelques nuages (n° 198)
Pas de fin heureuse (n° 268)

dans la collection Rivages/Thriller

À quatre mains
La Bicyclette de Léonard

dans la collection Rivages poche

Le Rendez-vous des héros (n° 204)

Paco Ignacio Taibo II

À quatre mains

Traduit de l'espagnol (Mexique)
par Mara Hernández et René Solis

Collection dirigée
par François Guérif

Rivages/noir

Titre original : *Cuatro Manos*

106, bd Saint-Germain - 75006 Paris

ISBN : 2-86930-983-X
ISSN : 0764 - 7786

« La rose aveugle les champions de tir. »
Roque Dalton

« Il ne faut pas perdre la tête sur scène. »
Stan Laurel

Ce livre est tout entier pour Daniel Chavarria, qui a failli tenter le pari du quatre mains. Partie remise.

Mais le roman de Léon est pour J.F. Vilar et Ernesto Bonasso, l'histoire de Stoyan Vassiliev est pour mon ami Atanás, et les thèses d'Elena Jordán sont pour Paloma et son infinie patience.

AVERTISSEMENT DE L'AUTEUR

Les éléments de cette histoire proviennent essentiellement de la fiction. Aucun des personnages mentionnés, sauf lorsqu'il s'agit de personnages historiques, n'a d'existence réelle. Toute ressemblance avec la réalité est de la responsabilité de la réalité qui d'ailleurs, comme l'a bien noté Paco Urondo, est de plus en plus étrange ces temps-ci. Bref, ceci est un roman. L'auteur croit donc de son devoir de préciser qu'il a souvent utilisé les noms de personnes réelles qui, en se convertissant dans ces pages en personnages de fiction, réalisent des choses peu habituelles. L'auteur s'excuse auprès de tous ces citoyens et amis.

En même temps, il lui faut remercier énormément de monde pour leur collaboration volontaire ou involontaire, par exemple :

Eliseo Bayo (*Les Attentats contre Franco*), qui m'a fourni, au travers des histoires de Laureano Cerrada, des éléments pour la construction du personnage de Saturnino Longoria. Cerrada est un personnage tellement incroyable, même pour un roman comme celui-là, qu'il est au-delà de la fiction. Tous mes respects pour ce personnage merveilleux et son biographe.

Minchev, qui a contribué à donner une forme et une cohérence historique au Bulgare Stoyan Vassiliev.

L'écrivain Paco Ignacio Taibo I, dont la bibliothèque de cinéma m'a permis de préciser la biographie de Max et d'enrichir les histoires de Stan Laurel.

Mon ami Raúl Cota, qui sans le savoir m'a apporté les éléments qui m'ont permis de donner forme aux personnages des Invisibles.

Roger Simon, qui m'a fourni plusieurs répliques mémorables de Greg Simon.

Olga Restrepo, qui a corrigé les dialogues des personnages colombiens.

Willie Neuman, qui m'a aidé dans les dialogues des Américains, et qui a suivi ce roman avec une fidélité plus digne d'un ami que d'un traducteur.

Paco, celui du « Jouet enragé », qui m'a aidé à faire parler les personnages nicaraguayens, tandis que Maria Isabel Aramburú a consacré beaucoup de temps à perfectionner la langue dans la biographie de Machadito.

Tito Bardini, qui a corrigé ses propres répliques.

Le grand chef du roman d'aventures Emilio Salgari, malheureusement disparu, dont j'ai essayé d'imiter le style avec un succès incertain.

Luis Befeler, ingénieur informaticien, sans qui j'aurais difficilement pu me lancer dans ce roman en forme de puzzle.

Merci à tous.

Première partie

Arts et Métiers

1. Laurel à Parral

Il pouvait être 5 heures et demie de l'après-midi ce 19 juillet 1923 et l'homme s'avançait sur le pont international séparant El Paso (Texas) de Ciudad Juárez (Chihuahua). Il faisait chaud. Quatre carrioles chargées de fil de fer barbelé à destination du Mexique avaient laissé derrière elles un gros nuage de poussière. Le douanier mexicain dans sa guérite jeta un rapide coup d'œil à l'homme maigre en costume gris, un melon noir sur la tête et une méchante valise en cuir à la main, qui se dirigeait vers lui. Sans y attacher la moindre importance, il se replongea dans un volume des poésies de Rubén Darío qu'il lisait avec application. Il était en train d'essayer d'apprendre un poème par cœur pour pouvoir le réciter, allongé sur des coussins, à une pute française qu'il fréquentait et qui appréciait ce genre de choses.

Le maigrichon, qui semblait marcher dans du coton, parvint jusqu'au bureau du douanier mexicain et posa doucement sa valise sur le comptoir, avec l'air de quelqu'un qui ne veut déranger personne, et surtout pas lui-même. Le douanier leva vers lui une tête remplie de fleurs d'acanthes et d'oiseaux au plumage resplendissant et regarda attentivement le gringo. Sa figure lui était familière. Un frontalier ? Un représentant ? C'était autre chose. Un visage extrêmement pâle, des oreilles décollées, une bouche qui réclamait à grands cris un sourire incapable de s'épanouir, de petits yeux effrayés. On avait envie de le protéger ou de l'inviter à réciter des poèmes en duo. Le petit gringo ne regarda même pas le fonctionnaire mexicain qui le détaillait. Dans un accès de zèle professionnel, le douanier ouvrit la valise : huit bouteilles de genièvre hollandais soigneusement rangées. C'était tout. Pas même un caleçon ou une paire de chaussettes. Ce connard de gringo avait l'intention de se pinter à mort. Le lâche ! Comme s'il ne pouvait pas faire ça chez lui. Cet accès de nationalisme ne dura pas : encore un collègue en chagrin d'amour, décida-t-il, un pauvre type que sa bonne femme prenait pour un imbécile. Il sentit croître en lui une débordante solidarité. Il referma la valise et traça à la craie blanche le signe « rien à déclarer ». Le gringo, la valise à la main, entra au Mexique sans avoir prononcé un seul mot. Le douanier le vit s'éloigner à travers les rues poussiéreuses de Ciudad Juárez. Au moment de se replonger dans son livre, il se rappela pourquoi la figure du maigrichon aux grandes oreilles lui était familière. Il mit même un nom dessus : Stan Laurel, un type qui jouait dans les films à l'affiche du cinéma Trinidad, un comique. Il le suivit des yeux jusqu'à ce qu'il disparaisse à un coin de rue.

Laurel erra dans la ville et ne cessa son vagabondage que lorsqu'il se retrouva tout d'un coup devant la gare.

— Où allez-vous ? demanda l'employé au guichet.

— *South, anywhere.*

— Où, dans le Sud, *amigo* ?

Laurel haussa les épaules.

— Parral, ça vous va ?

Laurel haussa de nouveau les épaules.

— Départ : 8 heures du soir, arrivée : 7 heures du matin. C'est un train de marchandises avec deux wagons de voyageurs.

L'instant d'après, Laurel se laissait tomber, son billet à la main, sur un banc public peint en vert, juste à côté de la gare de Ciudad Juárez. Il observa le manège des porteurs et des vendeurs de bonbons. De temps à autre, il observait au-dedans de lui-même.

Il additionna un certain nombre d'évidences : avec Mae, cela ne pouvait plus durer comme ça. Ils étaient en train de se détruire. A petit feu, chacun de son côté, sans se presser. Ils fouillaient dans les blessures ouvertes avec un cure-dent, une fourchette ou un couteau de cuisine selon l'heure et l'humeur ; certaines fois, ils n'étaient même pas en colère, la curiosité seule les poussait, comme s'ils testaient les limites de la souffrance et de l'ennui. Mae avait ses raisons. Elle pensait qu'il était en train de la jeter par-dessus bord, qu'il la laissait de côté pour poursuivre sa carrière. Vingt-cinq films d'une bobine en un an seulement. Après tous ces petits matins à fuir des concierges d'hôtel exigeant la note, toutes ces années d'ivresses tristes et d'estomac aussi vide que les théâtres où ils se produisaient. Et maintenant, chacun pour soi. Mais ce n'était pas cela. John avait raison. Elle était une actrice de caractère, pas une comique, et il ne pouvait pas continuer à la pousser sur le même chemin que lui. Il fallait qu'elle trouve le sien, sinon tous deux allaient s'enfoncer, repartir pour des tournées minables dans des trous perdus du Middle West.

Laurel pleure. Sans savoir si c'est à cause de la poussière qui flotte dans l'air ou de Mae Dahlberg, la femme dont il est et n'est pas amoureux, chanteuse, danseuse, trapéziste, une Australienne avec qui il s'est marié quatre ans plus tôt à New York.

Le 20 juillet 1923 à 7 heures du matin, Stan Laurel traversa la plaza Juárez de Parral et poussa la porte de l'hôtel Neptuno. Il obtint pour 2 pesos une chambre qui coûtait normalement 1,20 pesos. Il entra : un lit en fer, une table minuscule contre la fenêtre, un tapis élimé sur le sol. Il posa la valise sur la table et l'ouvrit.

Le soleil entrait par la fenêtre. Il sortit les bouteilles de Bohls et les rangea sur une seule file. Il ouvrit la première. Sous la fenêtre, à intervalles réguliers, un homme s'épongeait le visage avec son mouchoir. C'était un geste étrange qui ressemblait à un signal. Laurel porta le genièvre à ses lèvres et s'envoya d'un coup le quart de la bouteille. Il secoua la tête, se racla la gorge. A une centaine de mètres de distance, un éclat métallique provoqué par un reflet du soleil attira son attention. Il regarda attentivement. La rue qui passait devant l'hôtel se terminait sur deux maisons adossées à la rivière. C'était de là que venait le reflet. Un fusil ? Plusieurs. Des hommes en armes étaient postés aux fenêtres de ces deux maisons. Que se passait-il ?

Une Dodge qui transportait sept hommes passa devant la porte de l'hôtel. Le signal de l'homme au mouchoir rouge fut aperçu par les neuf hommes en embuscade derrière les portes et les fenêtres des maisons situées aux numéros 7 et 9 de la calle Gabino Berreda. Ils étaient armés de carabines 30-30, 30-40, de winchesters automatiques et de pistolets calibre 45. Lorsque l'auto fut parvenue à une vingtaine de mètres des deux maisons, les portes et les fenêtres s'ouvrirent et le plomb commença à pleuvoir. La première salve de balles explosives fit voler en éclats le pare-brise et tua sur le coup Rosalío qui voyageait accroché à l'extérieur, debout sur le marchepied, et qui roula au sol ; le colonel Trillo, qui était assis à l'avant à côté du chauffeur, se tordit de façon horrible et resta les bras ballants, appuyé contre la fenêtre. Les hommes en embuscade continuaient à vider leurs chargeurs. Le chauffeur, atteint par plusieurs balles, lâcha le volant et la voiture alla s'écraser contre un arbre à quelques mètres d'une des maisons. Quand les assaillants eurent vidé leurs carabines, ils continuèrent au pistolet. Une timide riposte surgit depuis la banquette arrière. Un des tireurs de la maison, mortellement atteint, tomba d'une des fenêtres. Deux des passagers sortirent de l'auto, essayant de fuir sous la mitraille. Tous les deux étaient blessés, l'un mourrait une semaine plus tard, l'autre y perdrait un bras.

En moins d'une minute, la Dodge immatriculée dans le Chihuahua avait reçu deux cents impacts. Le silence se fit brutalement. Personne ne bougeait à l'intérieur de la voiture. Trois des assaillants s'approchèrent et déchargèrent leurs automatiques sur les corps inertes. A visage découvert, sans se presser, les tueurs retournèrent dans les patios des maisons détacher leurs chevaux et montèrent en selle. Un homme s'approcha et remit 300 pesos à chacun. Ils quittèrent Parral au trot, tranquillement.

A sa fenêtre, Laurel les regarda s'en aller, les yeux rouges et démesurément ouverts. Il ne pouvait plus bouger. Une de ses mains tentait de saisir le goulot de la bouteille.

Un gamin courut à la voiture et regarda les cadavres.

— Ils ont tué Pancho Villa ! hurla-t-il.

Son cri rompit le sort et Laurel put porter le genièvre à ses lèvres. Il but. D'un trait, jusqu'à ce que la bouteille fût vide. Il était 8 h 02 du matin ce 20 juillet 1923.

2. Histoires de journalistes

(Greg)

Sitôt que j'aperçus Julio au loin, je sus qu'il allait essayer d'entuber le douanier. Il avait la gueule enfarinée de Buster Keaton, pas du tout le regard innocent de Stan Laurel. Les gestes de Julio semblaient sortir directement des comédies de Hal Roach. Je connaissais bien ce regard imperturbable, cet air d'innocence distanciée qu'il arborait quand il franchissait les frontières. Mon Buster Keaton mexicain avait grossi. J'ôtai mes lunettes et la réalité s'effaça. Que pouvait donc bien transporter le Keaton mexicain dans sa valise qui justifiât cette comédie ? On pouvait à peu près tout imaginer : six bouteilles de Rioja achetées au *duty free* de l'aéroport Benito Juárez, un chapelet d'oignons, une édition intégrale des poèmes d'Efraín Huerta, deux kilos de marihuana comme cadeau pour le portier du cinéma Odeón, soixante paquets de cigarettes cubaines, une demi-douzaine de flacons d'eau de Cologne espagnole... Tout, ou presque, semblait possible.

Je remis mes lunettes et la réalité de la salle d'arrivée de la Panam à l'aéroport de Los Angeles se remit en place. Le douanier, un robuste Asiatique, était en train de poser à Julio les questions rituelles : des fruits ? des aliments ? auxquelles le gros devait répondre avec un parfait cynisme. Il eut un sourire lorsque le chinetoque lui fit signe de passer.

— Salut, ma poule, me dit-il. *I love you.*

Son anglais était toujours aussi primaire. Il semblait l'avoir appris dans une méthode conçue par Tarzan avec l'aide d'Erich von Stroheim.

Il m'étreignit à m'en briser les côtes. Dans ce pays où la pudeur, la peur des germes et l'instinct de propriété sur son propre corps font que les gens évitent les contacts personnels et se touchent le moins possible, le gros jouissait de ses débordements de tendresse : tapes dans les mains, baisers baveux, étreintes à tout bout de champ ; nous offrions un spectacle insolite et perturbions avec notre danse de l'ours le flux des cadres avec leurs attachés-cases. Nos dernières effusions remontaient à trois mois, au pied d'une ambulance de la Croix-Rouge à Santiago du Chili : je lui souriais à travers le sang et les dents cassées tandis qu'il tentait de me protéger du nuage de gaz lacrymogène. Nous pleurions tous les deux : le gros parce que c'est un émotif qui profite de toutes les situations pour avoir la larme à l'œil ; et moi, qui suis plus réservé, parce que j'avais le larynx envahi par l'odeur douceâtre des gaz.

— Tu as grossi, Julio, lui dis-je, non pas à Santiago mais en avril, à l'aéroport de Los Angeles.

— Cela fait deux semaines que je bouffe comme un chancre et que je descends des bières mexicaines comme de l'eau bénite. Qu'est-ce que tu veux, le général Zapata le disait bien : le ventre appartient à qui le travaille.

— *Julio Fernández, mi hermano*, dis-je en espagnol.

— Ton *big brother*, comme celui d'Orwell, dit Julio en souriant.

— Allons-nous-en, cela ressemble à un aéroport, dis-je à Julio en l'entraînant vers la sortie.

Le gros fit tinter les bouteilles qu'il transportait dans son sac et, tels des marins ivres, nous traversâmes les couloirs en vacillant, le gros collé à moi comme une pieuvre.

Ensemble, nous pouvions mettre des dates et des noms sur des dizaines d'aéroports : Boyeros, Linate, Benito Juárez, Marco Polo, Schiphol, Ranón, Eceiza, Barajas, Fumicino,

Sandino, La Guardia. Sur eux et sur les villes. Les manifs tumultueuses entre deux rangées de fusils aux canons fleuris d'œillets rouges ; le poisson grillé au bord de la mer ; les voix rauques des derniers clients sortant d'une boîte de nuit tandis que la musique se mélangeait à l'explosion des obus de 105 mm ; le bordel solitaire au cœur d'un néant que les cartes géographiques situaient dans la jungle du Honduras ; les jeeps démantibulées ; le labo photo installé dans la salle de bains d'un hôtel de troisième zone avec les cafards se promenant sur les négatifs ; les avions qui grinçaient dès qu'ils avaient le vent dans le dos. Tous paysages de la religion du scoop, de l'info en exclusivité ; les visages de la vérité et la vérité se retransformant en visages au fil des touches de la machine à écrire qui fabriquaient des immortels et arrêtaient le temps de toutes ces histoires ardemment poursuivies à travers des ruelles, des places et des salles d'attente. Les aéroports pouvaient bien se ressembler au point de se confondre, pour nous ils étaient tous différents.

Une heure plus tard, au moment où nous nous arrêtâmes devant ma porte, à Studio City, Julio me dit :

— J'aime bien ces maisons, elles sont toutes pareilles : tu peux te bourrer la gueule, cela n'a pas d'importance, tu es certain d'arriver chez toi. Non seulement tu retrouveras la même télé au même endroit, le même livre sur la table et le même tube de dentifrice, mais en plus la même femme dans le même lit.

Julio a tendance à devenir un peu simpliste chaque fois qu'il débarque dans une nouvelle ville. Je ne lui en veux pas, c'est sa façon à lui de se défendre contre la différence. Je lui en voulus encore moins lorsqu'il sortit d'une des valises un jambon entier, 100 pour 100 espagnol sans erreur possible. Je dus prendre une mine extasiée car il me dit :

— Tu es le seul Juif au monde capable d'entrer en vénération devant un jambon.

— Moi aussi, j'ai quelque chose pour toi, *well, it is somewhere over there.*

Lorsque je posai devant lui les deux douzaines de cassettes, Julio faillit mourir de bonheur. Je le laissai explorer le tas et pus me livrer à la contemplation du jambon. Puis j'ouvris son sac de voyage d'où s'échappèrent des bouteilles de vin, des livres et des conserves de haricots au lard. Le gros triturait ses cassettes vidéo comme s'il s'était agi d'un nouveau flirt, je serrais le jambon dans mes bras. Mes voisins auraient été surpris : ils appartiennent à une génération qui ne s'autorise pas autant d'émotions en même temps.

— Tu sais que tu es génial, ma poule. Tu les as trouvées où ? interrogea Julio en agrippant à pleines mains son début de calvitie qu'entourait une auréole de cheveux longs qui lui couvraient la nuque.

— Blackhawk Films, une distributrice des vieux films de Hal Roach. Elle a son siège à Davenport, une petite ville de l'Iowa.

Le gros était si ému que lorsque j'allai chercher un tire-bouchon et les deux derniers verres intacts qui me restaient, il ne voulut pas lâcher les cassettes. Il y avait là soixante-six *Laurel et Hardy* de la grande époque, directement copiés des versions originales. Une demi-heure après, il les tenait toujours contre lui et il ne les lâcha même pas lorsque je lui montrai le numéro de *Rolling Stone* où était publié notre dernier article.

3. L'accès au SD est...

... extrêmement compliqué. Et cela ne doit rien à des prurits sécuritaires. Alex ne le permettrait pas, cela serait contraire à l'insouciance snob, à la légèreté intellectuelle dont ses garçons ont besoin. C'est ainsi, parce que la vie produit ses propres complications et que l'essence même du SD n'est pas de les résoudre mais de les embrouiller encore plus. Pas pour jouer au plus malin. Pour jouer, tout simplement.

En 1977, des travaux avaient condamné provisoirement le couloir central, ce qui obligeait à accéder au SD par la bibliothèque en effectuant un étrange détour. Lorelei découvrit que cela pouvait être encore plus compliqué si l'on passait par le placard à balais que, par un hasard de son plan et dans le but de gagner de la place, l'architecte arménien qui avait construit l'immeuble quatre-vingt-dix ans plus tôt avait conçu avec deux portes. De sorte que, en entrant dans la boutique de chapeaux de Madison Avenue, on pouvait, en passant par les toilettes pour dames, traverser le placard à balais et prendre ensuite le monte-charge.

En 1979, le docteur Washington B. Douglas rajouta une chicane en imaginant de passer par l'escalier de secours du deuxième étage pour se rendre dans le bureau du chef.

Alex, se prêtant au jeu, plaça son bureau sous la fenêtre pour obliger ceux qui entraient à poser le pied sur la table de travail du patron, avant de sauter élégamment et de traverser son bureau pour ouvrir la porte qui ouvrait sur la salle de réunion que l'on appelait « les chiottes ».

En 1980, Sharon, titulaire d'un doctorat de journalisme de Columbia sans avoir jamais écrit un reportage de sa vie, offrit à Alex un paillasson pour son bureau, de façon à ce que ceux qui entraient puissent s'essuyer les pieds avant de descendre de la table. Alex, joueur dans l'âme mais doté d'esprit pratique, n'utilisait pas son bureau pour travailler, se contentant de le laisser là comme un obstacle supplémentaire dans les couloirs du labyrinthe qui permettaient d'accéder au SD. Pour travailler, Alex utilisait un coin de la pièce où il avait disposé un fauteuil entouré de deux petites tables d'angle servant normalement de support à une grosse lampe. Il n'avait pas beaucoup de papiers mais les murs étaient surchargés de documents de toutes sortes : messages, Post-It jaunes, mémos cloués avec des épingles. En 1982, Mario Estrada découvrit derrière la porte un mot d'Alex, daté de six ans auparavant, qui invitait de façon obscure le lecteur à invoquer tous les jours en se levant la maxime de Malraux qui dit que les héros n'existent que dans les livres. En marge de la note, le mot « Philippines » était souligné en rouge.

Mais le SD ne se distingue pas seulement par son accès compliqué ou par la rhétorique qui décore ses murs, il a aussi le mérite de ne pas exister. Pas d'adresse, pas de plaque sur la porte, pas de secrétaire pour répondre au téléphone, pas de numéro dans l'annuaire de Manhattan, pas de raison sociale, pas de papier à en-tête...

A part ça, la trace de tous les voyages de ses membres est précieusement conservée. Une de ces milliers de règles non écrites qu'affectionne Alex stipule que chaque fois que quelqu'un part en mission, il doit en rester un signe. Non pas une lettre, puisque le SD n'existe pas et n'a pas d'adresse où envoyer du courrier, même s'il était possible d'utiliser des boîtes aux lettres. Non, une étiquette de bière australienne, un préservatif dans un sachet avec une inscription en cyrillique, une carte postale des Alpes bavaroises, un billet de tramway de Jalapa, le reçu impayé d'une crèche de Rangoon, une serviette de restaurant japonais, une photo Instamatic prise à Chaletenango. Ce matériel était affiché aux murs, de même que les avis et les messages, les mémos et les pense-bêtes. Confinés au début dans le bureau d'Alex, ils avaient fini par se répandre sur les murs des « chiottes » et sur les cloisons en bois qui séparaient les bureaux.

Entre autres particularités, le SD ne connaît pas d'horaires. Ceux qui y travaillent arrivent à l'heure qu'ils veulent et repartent de même. L'unique lien formel s'établit à travers les notes sur papier vert envoyées par Alex qui indiquent les tâches à accomplir, les travaux particuliers, les grandes lignes de recherche. Un événement aussi rituel qu'une réunion est rare. Alex les convoque deux ou trois jours à l'avance et l'assistance obligatoire n'est même pas clairement établie, même si les absences sont exceptionnelles.

Le calcul des salaires n'est pas plus clair. Lorsque dans une réunion on adopte les idées ou les points de vue de l'un des participants, l'enveloppe mensuelle contient plus de billets que d'habitude. Impossible de savoir combien et pourquoi. Personne ne sait qui établit les primes, peut-être Alex en personne : il dispose pour cela d'un petit carnet de notes qu'il sort au milieu des réunions et où il est impossible de deviner ce qu'il écrit ; il est possible que la fixation des salaires soit laissée au libre arbitre du résultat des courses à l'hippodrome de Yonkers et d'un ordinateur mal programmé. L'origine des ressources du SD n'est pas non plus très claire. Quelqu'un a suggéré un jour que les enveloppes provenaient directement du Conseil national de sécurité. Si c'est le cas, elles arrivent d'étrange façon, anonymes avec un chiffre annoté au crayon ; après avoir sorti les billets, il faut les signer et les rendre à Leïla (la secrétaire ? la maîtresse ? la tante ? le psychiatre ? la cuisinière d'Alex ?).

En avril 1989, dix-sept personnes travaillaient au SD en plus d'Alex. Chacune disposait d'un téléphone privé dans son bureau et d'un ordinateur relié à plusieurs réseaux informatiques et banques de données publiques et privées. Chaque téléphone est un monde à lui tout seul et correspond à une couverture que tout nouvel employé du SD a imaginée avec Alex dans les jours qui ont suivi son embauche. Tous savent que si la couverture s'envole, c'est le licenciement automatique. C'est ainsi qu'Aram s'appelle « Lingrave, jouets en bois », Julie « Pacific Insurance—Département du contentieux » et Martin Greenberg « Greenberg, consultant ». Lorsqu'ils ne répondent pas personnellement au téléphone, leurs répondeurs sont là pour répéter la litanie. Personne n'utilise ni ne répond à un autre téléphone que le sien, personne ne touche le courrier des autres, personne n'emprunte des livres ou des papiers dans le bureau voisin, personne n'invite à dîner personne. Personne ne sait très bien si Eve est réellement Eve, ou si elle l'est seulement durant les minutes où elle est là. Il semble qu'Alex soit bien Alex.

C'est un jeu conçu pour un espace fermé, qui a ses limites. Un jeu qui ne se prolonge pas à l'extérieur de l'immeuble de bureaux situé au-dessus d'une chapellerie de Madison Avenue, presque au coin de la 46e Rue, au centre de Manhattan, au cœur de New York, là où, dit-on, le ver a commencé de ronger la grosse pomme.

Alex croit qu'un jour, par le simple jeu de la bureaucratie, le SD disparaîtra mais qu'en raison même de la folie propre à la machine bureaucratique, on oubliera de l'en informer et qu'ils continueront à jouer leur jeu. Le psychiatre d'Alex, auquel il ment régulièrement sur son métier et sa vie professionnelle (il s'est même inventé une famille en crise dont il partage le destin et dont il donne ponctuellement des nouvelles à son rétrécisseur de cerveau), est persuadé qu'Alex, son patient, n'est qu'à quelques millimètres d'une schizophrénie paranoïaque déclarée. Si le psychiatre a encore quelques doutes, Alex pour sa part n'en a aucun : il est bel et bien fou. Mais tant qu'ils le laissent faire, il continue à diriger le SD en seigneur et maître, en tsar absolu régnant sur les destins de tous ses membres. Etre le dieu d'un bureau où l'on entre par une boutique de chapeaux, des toilettes pour dames, un placard à balais, un monte-charge, un escalier de secours, une fenêtre et le bureau du chef ne le dérange pas le moins du monde. Au contraire, il adore ça. C'est ainsi qu'il imagine la bureaucratie céleste.

4. La tête de Pancho Villa

Arthur Stanley Jefferson (connu depuis 1920 sous le nom de Stan Laurel, sur suggestion de Mae Dahlberg qui pensait que porter un nom de treize lettres comme Stan Jefferson était dangereux) était un Anglais qui croyait que juste après le paradis — et même avant, lorsqu'il était complètement saoul — venait le cinéma.

Laurel était le parfait héritier de son père, un homme de devoir, connu sous les initiales de A. J., qui avait arpenté l'Angleterre comme comédien, metteur en scène, décorateur, scénariste, auteur de sketches et imprésario de théâtre. Sa mère interprétait des mélodrames larmoyants et s'appelait Madge. Stan avait la danse et le théâtre dans le sang. Pour lui, le sang ne coulait que sur scène et la vie réelle n'existait que sur fond de décor de théâtre et de planches.

A un journaliste qui enquêtait sur son passé et l'influence magique qu'il donnait à son personnage, Laurel devait déclarer :

« Je suis né comédien. Le jeu fait partie de tous mes souvenirs d'enfance. Pa' et Ma' déménageaient tout le temps et j'allais d'école en école où je trompais ma solitude en faisant le clown. Mes camarades étaient bon public. Mes héros étaient comédiens, clowns, acteurs de music-hall. J'étais un très mauvais élève, mais je m'amusais bien. A seize ans, j'ai fait mes débuts professionnels. »

En 1910, il effectua un voyage aux Etats-Unis avec Charlie Chaplin et la troupe Karno. Une nouvelle tournée eut lieu en 1912, mais Chaplin fut engagé par Mack Sennet et la troupe se dispersa. Laurel s'initia au difficile business du vaudeville. Pendant dix ans, il parcourut villages et trous perdus, villes minables et théâtres infects, hôtels de troisième zone et pensions à un repas par jour. Il épousa Mae Dahlberg, autrichienne d'origine, et devint Stan Laurel. En 1917, il tourna son premier film. En 1923, il commença à avoir du succès dans les productions de Hal Roach. Vers la fin de 1926, il rencontra un acteur comique avec lequel il avait déjà travaillé en 1917, Norvell Hardy, connu sous le nom d'Oliver. Fils d'une famille d'aristocrates appauvris de Géorgie, il bataillait pour se frayer un chemin dans le cinéma et le théâtre comique dans l'espoir de pouvoir, une fois pour toutes, manger à sa faim (Oliver s'était échappé un jour d'un collège militaire parce qu'on ne l'y nourrissait pas assez ; il n'accepta d'y retourner que lorsque sa mère lui offrit vingt gâteaux qu'il engloutit à la file).

Le film s'appelait *A 45 minutes de Hollywood*. Hardy y jouait le rôle d'un détective d'hôtel qui, une serviette autour de la taille, essayait de sortir de la salle de bains par un autre moyen que la porte car sa femme en colère l'attendait dehors. Il finissait par sortir et sa femme se lançait à sa poursuite. Laurel apparaissait dans une seule scène où il interprétait un acteur au chômage, « trop affamé pour pouvoir dormir et trop épuisé pour pouvoir se lever ».

A la fin du tournage, les deux personnages, qui se connaissaient pour avoir partagé la misère de la condition d'acteur itinérant (outre ce film, Hardy avait joué dans une comédie mise en scène par Laurel), se découvrirent un nouveau trait commun : le plaisir qu'ils prenaient à s'asseoir dans le hall d'un hôtel, derrière la baie vitrée d'un café ou dans une salle d'attente d'hôpital, et à regarder les gens, captant leurs gestes et leurs attitudes. C'était la meilleure école que puisse avoir un acteur.

Pendant les derniers mois de 1926 et les premiers de 1927, Laurel et Hardy travaillèrent ensemble dans sept autres productions de Hal Roach. Ils trouvèrent, enfin, dans un film de deux bobines réalisé par Yates, ce ton qui n'allait plus les quitter. Le film s'appelait *Chapeaux bas.*

Il commençait par un carton sur lequel on pouvait lire sur fond de piano mécanique : « L'histoire de deux jeunes gens qui pensent que le monde leur doit un emploi et trente-cinq ans d'arriérés de salaire. » Le film racontait l'histoire de deux représentants en lave-vaisselle, qui montaient et descendaient sans succès des escaliers. L'histoire finissait par une absurde bagarre de rue pendant laquelle ils s'échangeaient leurs chapeaux en les lançant comme des balles sous le regard de dizaines de curieux et de promeneurs. Assis sur le sol, au milieu de la rue, Laurel avec son regard triste et Hardy avec ses gestes de reproche jonglaient à coups de chapeaux. C'était le début de la gloire.

Laurel n'avait plus remis les pieds au Mexique dans les années qui suivirent la mort de Pancho Villa. Mais l'image de l'enfant qui courait en annonçant la mort du révolutionnaire mexicain lui revenait souvent en tête. Ses ivresses au genièvre hollandais étaient associées au souvenir de Pancho Villa. Il n'eut jamais le courage de reprendre la route du sud. Le Mexique était loin de Hollywood. Cependant, en février 1926, un an avant qu'il ne trouve la formule qui le rendrait célèbre, Pancho Villa s'introduisit de nouveau dans sa vie, d'étrange manière.

Dans la nuit du 5 au 6 février 1926, un groupe d'inconnus pénétra dans le cimetière de Parral et profana la tombe de l'ancien chef de la révolution agraire dans le Nord du Mexique. Ils lui coupèrent la tête et l'emportèrent. L'affaire fit couler des fleuves d'encre dans la presse américaine, car aux Etats-Unis on continuait à nourrir le mythe du féroce brigand qui avait osé attaquer en 1916 le village de Columbus. La seule invasion étrangère dans l'histoire de l'Amérique contemporaine. La presse de Los Angeles consacra une place importante à l'information et suivit attentivement ses développements. Les rumeurs mexicaines traversaient vite la frontière et faisaient apparaître la tête perdue, un jour entre les mains d'une riche veuve de *ranchero* que Villa avait assassiné, un autre dans un cirque qui parcourait le Texas en exhibant des dépouilles, le lendemain entre les mains d'un groupe de fous échappés d'un asile d'aliénés de Chihuahua, ou chez une vieille fille riche de l'Oklahoma, amoureuse du stratège militaire mexicain et qui avait engagé une bande de voleurs professionnels originaires de San Francisco pour réaliser l'opération.

Laurel suivit attentivement les informations du *Herald* pendant plusieurs semaines en se grattant la tête devant chaque nouvel article, ce geste si particulier qui se transformerait au cinéma en symbole de l'indécision et du désarroi. Le premier film avec Hardy dans le style de ce qui deviendrait la série des *Laurel et Hardy* marqua également le début d'une profonde amitié. Il ne raconta pourtant jamais à son camarade les détails de son escapade dans le sud le jour où Pancho Villa avait été assassiné, et ne laissa pas non plus deviner l'intérêt qu'il prenait à l'histoire de la tête perdue.

5. Histoires de journalistes

(Julio)

— Quand j'avais seize ans, je voulais devenir joueur de basket mais les autres ont continué à grandir, dis-je à Greg en guettant sa réaction.

Le gringo me jeta un coup d'œil par-dessus ses lunettes tandis qu'il continuait à nettoyer le boîtier de l'appareil-photo avec une petite brosse munie d'une poire pour souffler de l'air. Il esquissa un sourire. Apparemment, mon aveu ne méritait pas mieux. Je poursuivis néanmoins :

— J'étais tellement désespéré le jour où j'ai dû abandonner l'équipe du collège en découvrant que j'aurais beau me pendre par les pieds dans le placard, je ne dépasserais jamais 1,82 m, que ma mère, à l'heure du repas, me remit solennellement le cahier du grand-père.

Greg était toujours plongé dans son boîtier, avec l'air de se ficher comme de l'an quarante de savoir pourquoi toute ma vie avait été écrite d'avance, avant que je la vive, dans le cahier du grand-père. Il avait posé son appareil démonté sur la table recouverte d'un coupon de flanelle couleur grenat. Je ne sais pas ce qui me plaisait le plus, le voir travailler avec cette minutie d'artisan médiéval ou la couleur et la texture de la flanelle. Un de ces jours, j'allais lui en voler un morceau pour m'en faire une écharpe.

— *How much is* 1,82 m ?

— En pieds ?

— Evidemment.

— Pourquoi cette question à la con ?

Greg haussa les épaules.

— Presque six pieds, dans les 5,11.

Je laissai passer un quart d'heure de silence et je repris mon histoire.

— A l'aube du jour suivant, quand j'eus terminé de lire le cahier, je n'en avais plus rien à foutre ni du basket ni des autres qui continuaient à grandir. Toute ma vie future était contenue dans les histoires du grand-père. Toutes les clefs dont j'avais besoin pour les siècles à venir. Je n'avais plus qu'à suivre le mode d'emploi, à interpréter correctement, à transposer à notre époque les histoires du grand-père. Tu as déjà étudié la cabale ? Tu as déjà lu des livres avec des histoires cachées à découvrir et à mettre en rapport avec ta vie ? Tu as déjà fait des mots croisés ?

Greg ne prit pas la peine de me répondre. La fois où nous avions passé cinq jours dans la prison d'Asunción, il m'avait laissé parler pendant six heures sans me répondre. Soit il se fichait complètement de mon histoire, soit il ne voulait pas prendre le risque de la gâcher en m'interrompant. Pas de doute, Greg était la personne idéale pour écouter l'histoire d'un garçon de dix-huit ans qui voulait être basketteur et découvrait le cahier du grand-père. Un auditeur tellement idéal qu'il me tourna le dos et se mit à fouiller dans une boîte à outils en plastique avec des casiers remplis de vis de toutes les tailles.

— Je ne sais pas à quoi peut ressembler l'aube dans ta ville de merde mais je sais qu'à cette époque à Mexico, le jour se levait vraiment, pas comme aujourd'hui où le soleil a l'air d'un jaune d'œuf au plat au milieu de cette saleté de *smog*. J'étais là dans ma chambre, en pleine crise mystique, le cahier à la main, en train de répéter : « Le basket, je m'en fous. Vive le journalisme ! »

Greg se retourna et me regarda de nouveau par-dessus ses lunettes. Son sourire s'était fait ironique, il avait l'air de se moquer de moi. Je me désintéressai de lui et me mis à chercher la bouteille de Rioja que je me souvenais avoir laissée derrière le fauteuil.

— Tu aurais une photo de ton grand-père ? *A good one, not a close up.*

Comment avait-il deviné ? Je fouillai dans mon portefeuille et j'en sortis un carton plié, la copie d'une copie : le grand-père debout, près de la mer, en chapeau et costume trois pièces, la moustache épaisse, les yeux rêveurs et le regard un peu perdu. Je la lui tendis.

— Lui, il n'a jamais imaginé qu'il pourrait être basketteur. *He's about my size.* Vraiment tout petit, le grand-père... dit Greg en contemplant attentivement la photo. Il leva les yeux et me demanda :

— Et le cahier, il était comment ? C'est la seule chose que je ne sache pas, parce que le reste, tu me l'as déjà raconté deux fois.

Comme j'avais mis la main sur la bouteille, je ne pris pas la peine de lui répondre. Il n'avait qu'à se l'imaginer tout seul. Qu'est-ce qu'il croyait ?

6. Le premier « Groupe...

... de réflexion » avait lancé en 1965 un pari compliqué. Il fallait miser 11 dollars et noter le nom d'un pays. Si le pays avait déjà été retenu par un autre, il fallait préciser la région du pays. Il ne devait y avoir qu'un seul gagnant. Les membres réguliers du Groupe avaient presque tous parié — les quatre cinquièmes d'entre eux — pour l'Amérique latine avec les différentes options : République dominicaine, Pérou, Venezuela et Argentine. Les membres occasionnels, moins impliqués dans les arcanes de la désinformation et des jeux de miroir, s'aventurèrent un peu plus. L'un d'entre eux suggéra sur un papier taché de café qu'Ernesto Che Guevara se trouvait quelque part en Afrique noire, et proposa le Mozambique ou la Rhodésie (obligé de choisir, il opta pour le Mozambique) ; un autre alla encore plus loin en suggérant la France où, dans un coin des Pyrénées, il était en train de préparer la guérilla qui allait secouer l'Espagne franquiste. Alex ne retint aucune de ces options.

La solide information dont il disposait et à laquelle tous les participants au jeu avaient eu accès (c'était la seule information qui leur était offerte ; les spéculations, ils pouvaient s'y livrer eux-mêmes de façon beaucoup plus sérieuse que les analystes officiels de l'Agence) tenait tout entière dans un dossier de sept feuillets, avec de larges marges et des blancs conséquents en haut et en bas de chaque page.

On rassembla 88 dollars qu'Alex garda personnellement dans une petite boîte pour les jouer des années plus tard au loto de New York (il perdit tout, bien sûr) ; mais cela n'avait pas grande importance. Le SD n'existait pas encore, mais Alex était déjà Alex, même s'il n'avait que vingt-six ans et venait très prosaïquement d'être recruté comme analyste auxiliaire à Langley. Sa tâche consistait à passer en revue les journaux des partis de gauche du cône sud : Chili, Argentine, Uruguay et Paraguay. Les Paraguayens étaient ceux qui lui donnaient le moins de travail ; les Argentins le plus. Ils avaient l'air de penser que tout ce qui n'était pas écrit resterait à jamais perdu au registre de l'Histoire.

Les huit membres du « Groupe de réflexion » qui avaient fait le pari constituaient une structure tout à fait informelle composée de cinq membres de l'appareil informatif et de trois consultants extérieurs avec qui Alex était en relation.

Le fait qu'Alex dépense l'argent de ce jeu où il fallait deviner où se trouvait Che Guevara en 1965 n'eut pas de conséquence. Lorsque le Che réapparut en Bolivie au début de l'année 1967, aucun des parieurs ne fut en mesure d'exiger son argent : la Bolivie ne figurait pas sur la liste.

Mais même ainsi, et grâce aux rebonds de carrière fréquents dans les services secrets américains, un des parieurs, qui des années plus tard accéda à de hautes fonctions, se souvint de l'histoire et alla rechercher dans les banques de données la solution proposée par Alex en 1965, la vérifia soigneusement, puis fit appeler Alex pour lui demander comment il avait bien pu savoir qu'en avril 1965 Che Guevara se trouvait à Léopoldville au Congo. Alex haussa les épaules. Il savait bien que plus personne ne semblait admirer la logique dans ces bureaux où l'ingéniosité paraissait l'exception, dans ces interminables couloirs bruissant de rumeurs et de chuchotements. De toute façon, la logique officielle était régulièrement vouée à l'échec. C'est pourquoi, haussant les épaules, il se contenta de sourire, bien conscient que ce qui était le plus admiré à Langley dans ces moments-là, c'était l'intuition.

7. Histoires de journalistes

(Greg)

Cela fait six ans que je note tout dans le même cahier. Julio pour sa part n'a pas changé : toujours le même désordre de chèques non encaissés, de cartes de visite noircies de notes, de papiers agrafés sur des articles déjà publiés... Sans compter ses habituels trous de mémoire. Cela ne me dérange absolument pas, contrairement à ce que pouvait penser Julio qui ne partage pas mon goût du rangement. Mais Julio semble méconnaître le caractère parfaitement démocratique des manies qui me sont propres et que je ne cherche donc pas à imposer aux autres.

Pour sacrifier à la coutume, je me plaignis quand même du bordel qu'il était en train de mettre sur la table ; je pris même mon meilleur accent madrilène pour envoyer se faire foutre ce fils de pute et je le menaçai de me mettre en quête d'un nouvel associé, suisse et intelligent.

Julio semble toujours attendre qu'on l'admire ou qu'on le prenne en pitié. Il est à la recherche d'un papa. Tout ce que j'ai à lui offrir c'est une solidarité bien dosée. Pour qu'un tandem fonctionne, il faut que l'un des deux soit le pragmatique. Quelqu'un en chair et en os, pas un personnage de film, un homme sans illusions, sans goût particulier pour les clowns, les prestidigitateurs et l'atmosphère des fêtes pour enfants.

— Le problème, c'est que tu es un digne descendant de

la société de consommation, me dit Julio très sérieusement tandis qu'il recherchait un chèque froissé entre les pages de son passeport.

— Et toi, le digne représentant des vendeurs de cacahuètes du zoo de Casablanca. Les pires traditions du tiers monde. Je me trompe ?

Julio n'apprécie pas que mon espagnol s'améliore autant lorsque nous discutons. Il y perd l'un de ses rares points forts. Il n'a pas autant d'atouts que moi, Juif de Los Angeles, élevé dans un orphelinat catholique, puis dans un ghetto noir et dans une *high school* qui pour d'obscures raisons était surtout fréquentée par des Coréens.

— Le reportage sur Beyrouth, je l'ai vendu en Espagne à *Interviu*, et l'entretien avec le Front patriotique à *Pagina 12* de Buenos Aires et à *La Jornada* de Mexico, qui ne nous a toujours pas payés ; j'ai deux chèques des Allemands, plus un gros pour les photos d'Arménie publiées par *Der Spiegel*. Les photos ont également été publiées par une revue polonaise qui les a payées 60 dollars, d'après ce que me dit Ana dans sa lettre. J'ai reçu les droits d'auteurs pour l'édition portugaise de *Au long de la frontière* : des clopinettes. Editorial B. m'a envoyé 2 000 dollars pour l'édition espagnole des *Héritiers*. Jucar m'a payé 1 000 dollars pour la biographie de Jim Thompson, plus 900 de traduction, sans compter un chèque mexicain pour *Les Héritiers* et 60 000 pesos pour l'article sur Disneyland, publié dans la revue *Encuentro*...

Il était fier de sa liste et continuait à fouiller dans ses papiers. Il allait certainement en trouver encore deux ou trois autres.

— Je retire la moitié de ce que j'ai dit, mister Fernández, lui dis-je.

— Le zoo de Casa ?

— Non, les pires traditions, *brother*. En fait, tu es le digne représentant des meilleures traditions commerciales du tiers monde. *How did you do it ?*

Julio se frotta les mains.

— Je me suis bougé le cul. En quatre mois, c'est pas mal, non ?

— De mon côté, je dois avoir un peu plus que toi, vu que les pesos mexicains, une fois changés en dollars, c'est de la neige au soleil. J'ai reçu le solde de l'agence canadienne, 5 000 livres des Anglais pour le livre et tout le fric des trois derniers articles dans *Mother Jones, Play Boy* et le *Village Voice*.

— Additionne mon garçon, dit Julio en débouchant la dernière bouteille de Rioja.

— 11 600 dollars, une fois les impôts déduits.

— Et moi, j'ai 8 250 dollars, plus 4 000 bolivars qui ne doivent pas valoir un clou, dit Julio. En plus tu t'es encore fait baiser : chez nous au Mexique, les auteurs ne paient pas d'impôts.

Je lui fis un chèque du montant du solde en sa faveur comme nous en avions l'habitude. Le marché anglophone payait mieux que le reste du monde réuni, même si ces derniers temps Julio se démenait comme un derviche emballé. Il avait peu à peu laissé tomber les étranges préjugés qu'il avait quand nous nous étions connus et qui lui faisaient croire qu'un journaliste honnête ne doit pas accepter un chèque en marks d'une feuille de chou conservatrice et allemande ; ou qu'il faut refuser le caviar aux réceptions de l'ambassade soviétique ; ou encore que refuser la corruption signifie se serrer la ceinture pour rester pur.

Il me tendit cérémonieusement 2 000 bolivars.

— Tu as beaucoup de dettes ? me demanda-t-il.

— *So, so.*

— Tu pourrais venir passer quelques mois à Mexico, la vie est moins chère là-bas et tu habiterais à la maison, m'offrit-il.

Nous savions tous deux que je lui dirais non. Si j'acceptais, cela finirait entre nous pire qu'entre un couple marié, et nos excellents rapports de travail, secoués tous les ans par une bonne demi-douzaine d'orages, se casseraient la gueule. On passait déjà assez de temps ensemble comme cela.

— *Too many mexicanos* dans ton pays, lui dis-je en secouant la tête.

— Et oui, moi aussi j'aime bien ton pays, la seule chose qui m'emmerde, c'est qu'il est plein de connards de gringos, répondit le gros.

— Tu vois, autant rester chacun chez soi.

Julio prit les choses avec philosophie. Il avait rempli sa mission en m'offrant son argent et sa maison. Ni lui ni moi n'étions dupes. J'allumai une Delicados filtre et je la savourai. Le gros m'en avait rapporté en grosses quantités.

— Ah, j'oubliais ! J'ai aussi un bon de 1 400 pesos cubains à dépenser sur place. C'est pour la série d'articles sur Mengele publiée dans la revue *Enigma*. Ils en font un livre.

— Ça représente quoi ?

— Trois semaines à Varadero. Ou dix jours pour deux personnes. En pension complète.

— Et l'avion ?

— L'avion, non. Il faut payer en devises. Les Cubains se sont modernisés. Ils versent des droits d'auteur mais ils ne paient pas l'avion.

— Combien coûte le billet au départ de Mexico ?

— Dans les 300 dollars aller-retour. J'ai aussi laissé les articles sur le Front. Ils disent qu'ils veulent en faire un petit livre de reportages. Si ça marche, nous pouvons attendre et aller passer des vacances à La Havane à la fin de l'année.

Je me demandai ce que dirait ma grand-mère Karen de ces vacances à La Havane. Ses copines du club de poker de Gardenia et ses trois frères avaient voté Reagan en 1980 et 1984. De toute façon, si cette salope avait été capable de mettre son petit-fils à l'orphelinat, elle pouvait bien le laisser faire un voyage à Cuba. Ce serait mon onzième voyage là-bas. Quand je montrais mon passeport plein de tampons à la police des frontières en Floride, ils me regardaient à peu près comme Laïka la chienne. Mais c'était la première fois que je n'irais pas à Cuba pour travailler.

— On pourra peut-être en profiter pour faire deux ou trois bonnes interviews et un reportage, dit Julio pour m'encourager.

— J'aimerais bien aller à La Havane rien que pour boire des *mojitos* au Floridita ou faire de la chaise longue devant la piscine de la maison d'Hemingway à San Francisco de Paula. Il ne m'en faut pas plus.

— Et écouter des boléros à la terrasse de l'hôtel Saint-John et jouer aux dominos avec tes potes du G2 dans les bureaux de la revue *Moncada*.

Julio servit du vin dans nos verres. Je me levai pour éteindre la télévision dont la rumeur sourde nous accompagnait et j'en profitai pour faire un tour à la cuisine. Le sol était froid. Je sortis du saumon fumé et des crackers. Que je sache, mes potes du G2 de la revue *Moncada* étaient autant ses amis que les miens, en plus ils n'étaient sûrement pas du G2, rien que des journalistes qui de temps en temps revêtaient un uniforme vert olive. Mais Julio ne pouvait pas s'empêcher d'épingler ainsi l'Américain que j'étais, même s'agissant de son meilleur ami. J'avais froid aux pieds, le monde était vaste et le gros avait sûrement en réserve tout un tas d'idées farfelues. Il allait être surpris : je n'étais pas en reste, et mon petit cahier de notes si soigneusement tenu en était rempli. Le monde était vaste et, pour l'heure, je n'avais pas peur. Pas plus qu'il n'était nécessaire. Ce soir, nous pourrions sortir boire des cognacs chez Sidney à La Brea et ensuite aller au cinéma. Le problème allait être de convaincre le gros que le dernier film d'Oliver Stone valait mieux que le premier d'Harry Langdon.

8. Le sujet de thèse refusé à Elena Jordán

Qui a eu la chance de contempler les gigantesques fresques murales que l'on trouve dans les sierras de San Borja, San Juan, San Francisco et Guadalupe dans le désert de Basse-Californie sait qu'il a entrevu le fragment d'un autre monde. Ces hommes peints à même la roche, en couleurs rouges et noires, mêlés et superposés à des rennes et des cerfs et recouvrant d'immenses parois de pierre dans des grottes étonnamment conservées, n'ont pas leur place dans l'histoire du Mexique. Figures peintes à six ou sept mètres du sol, hommes de 1,80 à 2 m de haut, les bras levés ; personnages stylisés d'une danse à laquelle nous n'avons pas été invités.

Le monde rupestre mexicain, très peu exploré, n'a pas pu être intégré parmi les autres vestiges du monde préhispanique collectés à l'époque coloniale par l'élite intellectuelle des communautés ecclésiastiques (*cf.* Hambleton-Von Borstel, *Etudes historiques*, univ. de Basse-Californie du Sud).

Les principales tribus en contact avec les Espagnols lors de leur arrivée dans la péninsule de Basse-Californie n'avaient apparemment pas conservé de trace de ces habitants primitifs. Les Guaycuras, les Cochimis ou les Pericues ne purent transmettre aux Espagnols que des informations peu cohérentes et de caractère légendaire sur les « grands hommes qui peignaient les parois de pierre ».

La longueur du processus colonisateur en Basse-Californie, qui s'étendit sur deux siècles (León Portilla, *Etudes historiques*, univ. de Basse-Californie du Sud), l'isolement des enclaves coloniales et des missions semblent avoir été des facteurs qui contribuèrent à désintégrer les traces de cette tribu de chasseurs qui laissa des centaines de témoignages de son habileté picturale. Telle est du moins la version officielle répandue jusqu'à aujourd'hui.

Introduisons-y un nouvel élément :

Dans la zone où se trouvent actuellement plusieurs des plus importantes grottes décorées de peintures rupestres de la Basse-Californie doivent se trouver également les restes de la mission de Santa Isabel, surnommée par les historiens « la mission perdue », dont toute trace a disparu mais qui, selon les documents dont nous disposons, devrait se situer quelque part entre les missions de Calamajue et San Borja (*cf.* Jordán, p. 188).

En dépouillant les chroniques des jésuites et les registres du vice-royaume sur cette mission perdue, j'ai trouvé dans les archives générales de la nation (secteur Vice-Royaume, section Inquisition) un manuscrit relié, composé de récits indiens transcrits par le père jésuite Francisco Osorio. Dans ses dernières pages, cet ouvrage comporte un document faisant état non seulement de la mission perdue de Santa Isabel mais également des prédécesseurs des tribus indiennes rencontrées par les Espagnols. Ces mêmes tribus qui, à en croire Cota (*cf.* p. 16), « moururent de stupéfaction en entendant sonner une cloche ». Le document comprend sept pages tellement abîmées par endroits que toute transcription est impossible. Il s'agit d'une lettre-confession (je suis conscient des similitudes de cette histoire avec le roman de Daniel Chavarría, *La Sixième Ile*, mais, comme on le verra, la réalité s'éloigne de la fiction et la dépasse), écrite en castillan et datée des premières années du XVIIIe siècle. Les allusions de l'auteur à sa participation à l'expédition de Diego de Vargas sont suffisamment précises pour que l'on puisse sans hésiter dater ce document des années légèrement postérieures à la tentative de Vargas de repousser vers le nord les frontières du Nouveau-Mexique, aventure où le narrateur perdit un bras en 1692.

Voici ma transcription, rendue encore plus approximative par mes limites syntaxiques en espagnol — et le fait que la paléographie n'a jamais été mon fort :

« Doncques étant venu sur ces terres pour y rechercher une mort d'ennui ou de solitude dans le désert, homme sans dieu pour l'avoir perdu dans la campagne militaire du gouverneur Vargas où je perdis aussi le bras en combat contre les Indiens, et ayant déjà vu tout ce que mes yeux pouvaient voir, il me reste encore à conter l'histoire de comment je devins autre et pour quelle raison, et à la confier au sable du désert pour le cas où un autre aussi fortuné que moi eût l'intention de suivre mon exemple.

« Etant arrivé dans mon errance à la mission de San Francisco, le père missionnaire qui se nommait Benito, après avoir partagé son frugal souper, m'informa des traces des énormes peintures faites en des temps reculés par les Indiens sur les roches des environs de la mission et s'offrit de me guider en compagnie des naturels de ces lieux le lendemain. Ces naturels disaient ne point être de la descendance des merveilleux Indiens peintres et vivaient en paix dans la mission, étant depuis des temps anciens des hommes de tribus aux dieux et aux coutumes différents de ceux des Indiens peintres, et étant à présent dans le sein de l'Eglise par la main des jésuites.

« J'allai visiter les jours suivants les grottes, et restant confondu devant la grandeur et le mystère de ces merveilleuses parois, en appelai à la raison et non aux simples explications de la foi que le missionnaire offrit pour nier ce qui à nos yeux s'exposait : de splendides animaux à cornes et à pointes, des hommes et des femmes dansant et se superposant parfois aux figures des animaux comme s'ils eussent voulu se confondre avec eux ou l'inverse, comme si les bêtes eussent voulu, ignorantes de la signification des préjugés, se confondre avec les hommes et les femmes.

« J'errai des heures durant parmi ces lares, dévoré par ma propre curiosité et devinant une grandeur très au-delà des perceptions de la vie de soldat où j'étais demeuré au sortir de mon enfance. Fray Benito me conta à la chaleur du foyer que les légendes disaient que les Indiens qui avaient peint les grottes, ou leurs successeurs directs, vivaient toujours sur ces terres mais s'étaient faits invisibles au reste des mortels.

« Le jour suivant, avant le lever du soleil, je pris en solitaire le chemin du désert, croyant d'une foi aveugle en la légende car il n'était aucune autre pensée qui me satisfasse.

« A quelques pas de la grotte, je déposai au sol mes rares possessions et me mis nu, tel un enfant qui vient de sortir de sa mère. Mes nudités et mes cicatrices, mon bras mutilé et ma barbe blanchie restèrent exposés au soleil. S'ils désiraient être invisibles aux yeux de tous, seule ma nudité, mon absolue visibilité, dépouillée des caches et des illusions de mon vêtement, pouvait montrer mon désir de les rencontrer. Et moi qui de cette manière n'avais plus rien à dissimuler, ni mon espace le plus intime, ni mon âme effrayée, je me disposai à les attendre.

« Deux jours et une nuit passèrent dans la solitude du désert. Le corps cédait peu à peu à la fatigue, à la douleur, au sommeil et à la folie qui sortaient en fumée par mes extrémités et descendaient de ma tête en réponse à la chaleur intense. Je ne perdis pas ma connaissance car la mort ne m'importait pas, et lorsque l'on dit à ses restes meurtris que la vie peut se retirer, que le permis lui en a été délivré, c'est alors qu'elle s'accroche tel un contresens.

« Au soir du deuxième jour, les Invisibles, les Indiens sans dieu sortirent d'entre les pierres et les arbustes et me reçurent. »

Je ne dispose que de ce bref récit, dont j'ai altéré le moins possible le style et la ponctuation, me contentant de rétablir deux brèves lacunes de six et trois mots. On peut rajouter à cette surprenante information certaines des histoires légendaires transmises par des Indiens instruits par les jésuites, qui racontent que « les Invisibles », « les hommes grands » vivaient dans la folie comme si celle-ci avait été la raison de gens normaux, et pratiquaient la liberté sexuelle dans leurs fêtes pour ensuite revenir à des relations normales et qu'ils ne connaissaient pas de maîtres ni ne faisaient la guerre ; et qu'ils n'avaient non plus ni dieux ni demeures permanentes (*cf.* Cabrera, pp. 147, 190 à 198, 212). On pourrait parler comme Foucault de « folie enfin confirmée dans ses droits ».

Il manque encore un chapitre à cette histoire. Nous devons, entre autres, nos connaissances actuelles sur les grottes rupestres de Basse-Californie, ou plus exactement la divulgation de ces connaissances, à un auteur américain de romans policiers, Erle Stanley Gardner, créateur du personnage de Perry Mason qui fréquentait en touriste la région.

Notre point de départ est tout à fait à la manière de Stanley Gardner. Il découle d'une expérience vécue sur le terrain par l'auteur de ce projet de thèse. En raison des travaux d'extension du boulevard périphérique intérieur, l'ancien parc situé entre le bois de Chapultepec et la Calzada de Tacubaya, rendez-vous traditionnel des cyclistes et des patineurs, a été scindé en plusieurs micro-jardins publics séparés par des ponts, des voies rapides, des échangeurs et des passerelles pour piétons. Ces petits jardins, délaissés en semaine en raison de leur difficulté d'accès, se transforment les samedis et dimanches matins en lieux de rendez-vous pour différents groupes ethniques de la province mexicaine. Avec une surprenante régularité, comme une réponse à l'énormité de la ville, se rassemblent sur un triangle de 15 m^2 de pelouse des servantes originaires d'Amealco, des dizaines de maçons de Huajapan de León sur un autre, un peu plus loin vingt-cinq boulangers de Zacatecas ; une demi-douzaine de marchands de Santiago de Nayarit tout au fond. La ville les projette et les disperse à des dizaines de kilomètres d'intervalle les uns des autres, et leur manque de ressources les empêche de se retrouver tout au long de la semaine. La vie les sépare durant cinq ou six jours, parfois deux ou trois semaines, mais l'existence de ce refuge, de ce point de rendez-vous, de cette petite extension de leur terre natale leur permet de toujours se retrouver. Là, ils peuvent réorganiser leur vie en fonction de la nostalgie et des affinités, et l'amitié permet d'affronter l'hostilité de l'environnement. Ce sont des zones urbaines préservées et transformées en espaces reconquis. Des fragments d'un village du Chiapas, une petite communauté agraire de Puebla, un lac du Michoacan imaginaire, au beau milieu d'une ville de vingt millions d'habitants.

Le trait essentiel de ces multiples présences incrustées dans la ville est leur invisibilité. Au cours d'une enquête réalisée par l'auteur parmi 372 automobilistes circulant habituellement dans la zone du 12 avril au 18 mai, ce phénomène étrange a été mis en évidence. Ces groupes « tribaux urbains » sont invisibles pour ceux qui les côtoient. Ils ne sont pas perçus. Ils n'existent pas.

Comme on l'aura peut-être compris au travers de ces notes nous menant à un sujet de thèse, il s'agit d'un travail sur le mimétisme mais plus encore d'un travail sur l'invisibilité des « autres » au sens sartrien du terme (*cf.* Sartre, *Œuvres complètes* II, p. 118).

Notre hypothèse de travail est la suivante : identifier l'espace géographique occupé par le plus invisible des groupes invisibles. Tenter d'enquêter sur d'éventuels phénomènes migratoires d'Indiens de la sierra de Basse-Californie vers la ville de Mexico, et sur le type d'emplois occupés par ces émigrants. Tenter de mettre en évidence le lien existant entre les anciens et les nouveaux Invisibles. Chercher les véritables raisons de leur invisibilité.

Je souhaite qu'un projet aussi peu orthodoxe, réalisé dans

une optique non passionnelle, puisse au moins bénéficier d'une évaluation impartiale et qu'il soit permis à l'auteur de mener à bien sa recherche avant que les jugements — ou les préjugés — s'exercent sur les résultats. Une bibliographie sommaire est jointe en annexe.

Elena Jordán, Mexico, avril 1988

9. Le jour où...

... les Beatles se séparèrent, Alex était totalement en dehors du cours de l'Histoire. Ce 10 avril 1970, alors que les télex de tous les journaux du monde étaient en train de cracher la nouvelle de la désintégration du groupe britannique, Alex se remettait d'une cuite qui avait duré trois jours et quatre nuits et l'avait laissé au bord de la mort par congestion alcoolique. Ce n'était pas une métaphore. Alex avait failli mourir à Acapulco et c'était peut-être ce qui lui permettait de rester étranger à la séparation des quatre garçons de Liverpool, que l'on avait pu croire soudés pour l'éternité.

Tandis que Paul McCartney déclarait préparer une série d'enregistrements avec un nouveau groupe, Alex tentait de relever la tête au milieu d'un océan de dégueulis. Plus tard, il essaierait de se rappeler ces trois jours et ces quatre nuits. Pour le moment, il essayait seulement de stopper le mouvement du sol et les spasmes biliaires, espérant que le soleil l'aiderait à exsuder tout son alcool dans sa chambre de l'hôtel Tortuga. Il pensait que s'il parvenait à rester immobile, avec toutes les lumières allumées, le soleil entrant en plein par la fenêtre de la terrasse, l'air conditionné arrêté et quatre aspirines dans l'estomac, il finirait par suer du cervelet.

Paul s'en allait de son côté. John avait annoncé la fin du Printemps rose et la constitution de la *John And Yoko*

Mobile Political Plastic Ono Band Fun Show. Ringo promettait une exposition de sculptures et George Harrison informait la presse internationale qu'il allait désormais se consacrer avec sa femme à la méditation transcendantale.

Alex voulait simplement revenir à l'autre réalité, même si celle-ci était tout aussi floue, imparfaite, à base de rêves confus et de cauchemars réels.

Il avait commencé à boire le mardi soir pour des raisons professionnelles et parce que les deux flics mexicains avec qui il devait travailler ne lui plaisaient guère. Deux types fuyants, à la mine renfrognée, avec qui il était très difficile de savoir où se terminait l'insinuation et où commençait l'humour noir ; ils ne parlaient qu'à demi-mot, ne terminant pas leurs phrases qui pouvaient mener n'importe où.

Alex avait passé un moment à leur expliquer que la douleur n'existe pas, qu'elle n'a de réalité que dans la tête de celui qui souffre. C'était un de ses thèmes habituels, qui lui donnaient un petit avantage sur les sauvages avec qui il était parfois en contact. Il s'était à plusieurs reprises brûlé l'avant-bras avec sa cigarette sans cesser de sourire. Un des flics avait essayé de l'imiter en se brûlant la paume de la main avec la flamme de son briquet plaqué or. Se sentant mal, il avait fracturé la mâchoire et crevé d'un coup de pied l'œil d'un vendeur de colliers de corail qui s'était approché d'eux avec sa marchandise. L'autre buvait sans dire un mot, le visage presque toujours aussi impassible au fil des heures. Alex avait essayé de jouer avec eux, de trouver leurs points faibles, de les monter l'un contre l'autre, de les manipuler, de les entraîner dans un océan de paroles, de leur faire voir les possibilités de la folie. Il s'était brusquement rendu compte qu'il avait perdu le contrôle du jeu et que les deux flics étaient capables de le tuer rien que pour voir la tête qu'il ferait au moment de mourir. C'est pour cela qu'il avait décidé de boire, attrapant tous les verres qui passaient à sa portée et laissant l'initiative aux deux autres.

Il se rappelait par bribes. Un des flics sanglotant sur la

table en racontant comment il avait battu sa sœur à mort ; l'autre décrivant avec un luxe de détails la recette exacte des crevettes à la diable. L'un d'entre eux entrant dans une boîte mal famée, l'œil à la recherche des travestis, renversant sur son passage les tables et les ivrognes quand il en avait débusqué et les obligeant, sous la menace de son pistolet, à se foutre à poil au milieu de la piste. L'un ou l'autre soutenant Alex tandis qu'il dégueulait sans voir le magnifique lever de soleil sur la plage de Revolcadero, puis lui mettant le canon de son 45 dans la bouche pour l'aider à finir de dégueuler. Le plus marquant pourtant, ce n'avaient pas été les gestes de violence mais les mots à double sens, tous ces jeux de domination qu'il connaissait bien, à base de peur et d'ambiguïté, les « Je t'aime mais je ne t'aime pas » et « Je t'estime énormément mais si tu commences à me casser les couilles, je te fous mon poing sur la gueule et puis je pleure pour me faire pardonner mais je t'arrache les ongles parce qu'il manquerait plus qu'un enculé de gringo m'ait vu chialer ».

Effondré sur le lit de la suite présidentielle de l'hôtel Tortuga, essayant de se désintoxiquer à la chaleur, Alex était atrocement loin du bouton qui lui aurait permis de couper la musique de fond célébrant les Beatles en ce jour de séparation. De toute façon, il était bien incapable d'écouter *Listen, Do You Want to Know a Secret*, et la musique envahissait la chambre tandis que les interprètes de la chanson ne la chanteraient plus jamais ensemble.

Alex essayait de fixer les yeux, sans jamais y parvenir, sur un cendrier posé sur la table de nuit pour s'agripper à quelque chose avant que la nausée ne le détruise. Il se disait que jamais il n'avait été aussi proche de la vérité et qu'il se sentait en même temps incapable de définir cette vérité profonde, ce mystère qu'il touchait du doigt sans pouvoir le retenir. Il ne se rappelait même pas comment il était arrivé dans la chambre. Il devait la vie au fait que ce jour où les Beatles avaient décidé de se séparer était aussi celui de l'anniversaire de la mère d'un des deux flics de la police secrète mexicaine. Il savait qu'il était vivant grâce à cette coïncidence. Ce qui le préoccupait, c'était moins d'avoir été aussi près de la mort que d'avoir découvert que sa folie avait des limites, qu'elle était ancrée dans le réel, sensible à la peur. Tandis qu'il essayait de récupérer l'usage de son corps en transpirant, tandis qu'il essayait de penser de nouveau, Alex décida que l'opération qu'il était venu mettre sur pied au Mexique se ferait quand même, et que n'y mourrait pas seulement l'instituteur devenu guérillero mais aussi les deux sympathiques flics avec qui il venait de passer trois nuits à boire. C'est là qu'Alex découvrit que le meilleur antidote à la peur est encore le pouvoir...

10. Histoires de journalistes

(Julio)

Greg était allé au supermarché. Remplir trois caddies d'inutiles saloperies exotiques qui resteraient peut-être ensuite éternellement dans le garde-manger était l'un des grands plaisirs de Greg. J'avais déjà assisté deux ou trois fois à son rituel et cela ne m'amusait pas beaucoup. J'appartenais à la génération de la consommation immédiate, la consommation-bouée de sauvetage : « N'achète jamais une boîte de sardines pour demain, il n'y a pas de demain. » La vie n'était pas faite pour apporter la sécurité. Si on recherchait à tout prix la sécurité, il n'y avait qu'à s'enfermer dans une pièce pour le restant de ses jours, on trouverait toujours des pauvres types prêts à vous payer pourvu que vous soyez capable de faire semblant de leur rapporter quelque chose. Greg était si incurablement gringo pour certaines choses qu'il était surprenant qu'il ne le fût pas du tout pour d'autres. Les choses matérielles étaient pour lui essentielles, elles lui donnaient l'impression de contrôler l'avenir. Il leur vouait une véritable vénération. Il était capable d'acheter trois cartons de duvet japonais et il stockait dans un placard deux douzaines d'ampoules neuves au cas où toutes les autres grilleraient d'un coup. Il conservait dans son réfrigérateur trois sortes de pâte à tarte différentes et il allait sûrement en ramener une nouvelle. C'est pour les mêmes raisons et pas parce que j'étais là qu'il y avait deux télévisions chez lui. Greg sacrifiait au rituel de la consommation parce que posséder des choses et pouvoir en acheter constituent 90 pour 100 de l'armature de l'inconscient américain. Un squelette formé d'éléments aussi divers qu'une boîte de fromage hollandais, sept paires de lacets pour chaussures de tennis de couleurs différentes *made in* Hong Kong, un abonnement au *New York Times Book Review*, une boîte de préservatifs suédois, sept cahiers quadrillés à spirales fabriqués à Boston, une caisse de boîtes de piments Del Monte, une collection de petites voitures en métal, six monstrueux paquets de céréales anticonstipation, une boîte de sauce de spaghettis bolonaises, deux agrafeuses allemandes, sept sortes différentes de vitamine C. Bien sûr, Greg était également hypocondriaque. Avec l'argent qu'il avait dépensé en pastilles et autres analgésiques, on aurait pu fonder une nouvelle religion.

De toute façon, je ne l'avais pas accompagné au supermarché parce j'étais en train de regarder un des meilleurs films de Laurel et Hardy et parce que c'était le jour de mes trente-six ans et qu'il n'était pas question que je fête mon anniversaire dans un supermarché. Je préférais fumer un Montecristo en regardant sur la vidéo *The Laurel & Hardy Murder Case*, que j'avais déjà vu une fois à Mexico sous le titre de *La Nuit des lutins*. C'était indiscutablement une de leurs œuvres maîtresses, réalisée en 1930. Les deux compères se retrouvent embarqués dans une sombre histoire d'héritage à la suite de la mort apparemment pas naturelle d'un oncle de Laurel. Je ne me lassais pas de les voir fuir dans la maison, vêtus de leurs longues et merveilleuses chemises de nuit. Je me le repassais pour la troisième fois lorsque Greg fit son apparition, chargé de cinq sacs à provisions dont l'un était au moins aussi grand que lui.

— Gros, me dit-il avec son meilleur accent mexicain d'imitation, je t'ai acheté deux douzaines de grosses crevettes du Sinaloa.

— C'est pour cela que l'on n'en trouve plus au Sinaloa : ces fils de putes les expédient toutes en Californie.

— *No more* nationalisme anti-impérialiste *for today, brother.* Veux-tu ou ne veux-tu pas profiter de ton séjour dans la capitale de l'Empire ?

— Avant de répondre, dis-moi qui va faire la cuisine.

— Moi, dit Greg.

— Au poil, ça marche, dis-je.

Dans la rue, un chien aboyait. Dedans, il faisait chaud. Pas trop. J'étais tout sourire et me sentais diablement heureux. Nous nous apprêtions à fêter mes trente-six ans comme je l'aimais.

Après le dîner, Greg me chanta cérémonieusement *Happy Birthday*, je sortis de mon sac magique une bouteille de brandy Lepanto et il mit un de ses disques favoris, un Bob Dylan tout droit sorti de la pire nostalgie des années soixante.

— Qu'est-ce que tu as prévu ? demandai-je à mon partenaire. On travaille ?

— Le jour de ton anniversaire ?

— Tu as raison. Laissons ça pour demain. On travaillera mieux qu'aujourd'hui. Un dieu grec pourrait bien nous punir si nous travaillions le jour de mon anniversaire.

Greg se mit à vider les sacs ramenés du supermarché. Je m'approchai pour voir si je ne pouvais pas récupérer quelque chose. Un stylo bille d'un nouveau modèle, un des sept cahiers, une conserve d'holothuries de l'océan Indien. Je me sentais comme un paria du tiers monde et n'éprouvais aucun scrupule à ramasser les miettes de l'Empire.

11. La première opération du SD...

... eut lieu en 1975. Le SD ne commença à prendre sa forme véritable qu'à la fin 1974, en plein dans les années puantes de l'administration Ford. L'actuel président Bush était à la tête de la CIA et le mot espionnage, dans les petits déjeuners des hôtels cinq étoiles de Washington, était plus ou moins synonyme de tuberculose.

La vieille histoire du pari d'Alex et de Che Guevara au Congo lui permit d'avoir un interlocuteur au plus haut niveau et d'assurer un peu sa place dans ce terrain marécageux sur fond de guerre bureaucratique permanente. Alex n'aimait pas cela, il avait ses idées propres. Il était l'unique détenteur, le propriétaire d'une idée qui lui semblait formidablement attirante si elle trouvait à se développer. C'était la logique même de son projet qui le passionnait : à force d'accumuler des informations, les services de renseignements modernes se trouvaient saturés : il était fréquent qu'une information mette plusieurs semaines à parvenir jusqu'au destinataire capable de l'analyser. Le même pouvait par ailleurs se trouver submergé par des dizaines, voire des centaines de notes racontant la même histoire de façon différente, ce qui créait une pagaille absolue. C'était la même chose dans les deux camps (Alex, au bout de cinq années d'expérience dans ce petit monde, n'était d'ailleurs pas très certain de l'existence de l'autre camp).

C'est pour cela que l'idée d'Alex était intéressante. Il suffisait en principe de saturer la machinerie ennemie en la désinformant, puis d'offrir aux empoisonnés d'en face un remède providentiel. C'était un jeu nouveau, auquel on ne pouvait pas jouer trop souvent, seulement dans des opérations si essentielles que l'on pouvait se permettre de les signer. Alex proposa la création du SD pour vérifier la justesse de sa proposition, comme une idée maîtresse à n'utiliser qu'avec les plus extrêmes précautions, sous peine de la pervertir ou de la rendre inutilisable.

Dans les labyrinthes de Langley, où un minotaure est tapi dans chaque couloir et où une invitation à dîner prend parfois des allures d'invitation à un banquet des Borgia ; dans ces méandres où l'unique variante de la boxe est la taiwanaise, qui permet de se protéger les côtes des coups de coude de ses collègues, on ne sut pas grand-chose des multiples actions latérales qu'Alex dut mener à bien pour trouver les fonds et l'autorisation nécessaires au démarrage du SD. Sans être particulièrement doué pour la gymnastique sexuelle en compagnie des épouses des chefs, pas plus habile qu'un autre de son niveau dans la manipulation de la hiérarchie, sans le glamour de quelques-uns, la franchise de quelques autres, sans charisme — mais qui en avait ? —, il fallut à Alex dépenser des trésors de conviction ou d'habileté pour mettre le doigt sur les nœuds ou les contradictions qui permettaient de transformer une décision en ordre. L'existence du SD dépendait strictement des premiers résultats obtenus : on ne s'explique pas autrement que ses réunions aient pu parfois se dérouler dans les toilettes pour hommes de Macy's à New York ou dans le bureau d'un de ses membres au département de sociologie de Princeton. Le groupe initial était limité à quatre membres et excluait bien entendu, sous peine d'être expulsé du local, la présence d'une femme quand la réunion se déroulait chez Macy's ou, dans le cas de Princeton, la participation de quelqu'un au look non universitaire.

Les premiers membres du SD ne savaient même pas qu'ils appartenaient à une structure répondant à ce nom étrange, et les autorités qui avaient autorisé son existence ignoraient complètement que la nouvelle unité opérative avait été nommée par Alex le *Shit Department* (SD) : le département de la merde. C'est muni de ce nom euphorique qu'il allait entrer dans l'histoire clandestine des organes de sécurité américains.

Pour les tout nouveaux membres du SD, leur présence à une réunion hebdomadaire où on leur demandait une opinion ou d'étranges notes et rapports, ne signifiait pas la participation à une opération. Alex s'était arrangé pour que la partie pratique reste confiée aux instances naturelles et officielles de l'agence, même si le travail logistique avait apparemment lieu à l'intérieur du SD. En réalité, rien n'avait d'existence réelle sauf dans sa tête. Le SD était un groupe de consultation, de suggestions, d'élaboration d'informations, dont les membres, à l'exception d'Alex, n'avaient pas la moindre idée de l'utilisation qui était faite de leurs idées ou de leurs écrits. Tout n'était que jeu. Mais un jeu à un seul joueur. Alex inaugura ainsi une tradition de compartimentation du SD, non pour des motifs de sécurité mais par pure paranoïa.

Il était logique que le premier jeu auquel se livrât le SD ne concerne pas seulement la manipulation d'informations en territoire étranger, mais également la manipulation du groupe lui-même. Au cours de ces premières semaines, le SD, qui ne s'appelait pas SD, appartenait à Alex et Alex appartenait à un assistant du directeur des opérations de la CIA (c'est du moins ce que croyait le pauvre homme).

La première opération du SD était basée sur une proposition d'Alex que l'on pouvait résumer par un concept simple, qu'il présenta ainsi à son supérieur hiérarchique : « Remplis leur cour de merde et envoie ensuite quelqu'un qui s'offre providentiellement pour la nettoyer. Ils te remercieront. Utilise leur propre maladie contre eux-mêmes et laisse-les se noyer dans leur propre inertie. »

C'était une opération complexe, dont le seul but était de vérifier le bien-fondé de la théorie, une épreuve du feu en vue d'opérations ultérieures.

Alex proposa à ses chefs trois terrains possibles : le Guatemala, le Salvador ou l'Argentine. Ils avaient pour avantage de ne pas être dans des situations politiques limites du point de vue de l'Agence ; ils étaient situés à la périphérie des grandes confrontations entre services de renseignements. Les opérations menées là-bas pouvaient échapper à l'observation soviétique qui était, au bout du compte, l'unique obsession susceptible de rendre folle l'Agence. Alex ne sut jamais comment la décision fut prise, mais son groupe fut autorisé à mettre sur pied un schéma applicable à l'un de ces trois pays d'Amérique latine.

Alex réunit ce qui allait devenir le groupe fondateur du SD par un après-midi froid de la fin février 1975 et mit au point les objectifs de l'opération :

— Il s'agit de tuer un poète, dit-il.

Personne n'eut l'idée de demander pourquoi ni comment on assassinait les poètes. Personne ne demanda où, ni dans quel but. Personne ne fit de lyrisme pour souligner que les poètes étaient plus immortels que les autres mortels, ou que c'était un péché, dans presque toutes les religions connues, de tuer un poète.

Au cours des deux semaines qui suivirent, le SD se mit sous tension, et d'étranges routines commencèrent à s'installer, sans lien apparent entre elles. Plusieurs hispanophones rejoignirent le petit groupe, un expert en poésie latino-américaine contemporaine, un expert en cryptographie, deux analystes de textes bien informés sur les guérillas centre-américaines, un anesthésiste récemment diplômé de l'université d'Etat de New York et un travesti de la Nouvelle-Orléans occasionnellement employé par l'Agence en raison de ses dons pour le déguisement. Il n'y eut entre eux ni rencontre ni réunion ; il n'y avait même pas de bureaux communs pour l'opération. Alex était le chaînon manquant, Alex était le bureau et le chef.

Quatre mois plus tard, Alex présenta à ses supérieurs le rapport sur les résultats de l'opération. Il contenait deux tracts distribués clandestinement par l'ERP dans les rues de San Salvador, deux photos d'un cadavre et de nombreuses coupures de presse latino-américaines commentant la mort de Roque Dalton, poète et dirigeant guérillero. Alex n'y joignit pas de rapports sur les actions réalisées par le SD, et l'un des collègues qui examina le dossier alla même jusqu'à affirmer qu'Alex et ses hommes étaient totalement étrangers à cette histoire. Alex ne prit jamais la peine de démentir la rumeur, il l'encouragea même. L'ambiguïté lui semblait nettement préférable à la certitude.

L'ERP (Armée révolutionnaire du peuple) affirmait dans son tract que Roque Dalton avait été fusillé « parce que, militant de l'ERP, il avait collaboré avec les services secrets ennemis ». Cette version des faits ne fut pas acceptée par la base du mouvement guérillero et une importante scission s'ensuivit. Dalton était un homme de quarante ans, connu non seulement comme romancier et poète, mais également comme auteur de plusieurs brillants essais sur l'histoire du Salvador, lauréat du premier prix de poésie décerné par la Casa de las Américas, apprécié pour sa ténacité, sa rigueur morale, son immense chaleur humaine, la limpidité de sa vie publique. En 1973, à la suite de la fraude électorale organisée par le gouvernement salvadorien, il avait abandonné le pays où il s'était exilé et le roman qu'il était en train d'écrire pour rejoindre la lutte armée dans les rangs de l'ERP. Sa mort provoqua à Mexico et à La Havane, à Buenos Aires et à Lima une condamnation douloureuse des barbares qui l'avaient assassiné au nom de la pureté de la Révolution. Dans la préface anonyme à son livre de poèmes publié un an après sa mort, était résumée l'opinion générale de tous ceux qui avaient connu Roque Dalton de son vivant : « Une maladie terrible parcourt parfois nos rangs, une maladie incapable de reconnaître l'histoire personnelle, politique et culturelle d'un poète et capable d'inventer une calomnie pour résoudre des différends politiques. Pour pouvoir le tuer, ils ont dû oublier les après-midi où il s'accompagnait à la guitare pour chanter des *corridos* mexicains dans sa maison de La Havane, ils ont dû oublier les pages de son roman *Pobrecito poeta que era yo* ; ils ont dû oublier ses formidables évasions des prisons salvadoriennes ; ils ont dû oublier chaque ligne de *Taberna*, la vision la plus lucide du Prague des années soixante ; ils ont dû oublier la malice de son regard, l'angoisse de son dilemme : continuer sa tâche d'intellectuel de gauche en exil ou rejoindre la guérilla. Ils ont dû tout oublier, mais peut-être ne l'avaient-ils simplement jamais connu, eux pour qui la pensée de la Révolution se trouve dans les manuels et pas dans les poèmes. Seule la pensée barbare, la plus primaire et la plus tribale des mentalités religieuses est capable d'imaginer que l'auteur des lignes qui suivent pourrait être un agent de la CIA : "Chers philosophes/chers sociologues progressistes/chers psychosociologues/arrêtez de nous emmerder avec votre aliénation/alors que la pire des saloperies/est l'aliénation étrangère". »

La guérilla du Salvador connut une nouvelle scission. La gauche avait perdu son militant le plus lucide. Alex joignit la préface à son rapport.

12. Histoires de journalistes

(Greg)

Ce soir-là, il tombait de la neige fondue sur Montréal. La ville était quelque part ailleurs. Par la fenêtre de la salle d'attente, on ne distinguait que la couche de neige grisâtre et deux chasse-neige en train de dégager la piste. Le vol avait trente minutes de retard et Julio, dans le magasin de l'aéroport, était en train d'examiner un à un les horribles objets d'artisanat esquimau qu'on y vendait : phoques en peluche, casquettes en fourrure, mocassins, atroces morceaux de bois taillé. Voilà qui était à mettre au crédit du gros : son extraordinaire capacité pour se trouver des occupations inutiles, son habileté à ne jamais rester tranquille. J'avais ma propre méthode pour les périodes d'attente. Tous ces temps morts qui représentent 50 pour 100 de notre profession. Je la jouais zen : contemplation, plongée en moi-même, ralentissement du rythme cardiaque, exploration de mon monde intérieur, concentration sur une publicité pour des cigarettes jusqu'à parvenir à séparer les points rouges et blancs composant la couleur rose. Le gros pouvait réciter par cœur les poésies de Miguel Hernández. Je n'avais pas ce genre de facilités. Certes, je pouvais parfois transformer mon cerveau en appareil-photo et me souvenir d'un document complet en ne l'ayant eu qu'une fois sous les yeux, mais c'était une mémoire de courte durée, deux heures après, les neurones s'étaient réorganisés pour occuper l'espace inutile.

Nous rapportions une interview exclusive d'Otelo de Carvalho, obtenue dans sa prison portugaise. Exclusive parce qu'elle faisait, dix ans plus tard, le bilan de la Révolution. Mais nous redoutions qu'un confrère nous la fusille et nous n'avions pas utilisé le télex que l'on nous proposait à Lisbonne. Nous pensions passer deux jours à Los Angeles pour travailler dessus et pour la proposer à la rédaction de *Rolling Stone*, sauf que nos correspondances d'avions s'étaient révélées absurdes. Le gros avait par ailleurs rassemblé une documentation intéressante qui devait nous permettre d'écrire un bon reportage historique sur la révolution d'avril. Il avait même déjà appelé à ce propos *Historia 16* à Madrid. Je pensais que nous pouvions en faire une version bilingue et le vendre à *Radical History*. Nous avions aussi un reportage photo couleurs, qui pouvait peut-être intéresser le *National Geographic*, sur les pompiers d'un petit village du sud du Portugal qui consacraient deux jours par an à des exercices d'alerte générale où l'on brûlait des vieilles maisons. Des pompiers incendiaires qui adoraient répandre de l'essence et y jeter une allumette.

Il pleuvait ce soir-là sur l'aéroport de Montréal, et soudain le gros sortit de son sac magique une bouteille de brandy espagnol et me proposa de laisser tomber le journalisme pour nous mettre soit à écrire un roman, soit à vivre pour de bon. C'était une crise habituelle chez lui, qui avait déjà disparu lorsque nous eûmes descendu la moitié de la bouteille. Une crise liée à la difficulté d'une profession où l'on doit en général s'en tenir au rôle d'observateur, où l'on raconte des histoires vécues par d'autres, les gens normaux, ceux qui ont des passions. Le cognac contribua à calmer les angoisses du gros et je me mis à lui expliquer que nous avions une passion encore plus grande, celle de raconter. Parfois, c'était lui qui devait m'en convaincre. Lui qui devait me remettre en tête, page après page, le manuel d'éthique journalistique et de motivations professionnelles jamais rédigé, mais que tous les membres de la Tribu, comme aurait dit l'Espagnol Leguineche, avaient vaguement en mémoire dans un recoin du cerveau.

Je me rappelle tout cela, un an plus tard, à Los Angeles, loin de la neige de Montréal, parce que le gros vient de sortir une bouteille de brandy espagnol de son sac, et que j'ai craint qu'il veuille une fois de plus me convaincre que l'heure était venue de nous mettre à écrire un roman.

— Au fait, qu'est devenue la copine philippine que tu avais à Mexico la dernière fois que l'on s'est vus ? lui demandai-je pour prévenir la menace.

— Elle n'était pas philippine et ce n'était pas ma copine, c'était la femme de l'attaché culturel de l'ambassade du Pérou et elle était avec moi parce qu'elle avait perdu ses verres de contact et qu'elle était non seulement saoule mais complètement aveugle. Si ta mémoire fonctionne aussi mal, c'est parce que, ce jour-là, tu ne quittais pas un romancier éthiopien qui n'avait pas encore publié son premier roman et que je soupçonne de n'avoir été ni éthiopien ni romancier, mais le concierge de l'ambassade du Pérou qui s'était glissé dans la réception pour taxer une douzaine de canapés et une bouteille de rhum et que quelqu'un avait chargé de surveiller la femme de l'attaché culturel.

— La Philippine ?

— Oui, la Philippine qui n'était pas philippine.

— Mais qu'est-ce que l'Ethiopien qui n'était pas éthiopien foutait avec moi ?

— Tu le soutenais pour qu'il ne se casse pas la gueule. Tu sais bien que dans les réceptions diplomatiques ton côté mormon « Armée du Salut » ressort facilement et que tu passes le plus clair de ton temps à t'occuper des ivrognes.

— Tu es bien placé pour en témoigner. Surtout le jour de cette réception à Varsovie où tu as dégueulé sur un général roumain. *What was his name ?*

— J'ai toujours cru qu'il s'agissait d'une pute égyptienne que j'essayais de convaincre de coucher avec toi gratos, dit le gros en frappant sur la table avec la bouteille pour indiquer que cette conversation était terminée.

Nous avions évité le pire. Nous pouvions commencer à parler business.

— On regarde un peu ce que l'on va foutre ces prochaines semaines ?

— Commence, toi, dis-je à Julio qui débouchait la bouteille.

J'allai vers la chaîne et l'éteignis. Au passage, je pris mon carnet de notes et je mis mes lunettes.

13. Le rôle de Dieu...

... trouvait sur terre son équivalent le plus exact dans ce qu'il est convenu d'appeler le travail d'intoxication, qui ne consiste jamais qu'en des procédés sophistiqués de désinformation, destinés à faire croire aux autres ce que l'on désire ; en résumé, l'espionnage considéré comme l'un des beaux-arts. Les classiques en la matière pensent que le nerf vital de l'espionnage consiste à savoir des choses sur ton ennemi que ce dernier ignore que tu sais. Ils se trompent. Le grand jeu, le *nec plus ultra* en matière d'espionnage, c'est l'intoxication. Que les autres sachent ce que tu veux qu'ils sachent, que cela soit vrai ou faux, qu'ils agissent en fonction de l'information que tu leur fournis, que leur vision de la réalité se fasse toujours à travers les verres teintés que tu leur as fournis.

Alex semblait penser que Dieu lui-même s'était essayé au jeu lorsqu'il avait dicté la Bible et que la preuve la plus manifeste se trouvait dans la description apocryphe du paradis. Mais pour Alex, Dieu n'était qu'un désinformateur de deuxième catégorie.

La deuxième opération du SD eut pour origine une note chiffrée du directeur des opérations de la CIA, annexée à un document placé tout en haut de l'échelle de confidentialité utilisée à l'époque : « *Top secret only for your eyes* » qui passa entre les mains de dix-sept personnes, y compris un cousin du Président qui était en visite dans le bureau ovale de la Maison-Blanche et qui resta quelques instants seul avec le document tandis que son cousin était allé pisser. Il s'agissait d'une évaluation des contradictions au sein de la direction du Mouvement des forces armées portugaises. La note du directeur des opérations disait « à utiliser ». Alex reçut le document, l'autorisation de ressusciter le SD, un budget et un délai de trois mois.

Au lieu de partir pour Lisbonne, il apprit le document par cœur, prit l'avion pour New York et se promena dans Manhattan. La promenade renforça ses profondes convictions anti-écologiques. Il se jura de ne jamais retourner travailler à Langley dont il haïssait les bois et les petits oiseaux qui venaient se percher sur les fenêtres des bureaux et qui étaient traités comme des fonctionnaires de second rang du KGB. Il préférait New York, pour des raisons qui lui étaient propres. Manhattan était dépourvue de la magie que lui prêtaient ses habitants et que les touristes avalaient toute crue. Pour Alex, c'était le plus grand repaire d'anormaux de l'histoire de l'humanité. Se promener quelques heures dans la rue le mettait en contact direct avec tellement de vibrations démentielles qu'il se sentait spirituellement alimenté pour plus de deux mois.

Il aimait observer les vieilles alcooliques qui promettaient le salut universel habillées en Oncle Sam en jouant de l'harmonium, ou les Noirs efflanqués, mangés par la syphilis, qui offraient avec des yeux troubles des images porno à moitié froissées. Il suivait attentivement du regard les paranoïaques cadres moyens des boîtes de pub, et comprenait très bien les commerçants libanais et cubains qui, avec de petits yeux de charognards, les regardaient passer devant les vitrines de leurs magasins sur la Cinquième Avenue. Dieu, comme il les aimait ! Comme il les aimait tous ! Il adorait les patriarches chinois assis sur les escaliers de secours sur Grant et Canal Street, ramollis par l'âge ou l'opium ; il aimait un groupe de Jamaïcains qui opérait dans les environs du parc de Hudson Street et vendait de la pornographie infantile hard core. Il appréciait tout spécialement un adolescent roux qui torturait des chats et deux vétérans du Viêt-nam qui buvaient de l'alcool à 90° avec du Canada dry et montraient leurs cicatrices pour effrayer les femmes fréquentant un salon de thé sur la Onzième Avenue non loin de la rivière. Alex était un professionnel de Manhattan qui reniflait avec le même plaisir les vents glacés de l'Atlantique et le crottin fumant des chevaux de la police montée qui passaient sur la Cinquième Avenue. Dieu, comme il les haïssait tous !

L'opération « Horrible Bossanova » — ce titre chiffré était bien sûr de lui — débuta lorsqu'il loua une chambre de l'hôtel Wentworth, sur la 46e Rue, entre la Cinquième et la Sixième Avenue, et se coucha pour réfléchir, la télé à plein tube, pour éviter d'être distrait par les bruits de l'hôtel.

Sa première conclusion était que l'information dont ils disposaient ne servait à rien. Le dossier avait été élaboré selon les méthodes à la mode parmi les analystes de la CIA qui, à cette époque, avaient tendance à prendre pour modèle les thèses des étudiants de l'université jésuite Saint-Ignace-de-Loyola, et à mettre l'accent sur quelques individus, en les jugeant d'après des sources de seconde main. Quelques rumeurs et trois ou quatre solides informations obtenues grâce à une lecture superficielle de *Republica* et *A Capital* suffisaient à créer une base de données sur laquelle édifier une vérité déjà préétablie par l'auteur du dossier ; idée elle-même déjà suggérée par le chef de poste au Portugal, qui la tenait de l'un de ses agents les moins stupides. De cette façon, l'information était comme toujours une confirmation de ce que l'on voulait savoir et dire, et totalement dépourvue de contradictions. Alex était partisan d'une solide information contradictoire. Des années plus tard, sa conception deviendrait à la mode dans les rapports *top secret*, non que les analystes soient brusquement devenus intelligents, mais parce que l'information contradictoire ne compromettait pas les actions des informateurs et permettait de paralyser les décisions, d'empêcher que la hiérarchie ne ramène sa fraise. Dans les années soixante-dix, la CIA allait apprendre que ceux qui se trompent le moins sont ceux qui ne font rien. Alex était partisan de les envoyer tous se faire mettre par-derrière et par les oreilles, mais, s'il voulait échapper à Langley et pouvoir prendre son café tous les jours dans un bar grec de Manhattan, s'il voulait s'amuser à être Dieu dans la tête des autres (il se foutait pas mal de qui étaient les autres du moment qu'on ne lui mettait pas de bâtons dans les roues, qu'on lui donnait son chèque et suffisamment de wagons, de locomotives, de trains de marchandises, de gondoles et de pousse-pousse pour son train électrique), il lui fallait monter un jeu spectaculaire qui donne de véritables résultats. Il fallait qu'un imbécile ayant au moins rang de secrétaire d'Etat ait un sourire de satisfaction face aux résultats de l'opération « Horrible Bossanova », dont le nom officiel était « Dentelle ».

Il retourna à Langley à contrecœur, contraint et forcé par des raisons technologiques. C'est là que se trouvaient les ordinateurs, les galériens chargés de traduire du portugais, un téléphone qui fonctionnait sans pièce et même des liaisons directes par satellite avec Lisbonne. Après un rapide passage en Virginie, il partit pour Washington d'où il prit un avion de la TAP pour Lisbonne.

Le 3 décembre 1975, Alex revint de Lisbonne à New York par un vol de Panam. Quelques heures auparavant, Otelo de Carvalho et les cadres militaires du COPCON, l'extrême gauche du Mouvement des forces armées, avaient été arrêtés et accusés de préparer un coup d'Etat militaire. De retour à Langley, Alex trouva des rumeurs qui attribuaient au chef de poste de la CIA à Lisbonne, un vétéran du Chili, le travail d'intoxication au sein du MFA. Alex non seulement ne remit pas en cause cette version, mais la fit publiquement sienne à plusieurs reprises. Son rapport contenait seulement quelques éléments inédits sur le déroulement des événements. Il ne donnait aucune information interne sur le travail mené par le SD. Tout le monde fut convaincu qu'il était derrière toute l'histoire.

Deux ans plus tard, Wilfred Burchett, un spécialiste australien, écrivit un livre sur la révolution portugaise. « Il est difficile de savoir si les parachutistes ont été manipulés pour donner aux officiers de droite le prétexte dont ils avaient besoin pour mettre en marche un contre-coup d'Etat. Il est également difficile de savoir dans quelle mesure la CIA est intervenue. » Alex découpa la page du livre et la punaisa sur un des murs du nouveau bureau. Puis il l'oublia.

14. L'histoire du cahier du grand-père

(version libre)

A onze ans, Tomás Fernández était un garçon obsédé par les additions et les soustractions. C'était aussi un mineur avec quatre ans d'ancienneté qui faisait sa journée de douze heures, six jours par semaine. Il venait d'être promu à la catégorie d'aide-mineur de fond. Pendant trois ans, il avait fait partie des enfants qui travaillaient à l'extérieur de la mine, ramassant les scories, les déchets de l'exploitation industrielle, que l'on vendait plus tard au détail pour chauffer les braseros et les cuisines. Tomás était aussi un des rares génies des finances qu'allait produire la classe ouvrière espagnole. Tout au long des vingt ans d'histoire tumultueuse qu'allait traverser sa classe d'origine, il aurait l'occasion d'exercer ses talents de multiples et étranges manières.

Tomás Fernández, à la différence de tous les autres extraordinaires alchimistes qu'a produits le XXe siècle, ne fit jamais fortune. Il ne fit pas non plus la fortune des autres. A sa mort, écrasé par une voiture en 1947, il laissa en héritage à ses enfants un hôtel-restaurant de deuxième catégorie, à La Paz, ville de Basse-Californie, au bord de la mer de Cortés, dont la spécialité était les gambas grillées. Il leur laissa aussi en héritage un cahier de notes qui, quelques années plus tard, allait transformer la vie de son petit-fils, décidant de sa vocation de journaliste plutôt que de joueur de basket-ball.

Il avait appris à faire des additions tout seul, se servant pour écrire de morceaux de charbon et du sol goudronné d'une piste de danse, créant un système numérique à base cinq qu'il avait inventé. Des années plus tard, devenu gardien à la mine de Santa Barbara, il le montra à un instituteur envoyé par le syndicat qui le prit pour un fou. Il fut obligé de tout recommencer à zéro, et d'apprendre le système décimal comme tout le monde. Il se maria à dix-sept ans. Il avait déjà appris à signer avec son nom et son prénom, et personne ne multipliait aussi vite que lui dans tout le bassin du Nalón, dans les Asturies, la région carbonifère la plus importante du nord de l'Espagne. Cette même année, il participa à la grève générale, passa trois mois en prison, lut six fois *Les Misérables* de Victor Hugo, dans la version des éditions Aurora, deux volumes en corps huit condensé. Il lut une fois *Germinal* de Zola, et six fois aussi les *Douze preuves de l'inexistence de Dieu* de Fourier. Il sortit de prison convaincu qu'il fallait faire venir plus d'instituteurs dans le bassin minier, qu'il fallait mieux organiser les grèves, et qu'au-delà des divisions de onze chiffres, il devait bien y avoir autre chose.

En 1918, un mineur des Asturies travaillait une journée de douze heures. Compte tenu des terribles conditions de travail régnant dans les mines de charbon, sa moyenne de vie était de quarante-cinq ans, et la cause la plus probable de sa mort la silicose ou la tuberculose. Il avait une chance sur sept d'avoir un accident grave. Il était fier d'avoir la meilleure chorale populaire du monde, les meilleurs joueurs de cornemuse et l'un des syndicats les mieux organisés au monde. Tomás était fondateur du syndicat, il avait adhéré à l'âge de neuf ans car « celui qui travaille à l'âge de neuf ans a le droit de voter les grèves comme tous les autres » (pouvait-on lire dans une résolution de la section du Syndicat des mineurs des Asturies de la mine de Sobrescorbio, où il avait été embauché).

Tomás était né avec le siècle et cela l'ennuyait dans la mesure où il était quasiment certain de ne pas voir l'an 2000. Il était convaincu qu'à la fin du siècle, les hommes seraient arrivés sur la lune et que le socialisme régnerait sur la planète ; sauf en Russie où le communisme serait déjà en place, puisque là-bas on était en avance, et en France où on en serait au régime médiéval, car l'histoire y marchait à reculons. Etre né avec le siècle avait pourtant un côté agréable : son âge était une référence pour se rappeler l'année en cours. Il mesurait 1,56 m, et il était sûr qu'il n'avait pas grandi davantage parce que, enfant, il avait été mal nourri. Il n'avait aucun souvenir de ses parents, morts noyés dans la mer Cantabrique au retour de leur voyage de noces à Santander, voyage qu'ils avaient fait avec huit ans de retard. Il se rappelait vaguement ses frères qu'un oncle de León avait pris en charge. Il ne les avait jamais revus. Il avait deux familles, sa femme Elisa et le syndicat. Il apprenait à écrire à Elisa, fille de mineurs analphabètes, étudiait le calcul commercial au syndicat, et disséquait la loi sur l'industrie minière promulguée pendant les premiers mois de la dictature de Primo de Rivera, ainsi que tous les rapports du ministre de l'Industrie concernant l'industrie charbonnière.

En 1925, au sortir d'une assemblée syndicale tenue dans le village de Moreda, les jaunes des mines du marquis de Comillas tirèrent sur lui. Tomás, qui était armé lui aussi, répondit à l'agression en tirant deux fois en direction des agresseurs. L'un d'eux y laissa un œil et reçut une médaille de l'entreprise tandis que lui était envoyé en prison. Le syndicat versa à sa femme l'intégralité de son salaire durant son séjour à la prison modèle d'Oviedo, mais en sortant il apprit que son nom était sur la liste noire des patrons des entreprises de la région et il ne trouva pas de travail pendant trois mois. Au début de 1926, le syndicat lui donna l'adresse d'une petite exploitation minière abandonnée par son propriétaire après une grève de deux ans. Elle était passée aux mains des travailleurs qui en avaient confié la gestion au syndicat. La mine n'avait aucune importance économique, elle était techniquement en mauvais état et le filon de charbon n'était pas très riche. Elle était loin de la route principale, ne disposait d'aucun crédit bancaire et la commercialisation de son charbon était perpétuellement menacée, car les propriétaires des industries métallurgiques de Mieres et de La Felguera étaient les mêmes que ceux des grosses mines de la région. Malgré ces conditions hostiles, tous savaient que Tomás gagnerait la guerre. Même Tomás, qui n'était pourtant pas un modèle d'optimisme, savait qu'il gagnerait. Le jour où on lui offrit la direction de la mine de San Vicente, il fumait comme une cheminée, ce qui trahissait sa nervosité. C'était pour le syndicat une question d'honneur de démontrer qu'une mine administrée par les travailleurs serait plus productive, plus riche, plus sûre, et payerait de meilleurs salaires que n'importe quelle mine gérée par les patrons.

Jusqu'aux débuts de la République, en avril 1931, le mouvement ouvrier des Asturies resta replié sur lui-même. Les socialistes, qui étaient à la tête du syndicat, suivirent une politique de préservation de la paix sociale. Ils essayaient de maintenir les acquis et consacraient leurs efforts à réaliser des œuvres sociales, tels la construction de bâtiments syndicaux et de bibliothèques, le renforcement de l'action culturelle et éducative, l'encouragement à la création de coopératives pour le logement et la nourriture. Ils se tenaient ainsi en marge des affrontements les plus âpres avec la dictature. Tomás n'était pas tout à fait d'accord avec cette politique qui les éloignait, pensait-il, du socialisme et de la révolution mondiale. Mais il était trop pris par la gestion de sa mine, et il était devenu, malgré lui, un fonctionnaire de cette paix sociale à l'image de beaucoup d'autres dans le syndicat. Le sang coulait froidement dans ses veines, ce qui ne l'empêchait pas de garder en réserve dans la mine — « au cas où » — une considérable quantité de dynamite qui excédait largement les besoins de l'exploitation normale. Durant ses quelques moments de loisirs, il étudiait l'algèbre et la géométrie comme un obsédé.

La mine devint une des plus rentables de la région ; celle aussi qui payait, bien sûr, les plus hauts salaires et, curieusement, celle qui réunissait les meilleures conditions techniques d'exploitation. Tomás n'était pas pour grand-chose dans lesdites conditions techniques, si ce n'est qu'il avait soigneusement choisi l'ingénieur qui s'en occupait. Les aspects techniques de l'exploitation l'intéressaient peu et il ne voulait pas en savoir plus. Son rayon, c'était la gestion et les affaires.

Le jour où la République fut proclamée, Tomás but une douzaine de bouteilles de cidre, sortit la dynamite au cas où, et s'acheta un Star 9 mm. Il apprit à s'en servir dans la cour de sa maison. Sa femme avait l'habitude de le regarder tirer dans le potager pendant qu'elle ramassait des salades ou mettait du fumier sur un carré de choux de Bruxelles. Il était en train de s'entraîner lorsque sa femme accoucha de leur premier enfant.

Pour les mineurs des Asturies, la République signifia, parmi bien d'autres choses, une période de redéploiement de leurs forces, une suite de durs affrontements avec les patrons et l'élargissement progressif de leur espace de pouvoir dans la société. Le Syndicat des mineurs décida de publier un journal, et Tomás fut désigné comme administrateur. Il abandonna sa maison dans le village et déménagea à Oviedo, petite ville de bureaucrates et de fonctionnaires, capitale de la région et donc centre obligé pour la publication du journal. Tomás prit en charge sa conception. Ce n'étaient pas les journaux des partis politiques, à la durée de vie éphémère, qui l'intéressaient comme modèles, mais les grands quotidiens espagnols. Pendant deux mois, le petit mineur, vêtu d'un costume trois pièces emprunté, parcourut les ateliers de fabrication des principaux quotidiens de Madrid. Il visita les bureaux du *Sol* et du *Socialista.* Sa qualité de syndicaliste lui permit aussi l'accès aux ateliers de fabrication des journaux de droite tel *ABC* ; il accompagna les distributeurs dans leurs tournées, visita Bilbao et apprit le fonctionnement du réseau du *Liberal.* Il vendit à la criée des journaux dans les rues de Séville et de Vigo, étudia la comptabilité des uns et les presses des autres, visita des entreprises papetières et des compagnies allemandes fabriquant des linotypes, analysa les Harris anglaises et les rotatives françaises ; il lut dix mille journaux. Puis, finalement, il se réunit avec la direction socialiste des Asturies et les représentants du syndicat pour leur dire que tout ce dont on avait besoin c'était d'un directeur et qu'il se chargeait du reste.

Durant les quatre années qui suivirent, et jusqu'à ce que les locaux de *Avance* soient brûlés par l'armée, obligeant Tomás à s'exiler en France, il ne dîna pas une seule fois chez lui et assista 1 094 fois à la sortie des premiers exemplaires des rotatives.

Tomás fit d'*Avance* un quotidien de bonne facture, imprimé sur une machine rapide qui ne tombait que rarement en panne, qui possédait un excellent réseau de distribution, bien organisé et qui offrait une information d'excellente qualité. Au cours des premières années, le journal ne fut jamais déficitaire. Mais ses talents de magicien de l'organisation et des finances devaient, comme toujours, se manifester dans des conditions exceptionnelles.

Lorsque la droite gagna les élections à la fin de 1933, le socialisme espagnol passa à l'offensive. C'était une sombre époque en Europe. Le fascisme s'était emparé de l'Allemagne et de l'Italie et en février 1934 il engloutissait l'Autriche. Des mobilisations d'extrême droite avaient lieu sur tout le continent. Dans les Asturies, *Avance* soutint la ligne du front unique ouvrier et de l'insurrection, et se mit au service de ce projet. La censure s'abattit sur lui : arrestations de journalistes, mise au pilon des tirages, mutilation des pages par décisions de justice, interdiction de la distribution à cause d'articles censurés, prise d'assaut des ateliers de fabrication et des bureaux de la rédaction par la police. En l'espace de huit mois, le journal fut condamné à payer de fortes amendes, les tirages furent saisis une centaine de fois et la distribution interdite, son directeur alla trois fois en prison et les ateliers furent investis deux fois.

Ce fut alors que la tête de Tomás se mit à fonctionner. On créa des réseaux de distribution parallèle. Les mines s'arrêtaient si le journal n'était pas mis en vente avant le début du travail. On organisa des souscriptions publiques pour payer les amendes. Des groupes de volontaires déposaient le journal dans les transports publics et la population se chargeait de sa distribution gratuite. Les syndicats rouges finançaient les tirages mis au pilon. On changeait l'heure de bouclage sans que les autorités le sachent, on imprimait à l'avance, on sortait les journaux des ateliers par les fenêtres et les voisins les faisaient passer d'immeuble en immeuble. Le journal continuait à sortir avec une parfaite régularité. Des situations d'urgence avaient besoin de solutions techniques d'urgence et c'est là que Tomás découvrit l'efficacité de la formule alliant organisation traditionnelle et résistance populaire.

Vers le mois d'août, le syndicat plaça Tomás à la tête d'un nouveau projet : acheter des armes pour la future insurrection. Tomás aborda le problème avec son sérieux habituel et mit en œuvre une opération si compliquée pour empêcher la police d'en suivre la trace, que même des années plus tard elle restait un mystère.

Il acheta des armes à Cadix pour les revendre en Ethiopie ; mais comme ce genre d'envois étaient soumis à l'embargo de la Société des Nations, il monta une opération de diversion pour faciliter la première opération fantôme. La discrétion des vendeurs servit à cacher la vérité. En réalité, le mystérieux chargement, au lieu de partir vers l'Afrique, fit le tour de la Péninsule et se retrouva du côté de la côte des Asturies. Le bateau avait été acheté par le syndicat et rebaptisé du nom d'une pierre verte porteuse de chance : *Turquoise*.

La défaite de la Révolution, après seize jours de combat (Tomás s'occupa du transport des colonnes de mineurs insurgés), obligea Tomás à s'exiler en France, où l'organisation le chargea d'une nouvelle opération financière. Pendant le Mouvement d'octobre, les révolutionnaires avaient dévalisé la Banque d'Espagne et d'autres banques plus petites, ainsi que les bureaux des compagnies minières. Tomás devait se charger de récupérer cet argent dispersé entre une centaine de militants au moment de la fuite. Il avait été enterré dans la montagne, remis aux proches des détenus ; des fugitifs cachés quelque part en Espagne en gardaient une partie. Il réussit à récupérer 89 pour 100 de l'argent et à découvrir où se trouvaient 9 pour 100 manquants : un type qui avait fui en Argentine en avait une partie, l'autre était entre les mains de la police et de la garde civile qui avaient découvert trois cachettes. Pendant deux mois, Tomás fut sous le coup de l'indignation en raison des 2 pour 100 manquants. Il disait volontiers que décidément les socialistes n'étaient plus ce qu'ils étaient. L'argent servit à aider les veuves des ouvriers morts et à financer de nouvelles machines pour remplacer celles du journal détruites dans un incendie provoqué par l'armée.

Après la victoire électorale de 1936, *Avance* ressortit, mais pour une courte période car quelques mois plus tard la guerre civile éclata. Tomás fut nommé vice-ministre des Finances du gouvernement républicain des Asturies. La région était isolée par les franquistes qui s'étaient emparés de la Galice et d'une partie du pays Basque. Il fit à nouveau preuve de ses talents en organisant l'économie de guerre, mais aussi en apprenant à organiser des opérations internationales dignes de Houdini, malgré le blocus imposé par la force de la non-intervention.

Sa règle à calcul marchait bien, mais il fallait abandonner toute orthodoxie financière. Il fallait fournir l'armée des ouvriers en armes, en vivres, en balles et en vêtements. C'était l'aspect moral de l'histoire, et il trouva à utiliser ses compétences. En septembre 1936, il acheta en Belgique huit mille bottes de pied gauche mises au rebut, puis il prit une assurance à la Lloyd's à Londres pour six fois leur valeur, les déclarant tout simplement comme des « bottes ». Il fit couler le chargement dans la mer Cantabrique et acheta des petites mitrailleuses tchèques pour le Portugal avec l'argent de la prime. Il les transforma en ferraille grâce à une opération écran en France, puis il les racheta aux Français. Ceux-ci devaient empêcher le passage des armes en Espagne, mais n'avaient aucun problème pour envoyer de la « ferraille ». Comme il n'aimait pas utiliser des intermédiaires, il créa peu de temps après sa propre compagnie d'exportation à Toulouse, dont le principal prête-nom était un Gitan qu'il avait recruté pour les besoins de son réseau rouge.

Au début de 1937, il en savait un rayon sur les transactions internationales illégales. Il spécula avec l'or soutiré aux églises et à la bourgeoisie des Asturies. Il escroqua des aventuriers hollandais et des pirates de l'industrie de guerre belge, et arnaqua des navigateurs panaméens et des banquiers grecs. Il acheta des canons et des imperméables, des milliers de pistolets et même un avion. Il loua des navires fantômes qui changeaient de drapeau et de nom, pratiqua l'autopiraterie, séquestra des chargements, vendit le même charbon six fois dans la même semaine à des acheteurs différents. Il se fit passer pour Grec. Il vola des cigares cubains et des carottes portugaises, et les échangea contre des camions Ford qu'il fit blinder dans les Asturies. Deux semaines avant que la guerre ne se termine, il essayait d'organiser une fraude massive à la loterie vénézuélienne pour revendre les faux billets en territoire franquiste à travers une bande d'escrocs portugais.

Elisa mourut dans un bombardement. La tristesse devint un sentiment intérieur indéfinissable, mais il ne pouvait pas s'y arrêter. En 1939, tenant par la main un fils de six ans et une fille de quatre, il traversa la frontière par le Perthus et fut obligé de rendre son revolver. Son passeport diplomatique lui évita d'être interné dans un des camps de concentration. Il se cacha en Normandie. Quand les nazis déclarèrent la guerre à la France, quelques mois plus tard, il prit de nouveau ses enfants par la main et partit pour Paris. C'est là qu'à la sortie d'une station de métro il rencontra Longoria. Il fit dans la France occupée par les Allemands tout ce qu'il n'avait pas pu faire en Espagne pendant la guerre par manque de temps. Son ami Longoria était un surprenant anarchiste de trente-neuf ans qui, à treize ans, avait falsifié son acte de naissance pour pouvoir entrer au cinéma aux séances pour adultes et qui avait participé à la défense de Madrid.

Le réseau Sacramento était constitué de deux hommes et deux enfants qui aidaient à sécher les faux billets dans la salle de bains. Tomás apprit à dormir debout, appuyé contre le mur, avec une oreille collée à la porte, pendant que la petite presse de Longoria fabriquait des billets. En un an, tout en échappant à la chasse menée contre eux par la Gestapo parisienne, ils mirent sur pied des opérations extravagantes et pleines d'imagination, du ravitaillement des maquis de la Loire, où se trouvaient beaucoup d'anciens combattants espagnols, à la falsification des billets pour le match de football entre l'équipe de Paris et celle des forces allemandes (ils placèrent trois fois plus de billets que le stade n'avait de places et les Allemands durent annuler le match). Ils empoisonnèrent le champagne destiné aux terrains d'aviation que la Luftwaffe avait dans les alentours de Paris, contrôlèrent la production de Guerlain et utilisèrent les fonds pour créer un réseau qui aidait les pilotes anglais, dont les avions avaient été abattus, à passer en Andorre. Pendant les trois ans que dura l'aventure, Tomás rêvait de refaire un journal.

En mai 1942, les Allemands réussirent à infiltrer le réseau par les échelons de base et leur organisation s'écroula. Tomás et Longoria eurent deux minutes pour s'embrasser dans une petite forêt des alentours de Lyon. Ils ne se revirent jamais. Avec un faux passeport et tenant ses enfants par la main, Tomás retraversa la frontière espagnole et celle du Portugal. Il se fit passer pour un Juif grec, puis il prit un bateau pour l'Amérique. Sur le bateau, il dormait pendant des heures. Il mangeait peu, regardait jouer ses enfants pendant un moment sur le pont, puis retournait dormir. Parfois il se réveillait et, avant que les enfants l'obligent à s'habiller pour aller prendre le petit déjeuner, il allait sur le pont en pyjama et regardait le vol des mouettes. Il avait la sensation désagréable que la vie était terminée. Le bateau allait à San Francisco en passant par Panama. Tomás descendit dans le port de pêche de Mazatlán, au Mexique, où s'était installée une colonie de réfugiés espagnols. Il était épuisé. Mentalement détruit. Il découvrit qu'il avait oublié comment extraire des racines carrées, et un médecin républicain lui diagnostiqua une anémie maligne.

Il ne supporta pas plus d'une semaine les débats de l'exil. Avec l'argent qu'il avait réuni en France en échangeant aux Allemands des faux Toulouse-Lautrec contre de l'or, et qu'il gardait comme réserve personnelle, il acheta un petit hôtel dans un petit port timide et silencieux au bord de la mer de Cortés, à La Paz, tout au bout de la Basse-Californie.

Il se prépara pour l'attente. Il élevait ses enfants, tout en réfléchissant à la façon de tirer un journal à plusieurs centaines de milliers d'exemplaires pour en bombarder, depuis des avions, l'Espagne franquiste.

Il avait quarante-deux ans, l'âge du siècle.

15. Laurel à La Paz

En août 1942, Stan Laurel terminait le tournage d'un film désastreux dont le titre était *A Haunting We Will Go*. Il loua une vieille Dusemberg, engagea un chauffeur irlandais appelé Larry, et lui demanda de descendre vers la frontière. Il transportait une demi-douzaine de bouteilles de genièvre hollandais dans sa petite valise, mais cette fois il venait d'avoir cinquante-deux ans et n'était plus très sûr de savoir pourquoi il voulait aller au Mexique.

Tous les comportements rituels trahissent une bonne dose de culpabilité. On se trompe un peu soi-même. Laurel ne voulait pas fouiller dans ces sombres recoins de son esprit. Il indiqua d'un geste au chauffeur la route de San Diego, puis il ferma les yeux et s'enfonça dans la banquette arrière de la voiture.

Il étouffait. Son retour au cinéma était un échec, son mariage avec Ruth une catastrophe. Elle dépérissait à vue d'œil à cause de cette infection idiote qui s'était généralisée après l'extraction d'une dent de sagesse. Il en avait marre d'apparaître en public. Cela lui donnait l'impression d'être une légende morte et pas un acteur vivant. Il en avait même un peu marre de son éternel et indissoluble mariage avec Hardy et de leurs personnages. En somme, il était plutôt fâché avec lui-même. A Tijuana, il signa un autographe pour le douanier mexicain, puis il indiqua au chauffeur la route du désert.

Le premier soir, ils couchèrent à Rosarito. Le matin, ils prirent la route du sud avec l'arrière de la voiture plein de bidons d'essence et d'eau. Laurel se livrait à quelques exercices dans une chaleur qui le mettait dans un état d'abrutissement total. Un des exercices consistait à soutenir un dialogue avec un cactus, lui-même tenant le rôle d'un homme perdu dans le désert. Dans un autre, Laurel se trompait de bidon, il buvait dans un bidon d'essence au lieu de boire dans celui contenant de l'eau. Le reste était des exercices érotiques et il ne voyait pas quel profit en tirer dans ses prochains films. Le long de la route ils rencontrèrent parfois des détachements de l'armée mexicaine en pleine paranoïa anti-japonaise. Les feuilles de chou américaines avaient fait circuler la rumeur d'une invasion japonaise des Etats-Unis qui utiliserait le désert de Basse-Californie comme tremplin. Au Mexique, cela avait fait son effet.

Ils arrivèrent dans la baie de La Paz trois jours après avoir quitté Los Angeles. Larry considéra que c'était une bonne performance vu l'état des routes dans la zone du désert. La satisfaction de son chauffeur laissa Laurel indifférent. Il lui demanda simplement d'arrêter la voiture au bord de la plage, enleva ses chaussures et ses chaussettes et alla vers la mer. L'eau était chaude. Il resta immobile lorsque des poissons s'approchèrent et se mirent à jouer entre ses doigts de pieds.

En fin d'après-midi, ils trouvèrent un petit motel, situé presque en dehors de la ville, qui occupait un des coins de la petite baie. Son aspect plut à Laurel. De solides chaises en bois, un patio central avec une fontaine. Des plantes grimpantes en fleurs partout, le parfum de la mer, des chansons d'amour en espagnol qui sortaient d'un vieux gramophone, une femme qui brodait une énorme nappe aux couleurs éclatantes et qui ne faisait aucunement attention à lui. Larry se consacra à la tequila et aux prostituées japonaises ; Laurel regardait tomber l'eau de la fontaine en pierre et buvait son genièvre hollandais dilué dans de la citronnade que le patron posait devant lui dans une grande carafe. C'était un Espagnol de petite taille, aux cheveux blancs, qui s'asseyait l'après-midi à côté de lui pour écrire dans un grand cahier de comptabilité à couverture cartonnée. Laurel était sûr que cela n'avait rien à voir avec les affaires et que l'homme écrivait là l'histoire de sa vie.

Laurel essaya de lui raconter l'épisode de la mort de Pancho Villa ; l'Espagnol l'écouta attentivement, mais il était clair qu'il n'avait pas compris grand-chose car il ne parlait pas anglais. En échange, l'homme lui avait lu à haute voix des passages de ce qu'il était en train d'écrire, et Laurel était fasciné par la voix, les gestes, l'intensité du personnage. Il était tout à fait persuadé d'écouter quelque chose de très important. Il ne put pas approfondir car, si l'anglais de l'homme était inexistant, il en allait de même pour son espagnol à lui.

Ils se rapprochèrent encore plus le deuxième jour. Ils découvrirent leur énorme capacité à écouter les histoires des autres sans les comprendre et leur goût pour la paella. Laurel se lécha les doigts et alla se servir sa troisième assiette sous le regard flatté du propriétaire de l'hôtel. Il voulut payer l'hospitalité avec quelque chose de plus important que l'argent et il joua pour lui deux sketches de l'époque dorée, celle des années muettes. Le type en jouit vraiment. Il lui montra en échange un grand album de photos où on le voyait sur de grands balcons en train de parler à des foules insurgées ; dans les réunions d'un gouvernement que Laurel n'arrivait pas à identifier ; assis avec d'autres personnages autour d'une grande table en acajou ; sur le pont d'un bateau battant pavillon anglais, souriant devant la caméra ; dans des défilés et des tranchées.

Le troisième jour, Laurel lui raconta l'histoire des femmes qu'il avait aimées et lui parla des erreurs qu'il avait commises. Il lui montra des photos. Le petit Espagnol acquiesça d'un air sérieux devant chaque photo en donnant d'une voix rauque une opinion sur chacune des femmes qu'il voyait. Il analysa leurs vêtements, spécula sur les possibles traits de leur caractère, parla des défauts qu'il leur trouvait pour vivre avec Laurel. Il dit bien d'autres choses que Laurel interpréta comme des jugements généreux sur la poitrine de celle-ci, les cuisses de cette autre, ou le superbe cul d'une autre encore. Du « superbe cul », Laurel était sûr, car il avait demandé à Larry si *« culo »* pouvait se traduire par *« buttocks »* et le chauffeur avait confirmé. En général, Laurel avait été parfaitement d'accord avec les jugements de l'Espagnol. On voyait que le type savait de quoi il parlait. Personne ne l'avait jamais mieux compris. Malgré cela, au quatrième jour, Laurel décida de quitter La Paz. Il avait la sensation d'avoir accompli ce qui l'avait amené de si loin. Il se sentait l'âme profondément apaisée, et avait le sentiment d'une mission accomplie.

Ils se dirent au revoir en s'étreignant plusieurs secondes. Et très cérémonieusement, ils échangèrent des cartes de visite. En roulant vers le nord, Laurel versa deux larmes pour cet ami qu'il n'avait pas pu comprendre. Il était sûr que s'ils avaient eu une langue commune, ils auraient fait de grandes choses ensemble : aller à la pêche, écrire un film génial ; pas un film comique, un grand mélodrame. Plus encore, il savait que Tomás Fernández, le propriétaire de l'hôtel La Fuente, à La Paz, en Basse-Californie du Sud, était le meilleur ami qu'il aurait jamais.

Ils ne devaient plus se revoir, mais ils auraient des nouvelles l'un de l'autre.

16. Histoires de journalistes

(Julio)

— Tu veux commencer par les amuse-gueule ou par le plat de résistance ? lui demandai-je.

Greg me sourit. Il savait que je commencerais par le moins important. Il n'est pas très doué pour vendre un sujet. Il a tendance à lancer sa meilleure idée sur la table comme s'il s'agissait d'une interview de Walt Disney réalisée à la sortie d'une conférence de presse. Moi qui aime les récits bien menés, je commençai par lui proposer ce que je croyais être le dessert. On ne peut jamais être sûr. Les petites choses prennent parfois de l'importance.

— Les sandinistes étaient prêts à lancer un appel à la formation de brigades internationales si les gringos envahissaient le Nicaragua, ils avaient même formé un groupe chargé d'étudier les implications militaires du projet.

— Des ex-guérilleros argentins, affirma Greg.

— Oui, entre autres. Il y avait aussi un vieil officier espagnol de l'époque de la République et deux Péruviens du groupe de La Puente Uceda, les militants du MIR des années soixante.

— Cela n'a pas grand intérêt, dit Greg en massant de sa main droite son poignet gauche qui le faisait de temps en temps souffrir. Il s'était fait une mauvaise fracture il y avait longtemps dans un accident de moto, c'est du moins ce qu'il m'avait raconté. Il avait mal par temps de pluie et aussi lorsque nous n'avions pas de vrais sujets à nous mettre sous la dent. C'était une chance inouïe de disposer ainsi d'un indicateur des bons et des mauvais reportages.

— Justement, si nous allons au Nicaragua, cela vaut la peine de prendre le temps et d'en rapporter une bonne histoire.

— Ce qui signifie que tu as un autre sujet, un vrai, qui justifie un voyage au Nicaragua.

Je souris. Greg n'était pas du genre à acheter une montre d'occasion.

— Ils ont capturé le type qui a tué Benjamin Linder, lui dis-je sans crier gare.

— Pourquoi ne l'ont-ils pas annoncé ? Pourquoi n'en a-t-on rien su ? Tu es sûr ? *Shit, that is big, at least here in the States.*

— Parce ce que eux-mêmes n'en savent rien. Il fait partie du groupe de *contras* arrêtés au cours de l'opération « Martillo » il y a une semaine. Le type n'a pas avoué, mais j'ai rencontré son frère à Mexico et il m'a dit qu'il était prêt à tout raconter à un journaliste gringo s'il y a du fric à la clé.

— *How much ?*

— Je ne sais pas. Dans les 1 000 dollars. Je suppose que les sandinistes nous faciliteraient le travail et qu'un canard gringo serait prêt à payer. Il fait partie de ceux entraînés à El Aguacate par la CIA et l'armée hondurienne.

— Cela doit être faisable. *Are you sure ?* Etes-vous sûr de votre fait, cher ami ? Pourquoi ne m'en as-tu pas parlé plus tôt ?

— Aucune chance que quelqu'un le retrouve avant nous. Le type ne dira rien. Il espère être amnistié. C'est un pauvre diable, un imbécile de seconde zone. Un obscur fils de pute.

— Et il prendrait le risque ?

— C'est ce que dit son frère.

— C'est qui son frère ?

— Un frère. Comment diable voudrais-tu que soit un

frère ? Toi évidemment, en temps qu'orphelin unique, tu ne sais pas ce que c'est. Tu devrais quand même savoir : des frères. Deux types qui ont les mêmes père et mère, ou au moins la même mère.

— Gros, je n'aime pas cette histoire. Un frère au Mexique qui te propose un coup pareil... Attends-moi, je reviens.

Greg alla dans la pièce où il gardait ses archives. Il avait bien entendu un dossier sur Linder. D'ailleurs, nous avions déjà écrit sur le sujet. Nous avions fait un reportage sur la centrale électrique que Linder était en train de construire. C'était sorti un an plus tôt dans le *Village Voice*.

Il revint avec une chemise bleue remplie de papiers et deux bières allemandes. Il m'avait dit un jour que nous avions même rencontré Linder. Je ne m'en souvenais pas. Je n'avais que ces faux souvenirs qu'ont les journalistes des choses qu'ils racontent. Mes faux souvenirs me disaient aussi que j'avais pris un café avec Che Guevara, mais c'était impossible, je ne l'avais jamais vu. Rien que des photos, ces photos qui nous poursuivaient éternellement. De Linder aussi je me rappelais une photo, un barbu avec un regard agréable qui inspirait confiance. Le regard d'un type avec qui tu laisserais ta petite sœur de quinze ans aller au cinéma.

— Toi tu racontes, moi je fais les rapprochements.

Cette fois c'était mon tour d'aller chercher mon carnet de notes dans le sac à magie. J'avais moi aussi tout vérifié avant d'avaler cette histoire.

— Il s'appelle Canedo, un garçon d'une vingtaine d'années. Tu te rappelles ce petit groupe enlevé par des *contras* en 1978 ou 1979 ? Des gamins de la classe moyenne qui tentaient d'échapper au service militaire et qui se sont retrouvés dans pire. Ce fou de Suri avait fait un reportage là-dessus. Il s'est retrouvé avec les types de la Force d'intervention n° 5, ces porcs commandés par Negro Valdés. Voilà toute l'histoire. Ils sont tombés sur Linder et ils l'ont tué. C'est lui qui a tiré. D'après ce qu'il aurait dit à son frère, il a juste tiré pour l'impressionner. Après, ils auraient pris peur en se rendant compte qu'il s'agissait d'un gringo. Il est prisonnier dans un centre d'interrogatoire de Managua. D'après ce que m'a dit son frère, ils ne le considèrent pas comme une prise importante.

— Qu'est-ce que fait le frère ?

— Il vend des montres au marché de la Merced à Mexico. Il m'a tout l'air d'un imbécile qui cherche du fric. C'est Manuel, un de mes copains peintres, qui me l'a fait rencontrer en pensant que son histoire pouvait m'intéresser.

— Et si tout ça n'est qu'un coup monté pour nous tirer des dollars ?

— Je vois mal comment. Le fric, on le refilera au frère de Managua, pas à celui de Mexico.

— Et il ne t'a pas demandé de ne rien dire aux sandinistes ?

— Même s'il me l'avait demandé, il peut aller se faire foutre. Je ne fais pas de promesses de cette sorte... De toute façon, le jour où l'histoire sera publiée, il n'y aura plus de secret qui tienne.

Greg mit en ordre ses notes. A l'intérieur de la chemise, au-dessus des papiers, il y avait la photo de Linder dont je me souvenais. Greg l'avait prise à Managua.

Nous l'observâmes un bon moment.

17. Il était écrit sur le mur...

... « Alex déteste les vieilles et les enfants. » C'était du moins ce que l'on pouvait lire dans son bureau sur une carte clouée au tableau de liège destiné aux messages. Il y en avait quelques autres autour, plus anciennes : « Alex aime les veuves, surtout les veuves fatales. » « Alex dit : "N'aie pas confiance en ta propre mère, elle pourrait être un agent de la CIA." » « Phrase historique d'Alex : "Les nains, les chiens et les bébés ont aussi des oreilles." » « Alex suce Mengele, Hitler suce Alex. »

Alex encourageait la liberté créative de ses garçons, les « merdeux » comme il les surnommait tendrement, mais aujourd'hui, il était énervé, distrait, parce qu'il venait de rencontrer près de l'immeuble des Nations unies un officier guatémaltèque qu'il voulait utiliser dans une opération. Le type lui avait semblé intelligent mais mou. Au milieu de leur conversation, Alex avait commencé à se brûler la paume de la main avec sa cigarette, ce qui avait donné le dialogue suivant :

— Qu'est-ce que vous faites, mister Smith ?

— Je me brûle la main, capitaine Becerra. Vous n'avez jamais vécu ce genre d'expériences ?

— Pas à la main.

— Vous croyez en la torture ?

— Je crois qu'elle est utile, parfois inévitable.

— Et vous ne croyez pas qu'il faut essayer les choses sur soi avant de les pratiquer sur les autres ?

— Non, franchement non.

Le capitaine eut un rire gêné.

— Je ne trouve pas cela très sérieux de votre part.

— Si vous me prêtez votre cigarette, je peux vous brûler la paume de l'autre main, je ne fume malheureusement pas moi-même.

Le bureau était pratiquement vide. Dans l'une des pièces, Nelson, un Noir d'origine jamaïcaine, étudiait des annuaires téléphoniques de Madrid. Un peu plus loin, Laura discutait en polonais au téléphone. Le lendemain, le SD devait fêter son cinquième anniversaire et Alex voulait célébrer ce jour avec un gâteau et du champagne.

Il tirait un bilan positif de ces cinq années de survie. Il était arrivé à préserver sa créature monstrueuse dans le tunnel de désastres qui avaient marqué la fin des années soixante-dix, entre les désertions et les campagnes du Congrès. Il avait survécu aux purges et aux guerres internes, il était sorti indemne de la transition entre Colby et Casey. La subtilité n'était pas le trait dominant de l'administration Reagan mais elle était obsédée par l'action, et à partir de 1980, Alex dut agir plus vite et avec moins de précautions que d'habitude, mais en échange de ce style plus rude, on lui offrit des dizaines de terrains d'action et des centaines d'opérations possibles.

Au cours de ces années, il parvint à convaincre tous les intimes d'un dirigeant socialiste chilien en exil que leur meilleur ami et confident était un homosexuel honteux, qui aimait les adolescents et vendait des informations à la CIA, ce qui empoisonna tout le cercle dirigeant des socialistes en exil. Il mit sur pied une opération qui assombrit pendant six mois les rapports entre Tchèques et Yéménites ; il obligea le contre-espionnage sandiniste à dépenser du temps et beaucoup d'argent pour suivre à la trace une opération fantôme de la CIA au Costa Rica ; il força le président syrien à passer une année entière entouré jour et nuit de gardes du corps, il poussa au suicide un dirigeant syndical du Pays de Galles, il servit de « source fiable » aux reporters d'une revue mexicaine, sans que ceux-ci le sachent. Tandis que le secteur officiel se retrouvait avec de la merde jusqu'au cou suite à l'Irangate, les francs-tireurs du SD jouaient leurs petits jeux avec succès. C'est ce qui comptait.

Sur son bureau, se trouvait une convocation pour que son équipe passe la visite psychiatrique annuelle. Il jeta le papier à la poubelle. Il trouverait bien un moyen de tromper les bureaucrates. Ils étaient foutus de démanteler le SD, s'ils découvraient que l'Agence employait dix-sept dingues à New York. Rien de plus dangereux, disait Alex, qu'un bureaucrate apparemment sain d'esprit.

— Leila, s'il te plaît, va me chercher la pommade pour les brûlures, demanda-t-il à son assistante.

Il alluma un transistor et se mit à lire les œuvres complètes de Staline, en les reprenant exactement au tome et à la page où il les avait laissées la veille. Il avait de la sympathie pour Joseph Vissarionovitch Djougachvili, il lui trouvait une bonne tête et il s'amusait même de son langage creux et de ses mots qui ne voulaient rien dire. Il ne s'enlisait jamais dans sa lecture : il se reportait fréquemment à deux excellentes biographies (celles de Deutscher et de Souvarine) qui lui permettaient de mesurer la distance entre les mots et les actes. C'était merveilleux de voir à quel point ils ne coïncidaient jamais. Il devait se souvenir de le dire à ses garçons. La contradiction systématique entre le dire et le faire constituait une sorte de logique, digne d'admiration. Staline aurait pu être le grand directeur que la CIA n'avait jamais eu, elle qui avait toujours été aux mains de militaires amateurs, d'épiciers de Wall Street, d'espions à la petite semaine sans la moindre paranoïa créatrice.

Si jamais les bureaucrates découvraient que le chef du SD étudiait Staline en écoutant de la musique afro-antillaise, ils étaient capables de lui confisquer son transistor. Il laissa son livre et jeta un coup d'œil aux papiers dans la corbeille des arrivées. Il y trouva quelque chose d'intéressant, une proposition de campagne. Cela valait le coup et ça pouvait très bien s'inscrire dans les expériences menées par le SD. Il commença à carburer là-dessus, et Staline lui apparut brusquement comme un type routinier, qui ignorait que l'information était la clé du pouvoir et qu'une fois que l'on croit savoir quelque chose, on agit et on se fabrique de nouvelles certitudes. Ensuite, on peut toujours parler de « libre arbitre »...

18. Ben était venu au Nicaragua prêt à y laisser son cœur

(notes contenues dans le dossier de Greg)

* Rien de spécial sur Linder, un des 60 000 Américains à s'être rendus au Nicaragua. Peut-être son obstination. L'intensité mise dans sa mission. Une douce obsession. Une histoire d'amour avec un pays harcelé ?

* Parler de la dette morale. Ceux qui vont construire des barrages ou enseigner la danse. Une espèce de réponse à la dette morale. Ton pays paie le salaire des mercenaires.

* Le réseau technique créé par des civils américains en appui au Nicaragua. L'appui pour construire des hôpitaux, lever les récoltes, alphabétiser. Ce réseau assuré par les Américains. Méditer sur l'anecdote qui raconte que lorsqu'ils l'ont tué, une brigade de construction était sur le point de monter dans l'avion à l'aéroport de Los Angeles. L'organisateur les a conduits dans une salle et leur a dit : « *Hey, guys*, je viens d'apprendre que Ben Linder a été tué au Nicaragua... Nous savions tous que ce boulot pouvait être dangereux, mais avec cette nouvelle information, je voudrais que nous y réfléchissions un peu plus. L'avion part dans dix minutes... » L'important, ce n'est pas combien sont restés, combien sont partis, mais ce qui s'est passé pendant ces dix minutes. Qu'est-ce qui peut se passer dans la tête

d'un jeune Américain de la génération Pepsi durant ces dix minutes. Quels fantômes hantent ses neurones ? Quels démons l'agitent ?

* Retrouver les petites annonces dans la presse libérale et radicalo-marginale, les annonces de *Tecnica*, les projets communautaires, les offres de travail mal payées pour des techniciens à vocation solidaire. Les « Etudiez l'espagnol au Nicaragua ». Les *« Fight the forces of darkness in Nicaragua »*. Envoyez 100 dollars pour acheter les générateurs qui doteront l'hôpital de Corinto de l'électricité, des générateurs chinois achetés à Shanghai. Les pubs de Medical Aid dans les pages de *Mother Jones* demandant des antibiotiques pour éviter les infections du cordon ombilical chez les nouveau-nés, ou réclamant du soutien pour tourner le blocus de la pénicilline auquel est soumis le pays. Les projets de Groundwork pour la construction de logements bon marché. La longue liste des brigades de la dette morale.

* Linder comme clown. Attention : il parcourait les rues de Managua monté sur un monocycle et déguisé en clown pour convaincre les enfants de se faire vacciner. Il est arrivé au dispensaire suivi par une centaine de gosses qui criaient « Mort à la rougeole ! » Son boulot de clown semi-professionnel au Cirque national du Nicaragua. Il était aussi jongleur. Ingénieur-clown. A explorer.

* Se souvenir de la conversation de 1982, la cassette doit se trouver quelque part. Ce qu'il disait de l'héroïsme : « Je ne suis pas du bois dont on fait les héros. Il faut être idiot pour jouer les héros avant l'heure. On ne peut pas prévoir son attitude devant la mort. Mais il y a des choses qu'il faut faire. Absolument. »

* Il était au Nicaragua depuis 1983, juste après son diplôme d'ingénieur mécanicien. Je l'ai vu assis sur un banc public, la chemise sale. Il n'avait pas dormi. Il faisait des opérations sur sa calculatrice.

* Le projet d'El Cua : une petite centrale hydroélectrique pour électrifier la région. El Cua : à peine 3 000 habitants, près de San José de Bocay, à la frontière du Honduras, une zone particulièrement dévastée par les incursions des *contras* qui passent la frontière, attaquent des objectifs non militaires (coopératives, autobus, chantiers) pour entretenir l'insécurité avant de se retirer dans leur sanctuaire. L'usine devait servir, selon les déclarations de Linder, à doter l'école d'électricité pour les cours du soir, à faire fonctionner des machines, à sécher le café, à permettre au village de s'éclairer.

* La guitare de Blandón. Lors d'une attaque contre le village, les *contras* ont volé la guitare de son ami Oscar Blandón. Il a demandé à ses amis de l'Oregon d'en envoyer une neuve.

* Comment s'est-il retrouvé pris dans un projet tout à fait inhabituel ? Il y avait 1 300 volontaires américains au Nicaragua quand Linder a été tué. Chacun d'entre eux avait une histoire personnelle qui le poussait à agir à contre-courant.

* Comment s'est-il intégré à la communauté ? Il vivait dans une petite maison en dehors du village, qui appartenait à Oscar Castro, un vieux à qui les *contras* avaient tué un fils. Ils étaient très amis. La maison était peinte en rouge et noir.

* Le passé politique de Linder. Pratiquement inexistant. Dix ans plus tôt, à dix-sept ans, arrêté lors d'une manifestation contre la construction d'une centrale nucléaire. Fondateur, à l'université de Washington, du Comité de solidarité avec le Salvador. Ses parents et ses frères étaient beaucoup plus impliqués que lui dans ce genre d'actions. Avait-il le sens pratique propre aux ingénieurs ? Est-ce à cause de cela qu'il se déguisait en clown pour travailler avec des enfants et qu'il a terminé ses études d'ingénieur mécanicien ?

* La centrale hydroélectrique avait déjà été attaquée à la mi-mars et les miliciens avaient repoussé les *contras*. Les rumeurs faisaient état de menaces contre Linder. Certains des camarades de Linder lui avaient conseillé de quitter la région. Il ne voulait pas.

* Il était armé. Tout un débat aux Etats-Unis pour savoir s'il portait un AK-47 ou pas. Un argument employé par les porte-parole du Département d'Etat pour justifier la prudence de leur réaction. S'il était armé, il a eu ce qu'il méritait, ce n'est pas notre faute. Il existait une discussion parmi les volontaires travaillant dans les régions soumises aux attaques de la *Contra* pour savoir s'il fallait s'armer ou pas. Certains disaient que ne pas porter d'armes, c'était du suicide, d'autres qu'être armé attirait les *contras*. D'autres que la *Contra* attaquait au contraire des objectifs sans défense. Linder avait décidé d'être armé.

* 28 avril, 8 heures du matin. Ben Linder décide d'aller dans les environs du chantier de la centrale. Il a besoin de prendre des mesures du débit de la rivière avant la saison des pluies. Il est accompagné de deux paysans qui travaillent avec lui sur le chantier, Pablo Rosales et Sergio Fernández, très jeunes tous les deux. Il dépose son AK pour aller mesurer dans l'eau. On leur lance des grenades, il est blessé aux bras et aux jambes. Il est achevé d'une balle à bout portant dans la tête. Ses deux compagnons sont également achevés, dont un à coups de machette.

* Enterré le 30 à Matagalpa. Clowns et jongleurs dans le cortège. On y était. Voir les photos d'Ortega et de sa femme, aux côtés de la mère de Linder. Le visage incroyablement pathétique du père. J'ai pris une photo d'un sandiniste de quinze ans armé d'un fusil, qui pleurait à l'extérieur du village. Julio lui a demandé s'il connaissait Linder. Il nous a donné une photo de lui en train de boire du café : des lunettes, une barbiche, tanné par le soleil, des

bottes trop grandes, un immense sourire. Un visage peu américain, si cela veut dire quelque chose. Il ressemblait à un jeune employé nicaraguayen en train de savourer le premier café du matin, juste après avoir reçu une lettre d'amour attendue depuis longtemps.

19. Histoires de journalistes

(Greg)

Je suis membre d'une douzaine de minorités, me dis-je, en allumant une Delicado filtre. J'avais rempli mon sac de cigarettes pendant le changement d'avion à Mexico, de quoi tenir durant ce voyage et les seize mille sauts en parachute vers le néant que le boulot nous réservait. Je suis membre d'une douzaine de minorités et je me le répète après chaque rêve, avant chaque réveil, pour ne jamais l'oublier. A Los Angeles, je suis un membre honorable de la minorité des fumeurs et, dans mon quartier, de la presque éteinte minorité des hétérosexuels ; je suis gringo à Managua, yankee au Chili, yuma à La Havane et supporter des Lakers quand je vais à New York ; je fais partie de la minorité des lecteurs assidus de Kafka et suis membre de l'ultraminorité des reporters qui préfèrent un appareil photo américain à un japonais. Quand j'oublie toutes ces conditions de marginal volontaire, je me souviens que je suis membre de la minorité par essence, celle des Juifs, ces types bizarres qui se sentent obligatoirement minoritaires et exclus, aussi bien à Broadway qu'à l'intérieur d'une synagogue ou à la Knesset... C'est parfois encore plus chiant qu'un furoncle au derrière, mais le plus souvent, c'est un avantage qui fait de vous quelqu'un de méfiant, sur la défensive, soupçonneux, professionnellement paranoïaque, tous traits de caractère qui tôt ou tard se transforment en vertus professionnelles.

Le gros refusa la cigarette que je lui offrais. Il ne fumait pas en travaillant, expliquant que cela le rendait nerveux. Heureusement qu'il travaillait peu et fumait dans toutes les autres occasions. Une fois, je trouvai même ses cendres à côté du siège des W-C chez moi à Los Angeles ; il ne voulut jamais s'en expliquer, malgré toute la délicatesse de mes questions : fumait-il pendant qu'il chiait ?

Julio était nerveux. Nous attendions dans l'un des patios de la prison de Managua l'homme que nous devions interviewer. J'en profitais pour penser à moi-même et à mon obsédant statut de minoritaire. Pendant qu'ils allaient chercher le type, je me mis à chercher un secteur où je ne serais pas minoritaire. Je le trouvai : je faisais toujours partie d'une importante majorité, celle des adeptes de la musique de Carlos Santana.

Il n'était pas très impressionnant, un garçon maigre d'une vingtaine d'années, la moustache naissante, les cheveux rebelles sur la tête. Il était vêtu d'un uniforme de camouflage râpé aux genoux, avec un trou dans la manche par où était entrée la balle qui avait provoqué sa capture. Le flic sandiniste qui nous l'amena le laissa s'asseoir sur le rebord de la fontaine au milieu du patio et s'en alla, comme s'il nous avait laissé un tas d'ordure à ne pas renifler trop longtemps.

— Vous avez les dollars ?

— Tu as le droit d'avoir de l'argent ici ?

— Vous pouvez les laisser au garde quand il reviendra me chercher. Personne n'y touchera.

Il nous regarda de façon insolente, comme si c'était lui qui nous avait payés pour que nous lui racontions une histoire, pour le distraire. Le gros lui tendit l'enveloppe. Le garçon sortit les billets et les compta un par un.

— Ils vont me faire chier dès que l'histoire sortira d'ici. Mais ce n'est pas grave, de toute façon, ils l'auraient appris un jour ou l'autre.

— Comment as-tu rejoint la *Contra* ? demanda le gros.

Sa question indiquait la répartition des tâches. C'est lui qui allait conduire l'interrogatoire, je me chargerais des photos et, de temps en temps, j'essaierais de surprendre le gamin, de lui presser le citron, de le déstabiliser. Les coups les plus efficaces sont les plus inattendus. Je reculai de quelques pas et je commençai au téléobjectif, essayant d'attraper la figure désinvolte, le visage sans malice mais plein de confiance.

— C'est les gars de la Fuerza Cinco, ceux du Negro, qui m'ont attrapé du côté de Jinotega. Je venais de déserter.

— Et pour t'échapper d'ici, tu t'es retrouvé dans une autre armée ?

Le garçon haussa les épaules.

— Où était le camp d'entraînement ? Qui le dirigeait ? Combien tu touchais ? Il y avait des militaires américains dans le camp ? Des Honduriens ? Il n'y avait pas des Argentins ?

Le garçon regarda Julio avec un air de protestation. Les 1 000 dollars, c'était pour raconter une histoire, pas toutes les histoires. Je pris la photo au bon moment, juste quand il arborait son rictus insolent.

— Non, rien que des Nicas. Bermúdez passait quelquefois. Un jour, un gringo est venu mais il n'est pas resté. On l'appelait Possey. Il avait des armes et des caisses de munitions. Il n'y avait pas d'Argentins.

— L'endroit ?

— Choluteca, avant ça s'appelait la base B-L5, avant le FDN[1]. Après, tout le monde l'appelait par son nom.

— Tu faisais partie de quel commando régional ?

— Le Jorge Salazar.

— Quelle unité ?

— La cinquième au début. Mais les sandinistes l'ont foutue en l'air du côté de Jinotega, et il s'en est formé une

1. FDN : Opposition nicaraguayenne. (N.d.T.)

autre sans nom ni numéro. Au moment de l'histoire du gringo, nous n'avions pas de nom.

— Vous avez mené combien d'opérations au Nicaragua ?

— Je ne sais pas. Plusieurs. Pas mal.

— Vous n'opériez pas normalement du côté d'Ocotal ?

Le type renâcla. Julio avait tapé juste. En cachette, je reculai de quelques pas pour recharger l'appareil et je sortis le petit cahier à couverture noire avec les notes prises la veille en prévision de l'interview.

— Bon, c'est quoi que vous cherchez ? L'histoire du gringo ou autre chose ?

— Quand tu étais dans la cinquième unité, ton chef vous l'appeliez Bandera ? (Cette fois, c'est moi qui pose la question.)

— Non, Bandera, c'était une autre unité. Notre chef, c'était Gualterio Vargas, il lui manquait les doigts de la main gauche.

— Mais trois mois avant l'attaque de El Cua, en mars, vous opériez déjà du côté d'Ocotal, insiste Julio.

— Je me souviens pas, je vous jure.

Je pris le relais :

— C'est toi qui commandais l'unité quand vous avez attaqué El Cua en mars, non ?

Il tourna la tête, surpris. Deux fronts à la fois, c'était trop. Nous cherchions à le coincer. Pourquoi ? Ça l'étonnait. En quoi le reste nous intéressait-il ? Est-ce que nous n'étions pas là pour l'histoire du gringo ?

— Bon, c'est pas que je commandais, mais Gualterio s'était fait descendre la semaine d'avant et il n'y avait personne pour nous commander.

— C'est vous qui avez massacré les femmes dans le camion à Ocotal, affirme le gros.

— Non. Quel camion ?

J'enchaînai :

— Avant l'attaque sur El Cua, vous avez discuté avec quelqu'un à Choluteca ?

— Qui vous a dit d'attaquer la centrale électrique ? interroge le gros.

— L'histoire de Bocay, ce n'était pas un hasard, dis-je. Vous avez attaqué deux fois le même objectif. Qui s'intéressait autant à la centrale ?

— Je n'ai rien à cacher. C'est moi qui vous ai dit de venir. Je vous ai dit de venir pour vous raconter l'histoire du gringo.

— Et aussi ce qui s'est passé un peu avant, dit le gros, impassible. Avant. Le camion mitraillé avec sept femmes dedans. Qui les a achevées à la machette ? Qui a accroché la tête de l'une d'entre elles à un poteau électrique après l'avoir violée ? 29 janvier.

J'insistai :

— Qui s'intéressait à la centrale électrique de El Cua ?

— Auquel des deux je réponds ?

Le gros me montra d'un signe de tête. Le type respira. Il ne voulait rien savoir des femmes découpées. Sept infirmières dont les corps décapités avaient été abandonnés au milieu de la route.

— En mars, nous ne voulions pas y retourner. On n'était plus que treize dans notre unité, et on ne voulait plus entendre parler de rien. On nous a offert 150 dollars à chacun pour attaquer la centrale. On nous a dit que c'était une centrale électrique très importante, un objectif militaire.

— Qui « on » ?

— Rosales, qui venait de Tegucigalpa. Il était avec un gringo mais cette fois-là, le gringo n'a rien dit. De toute façon, l'opération n'a pas marché. Les miliciens nous ont vus et nous ont arrosés de rafales de AK avant même qu'on ait pu s'approcher.

— Le gringo, il était comment ? Il s'appelait comment ?

— On l'appelait Walter.

— Un blond d'une trentaine d'années qui zozotait, une

cicatrice à l'arcade sourcilière gauche ? demanda le gros en inventant un personnage.

— Oui, c'est ça.

— Il existe pas, connard ! C'est lui qui vient de l'inventer.

Mon espagnol le déconcerta de nouveau. Je devais avoir une tête de gringo de cinéma à toute épreuve, même pour un *contra*.

— Bon, il lui ressemblait.

— A qui ? demanda le gros.

— A celui que vous avez dit.

— Non, il ne lui ressemblait pas. Il mesurait 1,65 m, la barbe poivre et sel, des lunettes noires même la nuit, et il parlait espagnol avec un accent qui t'a semblé bizarre, un peu chantant, mais pas comme en Amérique centrale. Un accent chilien. Il ne s'appelait pas Walter mais Benjamín. Benjamín à l'espagnole, avec l'accent sur la dernière syllabe, pas Benjamin à l'américaine. Il fumait des cigarettes brunes hollandaises, celles qui ressemblent à des petits cigares, et toi il t'appelait tout le temps « *mushasho* ».

Le garçon n'en revenait pas. Il réfléchissait aussi vite qu'il pouvait. Nous devions être de son camp, sinon comment aurions-nous su tout cela ? Le gros ébaucha un sourire. Putain de gros ! Comment y était-il arrivé ? Il faudrait que je lui demande plus tard d'où il avait sorti ce tour de magie. Je laissai le silence s'installer, il ne fallait surtout pas gêner le gros. J'allumai une cigarette.

— Qui vous envoie ? Je n'ai rien à dire. Je veux bien parler du gringo mais le reste me regarde. Je ne sais pas qui vous êtes.

— Du calme, idiot. Qu'est-ce que t'a dit Benjamín quand ils vous ont donné l'ordre d'attaquer la centrale de El Cua ?

— Qu'il fallait tuer le gringo.

— Vous deviez l'identifier comment ? demandai-je en

me rappelant le visage tanné par le soleil de Linder la dernière fois que je l'avais vu en vie.

— Ils m'ont donné une photo pour que je l'examine, et puis ils me l'ont reprise. Mais ce n'est pas moi qui l'ai reconnu, c'est Pablo. C'est lui qui a balancé les grenades. Le gringo avait posé son fusil, il était en train de faire des trucs bizarres au bord de l'eau.

— Et toi, tu l'as achevé à la machette.

— Tu l'as tué pour 150 misérables dollars, dit le gros en lui tournant le dos, comme si pour lui, l'interview était terminée.

— Tu l'as achevé à la machette ? demandai-je en soulevant le magnétophone que Julio avait laissé par terre et en l'approchant du visage du garçon qui se détourna, comme si l'appareil brûlait. Tu l'as achevé ?

— Oui, répondit-il.

20. Le deuxième sujet de thèse refusé à Elena Jordán

Les potentialités du marché américain de consommation de drogue, sa proximité avec notre pays et les énormes sommes générées par le trafic de drogue ont transformé cette activité productive marginale (en raison de son illégalité, non de son niveau d'industrialisation) en principal tremplin de décollage économique pour tout citoyen mexicain possédant de l'imagination et des couilles, si tant est qu'il soit aussi doté d'esprit d'entreprise et qu'il n'ait ni sens moral ni respect pour la légalité.

D'après des estimations confidentielles de la DEA annexées au rapport Mills-Vasconcelos (*La Jornada* du 11 février 1988), le montant en dollars du chiffre d'affaires obtenu par les réseaux mexicains de distribution de marihuana aux Etats-Unis est l'équivalent au moins du produit brut annuel des trois Etats les plus riches du nord du pays : la Basse-Californie, le Nuevo León et le Tamaulipas.

Selon le rapport déjà cité, ce type d'opérations a engendré ces dernières années une nouvelle génération de multimillionnaires, dont les intérêts économiques, issus du trafic de drogue, se sont recyclés dans des secteurs comme l'industrie hôtelière et touristique, l'élevage, l'agriculture intensive, le commerce, l'exportation de machines-outils et le transport.

Il y a cinquante ans, au nord du Mexique, un phénomène

analogue s'est déjà produit avec l'apparition de nouveaux barons de la finance, liés surtout aux industries minières et métallurgiques (*cf.* par exemple, Leticia Reina et Sergio Perelló, *Fraudeurs et millionnaires dans la construction des empires miniers du Cohahuila*, ENAH, 1986 ; ou l'extraordinaire travail sur la double comptabilité des industries minières du Chihuahua par Enrique Cortazar).

L'objet de cette thèse est de mettre en parallèle les biographies d'un groupe connu de trafiquants de drogue mexicains, dont les noms sont devenus célèbres ces dernières années (Caro Quintero, Sicilia Falcón, Don Neto, Rolando M. Limas), et celles des barons de l'industrie qui ont amassé d'immenses fortunes avec la bénédiction des gouvernements postrévolutionnaires.

A partir des concepts en vogue dans cette branche de l'anthropologie sociale qui travaille à partir de ce qu'elle appelle « histoires vécues » (Sergio Yáñez, p. 132), il est possible de rassembler une série de biographies et de chercher les correspondances entre les itinéraires des uns et des autres.

Il s'agit non seulement de rechercher des analogies à travers des concepts tels que « risque, opportunité, développement d'infrastructures nouvelles, originalité, rapports avec les secteurs du pouvoir, utilisation conjoncturelle de situations clés sur le marché mondial », mais aussi d'utiliser les tableaux psychosociaux voire psychologiques en vigueur dans la sociopathologie du crime (Bremer II, p. 21 à 27). Cette thèse se propose aussi d'ébaucher une analyse des morales sociales dominantes, et en particulier de la schizophrénie sociale qui transforme les uns en capitaines d'industrie et les autres en vulgaires criminels.

Sur les traces de Hans Magnus Enzesberger (*Politique et délit*, chapitre « La balade de Chicago, modèle d'une société terroriste »), il serait bon de chercher à adapter le concept de criminalité aux usages de l'ensemble de la société et à l'expression de ses besoins. Il ne s'agit pas pour nous d'offrir une vision du trafiquant de drogue comme industriel de la marginalisation, adapté à la périphérie du système grâce aux mécanismes du marché et rejeté de ce même système par les mécanismes de la fausse morale sociale, mais de mettre en parallèle nos deux groupes en tant que variantes de l'amoralité sociale.

Nous tenterons de mener cette étude en explorant une série d'espaces parallèles. Je n'en citerai que deux dans ce projet : une réflexion sur les mythologies du trafiquant de drogue et du baron d'industrie, les classes sociales où elles se développent, et l'attraction qu'elles exercent jusque dans les comportements. Il s'agira de suivre la pensée d'Alfonso Capone lorsqu'il affirmait dans une de ses dernières déclarations publiques : « Je suis un fantasme forgé par un million d'esprits », et de la mettre en parallèle avec la vision de Nelson Rockefeller, résumée dans cette phrase : « Les millions se gagnent à coups de mythes et de millions. »

Un second niveau de réflexion m'a été suggéré par la citation qui ouvre le roman de l'écrivain catalan Ferrán Torrent, bien dans le ton des philosophies du désenchantement propres à l'Europe de ces dernières années : « La société est divisée en deux classes ; ceux qui ont de l'argent, et ceux qui n'ont pas perdu l'espoir d'en avoir » (Torrent, *Touchez pas au commissaire*, p. 9). Il touche au concept de risque admissible, une catégorie de plus en plus utilisée dans les manuels traitant de l'art de faire des affaires (Lemus, pp. 12, 134-136 ; Weaber, *Philosophie du triomphe*, Limusa, 1987). Ce qui m'amènera à examiner dans chacune de mes études les deux versants de la légalité et l'illégalité.

Tel est notre projet initial qui, au cas où il serait approuvé, et après analyse des onze cas que nous nous proposons d'étudier (*cf.* liste en annexe), prendrait la forme d'un projet plus élaboré.

Elena Jordán, Mexico, mai 1988

21. Laurel reçoit une lettre du Mexique

Au milieu du tournage de *The Big Noise*, en 1944, Laurel reçut une lettre du Mexique. Ce n'était pas inhabituel ; des milliers de lettres venues de partout dans le monde s'arrangeaient pour briser le blocus et arriver jusqu'à Hollywood. Mais cette lettre en particulier n'était pas restée dans les mains des secrétaires du producteur. C'était une lettre personnelle. Le tampon tout en couleurs, avec l'aigle mexicain mordant la tête d'un serpent, plut à Laurel. Il essaya de lire l'écriture ronde aux traits élégants, mais il fut incapable d'aller au-delà de « Cher Stan ». Il la mit donc dans la poche de son pantalon et plus tard il la déposa dans un vase dans l'entrée de chez lui. Elle resta là, dans le sommeil de la correspondance abandonnée, pendant près de deux mois.

A la fin du tournage, Laurel n'était pas très content. En allant chercher une bouteille de genièvre dans son arrière-cuisine, dans un de ses moments de dépression, l'idée d'aller au Mexique lui traversa l'esprit et c'est alors qu'il se rappela la lettre abandonnée dans le vase. Il trouva facilement une traductrice. Une de ses bonnes, doña Laura, était originaire d'Aguascalientes et elle savait lire. C'est ainsi qu'il apprit que son ami Tomás Fernández, le propriétaire de l'hôtel La Fuente à La Paz, voulait créer un prix pour récompenser l'investigation journalistique. Il lui proposait d'associer leurs noms et l'invitait à passer quelques jours à la plage. Tomás pensait qu'il pouvait mettre 5 000 ou 6 000 dollars et lui demandait s'il pouvait apporter la même somme. Il lui suggérait aussi une série de conditions que Laurel, selon la version de sa bonne, ne comprit pas très bien, puisqu'il demanda à doña Laura de passer sur leur traduction. Deux semaines plus tard, Laurel demanda à l'un de ses avocats de s'occuper de l'affaire en lui indiquant qu'il était d'accord. Il n'avait que deux conditions à poser : donner au prix le nom de Pancho Villa et le décerner seulement quarante ans après qu'il aura été institué. Quarante ans lui semblaient suffisants pour qu'aucun journaliste ne vienne jamais lui poser des questions concernant cette étrange histoire. Ensuite, il n'y pensa plus.

22. La légende d'un trafiquant de drogue

(I)

Un type au visage vérolé s'est approché et t'a dit :

— Vous êtes le type qui baise comme un mollusque ? Vous vous appelez Limas, n'est-ce pas, M. Limas ? Tu me limes, tu me la limes, limace, tu parles d'un nom...

Et là, tu l'as à moitié tué d'un coup de couteau dans les côtes. La pointe du couteau s'est cassée, tu n'allais plus jamais pouvoir l'utiliser correctement, ou peut-être que si, et même mieux. Ce couteau à la pointe ébréchée indiquait à ceux qui le voyaient qu'il avait déjà servi, et qu'il avait touché l'os, comme les estocades des mauvais toreros.

Tu étais un salaud, Rolando, ça, rien à faire (du Rolando tout craché). Survivant dans des bars à putains où même les vendeurs de loterie n'osent pas entrer. Couchant sur ton dégueulis un jour et le lendemain aussi. Atteint d'une syphilis qui ne cédait pas malgré toutes les piqûres de millions d'unités de pénicilline qu'on te faisait. Lorsque tu croyais t'en être débarrassé, elle revenait comme une malédiction gitane. Mais toute cette saloperie était comme un rêve ; un jour tu étais à Acapulco trafiquant de l'herbe, et le lendemain tu faisais de la contrebande de voitures à McAllen, Texas. Un jour pinté à mort à Matamoros, et le lendemain te saoulant avec des traîtres, deux flics de la police secrète à Tijuana. C'était comme un rêve parce que tu savais que cela faisait partie de l'apprentissage pour décrocher le gros lot ; quand tu aurais tout appris, tu n'aurais plus qu'à semer et récolter.

Quand est-ce que les vaches grasses ont commencé à se laisser traire ? Quand le petit dieu a donné l'ordre : « Arrêtez d'emmerder cet imbécile et laissez-le mettre quelques billets de côté, il a assez bouffé de merde comme ça ! » ? A t'en croire, cela a commencé lorsque tu t'es mis de mèche avec ceux de Chihuahua et qu'ils t'ont demandé de trouver des putes pour les ouvriers des champs de pavot. Ils avaient ramassé deux cents ouvriers agricoles qu'ils faisaient travailler comme des esclaves du temps où Moïse n'était pas encore prince d'Egypte. Ils en avaient pour deux mois de travail, et il leur fallait des putes qui, en plus de leur boulot, fassent la cuisine et lavent le linge. Tu es donc parti au nord de Jalisco ramasser des nanas. Tu as vidé deux bordels et tu as mis toutes les filles dans une camionnette. C'est là que cela a dû commencer, parce que lorsque l'armée est arrivée pour brûler les champs et embarquer tout le monde, le seul qui savait où était la piste et l'entrepôt, c'était toi, et tu as vendu l'information à Milton pour 50 000 dollars. Et ça a démarré. Un an plus tard, tu étais toujours le même salopard, Rolando, mais les billets poussaient comme des salades. Puis tu t'es mis dans les couilles que la candidate à l'élection de la reine du printemps de Ciudad Obregón devait être pour ta pomme ; deux mecs à toi sont partis tout feu tout flamme vendre des billets à 1 000 pesos pièce. Ils posaient la mitraillette sur le comptoir et demandaient : « Vous ne trouvez pas qu'Enriqueta est super ? Vous achèterez bien dix billets, *amigo...* » C'est comme ça que la fille est devenue reine du printemps. Des élections bien propres, où chaque suffrage avait compté, pas comme les élections de merde organisées par le PRI[1].

Mais quand est-ce que tu dors, Rolando ? Ces dernières années, tu passes ton temps à organiser des coups à droite

1. PRI : Parti révolutionnaire institutionnel. (N.d.T.)

et à gauche, et à baiser. Tu t'habilles dans des magasins américains, tu as un précepteur qui te donne des cours de géographie et d'anglais quand tu n'es pas trop raide défoncé à l'héro. Quelquefois tu l'attaches au pied du lit pour qu'il te redise bien où est la capitale de la Malaisie, combien de pesos vaut une livre sterling ou comment on dit cheval de course en anglais. Parce que la nuit, tu ne dors pas, tu te reposes juste. Tu ne dors pas. Cela fait deux ans que tu ne dors pas. Et ça c'est le plus important. Dans une frontière pleine de salauds qui dorment de temps en temps, il y a en a un, le salaud des salauds, Rolando M. Limas, né à Toluca, qui ne dort jamais.

C'est que faire des affaires avec un salaud qui ne ferme jamais les yeux, ça bluffe tous les fils de rien qui chient dans leur froc rien qu'en te voyant. Un salaud qui ne connaît pas le sommeil. Un fils de pute qui, pendant que les autres roupillent ou sont en train de baiser leur femme endormie, traîne par là, dans la nuit, comme un vampire, les yeux éternellement ouverts.

23. Alex pensait que Klee...

... était un fou désagréable mais parfaitement sain d'esprit quand il s'agissait de tromper les autres. Il profitait de ces idiots d'Américains qui, parce qu'ils étaient venus tard à la culture, passaient les meilleures années de leur vie à user leurs semelles dans les musées. Qu'il soit mort plusieurs années auparavant n'avait pas d'importance. Il profitait des imbéciles qui poussaient des soupirs d'admiration devant la naïveté mollassonne de ses tableaux. Deux toiles de la dernière exposition au Metropolitan l'avaient particulièrement agressé, l'une peinte et repeinte entre 1921 et 1923, qui s'intitulait *Femme à la tête inclinée* et qui, pour Dieu sait quelle étrange raison, lui rappelait l'image d'une femme dont il ne voulait pas se rappeler. Mais il supportait encore moins un tableau enfantin avec des lions, que Klee, avec des variations, avait répété une multitude de fois. Quatre lions stylisés sans queue et un soleil, avec une ville fortifiée au fond. Ce tableau le dérangeait parce qu'il transformait les lions en animaux aimables et décoratifs et les mettait en harmonie avec le soleil de l'après-midi.

Il était sorti du Met de très mauvaise humeur et se promenait en écoutant des bouts de conversations des passants. Deux vieux discutant canne à pêche, deux adolescents comparant les hamburgers de la 36ᵉ Rue avec ceux du New Jersey. Une fille se plaignait de ce que sa journée était foutue à cause de la pluie. Alex savait que cette journée n'appartenait pas à cette fille à longue tresse qui, depuis la fenêtre de son appartement au premier étage d'un immeuble de la 79e Rue, dévidait ses idioties à qui voulait l'entendre. Non, ce jour n'était pas à elle. Si ce jour devait appartenir à quelqu'un, c'était à Alex, qui n'avait d'ailleurs rien contre la pluie. La pluie était une merveille qui empêchait les imbéciles de sortir dans la rue.

Alex était clairement conscient de pouvoir dominer la ville, pas complètement et pas toujours, mais du moins durant suffisamment de temps pour la figer dans l'air, pour la retenir, pour la dominer, pour s'en sentir le maître. Malheureusement, le contrôle lui échappait pendant son sommeil et dès qu'il avait un moment de distraction. Il était extrêmement compliqué d'être le propriétaire de New York, il s'y passait trop de choses en même temps.

Il se promena dans Central Park sans remarquer le merveilleux vert des arbres se préparant pour l'automne au sortir de l'été. Mais il observa attentivement un groupe de Sikhs à longues barbes et à turbans qui mangeaient des sandwiches au beurre de cacahuète sur un banc, couvrant le sol de miettes. Ils rigolaient, ces imbéciles. Connards ! Ils ne savaient pas que lui, Alex, savait comment pénétrer dans leur sanctuaire. Il était en possession d'un plan au 1/25 pour accéder, en esquivant les pièges des couloirs secrets, au Temple d'or d'Amritsar. Ils pouvaient toujours joncher de miettes les pelouses de Central Park, à leur place, il n'aurait pas été aussi flambard. A la première occasion, il ferait cadeau du plan aux services de sécurité indiens. S'ils n'étaient pas contents, ils n'avaient qu'à s'en prendre à Klee.

24. Histoires de journalistes

(Julio)

Greg était complètement bourré dans l'ascenseur de l'hôtel Intercontinental de Managua. Le miracle était dû à deux bouteilles de Flor de caña, le rhum local. Au rhum et à une visite dans un hôpital où se trouvaient une demi-douzaine d'enfants mutilés par les éclats d'obus qui étaient tombés sur leur village, un hameau à trente-deux kilomètres de la frontière du Honduras. Les enfants connaissaient par cœur le nom des mortiers et le calibre des projectiles ; sans compter leur prix et de quel poste de « l'aide humanitaire » approuvée par le Congrès des Etats-Unis provenait l'argent qui avait servi à leur achat. C'était sans doute un des infirmiers qui le leur avait raconté ; il le tenait lui-même d'un officier de l'armée sandiniste qui accompagnait une délégation de médecins suédois. Il y avait de l'orgueil dans les voix des enfants lorsqu'ils l'avaient raconté à Greg. Une gamine de douze ans lui avait expliqué qu'ils avaient salement reçu mais qu'ensuite les *muchachos* avaient capturé un groupe de *contras* de ce côté de la frontière et qu'ils leur avaient fait payer. C'étaient sûrement les mêmes que ceux des mortiers.

Sous la douche, Greg chantait l'hymne de la République espagnole en reniflant. Il fallait lui laisser le temps d'éliminer le rhum sous l'eau chaude et la mousse de savon. Nous parlerions de la suite plus tard. Greg disait avoir une excellente idée et j'avais pour ma part un sujet incomplet mais qui pouvait devenir très important si tout marchait bien. On pourrait peut-être faire les deux, ou aucun, ou bien chacun irait bosser de son côté et ensuite on se traduirait nos papiers mutuellement et on essaierait de les vendre ici ou là.

Tout cela était quelquefois fatigant.

Managua la nuit est une ville qui n'existe pas. Les rares repères de la journée s'effacent tout à fait et l'on se perd dans une suite de terrains vagues, de *no man's land*, de ruelles obscures et d'esplanades qui ne sont pas là où elles devraient être. C'est une ville faite de désastres. Bombardements, tremblements de terre, tuyauteries crevées, inondations, peurs en tous genres.

Moi, j'avais envie de vivre. Cela m'arrive de temps en temps : envie d'écouter des boléros, de boire du Coca sans alcool, d'avoir les sens aiguisés ; jouir de voir, sans les toucher, les femmes qui s'asseyent près de moi et répandent leurs odeurs et des milliers de battements de cœurs à la minute, et les couleurs brillantes, brutales de leurs jupes. Ce soir-là, j'étais dans ce genre de dispositions. J'étais à la recherche des bords du lac et de la maison d'un cinéaste mexicain en train de réaliser un court métrage sur la guerre. En fait, je n'avais pas tellement envie de trouver la maison. Plutôt de m'asseoir sur un banc du parc, entouré des portraits de Sandino que j'aime tant, parce qu'on les dirait tout droit sortis des photos de la révolution mexicaine prises par Casasola. Ecouter des chansons d'amour jusqu'à en pleurer de tristesse et me souvenir des fiancées bien coiffées et en robes de tulle bleu que je n'ai jamais eues.

Je ne sais plus très bien comment j'arrivai à l'hôtel. Greg était enveloppé dans deux serviettes et ressemblait à un figurant de *Lawrence d'Arabie*. Il était en train de soigner sa gueule de bois avec des tas de vitamine C, de pastilles contre les brûlures d'estomac, de bicarbonate et autres aspirines.

— On s'en va, gros.

— D'accord, mais au Mexique. J'ai une histoire qu'il faut qu'on écrive à tout prix. Si tu n'as pas trop mal aux cheveux, je te la raconte.

— On va en Californie, gros. J'ai une histoire super. Juste ce qu'il te faut pour te rendre compte que les bons gringos sont des enculés de gringos comme les autres. Ecoute. Où sont passés les gamins de Berkeley et Columbia vingt ans après ? Que sont devenus ceux qui ont fait les révoltes étudiantes des années soixante ? 1968 mon ange, où es-tu ? *Fuck them all ! Do you know what Buffalo Bill said ? The only good gringo is a dead gringo.*

— Le coup du seul bon gringo, c'est le gringo mort, c'est pas Buffalo Bill, c'est Crazy Horse, le chef des Sioux. Et arrête de faire du patriotisme à l'envers, ça me gonfle. Moi aussi je peux en faire. Tu sais comment on reconnaît un Mexicain dans un autobus bourré de Japonais ? C'est le seul qui se met le doigt dans le cul pendant que les autres prennent des photos. Putain de merde, c'est quand même pas ta faute si les mortiers de ces fils de pute ont été achetés grâce à l'argent d'un de tes voisins à Los Angeles ? Ton boulot, c'est de raconter tout ça. Ecrire, c'est prendre parti. C'est pas ce qu'on fait tous les jours, *compadre* ?

Greg mit quatre Alka Seltzer dans un verre et regarda les comprimés se dissoudre. Il s'enfila le tout d'un trait. Il me demanda finalement, dans son meilleur espagnol enfin retrouvé :

— Que veux-tu que nous allions faire à Mexico ?

25. Skier

Tomás Fernández mourut en avril 1947, après deux semaines d'hôpital. Il avait été renversé par une voiture. Evidemment, il refusa la présence d'un curé, et sa seule projection dans le futur fut de donner son cahier autobiographique à son fils, qui le rangea dans un tiroir. Les funérailles eurent lieu à La Paz et, selon ses dernières volontés, les cendres furent répandues dans la mer de Cortés du côté des falaises de Cabo San Lucas. Une mer bien lointaine de la mer Cantabrique où il était né, mais, comme il l'avait fait remarquer avant de mourir, une mer quand même.

Laurel n'apprit jamais la mort de son étrange ami. Quinze ans plus tard, en février 1962, lui-même eut une crise cardiaque dont il faillit mourir sur le coup.

Ses dernières paroles, celles du moins rapportées par ses biographes, font partie d'un dialogue un peu absurde avec l'infirmière qui prenait soin de lui le soir.

— J'aimerais mieux être sur des skis qu'ici.

— Vous savez faire du ski, monsieur Laurel ?

— Non, mais je suis sûr que je m'en tirerais mieux qu'ici.

Laurel laissa, au moment de sa mort, ses papiers dans la plus grande pagaille. Des procès contre quelques producteurs de films et des problèmes divers liés à tous ses divorces. A cela s'ajoutèrent les habituels conflits testamentaires.

Au milieu de cette montagne de papiers se trouvait, entre les mains de ses avocats à San Francisco, un brouillon confus qui résumait ce qui devait être le projet du prix de journalisme Pancho Villa.

26. La légende d'un trafiquant de drogue

(II)

Il fut un temps où tu avais un visage qui était à toi. Aujourd'hui, tu changes de visage en permanence ; tu es à chaque fois quelqu'un d'autre. Et tu es en train de devenir une des légendes noires du Mexique. Cela fait un bon moment que tu aurais pu blanchir le fric pour te consacrer aux affaires légales, au vol protégé par la loi. Mais ça ne te correspond pas. Ce n'est pas ça que tu aimes. Tu préfères gagner un demi-million de dollars en une semaine avec trois camions chargés de drogue, et en consacrer la moitié à corrompre les pires aveugles du monde. Ceux qui ne voient pas passer un camion parce qu'on leur a mis un bandeau sur les yeux fabriqué avec un billet de 20 000. Oui, c'est quand même mieux que d'élever des vaches laitières dans le Coahuila.

Mais, même si c'est seulement pour te maintenir en forme, tu as changé. Avant, Rolando, tu étais celui qui ne dormait pas. Maintenant, tu es celui qui n'est pas là, un vrai salaud d'invisible, un disparu. Celui qui entre par une porte, mais n'est pourtant pas là. Celui qui n'est pas parti parce qu'il n'est jamais arrivé. Tu es comme les camions de soixante tonnes qui traversent la frontière sans soulever un gramme de poussière, car ils n'existent pas. On dit que tu t'es fait enlever la cicatrice sur le menton qu'on t'avait faite avec le bord ébréché d'une boîte de bière vide à Hermosillo. Que tu n'as plus rien de blond, que tu portes des lunettes foncées qui changent de couleur avec les néons. On dit que tu changes de visage chaque semaine, et que tu traînes dans la partie arrière de ta limousine un chirurgien esthétique ; un connard dont la seule occupation est de te changer le visage tout le temps.

Tu as une maison à Ensenada, adossée à la mer, mais sur les meubles, il y a des draps couverts d'une couche de poussière. Tu en as une autre dans la colonia del Valle, à Mexico, mais là, il n'y a même pas de meubles. Ce sont les maisons de quelqu'un qui n'existe pas. Tu les as uniquement pour que les flics qui soi-disant te recherchent en prennent soin. Ils sont payés pour te chercher, et toi, tu les payes pour qu'ils gardent des maisons où tu ne mets pas les pieds. C'est un marché équitable. Ils ont un travail du tonnerre et perçoivent double salaire.

Tu as fait cadeau d'un hôpital aux honorablissimes habitants du quartier El Rosario, à Toluca. Ils vont pouvoir ainsi tomber malades tant qu'ils voudront. Un petit détail cloche : on a oublié d'y envoyer des médecins. Tu as oublié aussi. Dans l'immeuble, les chiens aboient la nuit, et le plancher froid sert de lit aux couples d'adolescents qui viennent y baiser. Non seulement tu ne dors pas et tu n'as pas de visage, mais tu es aussi propriétaire d'hôpitaux fantômes et de maisons vides.

Mais tu es toujours le même salaud, Rolando. Parce que toi, tu vois ; toi, tu contrôles. Tu voles au-dessus de la frontière comme un charognard. Tu vérifies chaque affaire sale, chaque laboratoire qui pue l'acide sulfurique, chaque champ au milieu de la sierra où en coup de vent on récolte la drogue et on charge des camions fantômes. Tu es là, tu flottes, tu parachutes des millions de dollars, tu es un fantôme. Tu as vingt-sept ans et on t'a déjà fait une chanson interdite d'antenne sur les ondes des radios de Mexicali. Et pourtant, quelquefois, au milieu de la nuit chaude de Tijuana, un orchestre de mariachis payé par on ne sait qui apparaît au milieu de la place, et chante *Le Corrido de l'herbe*. Et, sans que personne le dise, sans même un murmure complice, tous savent que tu n'es pas loin, que tu l'écoutes, que tu surveilles chaque note des trompettes désaccordées, insomniaque, sans visage qui t'appartienne.

27. La réunion se célébra...

... à minuit, l'heure de Cendrillon. Avant que tout le monde ait pris place dans la salle de réunion, Alex fixa le point de départ :

— Un axiome pour commencer : « Par déformation professionnelle, les journalistes ne croient pas aux coïncidences. Etes-vous d'accord ? »

Personne ne fit de commentaire particulier. Les membres du SD avaient appris à ne pas se montrer malins avant l'heure dans leurs conversations avec Alex. Quelqu'un se leva et alla chercher quatre tasses de café à la machine qui avait des rhumatismes. Il revint à la table pour les distribuer.

— Nous avons souvent discuté d'un autre axiome, antérieur au précédent, l'axiome de Goebbels : un mensonge répété le plus souvent possible a tendance à devenir vérité. Un autre, encore antérieur : la crédibilité d'une information est proportionnelle au sérieux de la source qui l'émet. Si tu veux faire croire quelque chose à quelqu'un, fais-le-lui dire à l'oreille par son ange gardien. Un dernier élément pour finir : si tu rassembles deux facteurs de peur, tu crées une réaction de haine. Nous disposons maintenant des éléments philosophiques essentiels à la campagne, bêtement baptisée par un des cerveaux qui nous gouvernent, « Cheval de Troie ». Pour ne pas tomber dans la vulgarité, nous lui donnerons un nom plus sophistiqué : opération « Rêve de Blanche-Neige », tout simplement parce que cette nation a plus que jamais besoin de héros et qu'elle ne met pas assez d'énergie à revendiquer les quelques rares qu'elle possède réellement et qui nous viennent presque tous de Walt Disney. J'ai besoin de former l'équipe et je voudrais savoir où en est chacun d'entre vous et sur quoi il travaille en ce moment.

— C'est vraiment important ? Moi je suis sur l'histoire de Kaboul, dit Jason qui, à force d'essayer, ressemblait physiquement à son idole Jason Robards.

— C'est une priorité des priorités. C'est notre plus gros coup jusqu'à maintenant, dit Alex en offrant à chacun son plus beau sourire. Un de ces sourires qui continuaient à flotter dans l'air pendant plusieurs jours.

Deuxième partie

Trames entrelacées

28. Le roman de Léon

Le vieux, habillé d'une chemise bleue de paysan français, ferma doucement la porte. Il mit ses lunettes à monture métallique ronde sur le nez et se dirigea vers sa table de travail. Il était absolument convaincu qu'il faisait une grosse bêtise, qu'il violait les règles et perpétrait un acte immoral.

La lumière entrait indirectement, et deux moineaux paressaient sur le rebord de la fenêtre. Il ouvrit le grand cahier à l'épaisse couverture striée de noir qu'il avait demandé à Silvia d'acheter exprès. Puis il écrivit sur la première page : « *Mots de cristal*, roman policier, de Léon Wagner Salazar. Notes préliminaires. »

Il commençait à zéro. Il allait pénétrer dans le roman comme on pénètre dans un tunnel sombre dont la fin est de temps à autre aperçue grâce à des éclairs occasionnels. Cette fois, à l'opposé de tous ses écrits si longtemps médités, il s'agissait d'une fête en honneur de l'improvisation. Il allait écrire comme s'il lisait, laissant le texte se dérouler entre ses mains, devant ses yeux. Il avait un plan, si on pouvait appeler plan les vagues idées qu'il avait rassemblées : il s'agissait d'élaborer un schéma, puis de reprendre depuis le début pour corriger les défauts de l'ébauche générale avant d'entreprendre la rédaction définitive.

Il écrivit d'une écriture hâtive :

« 1) Le roman démarre par la phrase “La fièvre de l’été semblait s’être emparée de tout.” Nous sommes à Madrid, en Espagne, vers juin 1936, peu avant le début de la guerre civile. Actualiser les souvenirs de 1916. La prospérité économique de la guerre a sans doute modifié l’aspect extérieur de la ville et de bien d’autres choses que j’ai vécues. Vérifier avec quelqu’un de Madrid. Donner sa place au climat politique pendant ces jours de pré-guerre civile et à son expression quotidienne dans les rues.

Le personnage arrive à Madrid.

Mes souvenirs : Madrid, la gare... me déchirent. Un si grand nombre d’existences problématiques. Des manutentionnaires, des vendeurs de journaux, des cireurs de chaussures, des guides, des commissionnaires d’on ne sait quoi, des mendiants. Cette foule si nombreuse dans les trois péninsules de l’Europe méridionale. Lorsqu’en arrivant dans une nouvelle ville, la foule vous arrache votre valise en vous proposant en même temps de vous cirer les bottes (un cireur pour chaque botte), vous vend des journaux, des cacahuètes, des crabes, etc., vous pouvez être sûr que cette ville n’est pas un modèle d’hygiène, que beaucoup de fausse monnaie y circule, que dans les magasins on monte impitoyablement les prix, et que dans les auberges abondent les punaises.

Hôtel de Paris, un établissement où on ne parle pas français. Utiliser la mimique. La patronne, Emilia, signale le prix du doigt, et à la moindre manifestation d’étonnement, montre les dents. Il ne reste plus qu’à payer.

Dans la rue, beaucoup de gens portent des chaussures en feutre malgré la pluie. Quelques gamins qui vendent des journaux à la criée font une pause pour jouer à pile ou face sur le pavé humide.

Un guide accidentel me conduisit un jour au pont le plus haut de Madrid, puis il se mit à faire l’éloge de ses grands avantages pour le suicide. (Comment s’appelait le fleuve ?)

Le café Universal, bourré au maximum. Les types physiques sont ici plus variés que de l'autre côté des Pyrénées : on trouve aussi bien le Gitan voleur que le profil de Jules César. D'entrée, on est surpris par les cris assourdissants. Ils parlent tous à haute voix, ils gesticulent, se donnent de grandes tapes dans le dos, rient aux éclats, boivent du café et fument.

A Madrid, on trouve surtout deux sortes d'immeubles : des églises et des banques. La vieille Espagne place ses capitaux dans les églises. Dans les niches en marbre, l'or est à la vue de tout le monde, comme pour témoigner des bons rapports de ses propriétaires avec le Ciel. Mais l'Espagne ne met pas le gros de son argent dans les églises, elle le met dans les banques. Et dans le combat pour racheter l'âme de l'Espagne, les banques construisent d'énormes bâtiments, des temples d'une somptuosité écrasante. On ne pourrait pas en détailler le nombre et ils alternent avec les églises et les grands cafés.

2) Une réflexion de cette époque est valable pour le personnage : quand on s'assied dans un café et qu'on ne comprend rien au parler rapide des Espagnols, on est dans des conditions idéales pour étudier une ville, même si on ne s'y est pas préparé.

3) Toujours Madrid : une grande ville, surtout la nuit. Jusqu'à 1 ou 2 heures du matin, il y a encore de l'activité nocturne. Après minuit, les cafés sont encore pleins ; les rues sont superbement illuminées. A Paris, la vie nocturne est aussi très intense, mais seulement dans certains quartiers. A Madrid, on dîne vers 9 ou 10 heures du soir. Les théâtres commencent à 10 ou 11 heures, et finissent à 1 heure du matin. Le rythme de vie est paresseux.

4) Le personnage est subjugué par son premier contact avec la ville comme je l'étais vingt ans auparavant. Il est fasciné par la différence. Volonté de voir, d'observer avant d'agir. De nouveau le climat politique. Il a dû en être profondément étonné. La violence à fleur de peau, les affiches, les murs griffonnés, l'insolence des gardes civils, l'attitude

de défi des ouvriers. La sensation que la vague de la Révolution s'élevait et que le destin pouvait la pousser dans n'importe quel sens. La tension doit se sentir aussi dans les personnages secondaires : le gardien, le garçon de café, le maçon, l'employé de banque, le policier.

5) Le personnage s'appelle Wolf. Est-il américain ? Il lui manque un bras, le bras gauche. Pour le moment, c'est tout ce que je sais de lui.

6) Madrid de nouveau : "Je me trouve pour la première fois dans cette ville, où je ne connais personne, où personne ne me connaît, littéralement personne. En plus, je ne comprends pas la langue."

Il met une lettre ou un télégramme à la poste. Les gens de Madrid ont un surnom ironique pour la poste : « Notre patronne des communications. » Il visite le musée du Prado. Mes impressions de cette époque (les reconstituer à l'aide du carnet de notes). Evoquer en particulier ce que je ressens devant les hanches des personnages féminins de Rubens, la vitalité et l'ascétisme tragique des figures du Greco.

7) On suit Wolf dès le matin de son arrivée à Madrid. La gare d'Atocha. Un petit homme, portant un costume de bonne qualité. Ses habits contrastent avec ceux de Wolf, habillé négligemment d'un veston en velours côtelé bleu foncé. Wolf sait qu'on l'a suivi pendant toute la journée. Cela ne semble pas le tracasser. Plus encore, il s'arrange pour que l'autre ne perde pas sa trace. Jusque-là, nous ne savions pas que Wolf était suivi et qu'il en était conscient. Tout le début du roman est consacré à Madrid et aux impressions que cette ville procure au personnage. Il faut laisser apparaître que Wolf a la sensation de se sentir revitalisé par le contact avec cette nouvelle ville (pourquoi cette sensation ? je ne sais pas).

8) C'est la nuit, Wolf est à la pension. Il se couche et cache un pistolet sous son oreiller, puis un autre de plus petit calibre à l'intérieur d'une de ses bottes. Il fait chaud.

Il somnole. Des cris dans la rue. Ce n'est pas un incendie, ce ne sont que deux types qui parlent bruyamment sous la fenêtre. Un curé traverse la rue en fumant un cigare. »

La nuit tombait. Léon ferma soigneusement son cahier. Pas fâché, mais insatisfait du résultat. Il savait que cela serait toujours comme ça. Il serait toujours insatisfait de cette folle bêtise. Il aimait pourtant l'image du curé fumant le cigare. Il l'avait vu. Un curé en soutane en train de fumer un cigare dans la nuit de Madrid. Son humeur changea lentement. Il y avait d'autres choses amusantes. L'idée que la ville avait revitalisé Wolf était bien. Où avait-il passé les dernières années ? Qui était-il ? Il cacha le cahier dans le coffre-fort où se trouvaient des documents confidentiels, puis il ouvrit le manuscrit de la biographie de Staline. Il travaillait dessus et devait faire un article pour *Life*. Il eut tout à coup envie de prendre un thé bien chaud. Il sortit de son bureau et, tout en méditant, se dirigea vers la cuisine.

— Natalia, pourrais-tu m'offrir un thé ?

— Tu crois que tu l'as mérité ? demanda sa femme en souriant.

— Je crois que non. Je n'ai pas avancé l'article pour *Life*, dit Léon Davidovitch Trotski, en souriant à son tour.

29. Miami

Le nain sortit de la malle en jouant des maracas et en chantant comme Carmen Miranda. Il arpentait la chambre, possédé par une fièvre maligne, une fureur malsaine, provoquée, semblait-il, par une étrange maladie qui ne lui laissait plus qu'une demi-heure de vie. Ce qui l'obligeait à profiter de ces dernières trente minutes pour laisser témoignage de son fondamental passage sur la planète. L'air conditionné marchait au maximun. C'était un contresens. Le nain tropical qui chantait *Mamá Inés*, et Benigno avec ce froid polaire qui le glaçait jusqu'à la moelle. Il semblait pourtant se foutre aussi bien du nain que du froid.

— Arrête, merde !

— Tu danses, ma poule ? dit le nain en ignorant le regard trouble que lui lançait le garde du corps.

— Ou tu arrêtes ou je t'enferme de nouveau.

— Si tu ne me laisses pas danser, je dirai au gérant de l'hôtel que je suis là et tu devras payer une chambre pour deux. Ne fais pas le malin, Rolando t'a donné de l'argent pour tous les deux, et tu fais des économies sur mon dos. Tu m'as mis dans la malle pour que personne ne sache que je suis là. Voyons un peu comment tu vas me faire sortir ? Tu vas te trimballer dans les rues toute cette putain de journée avec la malle ?

— Du calme, sale nain, ou je te calme, répondit Benigno en allumant la télé.

Le nain en conclut que Benigno n'avait toujours pas décidé comment il allait le sortir de la chambre. Il y réfléchit deux fois et se rendit compte qu'il n'en avait rien à foutre. C'était son problème. A la télé, on passait un vieil épisode de *La Loi du revolver* qu'il avait déjà vu à Mexico quinze ans auparavant. Il posa les maracas sur un des lits jumeaux au couvre-lit couleur pistache, et dit à son camarade :

— Je peux te raconter la suite, petit pédé. Je l'ai déjà vu.

— Le chef t'a envoyé ici parce que tu parles anglais, sale petite merde. Prends le téléphone et loue une voiture. Une grande camïonnette. Pour des gens normaux, imbécile, pas pour des nains.

— Doucement, petit con, c'est pas toi qui vas me traiter de nain. Ou tu m'appelles par le nom que m'a donné ma mère, c'est-à-dire Marcelino, ou, si ça ne te plaît pas, fais comme si je n'étais pas là.

Le nain alla jusqu'au minibar, l'ouvrit d'un coup de pied et en sortit une Heineken.

— Voilà les bières que j'aime, les hollandaises.

Benigno l'ignora. Le nain était vraiment petit. Il mesurait moins d'un mètre mais n'avait pas le visage déformé de certains nains. Il était tout simplement petit. De toute évidence, il n'avait pas bon goût car il portait un costume à gros carreaux et une chemise couleur saumon, au milieu de laquelle il affichait une énorme cravate argentée. Benigno était maigre, très brun, le teint brouillé, comme si le repas l'avait rendu malade. Il avait les yeux vitreux et une petite moustache souvent graisseuse. Accroché à l'épaule, sous l'aisselle, sur une chemise en jean délavé, il portait la gaine de son revolver. Dans la malle, une énorme et vieille caisse à deux battants comme on pouvait en voir dans les films de cabaret, il avait un colt .45.

Le nain dégusta sa bière et posa la boîte sur le plancher, en plein dans le passage, dans l'espoir secret que Benigno s'y casse la gueule. Puis il alla au téléphone.

— A quelle heure arrive le chef ?

— Quoi, tu ne le sais pas ?

— J'étais enfermé dans cette putain de malle. J'ai perdu la notion du temps.

— Il faut aller le chercher à l'aéroport vers 5 heures.

Marcelino consulta l'annuaire du motel, il trouva le service de location de voitures et composa soigneusement le numéro. Son anglais était assez fluide, mais il eut beau grossir sa voix, la femme qui louait les voitures le prit pour une demoiselle. Il commanda la voiture pour 3 heures et demie. Puis il raccrocha et retourna à sa bière. Au passage, il prit de nouveau les maracas.

— Je vais te chanter une de ces chansons que te chantait ta mère, qui était sûrement une vraie putain. Ecoute, celle-ci je l'ai apprise dans un claque de Mexicali. Elle s'appelle *Maman je ne sais pas ce que veut le Nègre*.

— Ta bite, répondit Benigno, qui était moyennement intéressé par ce que Chester ferait au type en train de descendre une bouteille de whisky d'un seul trait.

— Si tu veux, mais je vais quand même te la chanter.

Benigno le regarda attentivement. Puis il lui répondit lentement :

— C'est la dernière fois qu'on m'envoie en mission avec un nain.

— Nain, d'accord, mais avec des couilles comme ça, dit Marcelino, ouvrant les bras comme s'il embrassait l'infini.

— Des couilles, c'est ce qu'il faut avoir pour te supporter, répondit Benigno. Il n'ouvrit plus la bouche jusqu'à 3 heures, heure à laquelle ils devaient aller chercher la voiture. Ils prirent bien sûr des précautions pour éviter que le nain ne soit aperçu par la femme de chambre, et économiser ainsi le prix d'une chambre pour deux.

30. Histoires de journalistes

(Greg)

Julio est non seulement capable de dormir à poings fermés dans un avion, mais même d'y ronfler. Je passe la moitié du vol à me demander si je fais semblant de ne pas le connaître, ou si je me contente de donner des explications aux voisins pour éveiller leur pitié en leur disant qu'il s'agit d'un journaliste célèbre, victime d'une maladie incurable. De temps en temps, je lui donne des coups de coude.

A la longue, on devrait être capable d'établir une relation plus apaisée avec les voyages en avion. Je ne peux pas m'empêcher de penser que le sol est six mille pieds au-dessous de nous, et attend qu'on s'écrase. C'est pour ça que si Julio ronfle, moi je bois. Du gin. C'est la boisson idéale des voyages en avion. Elle émousse le cerveau, l'enveloppe de coton sucré, elle charge la langue et laisse une saveur douceâtre qu'on se rappelle des jours plus tard avec horreur.

Tandis que le pilote nous informait que nous survolions le territoire guatémaltèque, j'en étais à mon quatrième gin *on the rocks* et l'hôtesse me faisait la gueule : elle n'en avait rien à cirer que je me bourre la gueule, mais elle devait manquer de petites bouteilles de gin et s'inquiétait de voir un passager descendre seul sa réserve. Le gin faisait d'autant plus son effet que je m'étais descendu une sacrée dose de Flor de caña la veille. Si ça continuait comme cela, j'allais devoir choisir entre les Alcooliques anonymes et le mariage.

Julio émit un bruit étrange, mélange de hoquet de morse et de pet d'éléphant, faisant sursauter une grosse blonde qui, coincée entre le gros et le hublot, aurait préféré rester à Managua. J'optai pour la compassion.

— Mister Fernández, un appel pour vous, dis-je en le secouant.

Le gros ouvrit un œil et sourit. Il avait l'air content de son rêve et, d'après le regard qu'il lança à la blonde, il semblait qu'elle en avait été le principal personnage lubrique.

— Je ronflais, vieux ?

— Eh ouais.

— C'est bizarre, je ne ronfle jamais quand je fais des rêves érotiques, dit-il en regardant fixement la blonde.

Je suppose que Julio aussi devra choisir tôt ou tard entre les Ronfleurs anonymes et le mariage.

— Combien de gins ?

— *Four*, quatre. C'est le quatrième.

— Je n'ai jamais rencontré quelqu'un qui ressemble autant à une vieille lady en plein effondrement de l'empire des Indes... Moi j'aime bien l'avion... Et vous mademoiselle, vous aimez l'avion ? insista-t-il en regardant notre compagne effrayée. Elle se perdit dans des excuses confuses et compliquées, et le gros décida qu'elle valait mieux en rêve qu'en réalité. Il se tourna de l'autre côté, ferma les yeux et se rendormit. Fascinant : trois minutes après, il ronflait. Il ne me restait plus qu'à commander mon cinquième gin.

Le gin et un exemplaire des poèmes de Quevedo que j'avais acheté chez un bouquiniste de Managua m'accompagnèrent durant les derniers miles du parcours. Quevedo avait un sens de l'image exacte, de la perfection sonore, de l'idée précise, que je n'atteindrais jamais, quel que fût le nombre de reportages que je ferais dans ma vie. C'est cette précision qui manquait au journalisme, seulement capable de fabriquer des nuages de mots et de dissimuler les vérités derrière le culte de l'information. Nous nous trompions en pensant que 63 pour 100 des électeurs, les neuf cadavres carbonisés, la vérification des empreintes digitales, le document confidentiel contenaient plus de vérités que des phrases comme celle-là : « Tu cherches Rome dans Rome, ô voyageur ! et dans Rome même, tu ne trouves pas Rome. » L'ivresse de Quevedo était bien meilleure que celle du gin (mexicain) Oso Negro : « Hier s'en est allé, demain n'est pas venu ; aujourd'hui s'en va sans cesse ; je suis celui qui fut, sera et est fatigué. » Julio dormait encore en descendant de l'avion et commença à se réveiller dans le long couloir qui menait de la porte 14 au contrôle de police. Il se réveilla tout à fait tandis que nous attendions les bagages.

— Que veut dire disert ?

— Dessert ?

— Non, disert. Sonnet 52, ligne 7, lui dis-je en lui tendant le livre.

— Bavard, parleur. Qu'est-ce que tu te fais chier à lire Quevedo ? En plus du bouquin, il faut emporter un bon dictionnaire.

— Moi avoir *amigo* mexicain coultivé.

— Et depuis quand tu t'es mis à Quevedo ?

— *Shit*, Julio. Arrête un peu l'hymne patriotique. C'est qui qui t'a appris le journalisme ?

— John Dos Passos, répondit-il résigné.

— Et Dos Passos, il est né au Mexique peut-être ?

— Il était d'origine portugaise, dit le gros en rigolant.

Le sac du gros et ma valise rouge firent leur apparition sur le tapis roulant. Il était 2 heures du matin. Un porteur bâillait sur son chariot, une douanière aux jambes rondouillardes dormait sur sa chaise. Tout le monde semblait gagné par le sommeil à l'aéroport de Mexico.

— Putain, regarde, c'est pas Armando ? dit Julio brusquement en me secouant le bras.

Je suivis du regard sa main qui montrait la sortie vers les taxis. C'était vrai ! Armando, deux valises à la main, semblait s'approcher d'une des voitures. Un peu voûté, dans un costume gris, deux valises de toile verte dans les mains.

— Armando ! criai-je. Il eut l'air de m'entendre mais ne se retourna pas, et son taxi démarra et se perdit dans la nuit.

— Il ne t'a pas entendu ?

— J'ai bien cru que si.

— C'est toujours comme cela avec Armando. Il est pire qu'un espion chinois. Tu crois qu'il était dans notre avion ? Je n'ai pas fait attention.

— Tu as dormi tout le voyage.

— C'est pour ça que je n'ai pas fait attention, répondit le gros.

31. La première fois qu'ils virent Armando

On était en train de leur tirer dessus avec un M1 depuis l'immeuble d'en face. Les deux journalistes se mirent à l'abri derrière une automobile dont les sièges étaient en flammes. La fumée âcre les fit tousser. Le garçon qui les accompagnait, presque un enfant, chercha le franc-tireur du regard. On entendait au loin la sirène d'une ambulance. Puis, plus rien. Les villes où l'on se bat sont étrangement silencieuses. On ne voyait pas de trace du tireur. Soudain, une courte rafale fit voler des éclats de la carrosserie de la voiture, et les balles s'écrasèrent sur le mur derrière eux, laissant trois trous de la taille d'un poing.

— Putain de salopard de garde ! dit le *muchacho*.

Greg prit son appareil et braqua son téléobjectif sur le toit de l'immeuble d'en face. Il avait du mal à faire le point, les mains en sueur. Rien. Rien que les antennes de télé et des chemises se balançant sur les cordes à linge.

Deux coups de pistolet résonnèrent. Les journalistes tentèrent de situer leur origine. Ils semblaient provenir du même endroit, mais il est toujours délicat de déterminer d'où proviennent des tirs. Julio et Greg ne parvenaient jamais à se mettre d'accord. Le *muchacho* leur montra quelque chose du doigt. Sur le toit apparut un corps en uniforme somoziste, poussé par un autre homme. Le garde dégringola du toit, son M1 derrière lui. Le bruit des deux impacts sur l'asphalte de la rue se confondit, le bruit sec du corps qui éclatait en dedans et le bruit métallique du fusil. Du toit, l'homme les salua avec son pistolet.

— Cela nous fait une épine en moins, dit Julio en se mettant debout. Le gros n'aimait pas du tout la position accroupie. Au loin, deux colonnes de fumée indiquaient les quartiers bombardés. On entendait d'autres sirènes, et Greg enregistra dans sa tête leur direction. Le nouveau personnage apparut dans l'embrasure d'une porte. Il portait un costume trois pièces marron tout à fait incongru. Il faisait chaud.

— Journalistes ?

Greg hocha la tête. Le *muchacho* alla ramasser le fusil du garde écrasé sur le trottoir et se remit en marche. La mort du soldat n'était qu'une péripétie de plus dans une journée riche en événements.

— En route, *compas*.

— Armando, messieurs, dit l'homme en costume en leur tendant la main.

Julio la prit affectueusement.

— Julio Fernández, Greg Simon, Manuel, répondit-il en présentant ses compagnons.

— Faut pas traîner ! insista le *muchacho*.

— Puis-je vous accompagner ? Je suis un peu perdu dans cette putain de ville. Ça tire dans tous les coins, dit Armando. Le *muchacho* l'accepta dans leur groupe avec un sourire. Ils disposaient maintenant d'un FM dont la culasse s'était fendue dans la chute et de deux pistolets. Celui de l'homme au costume marron était meilleur que le sien, un calibre 22 qui ressemblait à un jouet.

Ils se remirent en marche. Manuel les guidait avec une étrange assurance, bien que Managua ne fût pas sa ville. Ils firent halte à deux reprises. Deux femmes passèrent en courant et les prévinrent qu'un camion de l'armée était un peu plus loin.

— Ce sont des assassins ! Ils viennent de fusiller des *muchachos* !

Un couple d'adolescents, le visage masqué, rejoignit un peu plus tard leur groupe. Ils avaient pour toute arme deux cocktails Molotov. Elle ne devait pas avoir plus de treize ou quatorze ans, lui encore moins. Ils discutèrent à voix basse avec Manuel avant de se joindre à l'expédition. Armando marchait devant. Greg observait attentivement l'homme au costume marron. En dépit de l'étrangeté de ses vêtements, en contraste kafkaïen avec les *muchachos* sandinistes en haillons qui l'accompagnaient, il avait une certaine grâce dans ses gestes et agitait son pistolet comme s'il s'était ouvert un chemin dans la forêt de maisons touchées par les impacts de la mitraille et les taches noires des cocktails Molotov. C'était un paysage irréel. Un matelas sur le sol, une vieille cage ouverte d'où avait dû s'échapper un couple de canaris, un tas de boîtes de thon vides et empilées à un coin de rue, comme un étrange poteau indicateur. Greg prit de nombreuses photos au téléobjectif, tandis qu'il suivait les gestes d'Armando, qui semblaient les guider dans la jungle urbaine. Ils firent halte.

Tandis que Manuel et le gamin se postaient au carrefour, la *muchacha* au foulard rouge et noir se mit à haranguer des voisins inexistants. « Sortez tous, l'insurrection a commencé. Il faut dresser des barricades. » Peu à peu, des visages se montrèrent aux fenêtres, des portes s'ouvrirent. Greg n'arrêtait pas de prendre des photos tandis que se construisait une barricade.

Manuel les emmena voir les cadavres des *muchachos*. C'était un couple d'adolescents à l'intérieur d'une voiture incendiée. Ils avaient tous les deux la tête éclatée.

Quand ils revinrent, la barricade dressée avec des pavés, appuyée contre une automobile et un poteau électrique, avait pris de la hauteur. Une patrouille sandiniste, commandée par une femme armée d'un fusil de chasse, était en train d'organiser les habitants du quartier.

Julio tenta d'interviewer la jeune femme qui l'écarta d'un geste. « Si tu veux m'interviewer, journaliste, commence par réparer le transistor. Il faut qu'on écoute Radio Sandino. » Julio se mit à manipuler le petit Sony. Les notes harmonieuses d'un cha-cha-cha retentirent tout d'un coup. Julio nota en haut d'une page de son carnet : « Managua, 10 juin, second jour de l'insurrection. 3 heures de l'après-midi, quartier El Dorado. Cha-cha-cha à la radio. »

Quand il leva les yeux, Armando avait disparu.

32. Idées pour un sujet de thèse que ne présenta même pas Elena Jordán

Ce sujet de thèse a pour objet de lancer une enquête sur l'influence croisée des deux principaux langages publics du pays, celui employé par les idoles du cinéma mexicain d'une part, la rhétorique gouvernementale d'autre part.

Nous tenterions par exemple d'établir un lien entre la grande époque de Clavillazo, son influence dans le langage populaire des années soixante, et les discours du ministre des Finances pendant la présidence de Díaz Ordaz. Autre exemple, la synchronie entre la phraséologie de El Santo dans le cycle de films de vampires réalisé par ... entre ... et les comportements politiques du ministère de l'Intérieur à la même époque. Ou encore les rapports entre les films de *charros* des années quarante et la politique de Pemex pour la même période.

Au-delà de l'apparente folie du projet, il s'agit de prendre en compte la puissante influence du cinéma dans la formation de l'inconscient collectif patriotique, et les constants emprunts du discours du parti officiel aux lieux communs de cet inconscient.

Si le cinéma mexicain entre ... et ... a dominé la scène culturelle nationale et est apparu comme le grand formateur idéologique qui s'est ensuite reproduit au travers de la télévision en transmettant au petit écran des personnages et des figures consacrés, il n'en est pas moins vrai que, même après la grande époque, de nouvelles expériences cinématographiques ont inondé la société mexicaine : les films de vampires dans les années ...

33. Histoires de journalistes

(Julio)

Greg franchit la porte en zigzaguant. Je devrais mieux le surveiller : son goût pour le gin en plein ciel commençait à m'inquiéter. Je lançai mon sac de voyage sur le rocking-chair du hall et je me félicitai en silence d'être de retour chez moi. Le retour béni des guerriers.

« On n'a qu'une maison », avait coutume de dire ma mère, qui le tenait de son père, le paria perpétuel qui n'avait jamais retrouvé de vraie maison, même s'il en avait habité plusieurs, étranger à l'intérieur de lui-même, exilé de sa propre carcasse. Cher grand-père.

— Où est-ce que je dors ? demanda Greg dans un espagnol que les gins n'avaient pas altéré.

— Si tu as très sommeil, je te conseille la buanderie. Pas de bruit, pas de téléphone, rien. Tu peux y ronfler le reste de la nuit et toute la matinée.

— Ne sois pas cynique, c'est toi qui ronfles, pas moi.

— *Home, sweet home,* dis-je, tandis que mon pote se traînait dans le couloir jusqu'à la pièce du fond. Labo-buanderie, avec un petit lit en général couvert de bouquins, de classeurs remplis de documents, de réserves de papier hygiénique en prévision de futures catastrophes.

Chaque fois que je rentre chez moi, je consacre quelques instants bien particuliers aux retrouvailles avec Mexico. C'est un rituel dont j'ai besoin, moi qui passe la moitié de l'année à me réveiller dans des hôtels au coin d'une rue pourrie et à me demander où je suis, qui je suis et ce que je fous là. Je dois commencer à me faire vieux.

— Bonne nuit, mon vieux ! hurla Greg du fond du couloir, comme une confirmation.

— A demain, frère.

Pendant le trajet de l'aéroport à la maison, la ville m'avait échappé. Dans l'avion, je l'avais perdue. Je n'avais rien vu de la descente sur le tapis lumineux, de la géométrie de la planète, des traits roses et jaunes, des lignes de tungstène et de néon qui annonçaient les rues. Je me sentais vraiment vieux. J'avais deux poils blancs à la barbe. C'était une évidence. Pire encore, j'étais en train de patauger dans la nostalgie de cette ville. Je me sentais à la fois chez moi et ailleurs. Je sentais venir le moment où j'allais laisser tomber le journalisme et me mettre à terminer les œuvres inachevées de Hegel. Voilà qui était dans mes cordes. Julio, pédé australien, réveille-toi !

Je pris une bière dans le frigo. En tout cas, les réserves stratégiques étaient à leur place, attendant le retour des naufragés. Dans la petite pièce du fond, Greg avait cessé de faire du bruit. Ce putain de gringo était comme un petit enfant. Il devait déjà dormir. Il était 4 heures du matin. Je me dirigeai vers l'électrophone et je mis tout doucement un vieux disque d'Antonio Carlos Jobim. Puis j'écoutai mes messages sur le répondeur.

— ... Gros, c'est l'interrogateur téléphonique de Luis Escalante, j'espère que ton répondeur ne va pas me faire des misères et couper des morceaux du message comme la dernière fois... L'interview de Cuauhtémoc Cárdenas ne pourra pas avoir lieu avant la fin du mois prochain au plus tôt. Il veut la préparer et il doit faire avant une tournée à Puebla, Tlaxcala et Veracruz. Tant pis, tu t'es fait baiser. Dis au gringo... Crrrussssh... Quand est-ce que tu rentres, gros fainéant ? C'est Elena. Je te rappellerai... Crrrujjj... Gros, c'est Marcelo. Tu te souviens de la pile alcaline que tu devais me ramener de

Los Angeles ? Tu t'en es souvenu ? Parce que si tu as encore oublié, tu peux aller te faire foutre. Ça fait deux fois que tu oublies, et je suis sûr que cette fois aussi, et je ne peux toujours pas utiliser mon foutu posemètre. Tu l'as ? Je suis sûr que tu as encore oublié. Ça m'apprendra à être aussi con. Comme si on pouvait te faire confiance. C'est Marcelo. Je voudrais savoir si tu m'as ramené la pile alca... Crrusssh... Señor Fernández, c'est Margarita, la secrétaire du *licenciado* Biriukov, pour confirmer le rendez-vous du jeudi 22 à 7 heures et demie. Il m'a chargé de vous dire que l'écriture est bien celle de son grand-père et que ça lui semble drôle. Merci, je rappellerai pour reconfirmer.... Crrrijjjj... Hé ! connard, tu n'as pas payé la note du supermarché. J'en étais sûre. C'est Elena. Ces foutus répondeurs me rendent nerveuse. J'emmerde ton répondeur, t'as qu'à pas le laisser branché. C'est Elena... Crrrijjj... Non, il n'est pas là. C'est le répondeur... Julio ? Mon père dit que c'est bien l'écriture de Trotski. Qu'est-ce que je lui dis encore, vieux ? C'est bien son écriture, Julio !... Crrrissssh... Gros ? Il y a un chèque pour toi. Si tu ne passes pas le chercher, je le touche à ta place et je le bois. C'est Miguel. Salut... Crrrijjj... Julio, tu n'es qu'un lâche ! C'est Elena et ton putain de répondeur est toujours branché. J'ai besoin que tu lises ce que je suis en train d'écrire. Putain, quand est-ce que tu rentres ?... crrrishhh...

Donc, c'était vrai. Dans le mille. Cosme avait vu juste. Je ne pouvais pas garder une nouvelle pareille pour moi tout seul. Je traversai le couloir en dansant. Greg était réveillé. Il regardait le plafond, la tronche d'un mort-vivant en pleine crise bouddhiste.

— *Now, what ? New ideas*, Julio ?

— Qu'est-ce que tu dirais si je t'apprenais que Léon Trotski avait écrit un roman policier ?

— Que tu débloques.

— Je débloque pas. Je te jure que je débloque pas. Il a écrit un polar ! Tu veux de ma bière ?

— Apporte-m'en une entière !

34. Mexicali, trois jours avant le voyage à Miami

Le laitier chia littéralement dans son pantalon en voyant une main clouée sur la porte. Il ne prit pas le temps de la contempler, il jeta ses bouteilles en l'air et partit en courant. Ce fut le bruit des bouteilles qui se cassaient — et pas celui qu'ils avaient dû faire en clouant la main — qui poussa Benigno à ouvrir la porte. Le nain sortit derrière lui en se frottant les yeux. Marcelino regarda attentivement la main. Benigno, plus pratique, déduisit correctement ce qui s'était passé en voyant les bouteilles cassées sur le sol. Il regarda des deux côtés de la rue pour voir s'il restait trace du laitier. Il aurait peut-être pu leur dire quelque chose.

— Putain de main de merde, on l'a coupée d'un coup de machette, remarqua le nain.

— C'est un message pour Rolando, ce ne sont pas tes oignons.

— Elle porte même un petit écriteau, dit le nain en regardant le petit papier que la main coupée avait entre les doigts. C'est une main bien élevée, on lui a mis le papier après l'avoir coupée, on l'a ensuite clouée, et elle continue à le tenir très sagement.

— Peut-être qu'on lui a fait tenir le papier d'abord, avant de la couper.

— Elle ne te fait pas penser à quelqu'un ?

— C'est peut-être la main de El Cuervo.

— Elle est bien poilue, tu as peut-être raison.

Benigno et le nain la contemplèrent attentivement. Puis ils se regardèrent l'un l'autre.

— Qui était de garde hier soir ? demanda le nain.

— El Cuervo.

— Ça doit être la sienne alors. Tant mieux, parce que, autrement, Rolando lui aurait haché les couilles à coups de pied pour avoir laissé quelqu'un clouer une main sur sa porte. Qu'est-ce qu'on fait maintenant ? On le réveille pour qu'il vienne la voir ou on la lui apporte au lit ?

— A mon avis, il faut la lui apporter, dit Benigno, qui saisit la main coupée par les doigts et, en faisant attention de ne pas laisser tomber le papier, entreprit de la déclouer.

Rolando leur tournait le dos lorsque Benigno et le nain entrèrent, portant la main au message. Il avait mis un sweat-shirt bleu marine et parlait à quelqu'un au téléphone. D'un geste qui voulait dire « occupe-toi de cette affaire », il tendit le téléphone au nain.

— Ouais... Qui est à l'appareil ? Non, c'est Marcelino, Rolando est occupé... Comment ? Je te dis qu'il a des trucs à faire, imbécile... Deux camions ? A quelle heure ? Mais, ils avaient déjà touché... Salopard d'enculé de fils de pute d'Aguilar !

Benigno tendit la main à Rolando qui la regarda avec curiosité. Le nain raccrocha le téléphone.

— Aguilar et ses flics ont intercepté arme au poing deux de nos camions à Ciudad Juárez. Merde, on avait pourtant payé ce connard, non ? Rolando, si ce larbin de merde a osé s'en prendre à nous, c'est qu'on lui a raconté que nous étions bons à jeter aux cochons et qu'il l'a cru. Nous avons perdu deux camions. Putain de merde !

— Quand vas-tu te décider à grandir, Marcelino ? Nous n'avons rien perdu. Ces deux camions ne sont pas là mais ils y sont quand même. C'est un message, comme cette putain de main en est un aussi... Jette-la quelque part, Benigno, elle commence à puer.

— Ça doit être la main de El Cuervo, chef, dit Benigno en la prenant avec soin. Vous avez lu le message ?

— Je vais faire un peu de jogging, je reviens tout à l'heure. Je lirai le message plus tard, mais jette cette putain de main, ne la fous pas au frigo, dit Rolando.

— Je vous accompagne, chef. Juste le temps de mettre cette main quelque part.

— Deux camions... Il me faut les deux mains d'Aguilar pour ce soir, Marcelino. Les deux, tu entends ? C'est le minimum. Une seule, j'en ai rien à branler. Occupe-toi de ça. Téléphone à Julio à Ciudad Juárez, dis-lui qu'on payera double. S'ils ne m'envoient qu'une main, j'irai moi-même leur demander les deux. Ça leur donnera de quoi réfléchir, le temps qu'on se renseigne sur qui s'amuse à jouer au plus malin. Ce con-là, je suis sûr qu'il se fait manucurer, dit Rolando.

Le nain avala sa salive. Le message disait : « Je sais qui tu es, je t'attendais. » Rolando semblait avoir deviné le message. Benigno regarda la main crochue. Rolando leur lança un sourire.

35. Modifier le passé...

... est un travail tout en finesse. Il ne s'agit pas de retourner en arrière et de modifier la vision des témoins, la page du livre, la photographie. Ce genre de bricolage est digne du stalinisme, des parties d'échecs élaborées par les débiles mentaux de Yagoda, du ping-pong de Beria. Cela ne peut marcher que si tous les sujets de l'histoire sont enfermés à vie dans une cour d'école. Nous autres sommes des artistes, pas des plombiers. Nous sommes plus subtils, dit Alex tandis qu'il buvait un méchant vin blanc d'Alsace dans un verre en carton, face au groupe que le reste du SD aurait tôt fait de surnommer « les nains », à cause de l'opération Blanche-Neige.

Le nain n° 1, qui regardait Alex avec un mélange de haine absolue, d'envie et de complexe d'Œdipe à l'envers, était un jeune homme pâlot et famélique d'origine arménienne qui était chargé du terminal d'ordinateur spécialement réservé pour l'opération. La naine n° 2, Eve, louchait et avait de gros seins comprimés dans un soutien-gorge 90 B (alors qu'elle aurait eu besoin d'un 110 C). Elle tâchait d'utiliser sa poitrine pour compenser l'effet que son strabisme provoquait la première fois chez son interlocuteur, et elle y parvenait en général. La naine n° 3, Eloïse, était une féministe corrompue qui pratiquait, en dehors du bureau, une sorte de machisme à l'envers (parmi les arguments utilisés par son avant-dernier mari pour ne pas lui verser de pension alimentaire figurait le fait qu'elle l'obligeait à laver la vaisselle à la main alors qu'ils avaient une machine à laver la vaisselle). Elle était officiellement là comme douzième homme, sans fonctions clairement définies, si ce n'était tout écouter, tout savoir et tout demander. Le quatrième membre du réseau Blanche-Neige, le nain n° 4, Benjamin, l'agent opérationnel, n'avait pas été invité à la réunion.

— La clé, c'est de disposer les éléments de telle façon qu'ils aient l'air différent. Il ne s'agit pas de jouer avec le passé mais avec son interprétation. C'est-à-dire sur la façon dont le passé est perçu depuis le présent. Pour dire les choses autrement, il s'agit de faire du rangement dans le passé. Pour cela, il est parfois nécessaire de semer dans le passé, mais il faut surtout offrir des lectures alternatives, dit Alex en continuant à boire son verre de vin.

Ses nains le contemplaient dans un silence absolu. Ils ne lui avaient même pas demandé de partager sa bouteille. L'opération était évidemment importante. Alex, avant de prendre la parole, avait décroché son téléphone, un geste inhabituel chez lui. Ils étaient seuls dans les locaux du SD. Même le vacarme du trafic de l'après-midi semblait être assourdi.

— Pour commencer, j'ai besoin d'un trafiquant de drogue de seconde ligne ; ni une fourmi, ni un éléphant, mais entre les deux. Il faut m'en trouver deux ou trois, afin d'avoir le choix. En plus, pendant deux mois, il ne faut pas qu'il existe. Un blanc dans sa vie que nous nous chargerons de remplir nous-mêmes. Il faut qu'il soit dans les limbes. Il faut que je me rende maître de son histoire. Ses amis, ses malheurs, ses maisons, ses cachettes, ce que l'on sait sur lui et ce que l'on suppose. Il me faut une bible sur lui.

« C'est ton premier travail, Eve. Le tien, Aram, c'est de commencer à rechercher tout ce que tu pourras trouver sur ces types dans toutes les mémoires et les banques de données. Il me faut non seulement l'information, mais en plus, à chacune de ses étapes, d'où elle provient, sur quoi elle se base...

— Quelle nationalité, Alex ? Tu veux qu'il ait opéré aux Etats-Unis ? Ailleurs ? Quel âge ? Quel sexe ? Donne-moi de quoi commencer à jouer, dit Eve en se grattant le coude.

— Donne-nous plus d'éléments, Alex. Ce n'est pas évident de jouer à colin-maillard, » suggéra Eloïse, la troisième naine, en mâchouillant chaque mot avec son meilleur accent texan.

Eve se gratta à nouveau.

Alex la regarda fixement, droit dans ses yeux divergents. L'allergie dont souffrait la naine n° 2 commençait à faire de l'effet sur lui, comme une contagion. Il sentait des démangeaisons à la cuisse, de plus en plus intenses. Il se retint. Tel un jésuite sous la flagellation, il jouissait de la rétention. Deux gouttes de sueur perlèrent sur ses tempes.

— J'aimerais assez un Mexicain. Un Mexicain jeune. Mais je suis prêt à prendre n'importe quoi, pourvu que ce soit latino-américain. Un type intelligent qui n'aurait jamais entendu parler de Klee.

— De qui ? demanda Aram.

— C'était une blague, dit Alex.

— Klee, le peintre, commenta Eloïse pour justifier son salaire et avec la ferme intention d'empêcher Alex, qui était arrivé une demi-heure avant avec la bouteille et un seul verre, de dominer totalement la situation.

— C'est une priorité A Plus. Budget illimité. On aura tout ce qu'il faudra. Absolument tout, les gars. Deuxième objectif : Il me faut un communiste bulgare, roumain ou tchèque, qui réunisse les caractéristiques suivantes : il a fait la Résistance et a été partisan ; il a beaucoup voyagé à l'étranger dans les années soixante-dix. Il a tâté du journalisme ou est écrivain. Il est notoirement connu pour ses réticences envers Staline et ses petits. Il est modérément nationaliste. Célibataire ou veuf, il ne peut pas être homosexuel. Il a des problèmes dentaires. Il parle anglais ou espagnol. Il fume. Il a un côté légèrement aventurier. Il aime bien les Cubains et les Nicaraguayens. Il a été au Nicaragua après la victoire de la révolution sandiniste. C'est un lecteur de romans — si possible de romans d'aventures. Il faut qu'il ait ou qu'il ait eu un rang élevé dans le Parti... Un type qui jouit de prestige à l'étranger en raison de ses positions critiques, de son obstination, de sa « force morale ». C'est un concept à la mode, n'est-ce pas ?...

Alex s'arrêta pour consulter ses notes, but de sa piquette et s'en servit un nouveau verre :

— J'aimerais bien qu'il connaisse Los Angeles, mais je sais que cela est difficile. J'aimerais bien qu'il souffre d'une ancienne blessure, d'une maladie des os, qu'il ait les pieds un peu estropiés.

— C'est vraiment nécessaire qu'il fume, qu'il ait été à Los Angeles ou qu'il lise des romans d'aventures ou policiers ? Tu as vraiment besoin de tout ça ? demanda Eve.

— Alex, c'est de la folie. Tu connais déjà ce type et tu veux nous mettre à l'épreuve pour voir si on est vraiment efficaces ? demanda Eloïse.

— Si tu n'étais pas bonne à quelque chose, tu ne serais pas ici, ma petite naine. Je te parle de la vie réelle, de l'opération « Rêve de Blanche-Neige ». C'est la plus grosse opération de renseignements jamais menée à niveau mondial. C'est comme le meilleur tour de magie de David Copperfield, dit Alex, en regrettant immédiatement la vulgarité de sa comparaison.

— Si tu m'offres un verre de la saloperie que tu es en train de boire, je te le trouve, proposa Aram.

— Trouve-le-moi, répondit Alex sans lâcher une goutte de son breuvage.

— Quoi d'autre, *bwana* ? demanda Eve.

— Un boulot de routine. Je veux savoir tout ce que savent les services de renseignements de ce pays — au pays de l'ignorance, le terme est un euphémisme — sur Carlos Machado.

— Le vice-ministre nicaraguayen de l'Intérieur. Machadito, récita Aram.

— En personne. Machadito en personne. L'obsession de Casey. Le type qui, dans les cauchemars de Reagan, quand l'ex rêve que les sandinistes lui épilent les testicules avec une pince à sourcils, est toujours aux côtés d'Ortega et Tomás Borge pour diriger l'opération. Tout sur Machado. Absolument tout.

— Un Bulgare, trois trafiquants et Machado, dit Eve en allumant une cigarette.

— C'est cela même, confirma Alex en posant la main sur ses yeux pour éviter de se gratter. Eloïse, tu filtreras ce que les autres ramèneront. L'avocat du diable. Tu devras décider si c'est utilisable ou non.

L'intéressée approuva de la tête. Alex leur adressa un sourire torve. Les trois nains en conclurent avec raison que le travail venait de commencer et que, jusqu'à ce qu'ils obtiennent des résultats, ils étaient comme des galériens enchaînés à leur banc.

— Aram, si tu me le trouves et que je découvre une langouste sur ta note de frais du lendemain, je ferai comme si de rien n'était, dit Alex avant de sortir par la fenêtre. Comme un lutin, un magicien ou un vampire qui partirait en plein après-midi à la recherche de victimes new-yorkaises, comme un employé de bureau modèle qui aurait terminé sa journée.

Après s'être distrait un moment dans un drugstore Rexal où il acheta de la pommade anti-inflammatoire, Alex alla faire un tour au quai 42 pour contempler les bateaux.

Le spectacle du déchargement des cargos se vidant comme des intestins l'apaisait. Le vent soufflait depuis l'estuaire et il faillit se geler le nez. Quand il s'en rendit compte, la démangeaison avait disparu. La nuit tombait. Il jeta le tube de pommade dans une poubelle. Il passa encore deux heures à se promener sur les quais. Les putes qui s'étaient rassemblées comme des vautours sur le quai 17, dans l'attente des marins d'un cargo turc, repartaient vaincues. Alex les dépassa. A son passage, elles ouvraient un corridor de silence. Alex se dit que les putes étaient doublement dangereuses : non seulement elles transmettaient des maladies vénériennes, comme on disait dans les romans du XIXe siècle, mais elles étaient en plus dotées d'un sens très particulier pour renifler le danger. Même s'il en tirait quelque fierté, Alex se sentait détecté, identifié. Et ça ne lui plaisait pas. Comme tout agent ayant plus de quinze jours de service, il avait élevé au fond de son cœur un autel au dieu de l'anonymat.

Quand il fut 10 heures, il se dirigea vers la 38e Rue où il dîna sans grand appétit dans un restaurant grec. Puis il retourna au bureau pour emplir d'effroi bureaucratique l'âme des nains de Blanche-Neige.

36. Histoires de journalistes

(Greg)

Le gros avait à peu près vingt-cinq « meilleurs amis ». Je suppose que le jour de son enterrement, il y aura un problème pour décider qui doit porter son cercueil. L'un d'entre eux était celui qui avait trouvé le roman policier attribué à Trotski : Cosme Ornelas, danseur professionnel dans un groupe folklorique, journaliste, et depuis de longues années gardien du musée Trotski dans la maison à l'abandon de la calle Viena à Coyoacán. Cosme avait accepté ce travail pour trois raisons. Premièrement, il avait besoin du salaire misérable de veilleur de nuit de la lugubre demeure. Deuxièmement, il pensait que ce travail nocturne lui permettrait d'avoir du temps libre pour écrire un roman pendant les heures de surveillance de la maison. Troisièmement, il espérait nourrir son roman des fantômes de Trotski : la table, avec les papiers qui étaient restés dans la même position depuis le jour où Mornard était entré avec son piolet, la tombe, les bibliothèques, les couloirs obscurs. J'avais appris tout cela la nuit dernière en buvant des bières. Quand j'ouvris les yeux, le supposé polar de Trotski dansait dans ma tête pendant que la douce lumière me réveillait peu à peu.

Le gros s'était gardé l'histoire pour lui sans rien m'en dire. Il avait remis, avant de partir pour Los Angeles, des photocopies du manuscrit à un petit-fils de Trotski et à l'un des historiens qui avaient travaillé avec Pierre Broué dans les archives de Harvard. Il semblait bien que l'écriture était authentique.

— Tu en es sûr ? lui demandai-je tandis que nous nous disputions le miroir de la salle de bains, moi pour me raser, lui pour se brosser les dents.

— On aura la traduction tout à l'heure. Ce n'est pas très long. Ça ressemble au brouillon d'un roman policier, un schéma avec la description des personnages. Ça date de 1939. L'époque où il écrivait sa biographie de Staline, un peu avant les attentats, dit Julio un quart d'heure plus tard, pendant qu'il préparait le petit déjeuner.

— Je n'ai aucun souvenir d'une quelconque allusion à ce texte, dis-je au gros une demi-heure plus tard, devant mes *chilaquiles* et mon jus d'orange. On l'aura remarqué : nos conversations matinales ne sont pas des plus rapides.

— Moi non plus, mais je n'ai pas lu grand-chose en dehors de la biographie d'Isaac Deutscher.

— Quel est le programme ? demandai-je, la bouche pleine de *tortillas*.

— Nous avons rendez-vous cet après-midi avec mon ami Cosme. Ensuite, nous récupérons une copie de la traduction du manuscrit et nous demandons confirmation au type qui connaît l'écriture de Trotski. Tu as d'autres idées ?

— Des photos du bureau, de la maison de Coyoacán. Un examen de la bibliothèque de la chambre de Trotski pour voir si elle contient des polars. Et puis s'envoyer une bonne dose de littérature trotskiste, voir les écrits sur la littérature, consulter une ou deux autres biographies.

Le gros approuva.

— Tu m'accompagnes dans le centre ? J'ai rendez-vous avec Elena à la *cantina* La Opera, dit-il en regardant par la fenêtre.

— Ton ex-femme ?

Julio fit semblant de ne pas avoir entendu. Je fis semblant de ne pas avoir été surpris et je proposai docilement de faire la vaisselle.

Pour aller dans le centre, nous prîmes le métro qui était relativement vide. C'était une nouvelle ligne et je supposais que les habitants de Mexico la laissaient la première semaine aux touristes pour qu'ils l'essayent. Cela ressemblait assez à la vieille tradition florentine de faire goûter les plats par les pages avant les repas. Quand il est établi que la ligne n'est pas dangereuse, ils commencent à l'utiliser. C'est une preuve à la fois de la confiance des habitants envers leur gouvernement et de l'amour que les Mexicains portent aux étrangers. Je tentai d'expliquer ma théorie au gros, mais il avait des choses plus importantes en tête.

Un soleil resplendissant nous attendait quand nous sortîmes du métro, devant le Palacio de Bellas Artes.

— Est-ce que tu te rends compte que nous avons été aux côtés des meilleurs ? me demanda brusquement le gros.

— *Who* ? Qui sont les meilleurs, gros ?

— Les meilleurs journalistes de notre époque. Nous les avons côtoyés. Nous avons collaboré à *Crisis* quand Galeano dirigeait la revue, et nous avons descendu avec lui un bon nombre de bouteilles de vin quand il était exilé en Catalogne. Tu as été collègue de Hunter Thompson à *Rolling Stone*...

— Oui, on a pissé dans les mêmes chiottes. Lui d'abord, pour des raisons de prestige...

— Je suis sérieux. Nous avons été au Nicaragua avec le Français Pisani et en Bolivie avec Kapuscinski. Nous l'avons même aidé à obtenir son interview avec la veuve de Coco Peredo. Tu te souviens ? Au Salvador, nous avons été plusieurs fois plus rapides que Leguineche, l'Espagnol... Nous avons dormi dans la même chambre que Wallraff au moment de l'assassinat d'Olof Palme à Stockholm. Nous avons pris des dizaines de fois le même avion que ton pote Marc Cooper. Et quand j'étais adolescent, j'allais dans le même café que Carlos Monsiváis à l'époque où il était critique de cinéma...

— Flippe pas, Julio. On est meilleurs qu'eux. On est meilleurs journalistes.

— C'est possible, mais nous, nous ne sommes pas des génies. Eux, si. Ils ont l'étincelle que nous n'avons pas. Tu n'étais pas à Saigon en même temps que Seymour Hersh ?

— Si, et alors ? Qu'est-ce qu'on en a à cirer, comme tu dis ? Qu'est-ce que tu veux que j'y fasse ?

— Il nous manque l'étincelle littéraire. Nous arrivons les premiers, mais nous racontons moins bien. Hemingway arrivait toujours deux jours après tout le monde, mais il racontait les choses bien mieux que tous ceux qui l'avaient précédé.

Je ne relevai pas. Il était en train de me gâcher ma promenade dans Mexico. De toutes les villes qui tuent, celle-là est la plus assassine. Elle tue à coups de couleurs et d'images qui se mélangent, de bruits et de lumières. Le gros voulait à tout prix me gâcher la contemplation des grilles coloniales, des façades baroques de la calle Madero grouillante de monde, une fourmilière de petits commerçants, d'employés, de clochards, d'étudiants fêtards, de coursiers, d'enfants vendant le journal, de maçons mangeant des *tacos* pendant la pause, de danseuses de rumba en route pour les cabarets, de consommateurs cherchant dans le centre les infinies possibilités qu'offraient des boutiques obscures et humides, où l'on trouvait tout à la fois des puces électroniques, du papier alu double épaisseur, des rails spéciaux pour trains électriques, des crayons fluorescents ou des boîtes de conserve chinoises. On pouvait y vérifier la vieille théorie des foules qui se rassemblent pour le seul plaisir de s'observer elles-mêmes. Plus d'un passant sur deux souriait, ce qui aurait été impensable à Los Angeles.

— Tu n'as jamais l'impression de voyager à dos de mule et d'écrire à la main pendant qu'ils voyagent en jet et écrivent sur ordinateur ? Tu ne crois pas qu'il serait temps pour nous d'écrire d'autres histoires ?

— Non. *Niet. Nada. Noooo. Nanay.*

— Les mêmes, si tu veux, mais autrement.

— Tu veux qu'on aille à la fac s'inscrire à un cours de style littéraire ? *Somebody fucked mine in a magazine I worked for, years ago.* Les journaux sont pleins de réclames : améliorez votre style en trois semaines...

— Ce n'est pas toi qui avais remis la cheville de Burchett, le patriarche, le jour où votre hélicoptère a raté un atterrissage au Cambodge ?

— *So what ?* Ça fait de moi une infirmière, gros, pas un journaliste. Tu as dans les mains l'histoire de Trotski et au lieu d'aller danser les danses indiennes traditionnelles sur le *zócalo*, tu fais chier le monde.... Va te faire mettre ! On dit bien « mettre », n'est-ce pas ? dis-je en utilisant une expression chère à Jorge Martínez Reverte, un journaliste espagnol avec qui nous avions travaillé au Panama.

Le gros s'arracha les cheveux, évita un vendeur de journaux et revint à la charge, gestes à l'appui. Quand il s'agissait de convaincre quelqu'un, il agitait avec véhémence les mains et les bras, il titubait comme un marin ivre, il dansait autour de sa victime, imposant son physique, lançant son gros corps en avant comme une figure de proue. Je ne sais pas s'il était plus dangereux comme ça ou lorsque la mélancolie l'envahissait et qu'il ruminait à l'intérieur de lui-même.

— Qui est-ce que tu rêverais d'être ? me demanda-t-il.

— Julio Fernández, ce ne serait pas mal. Il a bon appétit, il boit du vin espagnol, il fume des cigarettes cubaines, il a pour compagnon de travail un gringo remarquable qui ne lui casse pas les couilles ; il écrit une demi-douzaine d'excellents reportages par an, plus deux scoops mondiaux. Tu sais ce que me disait Tom Wolfe l'autre jour ? Qu'il rêverait d'être comme toi, de faire tous ces grands reportages au lieu de devoir pondre sa littérature de merde...

— Quand est-ce que tu l'as vu ?

— L'autre jour à New York.

— Tu mens comme un arracheur de dents, dit le gros.

— *So what ?*

— Moi, quand je rêve, je voudrais être comme John Reed.

Nous continuâmes à marcher en silence. Il faisait chaud, le soleil se reflétait sur les pare-chocs.

— Et moi, quand j'ai des cauchemars, je rêve d'être comme Scott Fitzgerald, lui dis-je en entrant dans la *cantina*. Le temps que Julio encaisse le choc et entre à son tour, comme Scott Fitzgerald j'avais déjà deux bières d'avance. Il semblait avoir trouvé de nouveaux arguments. Heureusement, Elena entra à sa suite.

37. Miami de nouveau

L'instinct était la meilleure qualité de Rolando ; ce fut pourtant son garde de corps, Benigno, qui flaira que les choses se gâtaient. Alors que le nain préparait des sandwichs au beurre de cacahuète au bar de la suite du motel, louée par le chef, Benigno aperçut un personnage qui rôdait autour de la piscine et dont le visage ne lui plut pas du tout.

— Tu vas voir, même ta mère ne te faisait pas des petits sandwichs comme ça.

— Préviens Rolando que je sors, il y a un type en bas qui ne me plaît pas du tout.

— Nous sommes aux Etas-Unis, imbécile, c'est normal que les types ne te plaisent pas. Ici c'est des racistes, et toi, tu réagis par esprit de contradiction.

— Il sont deux, et il y en a un avec un fusil, petit con, dit Benigno, qui regardait fixement par la fenêtre.

Le nain jeta le beurre de cacahuète et partit en courant vers la chambre ; Rolando l'arrêta sur le seuil de la porte et, d'un doigt qu'il porta à ses lèvres, lui fit signe de se taire. Il était à poil et tenait un .45 dans la main droite. Marcelino eut peur.

— Prête-moi le flingue, Rolando, ne sors pas. Laisse-moi faire. Je suis une cible plus difficile.

Benigno était sorti de la chambre et, avec une agilité

simiesque, se collait aux murs, le pistolet comme une prolongation de la main. Les couloirs étaient vides.

La partie arrière du motel était une demi-lune de deux étages autour de la piscine, avec un long couloir-terrasse terminé aux deux bouts par des escaliers. Il y avait douze chambres par étage. En face, un grand parking donnait sur un bâtiment où se trouvaient le hall, la réception et un restaurant décoré, Dieu sait pour quelles étranges raisons, de peintures naïves de Bouddha et de faux dessins orientaux bon marché.

Ne pouvant arrêter Rolando qui suivait les pas de son pistolero, le nain se jeta sur la malle et en sortit une petite mitraillette. Comme un enfant avec un jouet tout neuf, il alla vers la fenêtre qui donnait sur le patio arrière. Il pleuvait. Des petites gouttes tombaient sur la piscine comme des impacts de pistolet pour enfant. Le nain crut apercevoir une ombre derrière un palmier, sur le bord gauche de la piscine.

Il visa l'ombre, prêt à laisser partir une rafale si elle bougeait. Il tendit l'oreille. Les gouttes de pluie dans la piscine, le bruit de deux postes de télévision allumés dans les chambres voisines. Rien.

Benigno apparut dans le patio, le pistolet à la main, se glissant entre les troncs des palmiers qui entouraient la piscine. Le nain essaya de ne rien perdre de vue. D'un œil, il contemplait son camarade, de l'autre, l'ombre qu'il avait cru apercevoir. Soudain, l'ombre bougea. C'était un homme qui portait le maillot de l'équipe des Dauphins de Miami. Il tira sur Benigno. Au même moment, le nain déchargeait sa mitraillette. Deux balles le touchèrent. Benigno, qui avait roulé au sol, l'acheva pendant qu'il tombait. Il s'avança en boitant vers le corps et lui donna un coup de pied dans la tête. Puis, se tournant vers la fenêtre où le nain était posté, lui fit signe que tout allait bien. Le nain souriait.

— Ne bouge pas, Marcelino, dit la voix sèche de Rolando derrière lui. Tu as un type à trois mètres derrière toi qui a son revolver pointé sur ta tête. Mais je suis derrière lui, et s'il n'arrête pas de chatouiller la détente, je lui fais exploser la cervelle. Tu vas te retourner doucement et le braquer, Marcelino ; lui, il va rester bien sage, autrement je l'envoie au paradis... un, deux...

Le nain se retourna. C'était vrai ; un grand type au visage effrayé était en train de le braquer. Juste derrière, Rolando tenait son index de la main gauche pointé dans le dos du type. Il avait attaché une serviette autour de sa taille, qui couvrait sa nudité, et il y avait glissé son revolver. Il affichait un grand sourire. D'où avait-il sorti la serviette ?

— Et maintenant, notre ami va laisser tomber doucement son pistolet, sinon c'est un homme mort. Dis-le-lui en anglais au cas où l'imbécile ne comprendrait pas.

— *Drop your gun, asshole*, dit le nain avec un parfait accent britannique que personne ne lui connaissait.

— Je parle espagnol, monsieur, dit le type tout en laissant tomber son pistolet.

— Enferme-le dans la malle, Marcelino. Il y sera plus serré que toi, mais un connard dans son genre ne mérite pas mieux, ordonna Rolando en allumant un cigare.

Benigno apparut à la porte en traînant la patte. Le sang coulait à l'endroit où son pantalon était déchiré.

— Entoure-moi ça tout de suite avec une serviette. Quelle idée de se faire blesser ? demanda Rolando. Fais vite, on se tire d'ici. Votre motel, il ne me plaît absolument pas. Mais alors pas du tout. L'autre connard de gérant qui me voit passer en courant et me demande Dieu sait quoi en anglais. Comme si l'imbécile ne se rendait pas compte que je ne parle pas encore très bien... La piscine est pleine de feuilles... Une femme de chambre, une idiote, me voit passer tout nu et ne bouge pas. C'est moi qui ai dû lui enlever la serviette qu'elle avait à la main. Et je ne sais même pas si elle était propre. Un vrai établissement de merde.

38. Je connais ce Vassiliev...

... je l'ai déjà vu quelque part, dit Alex en observant une des photos des Bulgares qu'il avait réclamées.

Eve se chargea de lui rafraîchir la mémoire :

— Le club des marguerites, il y a deux ans.

— Tu n'as rien de mieux ?

— Il remplit sept de tes conditions, *bwana*, dit Eloïse. Il a une prothèse au genou, séquelle d'une blessure de la dernière guerre mondiale ; il est pro-Cubain jusqu'à la nausée ; il a été mis au frigo par Staline...

Aram l'interrompit :

— Tu connais l'histoire du Bulgare ? Le type qui avait mis une annonce dans le *Village Voice*, tout ce qu'il y a de plus normal : cours de bulgare, téléphone, etc., et un fils de pute quelconque l'a fait paraître dans la section des petites annonces de cul. Pendant une semaine, l'autre imbécile a été submergé d'appels de tous les *freaks* de Manhattan qui voulaient savoir ce que c'était que la méthode bulgare. Il a menacé de porter plainte, et la semaine d'après, le *Voice* a repassé l'annonce gratuitement, dans la bonne section. Le type avait seulement ajouté : « incroyable mais vrai, le bulgare est aussi une langue... »

Personne n'en avait rien à foutre de l'histoire d'Aram et celui-ci retourna à son clavier.

— ... il ne fume pas ; il a habité San Francisco pendant

un an... continua Eloïse en comptant sur les doigts des deux mains... il parle espagnol.

Alex resta méditatif pendant un instant. Il n'aimait pas beaucoup les coïncidences. Il n'était qu'à moitié sérieux lorsqu'il avait défini le profil du Bulgare, rajoutant des éléments non nécessaires pour déconcerter ses nains. Il n'attendait pas quelqu'un qui colle à 100 pour 100, 45 pour 100, dont les éléments clés, étaient suffisants. Mais l'idée d'un type du club des marguerites ne lui plaisait pas. Il n'aimait pas que les éléments s'assemblent sans qu'il y ait mis la main.

L'enquête sur le club des marguerites était un jeu déjà ancien auquel l'équipe s'était adonnée deux ans auparavant. Dans les années cinquante, une interception accidentelle de lettres avait révélé qu'un ancien acteur de cinéma retiré à Los Angeles recevait régulièrement une fois par an deux cartes postales postées de quatre ou cinq pays différents et portant toutes une marguerite en guise de signature. Comme le type avait été un antifasciste « avant l'heure », les agents de Hoover avaient contrôlé son courrier et effectué une enquête de routine. Cela n'avait rien donné. Chaque année à Noël, il recevait et envoyait deux cartes postales signées d'une marguerite et portant des messages sans intérêt, du style : « J'espère que tu vas bien, amicalement, Max. » Alex avait eu vent de l'affaire quand il avait débuté à Langley et s'y était par hasard réintéressé deux ans auparavant lorsque, au milieu des déchets qui lui parvenaient au travers des circuits d'informations normaux, il était tombé sur le nom de Max Lewis à propos d'un voyage au Nicaragua. Alex avait essayé de pêcher sur les ordinateurs les autres membres du trio des marguerites et c'était ainsi qu'était apparu, aux côtés de Max l'acteur, le nom de Stoyan. Il découvrit que les cartes postales avaient créé des problèmes au Bulgare en 1949, au début des purges staliniennes antititistes. Mais sa fascination s'accrut lorsqu'il reçut des informations sur le troisième homme, personnage mythique de l'époque de l'OSS de Donovan, un Espagnol nommé Longoria. L'examen de la correspondance de Max n'était pas très éloquent : deux cartes reçues ; deux envoyées tous les ans. Pas grand-chose d'autre. S'il n'avait pas eu d'autres affaires en cours qui requéraient toute sa curiosité maniaque, Alex aurait essayé d'élucider cette vieille histoire des marguerites. Cela ressemblait à une valse à trois, sur fond d'amours et de causes perdues, dont l'origine remontait sans doute à l'Europe des années trente. Beaucoup de romantisme, du vin français... Il regrettait de ne pas avoir poussé plus loin. Surtout maintenant que le Bulgare resurgissait dans sa vie.

— Propose-m'en un autre, je me méfie de celui-là, dit-il à Eve.

— Essayons celui-là, alors. Il s'appelle Micha Gravov, il est veuf, dirigeant du Parti en...

Alex l'interrompit d'un geste brusque et alluma une cigarette.

— Oublie le Bulgare pour le moment. Je ne suis pas sûr qu'il m'intéresse toujours, dit Alex. Il avait la tête pleine de dessins pour enfants : des marguerites.

Chacun avait sa marguerite. Max, l'acteur américain, les dessinait avec huit pétales, le cœur noir, la tige courte, et les disséminait dans le texte, en faisant danser plusieurs entre les mots. Il avait coutume de mettre des phrases du genre : « Le présent est encore à venir », perdues dans un champ de marguerites. Le Bulgare les dotait d'une longue tige et les faisait flotter à la fin de la carte. L'Espagnol les dessinait droites, raides, en perspective. Cette histoire à la con l'obsédait. Alex était du genre à lire la fin d'un polar quand il en était seulement à la moitié ou à appeler la chaîne de télé pour qu'on lui raconte la fin d'un feuilleton qui n'en était qu'à son cinquante-sixième épisode.

Au fond, toute l'histoire de l'espionnage moderne n'était-elle pas ainsi ? Des professionnels du pouvoir qui engageaient des professionnels de l'information, qui engageaient à leur tour des professionnels de la curiosité engageant des criminels officialisés pour que le jeu continue aux siècles des siècles, *amen* ?

— Du café pour tout le monde ! hurla Alex. Pas la saloperie habituelle, du café de Colombie, de première classe. Et de vraies tasses, pas ces infects gobelets en carton qui fuient ! Commande par téléphone, Eve !

— Qu'est-ce qu'on fête, chef ?

— On ne fête rien, Aram. Mais j'ai besoin de mon trafiquant mexicain. Besoin du meilleur. Et il me paraît évident que vous manquez de motivation.

Durant quelques minutes, les petits nains de Blanche-Neige adorèrent leur chef. Puis la haine reprit le dessus. Il était 3 heures du matin à New York. Il faisait très froid et les vitres qui donnaient sur Madison Avenue étaient couvertes de buée. Eve commença à faire des dessins dessus. Des marguerites.

39. Le roman de Léon

Au milieu de la matinée, après avoir donné à manger aux lapins, et s'être entretenu avec Van à propos du conflit entre les groupes français, le vieux s'enfuit vers son bureau et, contrairement à ses habitudes, ferma la porte.

Il enleva quelques exemplaires de *The Militant* que Hank avait posés sur son bureau et sortit son cahier à la couverture striée de noir. Il aurait dû l'écrire en anglais, l'anglais était la langue du roman policier, mais cela rendrait plus difficile encore une tâche déjà difficile en elle-même. Il reprit ses notes où il les avait laissées la veille. Deux idées intéressantes lui étaient venues pendant la nuit.

Il contempla depuis sa fenêtre le ciel bleu de Coyoacán et les cactus en bas qui délimitaient le jardin de la maison. Il écrivit :

« 9) Wolf visite un orphelinat des alentours de Madrid. Il s'intéresse à une fillette de douze ans. C'est une institution laïque régie par un vieux professeur de l'école rationaliste de Ferrer Guardia. Cette école est un reflet des misères et des contradictions de la République : manque de ressources, expériences pédagogiques, les enfants portent des uniformes propres mais râpés. La conversation qui s'y déroule n'apprend rien à Wolf qu'il ne sache déjà. María Rojas, la fillette, a été enlevée deux ans auparavant par trois inconnus qui l'ont menacée avec des pistolets : deux hommes et une femme qui l'ont amenée dans une voiture. La presse de Madrid a parlé abondamment de cette histoire extravagante. A Madrid, ce genre de crime est inhabituel. En revanche, les crimes passionnels et politiques, les vengeances de prostituées, les exploits des escrocs sont monnaie courante. L'enlèvement de María sortait du commun. Au cours de la conversation, ressort le nom d'un journaliste de *La Libertad* qui avait écrit à l'époque sur le sujet. Le vieux prof est curieux de savoir dans quel but Wolf s'intéresse à cette histoire. Il lui répond vaguement qu'il a connu le père à Boston, dans un hôpital. Dans la cour, les enfants jouent à la révolution. Wolf observe un garçon handicapé d'un bras. Il s'identifie à lui.

10) Wolf, qui est toujours suivi par son habituelle et mystérieuse escorte, a un entretien avec López, le journaliste de *La Libertad*. Un personnage sale, fumeur invétéré, complètement myope. López lui parle de l'enlèvement survenu il y a quelques années. Une étrange histoire qu'il avait couverte pour le journal. La police, alertée par les voisins, avait tiré sur la voiture, sans succès. Un des kidnappeurs avait été identifié quelques années plus tard. Il était en prison pour avoir tué l'amant de sa femme à coups de couteau. Mais on n'avait jamais réussi à lui faire dire quoi que ce soit sur l'enlèvement. Lui-même avait essayé et n'y avait pas réussi. Pourquoi Wolf s'intéressait-il à cette histoire ? Wolf : il avait connu le père de María dans un hôpital de Boston. López : mais dans quel intérêt l'a-t-on donc enlevée ? Une fillette dans un orphelinat... Qui était le père ? Quel rapport pouvait-il y avoir entre le père et les kidnappeurs ? Wolf : aucune idée, le père m'a parlé de l'histoire quand nous nous sommes connus. J'ai quitté l'hôpital. Deux ans plus tard, j'ai décidé de venir en Espagne et j'ai eu l'idée de faire mon enquête. J'ai commencé par l'orphelinat parce que c'était la seule chose dont je me souvenais. López : l'enfant avait été abandonnée à l'âge de trois ans à

la porte de l'orphelinat. Elle ne savait même pas qu'elle avait un père. Comment s'appelle-t-il ? Wolf : c'était un Tchèque appelé Clément. Un nom français, bizarrement. Un journaliste aussi, comme lui. López : on peut entrer en contact avec lui ? Wolf : Il est mort à l'hôpital. López : ce n'est pas banal de se faire enlever sa fille dans un orphelinat, coups de feu à l'appui. C'était ce qui rendait cette histoire intéressante. Si encore elle avait été la fille d'un aristocrate ou d'un milliardaire. Etrange, vraiment étrange... Au cours de la conversation, il est clair pour les deux hommes que tous les deux cachent une partie de ce qu'ils savent. López s'enquiert des motifs du voyage de Wolf en Espagne. Celui-ci répond qu'il vend des machines agricoles. López l'invite à déjeuner le lendemain.

11) Après des négociations très compliquées, où il argue toujours du fait qu'il a connu le père de María dans un hôpital de Boston lorsque tous les deux s'y faisaient soigner, lui d'un bras amputé, le père d'une tuberculose, Wolf réussit à obtenir un entretien avec l'homme en prison. Un Andalou. La conversation est un peu évasive, l'Andalou semble parler volontiers de n'importe quoi, sauf de cet étrange incident arrivé deux ans auparavant. Une petite fissure s'ouvre finalement. Oui, il conduisait la voiture, c'est pour cela qu'on l'a reconnu, parce qu'il ne portait pas de foulard sur le visage. Il avait été engagé par l'homme et la femme. Ils avaient drogué l'enfant pour la transporter à Barcelone. Il a bien été payé comme convenu. Où les avait-il connus ? Des amis les lui avaient présentés dans un bar de Madrid. Des noms ? On parle des péchés, pas des pécheurs. Et vous n'avez pas honte, vous qui semblez être un homme, d'enlever des petites filles ? A vrai dire, si. Assassiner quelqu'un en face, d'accord, voler une banque, d'accord, faire de la contrebande, d'accord, mais enlever une petite fille, c'est vraiment tomber très bas. Wolf : J'ai connu le père de la fille sur son lit de mort, il m'a demandé de chercher à en savoir plus sur sa fille. L'Andalou : c'était

il y a deux ans, je ne sais pas quoi vous dire. Barcelone. Je les ai laissés à l'Ensanche, dans la rue de Provenza, près du Paseo de Gracia. Wolf : Et pendant les jours que vous avez passés avec eux, vous n'avez rien entendu sur le motif de l'enlèvement ? L'Andalou : Non, ils n'ont jamais rien dit. Ils se gardaient bien de parler devant moi. Wolf : A quoi ressemblait ce couple ? L'Andalou : ils étaient étrangers comme vous, des Américains, ou des Anglais peut-être. Lui, c'est sûr. Elle, elle était plus brune, mais ils parlaient anglais entre eux.

Ils se quittent. L'Andalou lui demande de le tenir au courant s'il retrouve la fillette. Il lui en serait vraiment reconnaissant. Depuis cette histoire, il a "une épine enfoncée dans l'âme" *(sic)*.

Wolf sème son poursuivant dans le dédale de ruelles qui entourent la Plaza Mayor. Cela fait, il se rend dans une auberge toute proche. Il a un entretien dans une chambre sombre avec un homme très pâle, couché sur un lit. Ils ont une conversation tranchante, sèche. Wolf : J'ai besoin des photos de l'enfant. L'autre : tu as trouvé quelque chose ? Wolf lui dit qu'il a une piste qui le mène à Barcelone. Mais qu'il ne faut pas qu'il oublie qu'il est en Espagne pour d'autres raisons et que, s'il se mêle de cette histoire, c'est pour régler sa vieille dette envers lui. Il prend une photo de María. L'autre lui dit qu'il est désespéré, qu'il ne peut pas sortir. Wolf lui raconte qu'il est suivi. Ils se mettent d'accord pour communiquer grâce au téléphone d'une prostituée qui occupe la chambre d'en face.

13) Wolf réfléchit sur le naufrage. Il a fait naufrage une fois sur les côtes du sud du Chili. La solitude, la peur, l'isolement. Mais il y a des naufrages matériels et des naufrages moraux. La perte du bateau, des camarades de voyage, le pont qui cède sous ses pieds, la perte du sens de la direction à prendre, de la place à occuper dans l'histoire. L'homme qu'il vient de voir est un naufragé. Il n'a ni bateau, ni voyage. Ni camarades.

14) Le roman est trop sérieux, dans le mauvais sens du mot. Un roman sérieux doit être insolent. Il doit réveiller le sens de la comédie dans la vie nouvelle. L'homme nouveau veut rire. Mais il n'écartera pas l'amour, parce que ces types savent aimer plus et mieux que nous. Il n'échappera pas au mélodrame, parce que nous vivons une époque dramatique et que chacun de nous a des idées claires sur la fragilité de la vie, et sa propre mort.

15) Wolf a une réunion à son hôtel avec deux membres de la direction d'une scierie coopérative. Ils parlent affaires, évoquent une commande de machines, ils fixent des dates, et même... »

Léon sortit de son roman comme d'un nuage, on frappait avec insistance à la porte. *Life* le demandait au téléphone. Il ferma le cahier et le cacha sous les notes du *Staline*. Il savait que les éditeurs de la revue allaient encore lui dire qu'il était en retard pour son article sur l'anniversaire de la mort de Lénine. Les ennuis économiques le poursuivaient ces derniers mois. La victoire des nazis en Allemagne avait coupé net ses plus gros droits d'auteur. Il devait de l'argent à Doubleday aux Etats-Unis, des avances pour des travaux non rendus. Il avait touché d'autres avances pour le livre sur Staline qu'il n'avait pas encore terminé. Il avait vendu une partie de ses archives à Harvard et il n'avait pas encore touché l'argent, plongé dans des négociations interminables. Et maintenant, il devait deux articles à *Life*. Il sourit du fil de ses pensées. Tels étaient les petits problèmes domestiques d'un révolutionnaire professionnel qui, victime d'un accès de folie sénile, s'était mis en tête d'écrire un roman policier.

40. Histoires de journalistes

(Julio)

Elena réapparut dans ma vie, alors que j'étais parfaitement parvenu à la maintenir durant un an à distance téléphonique, au moment précis où Greg se refusait pour la dixième fois à discuter sérieusement avec moi de notre boulot de merde. Il fut sauvé par le gong. Elena, c'est comme la fin du round, elle arrive toujours brutalement, juste au bon moment pour tout gâcher.

Elle ne s'améliorait pas. Elle était un peu plus maigre, des traces de tension autour des yeux. Elle avait perdu son regard malicieux et semblait plus aimable (ce qui indiquait clairement qu'elle était fatiguée). Je me dis en moi-même : « Tu n'es pas amoureux de cette femme et il vaudrait mieux que tu ne penses pas à retomber amoureux d'elle parce que tu sais d'avance très exactement tout ce qui t'arriverait. » Mais c'était une phrase trop longue pour en faire un signal d'alarme permanent. J'en essayai une autre plus courte tandis qu'Elena se dressait sur la pointe des pieds pour m'embrasser. « Impossible de vivre avec elle. Je ne suis qu'un con si j'oublie ça. »

— Tu embellis de jour en jour. Décidément, le divorce te va bien, lui dis-je.

— Du calme, gros. Tu sais que pour rien au monde je ne me remarierais avec toi.

— Comment vas-tu, Elena ? dit Greg cérémonieusement en lâchant sa bière et en lui tendant la main.

Elena releva une mèche sur son front et, délaissant la main tendue, l'embrassa sur la joue.

« Impossible de vivre avec elle. Je ne suis qu'un con si j'oublie ça. »

— Greg, tu mérites ce baiser et beaucoup d'autres. Si tu as pu supporter Julio deux ans de plus que moi, tu mériterais un autel à la basilique de la Guadalupe.

— Je suppose qu'il est plus facile d'écrire ensemble que de préparer le petit déjeuner ensemble. Julio me supporte, moi, ce qui n'est déjà pas mal, dit le gringo, décidément bien élevé. Il aurait mérité un baiser de ma part sur l'autre joue.

Elena sauta sur un tabouret et avala d'un coup le tiers de ma bière. Deux ou trois des poivrots habitués de la *cantina* la regardèrent avec des airs de requins. Elena fit comme si elle ne remarquait rien.

— Qu'est-ce que vous machiniez, les garçons ?

— Une pure merveille. Nous avons découvert un manuscrit de Trotski. Un manuscrit de polar. Il était enfoui dans ses papiers à Mexico.

— Un quoi ? demanda Elena.

— Un roman policier, confirma Greg.

— C'est tout ce qu'il vous manquait pour devenir trotskistes.

— Des trotskistes policiers, dis-je. Une nouvelle scission de la Quatrième Internationale : ceux qui ne reconnaissent que les écrits journalistiques et les polars de Trotski.

Elena termina ma bière en souriant. « Impossible de vivre avec elle. Je ne suis qu'un con si j'oublie ça. » Elena croisa les jambes sur son tabouret. Sa jupe en cuir noir se tendit.

— Gros, excuse-moi d'être aussi triviale mais tu as oublié de payer la facture du supermarché et c'est après moi qu'ils en ont.

— Payer, mes couilles ! Ce n'était pas à moi de payer ça. Ce sont des rocking-chairs que tu t'es achetés, toi. Moi je n'en ai jamais rien eu à foutre et quand nous avons divorcé, c'est toi qui les as emportés. Alors je voudrais bien que tu m'expliques pourquoi c'est moi qui devrais les payer.

— C'est toi qui me les avais offerts. J'ai signé la facture, mais tu m'as dit que tu me les offrais. Et maintenant, c'est moi qu'ils poursuivent pour payer la note.

— Je ne me rappelle pas vraiment te les avoir offerts, dis-je à Elena.

— Moi si, dit-elle, satisfaite. Arrête de faire chier, gros. Tu peux bien payer ces putains de rocking-chairs. Avec tout ce que te rapportent tes reportages. Tu es publié dans le putain de monde entier. Paie et puis viens me rendre visite, je veux te montrer des choses que j'ai écrites.

Devant le tour domestique qu'avait pris la conversation, Greg s'était fait tout petit et discutait avec un romancier mexicain, Gerardo de la Torre, qui était sous-directeur du supplément culturel d'un journal et voulait publier certains de nos reportages parus au Canada.

— Laisse-moi trois ou quatre jours, le temps que nous nous enfermions pour écrire cette histoire et ensuite tu me montreras ce que tu veux me faire lire.

— Et tu paieras ces putains de rocking-chairs.

— Je les paie si tu me les rends.

— Je croyais qu'ils ne te plaisaient pas.

— Ça ne fait rien, je les offrirai à quelqu'un.

— Tu n'as qu'à me les offrir, dit Elena en soufflant sur la mèche qui était retombée sur ses yeux.

— Bon, je te les offre.

— D'accord. Paie-les tout de suite.

— Vous avez réglé vos affaires ? demanda Greg. Nous avons rendez-vous avec ton ami le graphologue.

Elena sauta de son tabouret. La vibration sensuelle qui s'ensuivit me mit la larme à l'œil.

— Qu'est-ce que tu as, Julio ? Tu pleures ?

— C'est la fumée.

— Ah ! au fait, l'autre jour je suis tombée sur votre copain, le Panaméen qui est venu une fois manger à la maison, celui qui s'appelle Armando.

— Armando est à Mexico ? interrogea Greg.

— Il m'a chargée de vous transmettre ses salutations.

— Quand est-ce que tu l'as vu ? demandai-je. Mais il était déjà trop tard, comme toujours avec Elena, la moitié des questions restaient sans réponse.

41. La deuxième fois qu'ils virent Armando

Si Armando était devenu une énigme dans la vie des deux journalistes, c'est parce que ses premières apparitions s'étaient toujours produites dans des circonstances inhabituelles et que ses disparitions étaient dignes du plus grand cinéma. C'est ce qui explique que Julio ait commencé à utiliser des expressions telles que « plus mystérieux que ce putain d'Armando » ou que Greg, lorsqu'il évoquait la disparition d'un personnage, quel qu'il fût, parlât de « faire le coup d'Armando ». Mais il y avait encore autre chose. Tous deux, sans en avoir parlé outre mesure, supposaient qu'Armando travaillait pour un service de renseignements. Ils ne savaient pas exactement lequel, même s'il était sans le moindre doute au service des Nicas ou des Cubains. Armando, toujours tiré à quatre épingles, avec son accent d'Amérique centrale difficilement identifiable, qui apparaissait parfois dans la peau d'un Panaméen, d'autres fois dans celle d'un Costaricain, et qui aurait même pu être martien, était devenu une énigme périphérique dans la constellation de mystères que partageaient Julio et Greg.

La deuxième fois qu'ils rencontrèrent Armando, Julio traînait par les aisselles, au milieu de la rue, un Greg évanoui. L'Américain avait reçu une pierre sur la tête pendant qu'il prenait des photos devant l'ambassade des Etats-Unis à Tegucigalpa et saignait comme un bœuf. Les manifestants, mélange d'authentiques étudiants honduriens protestant violemment contre le « Saint-Empire » américain et sa politique dans leur pays, et de truands manipulés par des militaires trafiquants de drogue, s'étaient fait plaisir en brûlant des voitures et en jetant des pierres contre les Marines qui surveillaient la cour intérieure de l'ambassade.

L'air sentait l'incendie, les cocktails Molotov volaient au milieu des pneus enflammés. Tirant Greg par son pull, Julio essayait de le mettre à l'abri sous le portique d'une boutique de dessous féminins, lorsque Armando, assis à l'intérieur d'un taxi, s'arrêta à quelques mètres des deux journalistes.

— Bonsoir, *amigo*. Je crois qu'il vaudrait mieux que vous montiez avec moi. Dans dix minutes, la police militaire va intervenir.

Julio regarda attentivement le personnage. Il portait un smoking blanc. Depuis ce jour où il leur avait frayé un chemin dans les rues insurgées de Managua, il s'était laissé pousser une longue moustache bien fournie.

— Armando ?

— Vous avez bonne mémoire, señor Fernández... Permettez que je vous aide.

Armando descendit de l'automobile et, à eux deux, ils traînèrent Greg qui semblait vouloir sortir de son évanouissement. Une fois montés, Armando donna l'ordre au chauffeur de démarrer.

— Et vous, qu'est-ce que vous faites habillé comme cela ? demanda Julio.

— Par temps d'émeute, c'est le meilleur moyen de se promener dans la rue. En plus, *amigo*, j'avais des engagements mondains et j'attendais l'heure du dîner en espérant avoir la chance de voir brûler cette ambassade.

— Et qu'est-ce que vous pensez de tout cela ? demanda Julio.

— Des contradictions entre trafiquants officiels et non officiels. La CIA contrôle le trafic de drogue ici au Honduras, trafic lui-même lié à l'achat d'armes pour les *contras*. Mais certains militaires ont voulu se mettre à leur compte et le Département d'Etat a lancé un avertissement à ces messieurs du gouvernement hondurien : si le montant des aides fournies par les Etats-Unis s'élève à 16 pour 100 du PNB, c'est la moindre des choses que Washington se comporte en propriétaire, dit Armando en sortant une boîte de Partagas filtres extrafins, du pur tabac de La Havane réservé à l'exportation.

Julio se jeta sur un des cigarillos, l'alluma et savoura la première bouffée. C'était presque aussi bon que les Davidoff hispano-cubains qu'il achetait d'habitude à l'aéroport de Madrid.

— Et que faites-vous au Honduras ? La dernière fois que nous nous sommes vus à Managua, vous avez soudainement disparu...

Le reflet des incendies éclairait de façon étrange le visage d'Armando, lui donnant des airs diaboliques. Julio observa le phénomène avec curiosité.

— *The damned pictures !* Tu as développé les photos, gros ? interrogea Greg en ouvrant les yeux.

— *Mister Simon, very pleased to see you*, dit Armando très cérémonieusement.

— Sale connard de gringo, c'est la dernière fois que je t'amène à une manif, dit le gros en épongeant le sang sur le visage de Greg.

— Je vous dépose à votre hôtel ? interrogea Armando.

— *Wha'happen down there ?* interrogea Greg.

— La police militaire était sur le point d'intervenir et toi tu étais en train de faire de grosses taches de sang sur ma chemise, répondit Julio.

— On y retourne, dit Greg.

Armando consulta du regard le journaliste mexicain qui fit signe qu'il était d'accord. Armando haussa les épaules et demanda au chauffeur de stopper un instant, puis de faire demi-tour. Quand le taxi s'arrêta, Armando en descendit avec agilité, leur lança un salut militaire et disparut dans la lueur des incendies avec son absurde smoking blanc, sous lequel il portait — ce qui n'avait pas échappé au regard perspicace de Julio, malgré l'excellente qualité de la coupe du costume — un .45 automatique dans son holster.

42. Le psychiatre d'Alex...

... était très satisfait des progrès réalisés par ce dernier dans ses rapports avec l'épouse nymphomane que s'était inventée son patient. Pour réprimer son fou rire, au milieu de la séance, Alex lui raconta un conflit avec son fils cadet, tout aussi fictif, qui s'était terminé par un grand coup de lattes dans les couilles de l'inexistant gamin âgé de sept ans.

Alex, d'après la version qu'il était en train d'élaborer à l'intention du psychiatre, avait passé une nuit à l'hôpital aux côtés du gosse qui souffrait d'une grosse orchite, dont il ne s'était évidemment pas remis et qui allait probablement le rendre impuissant toute sa vie. Evidemment, cette horrible situation provoquait chez lui un intense sentiment de remords et, par la même occasion, un profond dégoût sexuel envers sa femme, laquelle avait décidé de se venger le matin même, quelques heures avant son rendez-vous chez le psychiatre, en couchant avec le concierge de l'immeuble au beau milieu du salon et en demandant à Alex de venir assister aux ébats. Celui-ci s'était évidemment enfermé dans la chambre et, pour ne pas entendre les gémissements érotiques de sa femme, avait monté à fond le son de la télé.

Le psychiatre, surpris, n'arrivait pas à décider s'il valait mieux le déculpabiliser pour l'orchite de son fils (inexistant), ou l'aider à élaborer des défenses contre les délires nymphomanes de son (inexistante) épouse.

Alex sortit satisfait de sa séance au Rockefeller Building. Elle lui avait coûté 300 dollars mais elle valait bien cela. Il marcha lentement vers le sud, choisissant un chemin détourné qui l'amènerait au SD. Brusquement, il prit à droite et déboucha sur Broadway à la hauteur de la 46e Rue. Il passa devant un hôtel de quinzième zone où de jeunes Pakistanais s'amusaient avec des rasoirs. Non seulement Alex ne pressa pas le pas, mais encore il s'arrêta et les regarda en souriant. Le spectacle de cet homme extrêmement maigre, décharné, un blouson à la main, vêtu seulement, par cet après-midi froid, d'une chemise blanche à manches longues, en train de les regarder en souriant derrière des lunettes de métal, produisit un effet déconcertant. En marmonnant, ils s'éloignèrent de la porte de l'hôtel et se dirigèrent, menaçants, vers la Sixième Avenue. L'un d'entre eux, plus courageux que les autres, lui cria « pédé ! » en putschu, lorsqu'ils se furent éloignés de quelques mètres. Sans abandonner son sourire, Alex lui répondit, dans son meilleur urdu : « Ta mère était une vache. »

Pressant le pas, Alex se dirigea vers le sud de Manhattan. Il ne prêtait guère attention à l'atmosphère de Noël, aux lumières sanguines des commerces, aux odeurs de bretzels et de brochettes qui inondaient l'air, aux offres de réduction sur les montres en or, aux clochettes des traîneaux remplis de coton.

Le Shit Department était bizarrement vide, mais les lumières des toilettes étaient allumées. Alex se dirigea vers son bureau. Couché par terre sur un petit tapis dans l'obscurité, Benjamin faisait des pompes. En entrant dans la pièce, Alex dut faire un effort pour distinguer les traits de son visage. Il ne reconnut que les dents étincelantes et le sourire de requin qui brillait quelques centimètres au-dessus du col blanc de la chemise du Noir.

— Qu'est-ce que c'est que cette merde, Alex ? interrogea le responsable opérationnel de Blanche-Neige.

— C'est l'opération sur le terrain la plus drôle que tu aies eu à organiser de ta vie. La seule chose que tu vas regretter, c'est de devoir te transformer pendant deux mois en Nègre aveugle. Pire que Ray Charles. Un instrument entre mes mains. Tu joueras la musique que je t'indiquerai. Tu vas devoir faire des tas de choses bizarres sans savoir à quoi elles servent. Tu vas devoir monter un décor sans savoir la pièce que l'on y jouera.

— Tu sais que je n'aime pas du tout ça, Alex.

— Ne mens pas, Benjamin. Tu as toujours bien aimé les surprises. En plus, tu vas pouvoir mettre en œuvre tous tes dons de boucher. Je suis sûr que cela te plaira d'autant plus. Retiens bien ce que je vais te dire. Premièrement, je veux que tu coupes la main d'un type et que tu la cloues sur la porte de son chef... Je veux que nous montions ensemble une série d'actions pour pousser ce chef à s'enfuir et à disparaître. Il faut que, pour la première fois, il se sente en terrain inconnu et qu'il ait envie de plier bagage. Je veux qu'au bout du compte le type vienne à moi et me dise : « Mon Père, je suis disposé à me soumettre à Ta volonté divine. » Le plus drôle, c'est que ce n'est pas un type facile. De tout ce cirque, c'est même un des artistes les plus durs.

— Il est où, le type dont tu parles ?

— Au sud de la frontière. C'est un trafiquant mexicain qui s'appelle Limas. Tu vas l'adorer. On raconte que, pour s'instruire, il attache un professeur d'anglais avec des menottes au pied de son lit pour qu'il lui donne des cours la nuit. Ce type ne dort jamais. Il est génial.

— Qu'est-ce que tu veux au juste de lui, Alex ? demanda Benjamin en se levant et en s'étirant. Il mesurait près de 1,90 m. C'était un homme mince, souple, vêtu d'un costume sur mesure coupé par un tailleur connaissant très bien son métier.

— Je veux que tu le débusques. Que tu l'obliges à quitter le Mexique, que tu l'assièges, que tu lui retires ses appuis. Que tu le fasses venir aux Etats-Unis après l'avoir déconnecté de ses réseaux. Et qu'un beau jour tu l'assoies en face de moi dans un fauteuil, à New York.

— En combien de temps ?

— Je te donne deux mois. Mais ce n'est pas tout. Il doit sentir les coups mais ignorer d'où ils viennent, juste s'en douter, et même ainsi se tromper. Il faut qu'il se meuve à tâtons ; je veux que tu le déconcertes et que tu l'attendrisses pour moi. Que tu me l'apportes dans un paquet cadeau de Noël, avec un gros nœud rouge.

— Qu'est-ce qu'on a sur lui ?

— Tout. Viens, je vais te montrer son dossier.

43. La légende d'un trafiquant

(III)

On dit qu'après l'histoire des camions, tu as disparu. Tu as foutu le camp vers le nord pour dire deux mots aux chefs des chefs, pour qu'ils aient un peu les mains moites en voyant face à eux le salaud des salauds de la frontière. Mais ici, nous savons que ce n'est pas vrai parce qu'on entend toujours ta chanson à Ciudad Juárez et à Reynosa. Et l'autre jour on a fait sonner les cloches de la cathédrale d'Hermosillo à toute volée parce que quelqu'un a laissé au curé un million de pesos dans la sacristie.

Désormais, tu n'es pas seulement insomniaque et invisible, tu es également invulnérable. On raconte à Ciudad Juárez que c'est toi qui conduisais le troisième camion — celui qui est passé au nez et à la barbe des rats d'Aguilar, ceux-là même qui s'étaient vendus à toi pour mieux se faire racheter par d'autres — et que les balles ne t'ont pas touché. Tu étais le putain de chauffeur invisible d'un camion qui repoussait les balles, qui ne soulevait pas de poussière en passant, et qui écrasait des chiens qui n'aboyaient pas en mourant. Un camion avec un klaxon qui résonnait comme une sirène de bateau.

On dit qu'Aguilar, avant de perdre les deux mains de deux coups de machette bien appliqués, t'a déchargé son .45 dans le ventre et au visage. C'est ainsi que l'on tue les fantômes : huit coups dans le bide et un au visage. Mais toi, tu te foutais de sa gueule. A présent, lui n'a plus de mains, et toi, tu as sûrement changé de visage ; il n'y a que les putains qui te reconnaissent dans les bordels les plus misérables d'Ensenada, parce qu'elles te sentent.

Désormais, tu es celui qui s'envoie des pédés sans choper le sida ; celui qui se fourre cinq lignes de coke dans le nez et ne sent rien. Tu es le salaud qui défie tout le monde au bar El Caballo de Ciudad Obregón et à la *cantina* El Lobo de Mexicali en proposant de payer son poids en or à celui qui osera te tuer à l'instant, mais ils ont tous les chocottes. Ils regardent bien pour vérifier si tu es manchot (car on dit que quelqu'un a cloué ta main sur une porte) ou si tu portes la trace d'une vieille cicatrice que ton chirurgien ne t'a pas enlevée parce que celle-là, tu aimes l'afficher : ils voudraient savoir si tu t'appelles M. Limas. Mais même s'ils ne sont pas sûrs, aucun n'osera te demander ta carte de visite. Ils s'écrasent tous et toi, tu t'en vas chercher ailleurs.

Les chiens fuient sur ton passage, même ces connasses de poules s'écartent, et les chats, qui pourtant ne craignent rien, se cachent dans le coin le plus sombre de la ruelle quand ils t'aperçoivent. Les flics font exactement la même chose quand tes camions traversent la frontière.

Il y a des fils de pute qui disent que le problème c'est que tu es fatigué de vivre, et que c'est pour ça que tu veux qu'on te tue. Mais personne n'ose te rendre ce service.

Il est quasiment certain que tu es parti vers le nord pour mettre un peu d'ordre dans les affaires de cette bande de blonds à la con. Pour éduquer, instruire ces grands imbéciles. Les mettre à l'école de l'herbe, primaire et secondaire, l'école où on apprend à avoir des couilles. Leur apprendre comment on fait pour ne pas dormir la nuit, pour avoir un visage différent tous les jours. Et comment n'en avoir rien à foutre des balles.

44. Le roman de Léon

Le roman était nul, pensait-il, mais curieusement, pendant les trois jours qu'il n'avait pas pu travailler dessus, il s'était senti vide, inquiet. Deux jours lugubres à parler de la mort de Liova avec les Rosmer et à travailler sur le manuscrit du *Staline*. Deux jours pendant lesquels le cahier strié n'avait pas cessé de l'appeler depuis sa cachette en lui disant : « Viens, Léon Davidovitch, viens écrire. Oublie la mort. Viens rêver à des bêtises. » Il commençait à comprendre les pièges de la littérature. Vocation infernale et terrible que ce genre littéraire. Il avait écrit bien des fois dans sa vie dans un état de fébrilité. De la même manière qu'un précipice invite celui qui l'observe à s'y jeter, le texte l'avait souvent invité à plonger dans le gouffre. Mais jamais il n'avait ressenti pareille curiosité, et c'était en effet de la curiosité que cette histoire provoquait en lui.

Il se réveilla le premier dans la maison et se dirigea en pantoufles vers sa pièce de travail. Il trébucha sur les jouets de Seva et faillit dégringoler l'escalier. Remis de l'incident, il s'enferma dans son cabinet et ouvrit les pages du cahier noir. Il décida que l'histoire avait besoin de prendre brutalement un tour nouveau.

Il commença à écrire :

« 16) Wolf marche dans les rues solitaires de Madrid. Il

fait nuit, les chiens aboient à la lune. Il se retrouve coincé dans une fusillade entre des jeunes socialistes aux chemises rouges et des phalangistes aux chemises bleues. Il soigne sur le seuil d'une porte un jeune socialiste blessé au bras. On sous-entend qu'il s'y connaît un peu en médecine.

17) Il quitte son camarade accidentel et s'achemine vers une boîte de nuit. Il boit du cognac en quantité en écoutant un Noir qui joue du jazz, un jeune saxophoniste très mince. Quand il a fini de jouer, le Noir va s'asseoir à sa table, ils ont un dialogue chiffré à propos d'une femme qui s'appelle Melisa, qu'ils n'ont apparemment pas vue depuis longtemps. Le Noir lui demande comment marche son enquête, Wolf lui répond que cela avance lentement, mais qu'il croit avoir trouvé quelque chose. Le Noir lui dit que lui aussi a trouvé quelque chose. Ils se donnent rendez-vous pour le lendemain.

18) Wolf arrive à sa pension où deux policiers habillés en civil l'attendent. Ils l'embarquent sous l'accusation de trafic d'armes. Il essaye de demander des explications, mais n'en obtient aucune. On l'emmène à la prison modèle de Madrid.

19) Mes souvenirs de la prison modèle de Madrid (transposés à la vision de Wolf) : la prison, cette vieille amie, est en gros toujours la même. Un soldat avec la baïonnette au canon, les jambes croisées, lit un journal sous un lampadaire. On nous ouvre la porte et on entre. Les murs, les couloirs, la puanteur des prisons, cela faisait longtemps que je ne les reniflais pas. Le maton adjoint du directeur attend. Il ne porte pas de cravate. Le flic lui explique que je suis un *caballero*. Le gardien sait déjà qu'il doit me traiter avec respect. La fouille au milieu de l'étoile, au point d'intersection des cinq bâtiments de quatre étages chacun. Des escaliers en fer suspendus. Ce silence si particulier des prisons, nocturne, imprégné d'émanations épaisses et de cauchemars. De faibles ampoules électriques dans les couloirs. Du déjà vu. La même chose partout. De la rotonde centrale, je jette un coup d'œil à

l'immeuble. Le gardien sort la tête par la petite fenêtre du guichet et me fait aimablement signe d'enlever mon chapeau. Je marche avec le gardien à travers des couloirs et des escaliers. Fracas d'une porte en fer qui s'ouvre. Une cellule solitaire avec un méchant lit qui n'inspire aucune confiance. Le geôlier part et me laisse seul. Je m'allonge sur le lit avec le manteau boutonné jusqu'au cou. Je ris aux éclats. Je ne m'attendais pas à me retrouver si vite dans la prison de Madrid.

20) La tragédie des passions individuelles exclusives est trop fade pour notre époque.

21) Wolf dans la cellule réfléchit sur les prisons. Combien en a-t-il connu ? Y en a-t-il qui valent mieux que d'autres ? Dans ses souvenirs, les prisons sont liées à des révolutions impossibles. S'agirait-il d'une autre ? Madrid vibre d'une manière particulière. Wolf ne peut pas se tromper. Ces effluves urbains, il les a déjà respirés à d'autres moments de sa vie. Il s'endort.

22) L'homme solitaire qui vit dans la pension proche de la Plaza Mayor est morphinomane. Il obtient la drogue par sa voisine, une prostituée. Il est devenu dépendant de l'opium en Chine. Maintenant il a peur. Dans ses cauchemars, il parle russe.

23) Une femme appelée Melisa sacrifie aux rituels préalables au suicide. Elle va s'empoisonner avec de l'arsenic dissous dans un verre de vin. Elle écoute par la fenêtre des paso doble qu'on joue dans un cabaret proche. Sur sa table, il y a un portrait de Wolf portant un blouson d'aviateur en cuir marron. Elle tourne la photo pour empêcher que Wolf la regarde. »

Un petit coup à la porte alerta le vieux. Trotski referma avec empressement le cahier et le cacha dans des papiers qui étaient sur la table. Il ôta ses lunettes et se frotta les yeux. Natalia entra dans le bureau. Le vieux se demanda si Melisa allait boire le poison. Il remit ses lunettes et adressa un grognement affectueux à sa vieille compagne.

45. Histoires de journalistes

(Greg)

La pollution de la ville de Mexico me provoque des picotements et me dessèche le nez. Le gros prétend que c'est à cause de mes habituelles réactions hypocondriaques, mais il est lui-même sujet à des rhumes, à de très étranges infections de la peau et aux coups de flip réac les plus inattendus. Il faut vraiment être d'un patriotisme à toute épreuve pour ignorer que cette ville part en couille, victime de fumées empoisonnées. Nous avions passé toute la journée à travailler le papier sur Trotski. Régulièrement, il se levait pour aller ouvrir la fenêtre de son bureau que j'allais refermer avec la même régularité. Nous travaillions comme d'habitude, à quatre mains, alternant les séances de frappe, un brouillon dégueulasse mais bilingue que nous transformerions ensuite en deux versions de l'article, l'une en espagnol et l'autre en anglais. Durant cette première séance, nous discutions de la construction du papier et commencions à lui donner forme en remplissant des cendriers. De temps à autre, nous trouvions un thème annexe, et l'un des deux abandonnait le travail central et utilisait l'autre machine à écrire pour rédiger un encadré, pour retranscrire un morceau de bande magnétique, pour retrouver une citation exacte extraite de l'une des conversations, pour remettre en forme une description. Nous coupions et recollions le résultat de tous ces travaux. A la fin, il n'y avait pratiquement plus de différences de style. L'un d'entre nous revoyait le papier une dernière fois tandis que l'autre en traduisait une version dans sa langue. Nous avions fait cela bien souvent au fil de ces années.

Cette fois, c'était à moi de rédiger la dernière version d'un brouillon de douze feuillets, où figuraient des extraits du roman inachevé de Trotski, des descriptions de sa vie au milieu de l'année 1939, avant les attentats, sa situation économique, quelques citations de ses écrits sur l'art et la littérature et l'opinion de nos deux témoins qui affirmaient que l'écriture était, sans doute possible, celle de Trotski. Nous ne manquions pas de mentionner l'ami de Julio, veilleur de nuit et découvreur du manuscrit. Le gros était dans la salle de bains en train de tirer les photos du bureau de Trotski, des pages du cahier noir et de la pile de documents où il avait été découvert. Il y avait aussi une photo prise avec un Instamatic nous représentant tous deux devant la tombe de Trotski, le cahier dans les mains. Nous avions confié les photos couleurs à un labo mais le gros avait tenu à se charger personnellement des tirages noir et blanc. Je l'entendais siffler *Les Quatre Saisons* de Vivaldi dans la salle de bains. C'était une super histoire. Elle allait nous rapporter un maximum de blé.

— Tu crois qu'avec les éléments qu'il avait, il aurait pu écrire un polar à peu près potable ? me demanda Julio en sortant de la salle de bains, une épreuve humide entre les doigts.

— Je ne sais pas.

— Mais toi, tu aimes bien ?

— Je ne sais pas non plus. Je suppose qu'il l'a fait pour s'amuser, pour se reposer de toutes les tensions. Quelques mois après, il y a eu le premier attentat. Ils venaient de tuer son fils. Rakovski, son meilleur ami, avait déserté les rangs de la dissidence. Je ne sais pas. On dit qu'il a écrit plusieurs poèmes d'amour à Frida Kahlo.

— Je le préfère en journaliste.

— *Amigo*, si tu renonces à t'approcher de la fenêtre que tu es sur le point d'ouvrir, je vais te faire un aveu, dis-je au gros ce même après-midi en enlevant mes lunettes. Il n'y a pas meilleure littérature que le journalisme.

— Ça, je le savais déjà. Ce qui se passe, c'est que la conspiration des pédants essaye de faire croire le contraire, me dit-il.

Il recommença à siffler du Vivaldi tandis qu'il retournait vers la salle de bains.

46. Le goût bulgare

(I)

Stoyan Vassiliev était né à dix-neuf ans. Il n'avait pas de passé antérieur à 1926. Il n'avait ni ville, ni enfance, ni parents, ni métier, ni amours, ni engagement militant avant 1926. Il est possible que dans les archives de la Commission de contrôle du comité central du Parti communiste bulgare, Stoyan ne soit plus un homme auquel manquent dix-neuf ans de sa vie, et qu'un bureaucrate ait noté méticuleusement sa ville et sa date de naissance, le nom de ses parents et d'autres renseignements sommaires, comme ceux que les encyclopédistes notent sur les fiches biographiques. Parmi ces informations toutes simples, on devrait pouvoir en trouver une essentielle : la réponse au pourquoi du passé gommé de Stoyan Vassiliev.

Si tel était le cas, cela restait un secret. Il y avait eu des moments en Bulgarie où il était dangereux de ne pas avoir de passé, comme il en y avait eu d'autres où en avoir un était dangereux. Stoyan avait survécu à tous ces moments. Et quelquefois, cela n'avait pas été facile.

Ce qui ne voulait pas dire que Stoyan Vassiliev n'avait pas eu de passé en général. A quatre-vingt-un ans, il avait sans aucun doute une longue histoire derrière lui. Ce qui ne voulait pas dire non plus qu'il ressentait de l'aversion pour son passé comme il semblait parfois à la mode d'en avoir. Il n'aimait pas non plus vivre de son passé, ou dans le passé. Pas du tout. Pour Stoyan, les choses étaient claires : le passé était une forme de présent flou qui cohabitait avec un présent net dans lequel on vivait normalement. C'était un espace alternatif, une présence permanente et heureusement variable. Le passé, c'était Elisa dansant un tango solitaire dans un bar désert de la Rive gauche pendant qu'il achetait du pain à Sofia trente et un ans plus tard. Dans le passé se mêlaient une partie de poker avec Baker (il avait trois rois dans son jeu), et un après-midi où il en était à sa deuxième tasse de café à la cubaine torréfié 100 pour 100, à une réception à l'ambassade de Cuba à Sofia, rue Metodi Popov, cinquante ans plus tard. Le passé offrait la possibilité de combinaisons immenses et sans fin de villes, d'époques, de visages, de sensations, d'autres époques qui se glissaient jusqu'au présent. Malheureux ceux qui n'avaient pas de passé. Et plus encore les communistes qui n'en avaient pas. C'était presque aussi dangereux que d'être catholique et ne pas avoir de dieu.

Il manquait donc à Stoyan Vassiliev un bout de son passé. Ou plutôt, et dans ce genre de choses il faut être précis, l'existence ou non de ce passé était son affaire. Toujours est-il que personne n'en savait rien (à moins bien sûr qu'on n'en retrouve la trace dans les archives déjà mentionnées). Le reste de son passé, qui à quatre-vingt-un ans semblait lui donner bien du plaisir, était également quelque chose de plutôt secret. On aurait même pu dire que c'était un véritable casse-tête pour les biographes. Le cours de la vie l'avait fait passer d'un nom à l'autre, d'une guerre à l'autre, d'une peur à l'autre.

Stoyan s'était toujours retrouvé dans les lieux adéquats au moment inadéquat. Du moins, du point de vue de l'histoire traditionnelle. Mais ces derniers temps, Stoyan voyait l'histoire autrement. Il sentait que du point de vue des petites histoires, il les avait toutes vécues. Si on mesure l'importance d'un homme aux documents confidentiels qu'il a lus, au nombre de chambres d'hôtel, de pensions, de maisons clandestines, de chambres d'amis où il a couché, aux femmes qu'il a aimées sans retour, aux livres lus dans les prisons, au nombre d'heures de peur et de gloire vécues, Stoyan Vassiliev était un personnage franchement important de ce XXe siècle. Il l'avait parcouru presque dans sa totalité, de long en large.

Stoyan pouvait dire, par exemple, qu'il avait pris le thé avec Péng P'ai à Hai Lu-feng, le café avec le Che à l'aéroport de Sofia et le vin rouge avec Durruti en face de la Casa de Campo à Madrid. Il pouvait aussi se vanter de ce que Staline lui avait dit un jour : « Je n'aime pas ta façon de penser, Stoyan. Tu te trompes dans ton approche des choses. » Il avait survécu pour s'en souvenir. Et dans tout cela revenait le souvenir de l'eau d'un petit torrent du Metlikovitsa grossi par la pluie, le claquement d'une mitraillette Stern lorsque le percuteur ne trouve pas de cartouche. Toutes choses simples, et en même temps l'affreuse sensation que l'on ressent en lisant les dernières pages du livre de Fucik en sachant la fin d'avance ; ou le malaise ressenti en écrivant le prologue à l'édition bulgare du Journal du Che en Bolivie, quand il aurait fallu être là-bas pour ranger dans la sacoche le petit cahier à couverture noire lorsque le commandant Ramón avait fini d'écrire. Il y avait aussi quelque part le crépuscule à Hambourg avec l'activité fébrile du port un jour d'intense trafic, avec les sirènes qui hurlaient, les mouvements des grues et la mer agitée cognant contre les pontons en bois. Les adieux à un ami, au pied d'un avion, à qui on feint de dire seulement au revoir tout en sachant qu'on ne le reverra plus, que c'est un adieu définitif. Des histoires parfois amères et parfois merveilleuses. Des histoires toujours à deux visages, comme ces vestons réversibles à la mode dans les années soixante. Dans ce sens, Stoyan était prudent avec ses souvenirs, il ne leur accordait pas plus d'importance que celle qu'ils prenaient au moment où ils lui venaient à l'esprit.

A la différence de la plupart de ses contemporains, il ne

les rangeait pas non plus dans un ordre chronologique, une séquence temporelle. Les entraînements militaires des paysans chinois organisés pendant la grande époque des gardes rouges de Hai Lu-feng en 1923, avec leurs lances de trois mètres et leurs piques ornées de rubans de couleurs, pouvaient très bien avoir eu lieu, à la lumière des souvenirs revus, en 1937, après les effrayants après-midi à Madrid sous les bombes, un peu avant l'insurrection du Monténégro en 1941, et bien après l'exil dans la montagne de Tornovo en 1952. Les organiser ne pouvait intéresser que ceux qui ne les avaient pas vécus. Pour Stoyan, ces morceaux de souvenirs étaient à la fois ce qu'il désirait parfois évoquer, ce qu'il ne pouvait oublier, ce qu'il perdait dans un obscur tiroir de la mémoire, ce qu'il ne voulait pas se remémorer, ce qu'il était interdit de condamner à l'amnésie, ce qui n'aurait jamais dû se passer, ce qu'il était impossible d'avoir oublié puisqu'on en pleurait encore...

Quelqu'un qui aurait reçu la bourse Guggenheim, qui aurait disposé d'une douzaine d'années pour travailler à la Bibliothèque d'Etat de New York, et qui aurait, contre la volonté de Stoyan évidemment, esquissé de manière schématique une biographie du personnage, à partir des données disponibles ou cachées, aurait pu rassembler les surprenants éléments qui suivent :

1) Un jeune étudiant adhère, en 1926, au Parti communiste bulgare. C'est l'époque qui suit le début de la terreur blanche où le gouvernement a arrêté, en quelques mois, 1 500 révolutionnaires et en a exécuté 124. Le PCB plonge dans la clandestinité. C'est la période de la discrétion et de l'insécurité dans la ville. Celle de l'écroulement des organisations de masses et des contacts clandestins qui n'arrivent pas aux rendez-vous, de la réorganisation électorale sous la couverture de l'inexistant Parti du travail et de la réorganisation de la presse. L'époque où les communistes meurent jeunes et les délateurs sont mieux payés que jamais. Un article publié par la revue *Novo Breme* en mars 1958, signé

par Stoyan, parle de ces moments éprouvants vécus dans la capitale entre 1926 et 1927. Son nom est aussi mentionné au passage dans le texte classique de Rothschild, « The Communist Party of Bulgaria », tiré de sa thèse de doctorat à Oxford.

2) Aux funérailles de Fridman, exécuté pendant la période de la terreur blanche, l'étudiant Stoyan Vassiliev joue la marche funèbre au piano durant une courte cérémonie à laquelle assiste seulement la famille. La presse de Sofia y consacre quinze lignes, et *Imprecor* reprend l'information.

3) Un certain Stoyan Vassiliev traduit en anglais et en espagnol le roman *Sous le joug*, l'œuvre classique de l'écrivain bulgare Ivan Vazov. Cela peut être vérifié dans les éditions publiées par Claridad à Buenos Aires et par Little, Brown & Co. à Boston. Il y a, dans le prologue de l'édition américaine rédigé par le traducteur même, certaines références qui permettent de penser qu'il se trouvait à New York en 1931.

4) Un homonyme, porteur du passeport bulgare n° mh 6292, passe seize jours à la prison du Castillo del Principe à La Havane, accusé d'entrée illégale dans le pays, on ignore à quelle date. Le 11 mars 1934, il est embarqué sur le bateau *Covadonga* qui doit le débarquer dans la ville espagnole de Vigo. D'après le journal de bord, Vassiliev disparaît quelques heures avant l'arrivée du bateau à Cadix le 6 avril. Une semaine plus tard, *El diario de Cádiz* le mentionne brièvement, traitant Vassiliev de « mystérieux personnage qui fait — dit-on — de la contrebande de devises américaines ».

5) Un acteur appelé Stoy Vassiliev travaille avec George Raft et Max Lewis dans le film *La Clé de verre* de la Metro Goldwin Mayer, où il tient le rôle d'un gangster de Detroit. On peut comparer les photographies publiées par *Hollywood Reporter*, le *Los Angeles Times* et d'autres revues américaines de cinéma et de spectacles où l'on voit son

visage, la cigarette toujours à la bouche, et la photographie du passeport publiée par *El diario de Cádiz* qui n'en possédait pas d'autres.

6) La police bulgare donne l'ordre de rechercher et de capturer le communiste évadé Stoyan Vassiliev. Il a tiré sur deux gendarmes qui ont essayé d'empêcher la tenue d'un meeting de propagande aux portes de l'usine textile Atzek, à Sofia. L'événement a lieu le 16 juin 1935 et le correspondant du *New York Times* à Belgrade, ayant repéré l'information dans les journaux bulgares, fait quelques lignes sur le sujet et sur les tensions dans les usines textiles de Sofia.

7) D'après le quotidien *As*, de Madrid, un homonyme de Stoyan gagne ce même jour la troisième étape du tour cycliste des Flandres, après une échappée de 112 kilomètres en solitaire. Il s'écroule en franchissant la ligne d'arrivée.

8) Stoyan Vassiliev participe au recrutement et à l'organisation du groupe bulgare qui participe aux brigades internationales en Espagne. C'est lui qui recrute des travailleurs de l'industrie du bois à Sofia et des cadres étudiants du PCB. Avant d'entrer en Espagne, le groupe se réunit en France où les volontaires en provenance des Balkans disposent d'un bureau de coordination au 54 de la rue Mathurin-Moreau dans le XIXe arrondissement. On trouve, dans les classiques, de longues références aux bataillons de Castells, Koltsov et Longo.

9) Dans ces mêmes documents, on évoque l'action de Stoyan, pendant la guerre d'Espagne, durant la bataille de Guadalajara où il est capitaine du bataillon Garibaldi de la XIIe brigade internationale, en mars 1937.

10) Dans la nouvelle de Hemingway « Sous la colline », figurant dans l'anthologie *La Cinquième Colonne*, l'auteur américain parle d'un ami bulgare de Hans Beimler. Il en fait cette description : « de taille moyenne, fort, des mains de pianiste ; je n'ai jamais su s'il était fâché ou pas. Les lèvres serrées, mais les yeux étincelants et très ouverts. Il avait les cheveux crépus et rebelles couleur paille, et il boi-

tait légèrement ». Quelques données coïncident avec la description des archives de la police bulgare divulguées dans une publication en langue étrangère du bureau de propagande du PCB en 1946, titrée « Les constructeurs de notre patrie. Les communistes bulgares dans les archives de la police de la monarchie ».

11) Dans une photo publiée par *Izvestia* le 2 mai 1939, on le voit à la tribune de la place Rouge lors du défilé du Premier mai dans la capitale soviétique. Il se trouve à six places de Staline en partant de la gauche. On peut lire au pied de la photo les noms de beaucoup de membres du présidium, mais le sien n'y figure pas. Aucun doute pourtant, c'est bien lui.

12) Dans les deux histoires écrites par Milovan Djilas, dans lesquelles est fait le récit de l'insurrection du Monténégro en 1941, l'envoyé de l'Internationale communiste, le Bulgare Vassiliev, est largement cité. Plusieurs cadres du PC yougoslave se sont liés d'amitié avec lui pendant la guerre d'Espagne. Les descriptions de Vassiliev (on mentionne son nom, pas son prénom), qui joue un rôle important dans l'insurrection finalement défaite, correspondent pleinement au personnage. Les raisons de son séjour en Yougoslavie à ce moment-là ne sont pas très claires.

13) Un joueur de football nommé Stoyan Vassiliev est engagé par le club de Liverpool qui joue dans la première division anglaise. Il ne dispute pas un seul match de l'équipe titulaire, de toute la saison. Cité dans un article du *Times* du 16 juin 1942, son camarade, le défenseur Kerry, fait l'éloge de Vassiliev, mais fait également remarquer qu'il ne s'est pas remis d'une blessure au genou.

14) En juillet 1943, le marchand de bétail Stoyan Vassiliev est père et veuf en même temps. Sa fille naît à l'hôpital central de Sofia ; c'est ce qui ressort des registres de l'hôpital. La mère, une Espagnole originaire de Logroño qui répond au nom de Ana Martínez, meurt de septicémie. Le bébé est prénommé Maria.

15) Dans l'édition de 1969 de l'histoire du PCB publiée à Sofia, on parle à deux reprises de l'activité de Stoyan Vassiliev comme maquisard luttant contre les monarchistes et les soldats nazis (dans celles de 1959 et 1964, on n'en parle pas du tout). Dans des livres à grand tirage comme *Murgash* du couple Dzhurov ou *Au nom du peuple* de Grabcheva, on parle largement de l'activité de Vassiliev comme deuxième commandant du détachement des maquis de la première zone d'opérations.

16) La Quatrième Internationale dénonce publiquement à Paris, le 25 novembre 1952, que Stoyan Vassiliev, « ancien combattant des brigades internationales pendant la guerre d'Espagne et l'un des cadres dirigeants des maquis communistes bulgares antinazis », figure parmi les 154 personnes arrêtées lors des purges au sein du PCB, marquées en particulier par l'arrestation de l'ancien secrétaire général Traïcho Kostov. Cependant, son nom ne figure pas sur les listes des détenus.

17) Dans l'édition du 5 juin 1961 du journal *Revolución* de La Havane, on peut lire qu'un certain Stoyan Vassiliev fait partie de la délégation bulgare qui se réunit à La Havane avec Fidel Castro. Dans l'édition du lendemain, sous le titre « Des guérilleros de deux générations collaborent dans la construction d'une école », on publie ce texte : « Vassiliev, malgré ses cinquante-cinq ans, ne craint pas la pelle et a participé à une journée de travail volontaire avec le ministre de l'Industrie, Ernesto Che Guevara, pour la construction d'une école, au coin de la rue 13 et la rue 4 dans le quartier du Vedado. » Sous le texte, on trouve une photo où le Che et Vassiliev, tout en sueur, creusent avec leurs pelles et sont en train de remplir une brouette de terre. Le Cubano-Argentin est torse nu, et le Bulgare en maillot de corps, un foulard autour de la tête.

18) On trouve des reportages signés par Stoyan Vassiliev dans des revues bulgares à grand tirage entre 1961 et 1967. Tous sur des thèmes internationaux. Des reportages réalisés

surtout à partir d'enquêtes sur place. Il couvre des événements tels que l'insurrection au Congo, les élections au Venezuela, la vie quotidienne au Portugal sous la dictature de Salazar, la mort de Ben Barka, etc. Quelques articles, achetés à l'agence Sofia Press, sont publiés dans la presse occidentale. Il gagne plusieurs prix internationaux de journalisme. Ses articles les plus importants sont recueillis dans deux petits volumes qui ont pour titre *Interminables feux de Bengale* et sont édités en bulgare, en russe, en espagnol et en anglais. Il fait partie du jury du Premio Testimonio de la Casa de las Americas, à Cuba. Il gagne le prix du reportage historique de la revue française *Miroir de l'histoire* ; publie un livre en Angleterre sur l'affaire Philby ; devient président de l'Association de correspondants de presse étrangers à Caracas. Sur ces années existe une documentation abondante. Des photos, des registres de voyages et d'autres éléments qui permettent de suivre avec précision son travail. La faculté des sciences de l'information de l'université de Columbia publie en 1966 une anthologie de son travail journalistique. La FELAP lui octroie une bourse pour faire une enquête historique sur les brigades internationales. Il séjourne à San Francisco, Vienne, Berlin-Est et Madrid pendant les six mois que dure sa recherche.

19) Le prologue à l'édition bulgare du Journal du Che en Bolivie, publié début 1969, est signé par Stoyan Vassiliev.

20) Il est clair, après toutes ces données encore trop éparses, qu'il reste bien des choses à raconter. Mais quoi qu'il en fût, Stoyan Vassiliev était un homme hors du commun.

47. Blanche-Neige était entourée de sept nains...

... et tous portaient un nom. Voyons voir, dit Alex de sa voix mielleuse : Benjamin, c'est évidemment Grincheux. Eve, c'est Atchoum, à cause de ses allergies à la noix (cette dernière lui envoya un baiser en soufflant sur la paume de sa main). Aram, c'est Simplet et Eloïse, Joyeux. Restent Prof, Timide et Dormeur. Je sais déjà qui est ce dernier et il vaut mieux le laisser dormir pour le moment. Il reste donc deux rôles à distribuer. Pour Prof... nous avons évidemment besoin d'un médecin.

Alex ne plaisantait pas. Les membres du SD connaissaient bien l'anecdote qui racontait comment un jour Alex, grâce à un intermédiaire, avait engagé l'un des plus célèbres auteurs de romans policiers anglais pour qu'il lui écrive les dialogues grâce auxquels il comptait proposer aux militaires argentins un agent double. Cette fois, Eve et Eloïse étaient persuadées qu'Alex, tandis qu'il s'amusait à compter sur ses doigts les sept nains de Blanche-Neige, venait inopinément d'introduire dans son scénario fantastique le personnage du médecin. Alex se chargerait ensuite de découvrir à quoi il pourrait lui servir et à quel moment il entrerait en scène.

— Vous vous souvenez du docteur Mapleton, le psychiatre... ?

Alex écrivit le nom du médecin sur une feuille verte d'agenda pour que Leïla le convoque au SD le lendemain.

La réunion avait débuté le dimanche à 10 heures du matin et Alex les avait torturés en leur imposant une version rock de la symphonie *1812* de Tchaïkovski qui se répétait depuis une heure et demie sur la platine portable. Aram était désespéré. Son second fils venait de naître et il voulait passer le voir à la clinique avant de rentrer chez lui regarder les Jets qui jouaient une demi-finale de la NFL [1]. Alex les avait obligés à potasser la biographie de Rolando M. Limas, en essayant d'y découvrir des creux. Tout était plus compliqué quand on ne savait pas ce que l'on cherchait au juste. Un creux, selon la définition d'Alex, était une période en blanc. Mais il y avait blancs et blancs. Jusque-là, ils avaient pu travailler sur des blancs publics, ou du moins relativement connus. Les blancs et les silences du dossier qu'ils avaient pu réunir grâce aux infos de la DEA, de la police mexicaine, de deux douzaines d'indics infiltrés parmi les trafiquants de la frontière, sans compter les infos d'une demi-douzaine de journalistes locaux qui collaboraient avec le ministère mexicain de l'Intérieur, qui à son tour les filtrait au bureau de la CIA à Mexico par l'intermédiaire d'un haut fonctionnaire. Mais il y en avait trop, et de trop difficiles à remplir. Rolando (ils commençaient à l'aimer, ils avaient même punaisé une grande photo de lui sur un des murs du bureau d'Alex, et avaient allumé deux bougies au-dessous, un véritable autel laïc) n'était pas un personnage enclin à la vie publique et il n'était pas non plus facile d'atteindre ses collaborateurs les plus proches. Mais M. Limas n'était pas le seul à leur poser des problèmes. Après avoir trouvé Machado, ils avaient passé au crible la première version de sa biographie préparée par Eve, et avaient suggéré de nouvelles enquêtes, de nouvelles directions et des dizaines de questions. Finalement, Alex s'était mis à délirer autour des sept nains de Blanche-Neige.

— Bon. Oublions pour le moment les personnages prin-

---

1. National Football League. (N.d.T.)

cipaux et revenons au Bulgare. Je crois que, tout compte fait, Stoyan Vassiliev m'intéresse. Il n'est pas trop vieux pour prendre l'avion ?

— Il est allé à La Havane l'année dernière travailler sur les archives de la veuve du Che, dit Aram.

— Il faut qu'on dépoussière nos archives sur lui. Comme journaliste connu, il me va parfaitement. Mais j'ai l'impression que dans notre rapport, il est suggéré qu'il est un agent du contre-espionnage bulgare. Si c'est vrai, ça flanque tout par terre. J'ai besoin d'un type qui prenne ses décisions seul, pour des raisons morales et d'après ses propres critères. Pas question de quelqu'un qui serve d'autres intérêts.

— Il a tout du loup solitaire, dit Eve.

— Tu parierais ton cul ? demanda Alex. Eve garda le silence. Allez, on recommence depuis le début.

— Je pense que les services bulgares n'auraient jamais recruté un type qui a passé sept ans en prison sous Staline, dit Eloïse.

Sur la platine, les premiers accords de la *1812* se firent de nouveau entendre. Aram maudit Alex et Blanche-Neige dans les trois langues qu'il connaissait.

48. Autre sujet de thèse refusé à Elena Jordán

On racontait il y a quelques années que le chien qui prenait le soleil devant la porte du bâtiment Carolino, siège de l'université autonome de Puebla, portait un collier sur lequel on pouvait lire clairement « Cellule Rosa Luxembourg, cotisations à jour ». Sans ce collier, il est probable que le chien en question aurait été obligé d'aller se dorer au soleil ailleurs.

Dans la presse (*La Jornada* du 16 avril 1988), un célèbre écrivain mexicain racontait qu'en 1966 il lisait Engels en cachette, dissimulant dans un journal *Le Rôle du travail dans la transformation de l'homme en singe*, alors qu'aujourd'hui sa fille l'étudiait à l'école. Il ajoutait que cela l'inquiétait. Pas parce que le marxisme avait acquis dans notre société le droit de circuler librement, mais parce qu'il était devenu une matière scolaire, un sujet d'examen.

Les étudiants de sciences politiques de l'université autonome nationale de Mexico connaissent bien une anecdote ayant pour personnage principal le professeur Veranza. En 1972, au moment des grandes manifestations des électriciens, un militant s'était vu expliquer par le professeur Veranza que quelqu'un ayant comme lui lu *Le Capital* à vingt et un ans et l'ayant étudié à fond ne pouvait pas aller exposer son crâne aux coups de matraques des flics. Quelques mois plus tard, le professeur Veranza s'était fait une fracture du crâne en chutant lourdement devant le bar Kuku, dont il sortait complètement bourré.

A la fac de commerce de l'université autonome du Sinaloa sont proposés deux cours de marxisme intitulés « Matérialisme historique 1 et 2 », un cours de philosophie marxiste, deux cours d'histoire sociale, un cours de « Problèmes nationaux », et deux cours d'économie politique marxiste. Pourtant, selon une enquête réalisée par Liberato Terán en 1984 (« Université autonome du Sinaloa, étude comparative des diplômés et de leurs débouchés professionnels »), les diplômés, au moment d'aborder la vie active, suivent exactement les mêmes comportements politiques que leurs aînés diplômés en 1972, avant l'instauration de ces matières. Terán ajoute même — ce sont ses propres mots — « [que] ces salopards sont encore plus réac qu'avant ».

On pourrait remplir deux cents pages d'anecdotes de ce genre. Elles ne sont que la partie saillante d'un iceberg qui s'étend à tout le pays : l'apparition d'un marxisme universitaire de type primitif, qui a fait souche dans la vie académique mexicaine et qui s'accompagne de mécanismes de promotion professionnelle, d'ascension sociale dans la pyramide universitaire, de passage obligé pour réussir aux examens, d'obligation déprimante pour les étudiants.

Cette recherche prétend réaliser une étude spécifique de toutes ces anecdotes et les classer, pour répondre à la sempiternelle grande question : « Pour quoi faire ? »

A travers une recherche exhaustive, nous prétendons analyser la présence de ce marxisme de cuisine rhétorique et les fonctions que celui-ci occupe dans plusieurs domaines, à savoir :

L'utilisation de la philosophie marxiste dans la guerre acharnée qui se livre à l'intérieur du système scolaire mexicain. Si tu as lu Althusser, quelles sont tes probabilités de devenir chef de département ? Si tu cites fréquemment Lukács et publies un article incompréhensible dans une revue universitaire, combien de points d'indices en plus peux-tu espérer et combien de billets de banque en plus cela signifie-t-il par mois ? Quelles possibilités supplémentaires d'ascension au sein du PRI et d'accéder à un poste de responsabilité moyenne permettent cinq unités de valeur sur *Le Capital* suivies à l'IUT d'Acatlán ?

Grâce à ce cheminement, connu en rhétorique sous le nom de « réduction à la simple réalité », nous pourrions mettre en lumière les fonctions réelles auxquelles répondent le marxisme néanderthalien et son frère aîné le marxisme académique, connu aussi comme le « marxbusiness ». Voici quelques-uns des axes de recherche retenus :

a) Combien de fois retrouve-t-on les mots « adéquation », « superstructure », « surdétermination », « aliénation », « science » dans le cours d'« Introduction à la pensée de Marx » dispensé à l'Ecole nationale de travail social ?

b) Quel est l'imbécile qui a inventé et répandu, et dans quel but insensé, le concept de « travail théorique » ?

c) Combien, parmi les étudiants en Matérialisme historique 1 et 2 de l'Institut polytechnique national, ont déjà apporté en signe de solidarité minimum un kilo de haricots noirs à des ouvriers en grève ?

d) Combien de cas de mauvais traitements infligés à des mineurs y a-t-il parmi les professeurs de Matérialisme historique (en d'autres termes, combien tabassent leurs gosses ?), et ce chiffre est-il supérieur à celui observé pour l'ensemble des professeurs d'Université ?

e) Combien de flics dépendant du ministère de l'Intérieur, dont les activités sont publiquement connues, ont obtenu une note supérieure à B à l'examen d'Appréciation politique de la pensée de Hegel au programme de la faculté de philosophie de l'université de Guadalajara ?

f) Combien parmi les gagnants à la loterie ou aux pronostics sportifs sont d'anciens étudiants en Matérialisme dialectique des centres universitaires populaires ?

Dans une première phase, l'étude dresserait une liste d'une centaine de questions types, similaires à celles que nous venons d'énoncer. Une enquête directe auprès des groupes témoins retenus permettrait d'obtenir les réponses.

Elena Jordán, Copilco, septembre 88

P-S : Compte tenu des réponses apportées à mes sujets de thèse antérieurs, la soussignée supplie l'honorable tribunal qu'en cas de refus de celui-ci, il lui fasse parvenir la réponse au bout d'une semaine et pas de deux mois comme la dernière fois. Merci d'avance.

49. Le goût bulgare

(II)

A quatre-vingt-un ans, Stoyan Vassiliev croyait savoir que les biographies publiques n'existent pas. Car une biographie publique n'est plus une biographie, c'est-à-dire un résumé d'actes absolument personnels, et donc privés. Elle ne devrait concerner que le social, donc les histoires connues de tous, et pas les histoires personnelles. Il savait que telles qu'elles sont actuellement abordées, les biographies deviennent des portraits morts, destinés au grenier des souvenirs de grand-père.

Stoyan Vassiliev haïssait profondément les auteurs du genre : Emil Ludwig, Harold Lamb et Gerald Walter. Il n'avait un certain respect que pour les hérétiques de la biographie, tels Hans Magnus Enzensberger ou Oriana Fallaci. C'était probablement une réaction démesurée à toutes ces années pendant lesquelles il avait vu les photos du Petit Père — Staline — lui sourire, accrochées au mur. Le meilleur fabricant d'autobiographies qu'avait produit l'histoire de l'humanité.

Contempler pendant des années ce visage derrière lequel se cachait toujours la menace voilée — « je vais te piquer tes billes », « je vais manger ton gâteau », « je vais te surveiller même pendant tes rêves » — était susceptible de transformer n'importe qui en anti-biographe acharné.

Cette étrange manie avait en tout cas pour effet d'altérer

ses rapports avec tout citoyen qu'il soupçonnait de recueillir des informations pour une future biographie. Cela le poussait à tromper ses collègues journalistes, à mentir aux historiens, à frauder avec les douaniers, à raconter des histoires aux employés du recensement et à falsifier les documents officiels. Il continuait à le faire même si les biographies n'étaient plus un couteau à deux lames servant parfois à couper le pain, parfois à poignarder en plein cœur.

L'origine de ses manies anti-biographiques, en rapport certainement avec sa conception du passé, se trouvait probablement dans les purges staliniennes de la fin des années quarante et du début des années cinquante, les trois dernières années maudites avant la mort de Staline, quand les tout récents Etats socialistes des Balkans avaient été la proie de la terreur. Les échos de l'affaire Rajk arrivèrent en Bulgarie fin 1949, et trouvèrent une ambiance propice créée par la mort naturelle de la grande figure du communisme bulgare, Georgui Dimitrov. Le climat de guerre froide, la folie stalinienne du pouvoir personnel avec sa pyramide de fidèles serviteurs s'accordaient mal avec une génération de militants clandestins, de guérilleros, de combattants de la guerre d'Espagne. Les contradictions avec Tito et la sensation qu'avait le stalinisme de perdre le contrôle impérial sur l'Europe de l'Est provoquèrent le procès contre Rajk en Hongrie. Quelques mois plus tard, la machine à fabriquer des inculpations, à monter des fraudes légales du KGB de Beria se mobilisa sur la Bulgarie. Le vieux cadre dirigeant du Parti, Traïcho Kostov, était dans le collimateur.

Stoyan vit venir la nouvelle vague d'arrestations. Il la pressentait à travers la lecture des messages qu'il déchiffrait entre les lignes de *La Pravda* ; il la percevait chez ses camarades, mais il était trop occupé par la guerre froide, par les passages de la frontière turque la nuit, par la chasse aux saboteurs envoyés par l'IS britannique, pour s'en inquiéter outre mesure. Son arrestation ne lui causa pourtant aucun étonnement. Il était trop fatigué pour s'étonner de quoi que ce soit. Depuis plusieurs mois, il puisait au-delà de ses résistances physiques. Il était, en plus, de ceux qui savaient que la révolution était absolument nécessaire mais qu'elle était née empoisonnée. Il n'était pas un de ces imbéciles aveugles, sourds, muets à force d'orthodoxie, mélange de chiens fidèles et de bureaucrates névrosés qui pullulaient dans le Parti. Il avait été en Espagne, il avait été à Moscou en 1939, et il savait. Comme beaucoup, il savait des choses qu'il ne voulait pas savoir. Cela ne l'avait pourtant pas fait douter un seul instant lorsque la guerre contre les nazis avait commencé, ou lors de la mobilisation qui avait conduit à la révolution de 1944. Savoir que le destin est une machine dont le feu finira par nous dévorer tous n'implique pas qu'on arrête de la pousser. Etait-il fataliste en 1949 ? Si oui, il était un fataliste plein d'énergie.

Quoi qu'il en fût, l'arrivée de deux hommes chez lui dans la banlieue de Plovdiv, la troisième ville du pays, au sud-est, à un peu plus de cent kilomètres de la frontière turque, et à cinquante, à travers les montagnes, de la frontière grecque, ne le surprit pas. Il avait vécu ces derniers jours dans l'attente de la dernière grande purge. Celle qui en finirait avec les derniers communistes, ceux qui continuaient à penser par eux-mêmes, chose qu'ils cachaient de plus en plus au fond de leur âme. Ceux-là même qui allaient être réhabilités bien des années plus tard, ceux qui survivraient dans l'histoire populaire, les figures mythiques.

Stoyan affronta ses interrogateurs sans les doutes qui hantaient ses camarades prisonniers qui essayaient d'échapper au labyrinthe dans lequel ils se trouvaient piégés. Ils criaient que c'était une erreur, qu'il devait exister quelque part un terrible malentendu.

Lorsque ses interrogateurs essayèrent de réécrire son passé de façon à faire de lui un espion anglais, un nazi infiltré, un trotskiste masqué, Stoyan s'initia à la fabrication des autobiographies. La logique du procès — il le découvrit des années plus tard en lisant Eugen Loebl et Artur London (qu'il avait très bien connus en Espagne), deux des rares survivants des procès tchèques — consistait à faire ressentir à l'inculpé la culpabilité la plus abstraite possible. La démarche consistait à parcourir sans fin la vie de l'inculpé jusqu'à la modifier, et la transformer en un interminable catalogue de crimes volontaires contre la cause sacrée de la classe ouvrière. Sous la pression, on avoue une petite erreur qui n'en est pas une mais qui pourrait être jugée comme une action « objectivement contre-révolutionnaire ». Ils s'y accrocheront alors pour fabriquer une chaîne. On déforme, on reconstruit. Les pressions continuent : faim, sommeil, menaces contre les enfants, preuves toutes faites de ta culpabilité, torture, froid, peur, isolement. Mais surtout l'affreuse sensation que ce sont tes camarades, pas tes ennemis, qui veulent ta tête. Dès qu'on avoue un péché inexistant, par épuisement, par faim, par lassitude, par désespoir, ils en font un élément incontestable de ta biographie et en font le plus solide maillon de la lourde chaîne que tu portes sur le dos. Commencent alors les cauchemars où l'on n'est plus soi mais quelqu'un d'autre, celui dont le portrait est dressé sur les bûchers de la chasse aux sorcières.

Stoyan ne leur donna pas la chance de réinventer son histoire ; il se mit à la modifier lui-même, volontairement. Cela l'amusait. Il joua la folie et devint fou. Il redevint normal, puis il oscilla d'un état à un autre, refaisant sans cesse son autobiographie. Il finit par gagner la partie, par pur accident, comme toujours devant les machines absolutistes. Peut-être l'attitude de Traïcho Kostov pendant son procès y fut-elle pour quelque chose. Traïcho, au contraire de tous les autres moines staliniens, sabota son procès en refusant de plaider coupable, niant les accusations de trahison de ses camarades de prison vingt ans plus tôt, qui prétendaient faire de lui un agent au service des Britanniques ou la tête d'un noyau titiste à l'intérieur du Parti. Le refus de Kostov d'accepter ces accusations surprit et brisa les engrenages du scénario judiciaire. C'est peut-être pour cela que cinq mois après son arrestation, la pression sur Stoyan cessa. Le silence se fit autour de lui ; réclusion en totale solitude. Au bout d'un an, il commença à recevoir des livres, eut droit à une radio deux heures par jour pour écouter de la musique, et à du papier pour écrire. La qualité de la nourriture s'améliora légèrement. Mais il ne savait rien de ce qui se passait à l'extérieur quand on l'interrogeait, et il n'allait l'apprendre que onze ans plus tard. Certaines réponses de Vassiliev méritent de figurer dans l'anthologie des interrogatoires manqués des procès staliniens.

— Camarade Vassiliev, où êtes-vous né ?

— Je ne suis pas autorisé à vous donner cette information. A moins que vous ne me montriez une lettre du secrétaire général du Parti ouvrier bulgare, le camarade Tchervenkov.

— Pourquoi ne pouvez-vous pas nous donner cette information ?

— En quelle année as-tu adhéré au parti ?

— C'est de toi qu'il s'agit, Vassiliev, pas de moi.

— En quelle année as-tu adhéré au parti ? Et je te préviens que si tu ne réponds pas, je considérerai l'interrogatoire comme terminé.

— Eh bien, en 1945. Pourquoi ?

— Parce que j'ai adhéré en 1926, ce qui me donne tout le droit de t'ordonner, camarade interrogateur, de ne pas me tutoyer.

— D'accord, camarade Vassiliev. Quand et où êtes-vous né ?

— Staline en personne m'a demandé, il m'en a même prié à Moscou en 1939, de ne donner cette information à personne. Vous vous souvenez de l'histoire de *L'Homme au masque de fer* ? C'est la même chose. C'est Staline lui-même qui m'a demandé instamment de ne pas en parler. Si vous ne me croyez pas, demandez-lui.

— Vassiliev, vous n'êtes pas allé à Moscou en 1939.

— Comment pouvez-vous affirmer pareille sottise ?

celui qui n'y est pas allé, c'est vous. Je suis sûr que nous ne nous sommes pas vus à cette époque.

C'est ainsi que la distance entre le moi réel — ou presque réel — et les moi inventés commença à s'estomper. Ce n'était pas si difficile. Il avait été tellement de personnages... Lorsqu'il avait débarqué à Shanghai, il était un industriel bulgare qui cherchait de la soie pas chère. En France, il avait été un ingénieur chimiste toujours ivre qui essayait d'améliorer la formule de l'imitation bulgare du champagne français grâce à un procédé de dégustation permanente. En Allemagne, il avait été un peintre insomniaque le soir, et un coursier de banque pendant la journée. En fait, il n'avait guère été lui-même que dans les montagnes de Chine ou de Bulgarie. Mais, au fait, qui était-il ?

Un poème d'un Italien appelé Luzi, qu'il avait lu dans un roman de Bilenchi, lui revenait parfois à l'esprit. De Luzi il ne connaissait même pas le prénom. Du poème, un seul tercet restait dans sa mémoire : « Les filles à la fenêtre/le regard dans le lointain/attendent sans cesse l'avenir. » Un gardien, ancien camarade de combat dans le maquis, lui donna un bout de craie, ce qui lui valut d'être remplacé quelques jours plus tard. Stoyan dessina sur les murs de sa cellule une fenêtre avec des barreaux. En la regardant, il imaginait le coucher de soleil.

Pendant la première année de totale réclusion, sans livre, sans fenêtre dans la cellule, sans papier ni crayon, il refaisait la littérature qu'il connaissait. Il se souvenait parfois d'un roman entier d'Emilio Salgari, *Adieu à Mompracem*, la plus tragique des aventures des Tigres de Malaisie. Il se la racontait à lui-même en la changeant, en l'améliorant, en y ajoutant des histoires secondaires, en enrichissant la description des personnages. Qu'est-ce qui avait amené Yáñez de Gomara dans ce coin du monde ? Existait-il une autre femme dans le passé de Sandokan, en plus de la Perle de Labuán ? Quels intérêts économiques possédaient les Anglais dans l'archipel malais ? Salgari lui en aurait été reconnaissant. Il revoyait fréquemment les aventures des pirates à la lumière de ses anciennes lectures des textes de Jenö Varga, l'économiste hongrois, dans *Imprecor*, et il essayait alors de déterminer les mécanismes du colonialisme anglais dans l'archipel de la Sonde. D'autres fois, il appliquait sa propre lecture des sociologues de l'école de Vienne à la mentalité servile et fidèle de Kammamuri. Après Salgari, il continua avec les romans de Karl May et voyagea à travers la steppe américaine.

Lorsque cet exercice ne lui suffisait plus, il pensait à sa fille Maria. Parfois il la confondait avec Shirley Temple qu'il avait vue dans deux ou trois films.

Ses interrogateurs n'usèrent jamais d'autre violence que les pressions psychologiques, la faim, l'épuisement. Les drogues parfois aussi sans doute, mais il n'en était pas certain. Les mois s'écoulèrent sous les nuages invisibles, dans sa cellule de reclus solitaire.

Un jour, il exposa à l'un de ses interrogateurs la théorie suivante :

— Il y a eu un coup d'Etat fasciste en Bulgarie. Vous êtes des monarchistes fascistes. Le roi Michel a repris le pouvoir. Vous essayez de me faire croire que vous êtes communistes (ici, il ajouta en espagnol : « Mais je vous ai bien eus. ») Je ne vous crois pas. Vive Staline, vive la dictature du prolétariat. Fusillez-moi quand vous voudrez. Désormais, tout ce que vous allez pouvoir tirer de moi, ce sont quelques fables d'Esope que je connais par cœur. Voici la première : « Une grenouille gourmande... »

50. Je peux travailler sur la réalité...

... ou sur le vide, dit Alex. C'est un ballet d'ombres où les mouvements ont autant de valeur que les espaces vides laissés par les corps. Je peux également travailler sur les deux tableaux à la fois. Par exemple, Machado était à Mexico du 11 au 13 avril. Il a disparu un après-midi durant. Il est probablement allé rendre visite à de vieux amis. Mais cela ne nous intéresse pas. Ce n'est pas un vide au sens exact du mot. En revanche, le fait que le 12 avril il ait pris un café avec une anthropologue mexicaine appelée Elena Jordán m'intéresse. Ses rapports avec les morts m'intéressent également. Les morts sont diablement utiles. Ils ne passent pas leur temps à démentir. Les morts sont malléables, ils sont dans les dispositions idéales pour se re-raconter. Leurs biographies supportent parfaitement la réécriture. Les personnages avec des secrets m'intéressent. Les secrets de quelqu'un, quand j'arrive à les percer, m'appartiennent plus à moi qu'à lui. Les heures de sommeil m'intéressent, les moments où il se promène tout seul, les amours inavouées, les perversions privées, les goûts inconfessables, les manies. Attention, mesdames et messieurs, les manies m'intéressent, les goûts étranges, les phobies. Voilà les véritables vides. Vous avez compris, galériens ? Eve, embauche donc Jason et le docteur Folamour pour qu'ils t'aident à rechercher ce genre de vides. Continuez à nourrir la machine. Jusqu'à ce qu'elle soit saturée d'informations et qu'elle les dégorge. Je veux tout.

Alex fit demi-tour. La conférence était terminée. Il n'avait plus rien à dire. Il alluma une cigarette et se rendit compte qu'une autre était en train de se consumer dans le cendrier. Il les éteignit toutes les deux.

51. Le goût bulgare

(III)

Stoyan rêvait de Maria tous les jours. Il savait que Maria l'attendait quelque part. Pendant les trente-cinq dernières années de sa vie, il avait rêvé ponctuellement de Maria, nuit après nuit. Où qu'il se trouvât, il rêvait d'elle. Une petite fille aux boucles blondes, au nez retroussé, qui lui montrait sa poupée de chiffons. Il était incapable d'imaginer Maria en 1988 comme une femme de quarante-cinq ans. Il la voyait telle qu'il l'avait quittée : une petite fille de six ans et demi qui lui tendait une poupée de chiffons et lui demandait de réparer l'oreille décousue.

Pendant la nuit, il rêvait de Maria, pendant la journée, il songeait à l'Amérique latine. Un jour, ces deux rêves pourraient se rejoindre. Il irait rejoindre Maria dans un endroit d'Amérique latine où elle l'attendrait. Ils iraient s'asseoir sur une terrasse, il commanderait un *mojito* pour lui et un jus d'ananas pour la petite. En attendant que ce rêve si cher se réalise, Stoyan allait à pied tous les matins rue Exarj Yossif où se trouvait l'administration des pompiers de Sofia. Il entrait dans son bureau, allumait le petit radiateur à gaz, expédiait les menus travaux en vingt minutes et consacrait le reste de la matinée au journalisme.

Les premières minutes de sa journée étaient destinées à rédiger des communiqués de presse sur des incendies, des explosions de gaz, des enfants tombés dans les égouts, des oiseaux qui provoquaient des courts-circuits, des histoires de sécurité industrielle avec des expériences sur des isolants non inflammables. Une fois par semaine, il rédigeait un journal mural pour les pompiers de Sofia (le reste était pris en charge à 75 pour 100 par les volontaires du corps des pompiers). Ensuite venait l'heure de s'amuser. Il sortait d'un grand meuble métallique plusieurs manuscrits hétérogènes, rangés dans des classeurs, et, après avoir décidé sur lequel travailler, il y consacrait la matinée. Il pouvait travailler sur ses notes pour le reportage historique qu'il était en train de rédiger sur l'insurrection du Monténégro, sur les transcriptions des bandes du long entretien avec Camilo Cienfuegos dont il voulait faire un livre pour les trente ans de la mort du guérillero, sur le dossier consacré au National Front et au retour du fascisme en Grande-Bretagne. A moins qu'il ne décide de continuer le reportage sur la violence dans les stades de football en Europe, sujet sur lequel il gardait des coupures de presse de journaux du monde entier. Ou qu'il ne reprenne ses notes sur les enfants de la révolution sandiniste : il avait déjà écrit deux courts reportages là-dessus, mais il avait encore beaucoup d'éléments, des photos et plusieurs longs entretiens avec les enfants qu'il avait connus. Il pouvait également ressortir le dossier de l'enquête sur la mort d'Olof Palme, mais il ne pouvait pas aller bien loin tant que l'agence de presse bulgare ou une fondation de la social-démocratie suédoise n'avaient pas approuvé le projet et payé le voyage. Il pouvait aussi se consacrer à la rédaction des mémoires d'un Bulgare pendant la guerre d'Espagne qu'il voulait structurer comme un collage où une seule voix serait la synthèse de douze témoignages parmi lesquels le sien.

L'après-midi, il répondait à son courrier. Il entretenait des rapports épistolaires avec une centaine d'amis et de collègues du monde entier. Ils échangeaient des informations, des souvenirs, des coupures de presse, des livres, des recettes de cuisine, des informations sur des criminels de guerre disparus, des partitions de musique folklorique difficiles à trouver, des adresses de personnages dont on avait perdu la trace, des documents.

Matins et après-midi s'écoulaient doucement pour Stoyan Vassiliev. Mais il savait que la paix ne pouvait pas être durable, qu'elle n'était qu'une saison passagère et laisserait la place aux vraies chaleurs de l'été et aux orages glacés de l'hiver. Stoyan faisait semblant de travailler, et parfois il travaillait même vraiment, en attendant de retrouver de nouveau une vraie raison de vivre. A quand remontait la dernière fois ? Qu'importe. Il était loin le temps où les risques étaient bien plus élevés que les récompenses, où les probabilités de s'en sortir étaient faibles, où le fil du rasoir sur lequel on dansait se rétrécissait, où on vivait pour les autres. Il n'en voulait pas au journalisme. Le journalisme était la grande rencontre tardive de sa vie. Il s'y était initié au début des années soixante, lorsqu'il avait quitté une coopérative productrice de fleurs. Le journalisme, ce n'était pas si mal. Raconter les histoires des autres. Vivre à la poursuite des faits, des informations, tout en essayant d'être à l'écoute de ses propres émotions pour pouvoir les mettre sur le papier. Raccourcir la distance entre lui et les autres au lieu de l'élargir, comme c'est souvent le cas. Le journalisme, ce n'était pas si mal. Sauf que lui n'avait jamais été un vrai journaliste.

Stoyan Vassiliev avait toujours été différentes choses en même temps. Même aujourd'hui, en dépit de son air de petit vieux paisible aux cheveux d'un blanc étonnant qui travaillait, malgré ses droits à la retraite, pour les pompiers de Sofia, et utilisait ses heures de loisirs pour faire du journalisme *free lance*. Des articles, des reportages, des chroniques qui parcouraient ensuite le monde entier. Oui, même aujourd'hui, il les trompait tous, et il se trompait lui-même aussi car ce qu'il était vraiment aujourd'hui — le reste n'étant qu'apparence —, c'était un vieux monsieur aux cheveux merveilleusement blancs, amateur de cognac, qui jouait à attendre la rencontre sans espoir avec une fille perdue, tandis qu'il préparait son esprit au retour à la vie réelle. Mais même cette image était incomplète. Il aurait fallu aussi tenir compte des heures fantômes durant lesquelles il travaillait au projet Madrid.

52. Miami encore

— Voilà ce que je vous propose, Mendoza, dit Rolando. On se débarrasse de toute l'artillerie, on prend tous les deux un bon couteau dans la cuisine, puis on éteint la lumière de la pièce. Le business reste à celui qui sortira d'ici tout à l'heure sur ses pieds. Après, il se démerde. Qu'est-ce que vous en pensez ?

Le Colombien le fixa de ses yeux mi-clos. Il donnait toujours l'impression de sommeiller.

— Je n'ai rien à voir avec ce qui est en train de se passer, Rolando. Je te l'ai répété cent fois. C'est vrai que c'étaient des hommes à moi qui sont allés dans votre hôtel. Mais c'est quelqu'un d'autre qui les a payés pour. Qu'ils aillent se faire foutre ! Ce n'est pas moi qui les ai envoyés. J'ai plus qu'il ne m'en faut, aucun intérêt à aller mordiller la frontière. Aucun ! Je veux une frontière tranquille, pleine de bons amis comme toi.

Rolando se leva et se mit à marcher de long en large, contournant la table. Marcelino le nain et Benigno jouaient au volley-ball avec les pistoleros du Colombien. Le nain était préposé au score, qu'il truquait. Un groupe de filles brunes à la peau luisante, ne portant que le haut de leur bikini, prenaient le soleil sur des chaises longues. Ce n'était pas une mauvaise idée de les avoir laissées sans slip. Jamais de sa vie il n'avait eu autant envie d'enlever le soutien-gorge d'une femme.

— Si ce n'est pas vous, qui alors ?

— Personne, mon frère. Je ne vois personne.

— C'est un des vôtres qui a payé Aguilar pour qu'il attaque les camions.

— C'était, affirma le Colombien en crachant des bribes de tabac de sa Piel Roja sans filtre.

— Ce sont vos hommes qui sont venus me faire la peau à l'hôtel.

— C'étaient.

— Qui alors ?

— Quelqu'un est en train de nous jouer à tous les deux un tour de cochon, Rolando. Si tu apprends qui, moi aussi je veux savoir... En plus, je vais te montrer ma bonne foi. Je vais régler les frais pour l'histoire des camions. Les hommes qui t'ont porté tort en foutant en l'air cette opération m'appartenaient.

— Pas question, Mendoza. Le problème, ce n'est pas l'argent.

— Je t'en prie, laisse-moi régler ça.

— Pas du tout, occupe-toi plutôt de faire nettoyer tes écuries.

— Pour ça, ne t'en fais pas.

— Qui sont ces filles ? demanda Rolando, pour dire quelque chose, en signalant d'un geste les filles qui ne portaient que le haut du bikini.

— Quelques-unes de mes filles. Je n'arrive pas à les discipliner, dit le Colombien en reprenant son air endormi.

Rolando prit la tasse de café qui était devant lui depuis le début de la conversation et qu'il n'avait pas touchée. Il en but une gorgée. Le café était excellent, mais, si le Colombien continuait de la sorte, il en serait bientôt réduit à faire la manche à la porte d'une église : des pistoleros qui le quittaient, des filles putains...

Un domestique entra dans la pièce et dit quelques mots à l'oreille de Mendoza. Puis il lui tendit un petit papier.

Mendoza le congédia d'un geste de la tête, en lui demandant d'apporter du café chaud.

— C'est pour toi, Rolando, lui dit Mendoza en lui tendant le papier, le type que tu m'as ramené ne savait qu'une seule chose : ce téléphone à New York. C'est là qu'ils devaient rendre compte de leur expédition à l'hôtel.

Rolando prit le papier et s'approcha d'un téléphone blanc.

— Quel numéro faut-il faire avant ?

— Deux, douze, répondit Mendoza, mais ne te dérange pas, Reynal l'a déjà fait. Il est tombé sur un répondeur qui dit que tu as rendez-vous pour dîner après-demain sur la Cinquième Avenue, avec un certain mister Smith...

— Ah ça ! dit Rolando. Puis il commença à faire le numéro. Il voulait écouter lui-même. Il voulait entendre la voix du type avec lequel il allait dîner.

53. La solitude de Longoria

Les enfants nés avant terme et qui ne pèsent pas lourd oublient parfois de respirer. C'est la raison pour laquelle les infirmières de la salle des prématurés attachent très souvent un fil à la main et au pied des nouveau-nés, fil qu'elles tirent de temps en temps pour rappeler à l'enfant que la vie continue. Longoria était particulièrement satisfait de deux des travaux qu'il avait réalisés au cours de sa vie : la falsification d'un demi-million de pesetas qui avaient servi à financer un attentat manqué contre Franco, et les heures qu'il passait la nuit dans la salle des couveuses de l'hôpital Espagnol de Mexico à tirer le petit fil, tandis que l'infirmière de garde allait prendre un café en salle d'accouchement.

Apparemment, Saturnino Longoria ne pouvait pas être là car il était mort en 1962, à Aubervilliers, une banlieue prolétaire des environs de Paris, tué par des pistoleros, un Marocain borgne et un Corse édenté. De fait, il était déjà mort auparavant dans un accident d'avion en revenant de Londres en 1946, où il venait de recevoir une décoration pour son action durant la Seconde Guerre mondiale où il avait sauvé soixante et un pilotes anglais dont les avions avaient été abattus au-dessus de la France. Comme il ne s'était jamais marié et qu'il n'avait jamais eu d'enfant, il n'avait aucune descendance susceptible d'admirer les exploits et les sept vies du père. Longoria ne croyait pas aux sept vies. Il était conscient qu'il n'en avait que trois, dont deux étaient terminées. Une dans l'avion où il ne voyageait pas, même si son nom apparaissait sur la liste des passagers, et l'autre quand les balles du Marocain avaient toutes, sauf une, rebondi contre les plaques en métal servant à imprimer les billets qu'il avait sous son gilet.

Saturnino Longoria avait assisté deux fois à son enterrement. Il était resté à une distance prudente et avait laissé échapper quelques larmes, comme il se doit aux enterrements, ceux des autres autant que le sien propre. Des funérailles comme il faut. Celles qui avaient eu lieu à Paris étaient dignes de Vallejo, sous la pluie, avec le cortège qui suivait à pied le corbillard, les chevaux noirs, la Seine qui apparaissait et disparaissait dans le lointain entre les rues qui menaient au Père-Lachaise, le mur des Fédérés. Les autres avaient été plus sobres, très *british* ; la seule note de couleur avait été apportée par les joueurs de cornemuse écossais qui étaient là, à défaut d'avoir trouvé des musiciens des Asturies, et qui avaient défilé à la tête du cortège dans les rues de Londres par un après-midi d'automne. Des funérailles formidables. Il ne pensait pas les mériter. Il était conscient qu'il n'assisterait pas aux troisièmes, surtout parce que l'heure définitive, maintenant qu'il avait quatre-vingt-un ans, approchait. De toute façon, il n'avait encore connu personne ayant assisté à deux de ses enterrements. Il ne connaissait, non plus, personne qui fabriquât les billets de 100 francs aussi bien que lui. Les deux choses étaient devenues inséparables. Et ses talents de faux-monnayeur l'avaient aidé à falsifier sa deuxième mort.

Longoria s'approcha d'un des berceaux où reposait une petite fille (il savait que c'était une fille à cause du fil rose autour de la cheville où était inscrit son nom : Marina). Il lui sourit. Il ne se sentait pas vieux. Pas jeune non plus. Il était dans une situation particulière, dans laquelle c'étaient aux événements de décider ce qui allait arriver, comment il allait se comporter, comment il allait vivre les dernières années, comment il allait faire pour se fabriquer une fin ou pour disparaître dans le silence, dans le néant. Le bébé lança un petit cri. Longoria bougea un peu la couveuse. Elle reprit une respiration régulière et s'apaisa. Elle avait un petit nez merveilleux, une vraie petite boule. Longoria lui décerna son plus beau sourire.

Il fallait être foncièrement bête pour penser que la vie finissait à quatre-vingts ans, se dit Longoria, et idiot, évidemment, pour penser qu'elle ne commençait pas avec le premier sanglot. Il lui restait deux possibilités : continuer son combat à mort contre l'Etat ou devenir poète. Il n'était pas sûr que la poésie fût ce qui lui convenait le mieux. Quant à la lutte contre l'Etat, cela faisait soixante-sept ans qu'il la menait avec un certain succès et une fascination toujours égale.

54. Histoires de journalistes

(Julio)

— Putain de merde ! Je suis toujours amoureux de cette folle à lier ! dis-je à Greg en jetant sur la table les sujets de thèse refusés à Elena.

— *Remember...* répondit le gringo.

— C'est une malédiction. Tu connais, tu es du même genre que moi. De quel genre de femmes as-tu été amoureux fou ces dernières années ? De la Chilienne. Melisa. Tu te rappelles ? Quand tu faisais mine de vouloir faire l'amour avec elle, au bout d'une semaine de flirt passionné, d'invitations à dîner et de bouquets de roses blanches, elle se mettait à crier.

— *No comment.*

— Qui encore ? la rousse, la Californienne. La photographe de *Newsweek* ; elle te poursuivait dans tout Los Angeles et tu n'y faisais même pas attention. Le jour où tu as vu les photos qu'elle avait prises au Salvador, tu as commencé à courir après elle, et c'est elle qui n'en avait plus rien à foutre.

— *No comment.*

— Et l'Australienne qui t'a rendu fou jusqu'au jour où tu as découvert que c'était en fait un Anglais qui s'était fait opérer...

— Encore moins *comment*, collègue. Si j'étais toi, j'arrêterais de remuer le couteau dans la plaie du pauvre gringo amoureux. Qu'est-ce qui se passe avec Elena ?

— *No comment*, lui répondis-je.

J'avais beau avoir raison, il avait deux fois plus raison que moi. Je devais être le seul connard sur terre à m'être marié deux fois avec la même femme et deux fois avec le même résultat.

— Il n'y a plus de véritables passions, dit Greg. « Voilà l'effet de l'amour dans mes plaintes/Je dis que c'est folie d'invoquer Dieu/Lorsque Dieu lui-même est notre bourreau »... Nous sommes vraiment des cyniques.

— Pas du tout, nous sommes les derniers romantiques. Ces derniers temps, il semble que même tomber amoureux n'est plus à la mode. Tu veux une bière avec tes œufs au piment ? lui demandai-je.

— Rien qu'une ; il faut assurer demain. Je vais envoyer le papier par télex à *McLean* et à *Newsweek*. J'ai eu Fred au téléphone hier et il a dit oui. Il n'a pas tiqué quand je lui ai dit combien. A qui on l'envoie en Allemagne ?

— Je préfère un daïquiri à de la bière. Cela va faire un sacré boucan cette histoire de Trotski, dis-je à Greg en retournant les *tortillas* dans la poêle.

— Tu te rappelles comment faire des daïquiris à la manière d'Armando ? me répondit mon collègue et néanmoins ami.

55. Les autres fois où ils tombèrent sur Armando

Ils étaient à Panamá City et arpentaient l'avenue marchande pour s'acheter un minicassette. Ils voulaient interviewer Spadáfora, le vice-ministre de la Santé, qui avait combattu avec les sandinistes, et cela ressemblait à un parcours d'obstacles. Quelqu'un paraissait jouer avec eux comme avec une balle de ping-pong. Armando apparut brusquement et leur apporta sur un plateau le bon contact pour obtenir l'interview. Spadáfora mourut quelques semaines plus tard, la tête coupée. L'entretien qu'il leur accorda fut le dernier qu'il donna sur terre.

Ils étaient à Lima, envoyés par *Playboy* pour réaliser une interview d'Alan García. Les services de sécurité de la présidence les expédièrent par avion à Cuzco où le président acceptait de les rencontrer pendant les moments de loisirs que lui laissait une visite officielle qu'il effectuait là-bas. Au dernier rang du petit avion qui les amenait avait pris place Armando. Ils ne purent même pas lui adresser la parole : il passa tout le voyage à dormir profondément.

Ils étaient à Mexico, à une réception organisée par l'ambassade de Cuba en l'honneur de Gabriel García Márquez, dans l'immeuble de Polanco. Armando était aux côtés du barman et montrait à l'ambassadeur comment améliorer la qualité de ses daïquiris en ajoutant le sucre à la fin. Greg profita d'une occasion pour l'aborder et lui demander une interview. Il sourit à pleines dents et disparut dans les couloirs.

Ils étaient à New York, en train de négocier un accord avec le *Village Voice* pour la publication d'une série sur les derniers cow-boys : les survivants de l'OSS du colonel Donovan après la Seconde Guerre mondiale. On était à la fin décembre. Julio jura ses grands dieux qu'il avait vu Armando habillé en Père Noël devant le bâtiment de l'ONU. Greg le crut. S'agissant d'Armando, tout était possible.

Ils étaient à Madrid, à la rédaction de *Diario 16*, en train de négocier avec Aguilar le paiement de plusieurs papiers publiés les mois précédents. Sur le bureau du directeur, Greg aperçut une photo d'agence envoyée par bélino de Manille. C'était cette fameuse photo où l'on voyait le placard rempli des chaussures d'Imelda Marcos. Greg la regarda attentivement et la montra à Julio : « A ton avis, c'est qui le type tout en haut à droite avec une paire de bottes à la main... ? »

56. Le roman de Léon

Les pressions augmentaient, et la seule chose qui intéressait le vieux c'était de savoir où les histoires de Melisa à New York et les rêves du morphinomane qui avait des cauchemars en russe se rejoignaient.

Léon Davidovitch Trotski savait que son roman policier était condamné. La raison, réfléchissait-il tout en caressant son lapin préféré, était à la fois abstraite et réelle. Elle tenait au cours de l'histoire, au cours de son histoire personnelle. Ces réflexions ne l'empêchèrent pas de refermer soigneusement la cage et de s'enfuir vers son cabinet. Sur son bureau se trouvait le courrier de la journée, encore fermé, et le fichu article de *Life* qu'il n'avait pas relu. Il y avait sur le côté plusieurs chemises avec les brouillons des sept premiers chapitres de la biographie de Staline. Il avait quinze minutes avant l'entretien avec Rosmer sur la question polonaise. Il ouvrit avec empressement son cahier, et il y écrivit :

« 24) Sans aucune explication, Wolf est remis en liberté le lendemain. Il marche jusqu'à la pension, il se lave et part au déjeuner qu'il avait prévu avec le journaliste de *La Libertad*. Mais ce dernier ne vient pas.

25) Wolf prend le train de nuit pour Barcelone... »

Trotski s'interrompit. Pourquoi Wolf allait-il à Barcelone ? Pour suivre la piste de la petite fille disparue ? Pour s'occuper des derniers détails de l'affaire de contrebande d'armes ? Qui était Wolf ? Comment diable rattacher cette histoire à celle de la jeune femme en train de se suicider ? Trotski leva les yeux, Rosmer le contemplait d'un regard bienveillant. Il ferma le cahier et le rangea.

Au lever du jour, il se leva et se mit à errer dans les couloirs de la grande maison de Coyoacán. Il retourna dans son cabinet et chercha le cahier. Cela faisait six jours qu'il s'était mis ce roman policier sur les bras et il ne semblait aller nulle part. Il pouvait toujours recommencer. Wolf arriverait à Shanghai. Il ne serait pas américain mais polonais. Il commencerait par une méditation du personnage à partir de cette phrase : « Au commencement était l'action et la parole suivit, telle une ombre phonétique. »

Il valait mieux abandonner l'histoire. Il était en pleine guerre, et au milieu d'une guerre on ne tombe pas amoureux, et on n'écrit pas non plus de roman policier, se dit le vieux tout en marchant autour de sa table de travail. Il commençait à faire jour. Il n'hésita plus, prit le cahier et le mit dans une enveloppe sur laquelle il écrivit : « Manuscrit de Léon Wagner. Aucun intérêt. » Il mit sa signature et la date, et le rangea au milieu d'un tas de papiers entre lesquels se trouvaient des articles refusés de jeunes collègues du monde entier, des revues sans importance, des manuscrits de camarades déjà publiés.

Il se jura de ne plus jamais reprendre le manuscrit. Trotski était du genre à prendre des décisions soudaines, brutales, à vivre de terribles amours manquées, à renoncer à énormément de choses, poussé par une féroce discipline.

Le cahier resta à jamais abandonné.

57. Ils commandèrent deux doubles...

... cheeseburgers et deux grands Cocas. Leur repas posé sur un horrible plateau en plastique, ils s'installèrent dans un coin inoccupé du Blimpies. Par les vitres, ils voyaient passer des joggers matinaux avec des sweat-shirts aux couleurs pastel et des types avec des attachés-cases et le *New York Times* sous le bras.

Alex regarda fixement Rolando, alluma une cigarette et, après avoir rejeté la fumée en direction du haut plafond jaune, commença à se brûler la main gauche, appliquant soigneusement la braise sur la paume.

— Quelle marque fumez-vous, mister Smith ? demanda le trafiquant mexicain.

— Des Mapleton. Pourquoi ?

— Ce serait mieux avec des Gitanes canadiennes. Le tabac est plus tassé et la braise est plus dense, dit Rolando. Il en tira une du paquet qui était dans la poche de son blouson, l'alluma avec un Dupont en or, et commença à se brûler le dos de la main.

Alex lui adressa un sourire amical. Rolando le lui rendit. Ils s'étudièrent quelques instants en silence. Le gringo long et maigre semblait avoir été étiré artificiellement, comme si sa mère, nuit après nuit, avait accroché ses pieds au montant du lit, avec des poids au bout. Le petit Mexicain avait des yeux enfoncés qui brillaient au-dessus d'un nez crochu et d'une moustache à la Pancho Villa.

— Je sens que nous allons nous entendre, dit Alex.

Ils attaquèrent leur hamburger et gardèrent le silence un moment, sans cesser de se regarder dans les yeux. Un groupe de *breakdancers* commença son show devant le fast food. Aucun des deux n'y attacha d'importance. Rolando rompit le silence :

— Je crois bien que oui. Nous allons faire de bonnes affaires ensemble.

Troisième partie

Développements

58. Houdini parle de la femme sans tête

— C'est tout. Juste une femme sans tête, vêtue d'une tunique vaporeuse et de sandales.

— Et alors ?

— C'est tout. Une femme sans tête me poursuit dans mes rêves.

— Et qui est cette femme sans tête ? Qui pensez-vous qu'elle puisse être ?

— Ma mère. Je suppose qu'il s'agit de ma mère.

— Cela a l'air clair...

— Non. Ce n'est pas si clair. Je me réveille en sursaut, l'image m'obsède. Ce n'est pas normal. Je ne travaille pas dans un bureau, je ne suis pas pompier. Je suis en vie grâce à ma concentration, et cette histoire me trouble profondément pendant le travail.

— Vous voulez dire que non seulement vous rêvez d'elle, mais que vous songez à elle quand vous êtes éveillé ?

— Des images m'arrivent d'un seul coup, très vives. Je vous assure que c'est désagréable, surtout quand vous êtes enchaîné dans une sphère remplie d'eau, et qu'il vous reste à peu près quinze secondes de réserve d'oxygène. Vraiment très désagréable.

— Votre mère est morte ?

— Il y a douze ans.

— Et que prétendez-vous que nous fassions de cette histoire ? Nous pouvons essayer d'interpréter le rêve, chercher dans votre subconscient les origines de cette obsession. Nous pouvons peut-être en trouver une de substitution, pour que celle-là cesse de vous angoisser. Il est probable que si nous arrivons à une explication rationnelle, vous allez pouvoir vous débarrasser de ce rêve... Il y a quelque chose d'autre que je devrais savoir ? demanda Lucius Kellerman, docteur en médecine et spécialiste du psychisme.

Ehrich Weiss alias Houdini, le champion de l'évasion, le fulgurant défenseur de la rationalité et de la science contre la supercherie, auteur des tours de magie les plus spectaculaires du monde, regarda intensément le médecin.

— Que voulez-vous dire ?

— Que fait la femme sans tête ? Vous appelle-t-elle avec les mains ? Elle avance vers vous ? Où a-t-elle la tête ? Est-ce qu'elle a un signe particulier vous permettant de reconnaître votre mère ? Où cela se passe-t-il ? Un endroit en particulier ? Où est votre père pendant ce temps ?

— Mon père était un rabbin, docteur Kellerman, il n'aimait pas se promener dans la rue avec des femmes sans tête.

— Dans la rue ?

— Oui, tout se passe dans une rue. Il s'agit sans aucun doute de New York. Cela doit se passer il y a deux ou trois ans, en 1922 ou 1923. Il y a une affiche du cirque Leger collée au coin de la rue, une affiche toute neuve. Je m'approche de l'affiche, elle apparaît à côté de moi et me prend la main. Je découvre que c'est ma mère à cause des vieilles sandales que je lui ai offertes ; je regarde : elle n'a pas de tête. Les derniers jours, je ne regarde même plus vers le haut, je sais qu'elle n'a pas de tête. C'est vraiment désagréable. Est-ce que vous avez déjà vu votre mère sans tête, docteur ?

— Non, pas récemment. Une cigarette ?

— Non, merci. Mais vous pouvez fumer, cela ne me dérange pas.

Kellerman alluma un petit cigare de Virginie, très parfumé, et lança la fumée vers le plafond avec grand plaisir. Il se débattait dans des sensations contradictoires. S'occuper d'un cas comme celui-ci pouvait lui permettre de gravir deux échelons vers la célébrité. Des publications dans des revues scientifiques, des invitations à donner des conférences dans des universités. En outre, il adorait vraiment le personnage qui se trouvait en face de lui. S'il n'avait pas été psychiatre, il aurait aimé être disciple de Houdini, non seulement parce que parmi les choses les plus impressionnantes qu'il ait vues dans sa vie figurait « l'évasion de la cellule de tortures chinoises », mais aussi parce qu'il admirait la campagne que Houdini avait entreprise contre les faux voyants, les occultistes, les mages métaphysiques, les farceurs à boules de cristal. C'était une sorte de grande guerre de la psychiatrie moderne, une guerre pour la science.

— Etes-vous familiarisé avec l'hypnotisme, Houdini ? Au fait, vous me permettez de vous appeler ainsi ?

— Bien sûr, Kellerman. Oui, je connais bien la question.

— Avez-vous des résistances particulières ?

— Bien au contraire, et je m'en suis aperçu pendant une tournée, il y a quelques années. Mais il faut que je fasse attention à ce genre d'expériences, pour des raisons évidentes. Une autosuggestion post-hypnotique pourrait me tuer accidentellement.

— Bon, je vous propose un marché. Je vous hypnotise et je remplace votre mère sans tête par votre père sans tête. Cela vous angoisserait-il de la même manière ? J'essayerai d'adoucir l'image.

— Non, je suppose que cela me causerait moins de problèmes. Mon père n'avait guère de tête, si je me souviens bien.

— Bon, si cela marche, vous vous engagez à me raconter les détails de l'évasion de la croix cylindrique ?

— Marché conclu, docteur.

— Je me sens très fier. Vous pouvez vous asseoir sur cette chaise, le dos à la fenêtre, et contempler attentivement ce manomètre. Observez le mouvement, suivez-le des yeux.

— Cela me fait grand plaisir que vous vous sentiez fier, docteur...

59. Les promenades de Longoria

En se promenant tranquillement dans les jardins intérieurs, Longoria parvint au pavillon de gérontologie, connu comme le dépotoir, le cimetière des éléphants ou la grotte d'Ali Baba. Il faisait froid. Mateo était sur sa chaise roulante, dans la cour intérieure. Il était réveillé, le regard perdu dans une haie touffue.

— Stalinien, fils de pute ! Tu as retrouvé de nouveaux souvenirs ? Rappelle-toi ce que je t'ai dit. Tu vas aller en enfer. Andrés Nin et Machkno t'attendront à la porte.

— Arrête de m'emmerder, Longoria. Laisse-moi réfléchir en paix.

— Je reviens dans une demi-heure, sale porc, et il n'y aura pas de bonne sœur pour te protéger de moi, dit Longoria en montrant le poing à Mateo.

— Tu en profites parce que tu as trois ans de moins que moi, vieux pédé.

Longoria haussa les épaules et tourna le dos à l'autre vieux. Ce n'était pas vrai, Saturnino avait quatre-vingt-deux ans comme Mateo, mais à force de falsifier ses papiers, il avait fini par changer d'âge sans le vouloir.

Il se dirigea vers les jardins derrière l'hôpital. Un territoire connu. A cette heure-là, les jardiniers commençaient leur journée de travail près du pavillon des maladies infectieuses. Ils lui offriraient sûrement une douzaine de roses qu'ils couperaient de la haie. Ce n'était pas pour rien que Longoria était secrétaire et membre unique du Comité de solidarité des malades avec le syndicat. La situation des travailleurs de l'hôpital était plutôt sombre.

Un quart d'heure plus tard, Longoria, avec deux douzaines de tulipes rouges (la conjoncture était mauvaise), se dirigea vers la maternité. Il fit plusieurs haltes dans le labyrinthe de l'hôpital. Une au pavillon des cancéreux pour remplacer pendant deux tours un vieux de Veracruz dans une partie de dominos plutôt agitée — le vieux devait aller à la prise de sang. Son absence se prolongea une demi-heure et Longoria en profita pour soutirer 3 500 pesos aux joueurs, et encore parce que le point n'était qu'à 100 pesos. La deuxième halte fut pour le sous-sol d'un ancien bâtiment où deux employés l'entraînèrent pour qu'il falsifiât la signature de l'administrateur, un travail de routine. Non seulement Saturnino imita la signature, mais il sortit de sa veste en velours côtelé le tampon de l'administration et un autre avec la date à l'encre noire. Il donna ainsi sa forme définitive au document qui certifiait le paiement de deux ballons d'oxygène destinés à un camarade indigent. Il doutait que le « camarade indigent » reçoive les deux ballons, il en recevrait un, et l'autre allait circuler probablement sur le vaste marché noir que l'administration de l'énorme hôpital Espagnol de Mexico avait créé.

C'est toujours ça, se dit-il, décidé à vérifier par lui-même les obscurs registres de comptabilité. Il profiterait de ses excellents rapports avec les veilleurs de nuit et de ce qu'il possédait des fausses clés du bureau du caissier en chef. Sa troisième halte fut pour l'hospice où il se mit d'accord avec le cuistot pour qu'il mette du sucre dans les repas servis à un vieux franquiste diabétique. Une fois réglés les menus détails de la matinée, il arriva avec ses fleurs à la maternité et les offrit cérémonieusement à la mère de la petite Marina, qui était en train de nourrir son minuscule bébé.

— De la part de tous les pensionnaires de gérontologie,

madame, dit-il très poliment en lui tendant le bouquet de fleurs.

— Ne me prends pas pour une conne, Longoria, je suis sûre que tu les as volées, dit la mère de l'enfant, qui était l'épouse de l'assesseur du syndicat. J'espère que tu vas sortir un de ces jours et venir manger à la maison.

— Un de ces jours, jeune femme au grossier langage.

— Je sors de l'hôpital vendredi et Paco aimerait vraiment te voir. Je te prépare un rouget à l'ail, avec des croquettes en entrée.

Longoria fit un large sourire à la mère et à l'enfant et disparut par les couloirs intérieurs, franchissant sans hésiter toutes les portes où il était écrit « Accès interdit au personnel non autorisé ».

Mateo l'attendait, bien qu'il feignît de regarder l'horizon pollué que l'on apercevait au-delà du mur d'enceinte en briques de l'hôpital, derrière lequel se trouvait la plus grande brasserie d'Amérique latine.

— Est-ce que la mémoire t'est revenue ?

— Allez, Saturnino, assieds-toi et tiens-moi compagnie. Tu me racontes la bataille de Guadalajara et moi je te parle de Kouprine et de ses amis.

A la fin de la matinée, Longoria avait fini d'écrire son rapport avec les détails que lui avait donnés Mateo. Il décida qu'il n'était pas nécessaire de le chiffrer ou de l'envoyer par des voies détournées, car ce n'étaient que des données historiques. Il mit le tout dans une enveloppe, adressée à « Stoyan Vassiliev, département des pompiers de Sofia, République populaire de Bulgarie », et s'échappa de l'hôpital pour aller la poster dans la colonia Polanco. « Le Tank » allait être content. Surtout qu'il croyait que Saturnino était mort depuis vingt-cinq ans. Cela allait ressembler au film *Le Retour de la momie*. Tout à coup, un voile d'inquiétude traversa son visage où il n'y avait plus de place pour une seule ride supplémentaire. Merde, et si Stoyan était mort ?

60. New York

Benigno dut montrer les dents au gardien pour s'ouvrir un chemin. Comme il boitait, il n'avait pas la vitesse du nain pour sortir de l'hôtel. Il n'eut pas d'autre solution que de lui faire les gros yeux. Il s'agissait d'échapper au plus vite à la trouble situation que le nain avait provoquée en mettant la main au cul de la blonde qui vendait les cigarettes. A présent, il cherchait du regard le pygmée parmi les centaines de personnes qui bougeaient autour de lui.

— Baisse les yeux, pauvre con, dit Marcelino.

— Fils de pute ! pourquoi tu as mis la main au cul de la demoiselle ?

— Cela faisait dix minutes que je t'attendais dans le hall de l'hôtel et tu n'arrivais pas. La blonde portait une mini-jupe comme ça, et des bas résille, exactement ceux qui me rendent fou. En plus, d'en dessous, on voit tout beaucoup mieux. C'est humain ! Je ne suis peut-être qu'un nain mais cela ne m'empêche pas d'avoir la bite comme l'Empire State Building.

— Et qu'est-ce qu'on va faire maintenant ? demanda Benigno d'un air désolé, en voyant la foule qui avançait en sens contraire sur la Cinquième Avenue. Il se sentait submergé par ces milliers de visages inconnus : des Espagnols bruyants, des Japonais en action avec leur appareil-photo, des rabbins circonspects, des Noirs gigantesques et menaçants, de jeunes hindous l'air aussi perdu que lui, des Texans bébêtes, des Chicanos fonçant sur leurs patins à roulettes, des New-Yorkaises qui se prenaient pour des Françaises, avec une baguette à la main et des jambes interminables ; et des Françaises se prenant pour des New-Yorkaises, faisant semblant de réfléchir, l'index sur le bout du nez. C'était beaucoup trop pour un seul coup d'œil.

— Allons acheter des chaussures. Qu'est-ce que nous a demandé Rolando ? D'avoir l'air plus con que ce que nous sommes. Pas de problème, la connerie chez toi, c'est naturel, dit le nain. Notre chef vénéré et bien-aimé est au boulot. Et moi, je crois savoir qui est à nos trousses.

Benigno montra les dents à nouveau. Il n'aimait pas New York, il n'aimait pas la situation, il n'aimait pas que sa jambe lui fasse mal et ce qu'il aimait encore moins, et même pas du tout, c'était son partenaire. Il ne pouvait carrément plus encadrer le nain.

— Tu chausses du combien, ma poule ? Tu dois sûrement avoir un pied plus grand que l'autre, dit Marcelino en sautillant. Il aimait bien New York, avec ses gratte-ciel miraculeux qui ne lui faisaient pas d'ombre et sous lesquels tous les passants se transformaient en minuscules promeneurs. Il était sûr qu'il n'aurait pas à s'habiller au rayon pour enfants de Gimbels. Il y avait sûrement des boutiques spécialisées — et de luxe — pour les nains. Du coin de l'œil, il regarda où se trouvait le petit jeune en gilet de cuir qui les suivait, et se mit à fendre la foule, donnant des coups de coude dans les jambes de ceux qui se trouvaient sur son chemin. Benigno essaya de ne pas perdre le nain dans cette multitude de merde.

61. Histoires de journalistes

(Greg)

Le gros m'avait dit : « Ecris-le, toi, tu pourras lui donner la touche du gringo surpris, l'angoisse du monde développé ; si je le fais moi, le j'menfoutisme mexicain va ressortir. » Il avait tout à fait raison. Je pouvais y rajouter le cynisme nécessaire, mais je pouvais également apporter la vision du fermier du Middle West, surpris par une histoire à laquelle il ne s'attendait pas, sans compter un peu de la sophistication d'un habitué du Lincoln Center. C'est ce cocktail 100 pour 100 naturel qui avait produit le nouveau journalisme, les soupes Campbell's et les manifs contre la guerre du Viêt-nam, le culte de l'individualisme et le retour à la production artisanale des automobiles.

Je tentai de prendre ma meilleure figure de gringo intelligent mais naïf, susceptible d'être captivé par le type qui donnait la conférence de presse, histoire de voir si je pouvais lui soutirer par la suite quelques informations sur qui s'empochait le fric des concessions. Nous étions trois Américains dans la salle, au milieu de plusieurs journalistes mexicains et d'employés amenés là pour gonfler l'assistance. Les deux autres étaient un reporter de CBS sans ses caméras — il avait l'air à poil, le pauvre — et la photographe de *Newsweek* dont j'étais amoureux quand elle ne l'était pas et *vice versa*. Je ne me souvenais pas exactement où en était notre relation. C'est elle qui me sourit la première, mais c'est moi qui l'invitai à dîner avant qu'elle ait eu le temps de me rappeler que c'est moi qui lui devais un dîner.

Etais-je vraiment passionné par le projet conjoint UNESCO-Mexique pour la restauration de la ville coloniale de Zacatecas ? Un article de six feuillets et deux douzaines de photos en couleur pour la revue de Panam contre 800 dollars signifiaient un marché correct. Surtout pour échapper aux désirs de roman du gros. C'est ainsi qu'il l'avait compris et s'était volontairement tenu à l'écart de l'expédition prétextant une interview de Cuauhtémoc Cárdenas, le président élu par les Mexicains lors des dernières élections, et privé de sa victoire par une fraude monumentale orchestrée par le Parti révolutionnaire institutionnel au pouvoir.

Le boulot. Nous prenions ainsi de temps en temps des vacances l'un de l'autre. C'était le cas cette fois, et il semblait que les vacances dussent durer. Nous ne nous étions pas fixé de rendez-vous, nous contentant des habituelles promesses de nous téléphoner si surgissait une histoire exigeant d'être traitée à quatre mains. J'avais l'intention de poursuivre vers le nord après Zacatecas et de faire quelques reportages touristiques susceptibles d'intéresser des revues de voyages. Je pouvais peut-être essayer de faire quelque chose sur la contrebande vue des deux bords de la frontière. Qu'est-ce qu'on envoyait d'un côté à l'autre ? J'avais prévu au passage deux jours de plongée à Rosarito et une cuite monumentale à San Diego avec un collègue paralytique que j'avais connu du temps de *Rolling Stone* et qui avait pris sa retraite quand une mine au Guatemala avait envoyé valdinguer sa jambe dans les nuages. Je pouvais en plus acheter des pièces d'artisanat Seri et les ramener à Los Angeles pour les revendre à Anne Watson qui tenait une boutique sur Hollywood Boulevard et à qui je devais bien ça. Doublement : Je pouvais gagner 300 dollars dans l'opération, sans compter le plaisir de m'asseoir face à la mer de Cortés avec mes amis seris en me disant en moi-même que le

XXe siècle était de la merde, tout comme le XIXe, le XVIIIe et le XVIIe, et que tout commençait à s'arranger au XVIe.

Quelques applaudissements courtois annoncèrent la fin de la conférence de presse. Je vérifiai mes deux petites pages de notes. J'avais tout ce qu'il me fallait. Il ne me restait plus qu'à arpenter la ville en me prenant pour Robert Capa à chaque photo. Katherine s'approcha.

— On fait les photos ensemble ?

— Non. Il faudrait que je sois fou pour prendre des photos avec toi. On aurait les mêmes angles et tes photos seraient systématiquement meilleures. Ensuite, pendant tout le dîner, je vais m'envoyer des tequilas pour soigner mon complexe d'infériorité.

— Alors je te prends les photos, et toi tu écris mon papier ?

— Je préfère ça. J'ai encore mieux à te proposer. Je prends tes photos et tu écris les deux papiers.

— Ça va pas la tête ?

— Bon, alors c'est moi qui choisis les angles et c'est toi qui shootes.

— OK. Je te dicte le papier et toi tu l'écris.

— En imitant ton style ?

— En imitant le style de *Newsweek*.

— Ça, ce n'est pas difficile.

Une solide poignée de main conclut notre marché.

Un soleil de plomb tombait dans le ravin où était nichée la ville de Zacatecas. Nous déambulâmes dans les rues à la recherche des meilleurs échantillons d'architecture coloniale et d'une rue pavée, en pente, avec les collines en toile de fond.

— On m'a raconté une histoire qui pourrait peut-être t'intéresser.

— Qui, on ?

— Un ami d'ami, dit Katherine en faisant une grimace. Je peux prendre cette photo ?

Une femme portait sur la tête le linge qu'elle venait de

laver. Je n'imaginais pas la photo. Elle devait déjà se la représenter imprimée dans le journal.

— D'accord, mais elle est pour toi. Moi, je ne la vois pas.

Katherine s'agenouilla. J'eus la vision d'un sein avec des taches de rousseur. Au lieu de me jeter par terre en bavant d'excitation, je me sentis pris d'un soudain accès de tendresse. Je portai ma main à ses cheveux et me mis à les caresser.

— Ne me fais pas bouger, je vais rater la photo.

— Qu'est-ce qu'il t'a dit, ton ami d'ami ?

— Que la CIA a trouvé le moyen d'infiltrer une taupe au sommet de la direction sandiniste.

— Qui ?

— Euuuh... c'est tout ce que je sais.

— Comment ils ont fait ?

— Un chantage.

— Comment ?

— Une histoire de drogue.

— C'est qui les drogués ? Les sandinistes ? A part du rhum Flor de caña et de l'aspirine, cela m'étonnerait qu'ils touchent à autre chose. Le Flor de caña, ce n'est pas ce qui manque et je ne pense pas que l'aspirine soit épuisée, même avec le blocus. *Bullshit,* Kath.

— Oui, n'est-ce pas ? dit-elle en se mettant debout et en époussetant la terre de son pantalon. Je la cadrai avec mon appareil et pris la photo lorsqu'elle commença à sourire. Cela ne faisait pas partie de notre marché.

62. Nouveau sujet de thèse refusé à Elena Jordán

A soixante et un kilomètres de Tepic, dans l'Etat de Nayarit, dans une zone accessible par la route et par la piste, sur les contreforts de la Sierra Madre occidentale, habite une tribu Cora formée de quelque 320 familles, dont la structure économique repose sur une agriculture de subsistance à base de maïs, sur la production de charbon de bois et sur la fabrication artisanale de poupées commercialisées par une coopérative gérée à Mexico par des jésuites. Cette communauté a été étudiée en profondeur par un groupe d'anthropologues de l'université de Guadalajara, en particulier sur le plan de la sexualité. Parmi l'abondant matériel recueilli lors d'études sur le terrain, enfouis sous de nombreuses autres informations (*Rapport d'étude de terrain, sexualité, communauté n° 322*, polycopié, Ecole d'anthropologie, université de Guadalajara), on peut découvrir les éléments suivants. A la question : « Les femmes de la communauté voisine montrent-elles plus d'habileté dans les pratiques sexuelles que les nôtres ? » Les hommes répondent oui à 89 pour 100, non 7 pour 100, ne sait pas ou ne répond pas 4 pour 100. A la question : « Les hommes de la communauté voisine montrent-ils plus d'habileté dans les pratiques sexuelles que ceux de notre communauté ? » Les femmes répondent oui 96 pour 100, non 0 pour 100, ne sait pas ou ne répond pas 4 pour 100.

Le but de ce sujet de thèse est de développer une recherche sur le concept : « ceux de la tribu d'à côté baisent mieux que ceux de chez nous », en prenant le mot tribu au sens large de communauté délimitée géographiquement, politiquement, culturellement, racialement ou socialement. Il s'agit donc d'établir l'origine de cette pensée si répandue, sa validité rationnelle.

Je renonce ici à tout fondement scientifique pour ce projet, me contentant seulement de signaler ici que si l'anthropologie n'a jamais cherché à donner des réponses à des problèmes de ce type, c'est que les anthropologues ne sont qu'une bande d'hypocrites, et que tous leurs fondements, même s'ils citent Lévi-Strauss, Frazer et le marquis de Sade, sont condamnés d'avance, étant donné l'étroitesse mentale régnant dans le séminaire de thèse où il se trouve que je suis inscrite.

Je signale que parmi les communautés dans lesquelles je me propose d'enquêter pour découvrir les traits de ce mode de pensée tribale (« il est certain que le premier étranger venu baise mieux que mon mari »), on retrouve les plus hautes autorités de l'Ecole nationale d'anthropologie et d'histoire, les fonctionnaires du ministère des Finances et d'autres secteurs tribaux de l'arène nationale. Je précise que parmi les questions clés que j'entends poser aux sondés, hommes et femmes, je compte inclure toutes celles relatives à la fréquence de l'orgasme dans leurs pratiques sexuelles, à la plus grande habileté dans les acrobaties sexuelles des voisins du bureau d'à côté, à la présence de l'impuissance chronique chez les couples établis, à l'usage de gadgets électroniques, etc.

Avec mes sentiments distingués,

Elena Jordán, Cuicuilco, novembre 88

63. Alex n'avait pas de maison, mais Benjamin...

... vivait dans un atelier d'artiste en plein centre de Soho, au sud de Manhattan, ce qui devait lui coûter une petite fortune. Pour ses amis et ses colocataires, il était un expert en transactions financières dans les pays exotiques, travaillant au service de multinationales qui l'employaient comme consultant *free lance*. Il savait le cours du jour du diram à la City de Londres et la valeur des actions de la Standard Oil à Wall Street ; il connaissait la fiabilité en tant qu'intermédiaires des gros commerçants chinois de Thaïlande, le nom du meilleur hôtel de Manille et comment mener à bien une affaire à Buenos Aires lorsque des capitaux de grands propriétaires terriens étaient en jeu. Il connaissait des histoires effrayantes sur le Syndicat mexicain du pétrole et pouvait réciter par cœur le Code douanier polonais. C'était peut-être suffisant pour expliquer à ses copines et à ses voisins pourquoi il vivait dans cet appartement et mangeait tantôt au Four Seasons, tantôt au The Palm, mais non pour expliquer à Alex, qui avait retourné la question dans tous les sens, d'où il sortait tout son pognon.

La version extra-officielle était qu'il avait trempé, en dehors de l'Agence, au milieu des années soixante-dix, dans une série d'opérations pas très orthodoxes avec les narco-militaires boliviens. Drôle d'époque puisque, bien que n'appartenant pas à l'Agence, il était toujours l'un de ses informateurs, et travaillait aussi au passage pour la DEA, et directement pour l'ambassadeur des Etats-Unis à La Paz, ainsi qu'à ses heures commme informateur pour les services d'intelligence de l'armée à Fort Gullick, où de nombreux élèves se trouvaient être de futurs hauts officiers de l'armée bolivienne qui plus tard offriraient du travail à Benjamin.

Alex savait multiplier, même si les multiplications ne donnaient qu'une explication possible et non le solde exact des comptes en banque de Benjamin, maintenant qu'il faisait à nouveau partie de l'Agence comme agent opérationnel au service du SD. Il savait que le grand Nègre à la moustache finement taillée et aux costumes Lenox combinait salaire mensuel et terreur hebdomadaire. Il faisait attention à ne pas mettre en péril ce fragile équilibre, à ne pas le rendre nerveux, ce qui aurait pu faire baisser son taux habituel d'efficacité.

Alex croyait se souvenir d'une histoire qui racontait que Benjamin avait survécu à une enfance dans un quartier de Chicago où, quand il faisait trop froid, on jetait le petit frère dans le poêle à charbon pour améliorer le tirage. Du coup, il ne s'était pas senti dépaysé lorsque l'Agence, au lieu de laisser qu'on l'envoie bouffer de la boue quelque part entre Hanoi et Saigon, lui avait offert du boulot dans le cadre de l'opération Phénix.

En avril 1967, Benjamin était descendu d'un avion d'Air America à Da Nang et s'était mis au travail. Il s'agissait de créer des centres d'interrogatoires au niveau des villages, des districts et de la région pour identifier des militants supposés vietcong et les exécuter. Pour justifier l'énorme investissement d'infrastructure et d'organisation, un nombre conséquent de victimes était nécessaire. Lorsque l'opération fut suspendue, le chiffre des Sud-Vietnamiens tués atteignait presque 21 000. Il ne s'agissait pas de combattants mais de militants présumés vietcong exécutés. Benjamin, qui n'était pas seulement chargé de la collecte des informations et de la coordination avec la police et l'armée sud-vietnamiennes, avait conservé depuis lors un doute sur la proportion réelle de communistes parmi les 21 000 victimes, hommes et femmes. D'après son expérience personnelle, il l'évaluait à moins de 10 pour 100. Après cela, et sans que tout le sang versé provoque en lui d'états d'âme particuliers (à ce niveau, Benjamin avait décidé qu'il n'avait pas d'âme, juste une forme de sensibilité à certains morceaux de rock), Ben s'était refusé à tout jugement moral, et avait entrepris d'oublier les rares visages qu'il avait vus, de laisser les autres se convertir en simples statistiques, et n'avait plus jamais mis les pieds en Extrême-Orient, ni même dans un quartier chinois de la côte Est.

Presque vingt ans plus tard, il regardait Alex avec le même visage impassible qu'il arborait face à ses prisonniers. C'était un visage qui semblait toujours sur le point de succomber à un tic nerveux ou de s'illuminer d'un sourire enchanteur, mais qui ne se relâchait jamais, comme figé pour toujours. Alex lui adressa un sourire fraternel, espérant ainsi le déconcerter, et commença à cracher ses ordres comme si l'opération Rêve de Blanche-Neige avait été un livre déjà écrit dont Alex se serait contenté de tourner les pages.

— J'ai besoin qu'un type, qui pour le moment n'est pas sur place, en tue un autre dans un hôtel de Mexico. J'ai besoin qu'un troisième homme soit témoin de tout ou d'une partie de l'assassinat, qu'il identifie parfaitement ou en partie le meurtrier, qu'il puisse le décrire ensuite, directement ou indirectement. J'ai besoin que l'on puisse accuser du meurtre, avec une preuve ou une autre, un type qui n'était pas sur les lieux mais qui sera suspect. J'ai besoin que la preuve en question ne soit pas trop évidente et ne soit pas accessible à tout le monde, mais qu'elle parvienne jusqu'au témoin. J'ai besoin qu'une légende se forme autour de ce crime, qu'elle soit rendue publique et cependant qu'elle soit assez fragile pour être facilement détruite par d'autres preuves qui seront révélées plus tard. J'ai besoin que l'on puisse nous mettre en cause, nous ou des personnes politiquement identifiées comme étant avec nous, et j'ai même besoin que la rumeur prétende que cela nous est égal d'être mis en cause. Mais tout cela doit être fait subtilement parce que, en même temps, toutes les instances officielles — ambassade, Département d'Etat, etc. — émettront un démenti aussi violent qu'indigné. J'ai besoin que toute l'opération soit préparée en double, avec un autre témoin maintenu au frais, au cas où le premier nous planterait là pour une raison ou l'autre. Le pire, en ce qui te concerne, c'est que j'ai besoin que l'ensemble de l'opération n'échoue pas, parce qu'il s'agit d'un maillon d'une énorme chaîne et que si ce maillon lâche, je te promets que le minimum que je ferai, c'est de te livrer au colonel Valdivia entouré de bandelettes comme une momie à la porte de chez lui. Et tu me connais assez pour savoir que, même si c'est ma dernière action sur terre, je le ferai.

Benjamin eut un grand rire puis alluma une cigarette mentholée avec son Dunhill en or et dit :

— Bon, Alex, on reprend calmement. Raconte-moi ton film point par point. Et surtout n'aie pas peur de m'effrayer et dis-moi qui va être le mort. Tu sais que j'aime bien les choses difficiles. Dis-le-moi, Alex. C'est qui le mort ?

— Un commandant sandiniste.

— Un des neuf ?

— Non, un ancien commandant de la guérilla.

— Il faut que cela se passe à Mexico ? Je préférerais le Pérou ou le Venezuela.

— Et moi, je préfère le Mexique. Mes autres nains ont déjà travaillé sur cette histoire et ils ont un bon scénario tout prêt.

— L'assassinat d'un sandiniste, pas en public. Un témoin qui prenne l'assassin pour un autre, ou plutôt qui le soupçonne et à qui nous fournirons ensuite des éléments de confirmation, une version publique, un démenti, la rumeur que cela nous est égal que l'on dise ou croie que nous sommes responsables...

— Plus quelques bricoles. Il faut établir un lien entre le mort et certains papiers, ou faire croire que le mort les a envoyés juste avant d'être tué au témoin qui les recevra peu après le meurtre. Et j'ai besoin que tout cela se fasse sans à-coups. Je veux que ni les Mexicains ni les sandinistes ne voient ce que nous mijotons derrière leur dos, je ne veux même pas qu'ils sachent ce que le témoin sait. Il faut protéger cela aussi.

— Et qu'est-ce que tu comptes faire de l'assassin qui n'a assassiné personne mais que le témoin croit avoir reconnu ?

— Ça, ce ne sont pas tes oignons. J'y travaille en parallèle.

— Bon, reprenons. Le lieu ?

— Un hôtel de Mexico. Je ne sais pas encore lequel. Un endroit où doivent manger et dormir les participants à un colloque politico-culturel...

— Sous haute surveillance ?

— J'ai bien peur que oui. Pas seulement des sandinistes et des Mexicains, mais aussi, probablement, en raison du thème et des invités, des Cubains, voire des Argentins, des lanceurs de couteaux de la DINA chilienne, plus quelques idiots de chez nous, des danseuses de l'analyse. Ce sera un colloque sur « Littérature et guérilla ».

— Je ne savais pas qu'on faisait de la littérature sur ce thème.

— Tu as trop lu le *Wall Street Journal* ces derniers temps, Benjamin, dit Alex.

64. Le goût bulgare

(IV)

De la première semaine de la défense de Madrid, en novembre 1936, Stoyan se souvenait de deux choses : les ombres des soldats maures entre les sapins essayant de traverser le río Manzanares, et les ordres que le général Kleber lui envoya dans la nuit du 9 novembre, télégraphiques, concis : « Serre à droite. K. » « Résiste, il n'y a pas d'autre issue. K. » « Pressionne, j'ai besoin de savoir s'ils se replient. K. » « Laisse-les arriver. K. » « Economise les munitions. K. » Bien des années après, il en rêvait encore et se souvenait de la frayeur ressentie au moment de déplier le petit papier qui contenait l'ordre qu'il accomplirait ensuite scrupuleusement.

De tout le reste, il gardait une idée confuse, encore brouillée dans les années qui avaient suivi par les faux souvenirs empruntés aux livres qu'il avait lus. Les lectures, les conversations étaient rentrées dans sa tête, et maintenant, cinquante ans après les combats, il devenait impossible de séparer ce qu'il avait vécu de ce qu'il avait entendu, le vrai du faux. Ce n'était pourtant pas l'envie qui lui manquait, parfois. Il n'était même plus certain qu'il portait bien durant ces jours le blouson en cuir noir, les cartouchières croisées sur la poitrine et la casquette plate empruntée au cadavre d'un camarade espagnol, ou si ces habits étaient ceux d'une photo prise à Albacete dix jours avant ou un mois plus tard.

Il aurait pu parier qu'il se revoyait à côté d'une mitrailleuse, en train d'ouvrir une boîte de sardines pour les manger une à une avec la pointe de sa baïonnette tandis que l'huile dégoulinait sur son menton. Il était presque sûr de pouvoir reconstruire un dialogue avec Longoria, le taciturne personnage qui avait résisté sur le front en compagnie d'un groupe de miliciens anarchistes de la CNT [1], jusqu'à l'arrivée des internationaux. Longoria qui même en pleine guerre ne pensait qu'à mettre en œuvre ses talents de faussaire :

— Il me faudrait le tampon de la légion. Je vais fouiller les morts jusqu'à ce que je le trouve. J'ai besoin d'un officier d'intendance ou quelque chose dans le genre. Puis je vais me mettre à falsifier les documents. Ils vont tous être nommés lieutenants. Tu imagines, des fils à papa phalangistes ou des cadets s'entretuant pour des histoires de décorations.

— Au train où ça va, ils n'auront bientôt plus d'officiers et tu n'auras même pas besoin de prendre cette peine, lui avait répondu Vassiliev.

— Je croyais que les Bulgares ne croyaient pas au Père Noël.

— Moi, je ne crois qu'en Chopin.

— Arrête, je sais très bien qu'il était polonais.

Mais peut-être cette conversation avait-elle eu lieu quelques mois plus tard, sur la route de Guadalajara. Ce dont il était sûr c'est qu'il avait passé ces jours à apprendre à l'Espagnol à siffler des polonaises de Chopin. C'est ce qu'il était en train de faire lorsque les blindés arrivèrent.

Il n'aurait normalement pas dû oublier le grand défilé de la gare d'Atocha quand, le 8 au soir, la XIe brigade internationale avait descendu la Gran Vía pour sa présentation officielle au peuple de Madrid. Mais il était sûr que les images qui lui venaient à l'esprit étaient celles d'un film qu'il avait vu des années après. Et ce qui était pire encore,

---

1. CNT : Confédération nationale du travail. (N.d.T.)

c'était que dans le film défilait la XIIe brigade et non la sienne. Comment avait-il pu oublier cela ? C'était un moment symbolique par excellence. L'aboutissement de quatre mois de travail en Bulgarie, à Paris, à la base d'Albacete, à Tarazona et, dans les derniers jours, autour de Madrid et à Vallecas ; ils étaient tenaillés par l'angoisse des nouvelles de l'écroulement du front et donc de la défaite de la République devant les forces fascistes de Franco et Queipo de Llano. Des jours terribles dans l'attente de la montée au front. Jamais il n'avait ressenti ni ne ressentirait plus une telle envie d'aller se battre. Après, il lui faudrait toujours imposer la volonté, la conscience du besoin, à la peur. Comment donc avait pu s'échapper de sa mémoire ce défilé des trois bataillons de la XIe brigade internationale dans les rues de Madrid : les premiers internationaux à monter au front, les Allemands du bataillon Edgar André, les Français de la Commune de Paris, ceux originaires d'Europe centrale formant le bataillon Dombrowski — le sien — où défilaient, entre une majorité de Polonais et deux gros contingents tchèques et yougoslaves, une poignée de Bulgares ?

Les chroniques racontaient comment la population de Madrid, désespérée, au bord de la folie en raison des bombardements et de la faim, de la peur que le front ne s'écroulât et permît aux fascistes d'entrer, les avait accueillis en croyant que c'étaient les Russes qui avaient débarqué. « Les Russes sont arrivés ! » criait-on depuis les fenêtres. Et les internationaux répondaient en criant en dix langues et en montrant orgueilleusement leurs fusils mexicains, polonais, belges, et de temps en temps une magnifique mitraillette russe Spitalny. Ils portaient des uniformes dépareillés avec ces terribles casques français qui avaient perdu toute leur protection de caoutchouc à l'intérieur. Les Belges avaient des bérets, et les Allemands des pantalons de zouaves. Stoyan croyait se rappeler que ce n'était pas l'émotion qui manquait dans cette ville éclairée aux incendies causés par les bombardements des Heinkel. Le pas n'était guère martial et les contingents refusaient de défiler au pas. Il croyait se souvenir qu'un Italien avait parlé de ce défilé dans Madrid comme d'un voyage « au centre du monde », une rencontre avec le cœur de la vie, un coup soudain sur la tempe qui faisait rentrer dans la tête l'idée que l'existence avait finalement un sens. Nous n'étions nés et n'avions combattu sur quatre continents et dans soixante et un pays pendant des années, que pour venir défiler cet après-midi-là dans les rues de Madrid qui retrouvait l'espoir. Trois heures après, les brigadistes étaient sous le feu des colonnes marocaines de Varela.

Stoyan était tombé amoureux de Madrid ce soir-là. Il ne s'en était rendu compte que douze jours plus tard, quand ce qui restait du bataillon Dombrowski avait été relevé du front après avoir été décimé. Il était tombé amoureux d'une ville pleine d'ombres, où l'on écoutait fréquemment les « *No pa-sa-rán ! No pa-sa-rán !* » sortir des maisons, des haut-parleurs portables installés dans des voitures déglinguées, des stations de radio, des rassemblements de volontaires qui montaient vers le front à l'ouest de la ville. Il était tombé amoureux d'une ville pleine de décombres, d'affiches (paradoxales affiches de la CNT qui mettaient en garde contre les relations avec des prostituées, prostituées par ailleurs inexistantes), de sacs de terre devant les portes des pharmacies, d'enfants qui saluaient le poing levé.

Douze jours après, il put voir Madrid sous le soleil. Il prit un café sur une terrasse de Cuatro Caminos, acheta un recueil de théâtre de García Lorca, l'écrivain disparu, pour améliorer son espagnol rudimentaire. Il se rendit compte qu'il avait survécu.

Stoyan Vassiliev était arrivé dans le secteur où se déployait le bataillon Dombrowski au soir du 8 novembre en pensant à la mort inévitable, au destin. Il croyait que si l'on se considérait soi-même comme un homme mort, le plus dur était fait. Alors que les compagnies occupaient leurs positions dans la zone s'étendant du parc de l'Ouest à la Cité universitaire, dont quelques bâtiments étaient déjà aux mains des fascistes et où les Allemands du bataillon Edgar André allaient combattre mètre par mètre, le Bulgare de vingt-huit ans se vit entouré d'un groupe de jeunes Polonais, Bulgares et Yougoslaves qui dépendaient de son espagnol hésitant pour trouver le front. C'est alors que Saturnino Longoria, personnage sorti d'un Greco — en moins métaphysique —, maigre, des lunettes à monture métallique qui lui donnaient l'air d'un bibliothécaire au chômage, tête nue et avec trois fusils à l'épaule, fit son apparition. Et à côté de lui un blond et grand Américain chargé d'appareils-photo et armé d'un énorme colt .45.

— Internationaux ?

— Oui, répondit Stoyan.

— Je suis Longoria, votre guide. Faites en sorte de ne pas l'oublier et que personne ne me tire dessus, autrement vous allez finir dans les lignes en face. Suivez-moi, les enfants. Et ne soyez pas trop pressés de mourir, c'est une chose qui arrive facilement par ici.

En rampant entre les arbres, en s'orientant grâce au río, la compagnie de Vassiliev rejoignit les forces qui avaient tenu le front jusque-là : deux douzaines de miliciens de l'UGT [1] qui n'avaient plus de munitions, mais la baïonnette au canon des fusils capturés un mois plus tôt lors de l'assaut de la caserne de la Montaña. Il n'eut pas le temps de demander qui était en face. Les cris des légionnaires qui chargeaient, les *« arriba España »* lui firent brutalement oublier ses rêves de fraternité politique, de solidarité humaine, de gloire et d'amour entre les internationaux et la ville pour laquelle ils pouvaient mourir. La guerre montrait son vrai visage. La presse de Madrid allait consacrer quelque lignes le lendemain à ce premier affrontement, la « contre-attaque de Pozuelo ». Les défenseurs de Madrid

1. UGT : Union Générale du Travail. (N.d.T.)

n'avaient pas limité leur rôle à la défense et la résistance. Après l'affrontement, ayant freiné l'ennemi, ils avaient sauté les tranchées dans une confusion de cris en dix langues, et organisé la première charge de Babel à la baïonnette.

Pendant douze jours, les internationaux et les miliciens espagnols avaient combattu ensemble dans un secteur de quelques kilomètres carrés. La Cité universitaire au centre, le río Manzanares, le grand parc boisé de la Casa de Campo et le parc de l'Ouest servant de décors mobiles.

Sa mémoire devenait nébuleuse, de lointaines sensations de sommeil, de peurs continuelles, de moments de folie où un homme sortait de derrière un arbre et invitait tout le monde à le suivre au milieu des balles qui ne pouvaient pas l'atteindre. Un immortel, un archange rauque criant en polonais à un groupe de Bulgares qui, sans comprendre la langue, captaient pourtant le message de mort et sautaient de derrière des blocs de ciment pour faire face aux chars avec des grenades pour toute arme.

Des forêts de brouillard, des charges à la baïonnette au milieu des arbres, à la recherche d'un ennemi inexistant qui apparaissait soudain, comme sorti du chaudron des sorcières du fascisme.

La rupture du front sur le Manzanares le 15, enfoncé par les Maures. Le coup de sang de Kleber (« Nous ne sommes pas venus de si loin pour nous replier, nous sommes venus ici pour mourir, avec la formidable opportunité de rendre chaque coup que le fascisme nous a infligé ces dernières années. La possibilité d'affronter ceux qui nous mettaient en prison, qui nous assassinaient impunément, qui nous torturaient dans les sous-sols des prisons. De leur faire face ici, les armes à la main. Celui qui perdra son fusil devra aller le récupérer désarmé derrière les lignes ennemies. ») Les furieux combats devant la maison de Velázquez, d'où le peintre, dans un étonnant acte prémonitoire, avait peint les paysages de ce Madrid où nous allions mourir. Il avait peint Madrid pour chacun des combattants de la troisième compagnie du bataillon Dombrowski qui allait être décimé là. Les paysages que l'on regarderait plus tard au musée du Prado, les larmes aux yeux.

Des combats dans les bâtiments dévastés de l'université qui n'avaient plus aucune vitre. A la faculté de philosophie, Stanislaw Tomaszewicz dissertait peu après très sérieusement sur la honte qu'il ressentait pour s'être barricadé derrière un tas d'ouvrages de logique allemande du XIXe siècle, quand trois légionnaires avaient essayé de le tuer. Hegel comme bouclier. La philosophie allemande et ses épaisses reliures, aussi épaisses que la distance entre la vie et la mort. Les petits mots de Kleber. Les visites fantômes du commissaire Matuczacz dont l'ultime recours était de payer de sa personne en donnant l'exemple, vu qu'il n'y avait plus de mots capables de tirer de l'énergie, des forces pour se battre. En se concentrant, il pouvait revoir Longoria qui dormait pendant qu'un blindé avançait sur le pont de Ségovie, vers la tranchée où ils se trouvaient. Son impuissance à le réveiller, même avec l'aide de Max, l'Américain, qui avait échangé ses appareils-photo contre le fusil d'un mort. Ce n'était pas l'angoisse de la machine de mort qui avançait vers eux, mais celle de ne pas pouvoir réveiller l'Espagnol qui n'avait pas dormi depuis quatre jours.

En se concentrant, il pouvait se rappeler sa déception en voyant Miaja et Rojo, les officiers supérieurs de la défense de Madrid. Ils avaient l'air de deux fonctionnaires anodins, d'honnêtes épiciers, portant l'uniforme par accident et placés à la tête d'une folie. Mais non, ce n'était pas lui qui pensait cela, mais Max, l'Américain, qui était prompt à détecter le ridicule dans toutes les tentatives de faire passer le spectacle de la mort quotidienne pour un sublime opéra.

Le 20, la XIIe brigade internationale les avait relevés. Les restes du bataillon Dombrowski s'étaient repliés sur une deuxième ligne de défense de Madrid. Les fascistes n'étaient pas passés. Stoyan avait fêté l'événement en public en assistant au meeting du PCE tenu au cinéma Monumental. Il l'avait fêté en privé en prenant une cuite avec ses deux nouveaux amis. Le Valdepeñas aidant, on se sentait moins coupables d'être vivants, et de célébrer le miracle d'avoir tout simplement survécu. Les autres, les fascistes, n'étaient pas passés.

65. Rolando avait bonne mémoire et...

... racontait des histoires incroyables qu'il parsemait d'anecdotes, de petits détails réalistes : la montre du Japonais mort dont le bracelet s'était détaché ; les trois mouches qui voltigeaient sur la table du petit restaurant de *tacos* de Guadalajara quand Medardo lui avait demandé quel était le meilleur fleuriste de la ville ; la façon dont l'Allemand sortait les liasses de billets de ses poches, comme si elles étaient infinies ; le regard hébété de l'enfant qui regardait comment son père perdait son sang ; les avantages du fil de fer barbelé mexicain sur l'américain pour attacher les mains de quelqu'un ; l'investissement obligatoire pour une organisation de taille moyenne dans l'achat de chorizos et de saucisses pour rendre fous les chiens renifleurs de drogue aux aéroports.

Il jouait, interprétait, séduisait son auditoire. Il se touchait les testicules, dansait, sortait un couteau et l'aiguisait sur sa peau, il buvait verre après verre de la bonne tequila achetée spécialement pour lui aux frais du SD chez un traiteur de la Sixième Avenue, près de Central Park. Ce qui n'influait pas sur ses neurones et ne diminuait en rien sa capacité à montrer à cette bande de crétins d'Amerloques qui l'écoutaient, ce qu'était vraiment le monde réel.

Il en jouissait.

Eloïse travaillait sur les creux. Aram sur la biographie

officielle, fixant des dates, organisant chaque fragment d'histoire. Eve cherchait les contradictions. Tout cela se recomposait sans cesse car ils devaient travailler sur un personnage qui répétait une histoire de six manières différentes en une seule séance, changeant les noms, les lieux, les boissons, les heures, les horreurs, pour en fabriquer d'autres plus intéressantes. Aram essayait de fixer des dates, de comparer les versions avec des rapports de police, des articles de journaux, des versions de témoins, des rapports de la DEA. Eloïse trouvait ce qui clochait et l'obligeait à arrêter la conversation, essayant de contraindre Rolando à remplir les blancs. Aram confirmait ou non. Eve n'interrompait que de temps en temps :

— Vous êtes sûr, monsieur Limas ?

— Peut-être bien que oui, peut-être bien que non. Peut-être que peut-être. Qui sait ? A vrai dire, je ne sais pas si j'en suis sûr ou pas. Parce que quand on tue un type avec un couteau, on continue à le tuer pendant longtemps. Bien des années plus tard, on continue à se rappeler où on a mis la pointe, comment on a cherché à éviter la côte pour arriver direct au cœur, comment le sang a jailli, et la gueule de con du type. Mais on embellit toujours l'histoire, on pense après coup que les choses se sont passées comme ça, on en rajoute, même si elles ne se sont pas passées ainsi.

— Mais tout à l'heure vous avez dit que vous n'aviez pas tué ce flic à Tijuana, que vous avez juste regardé, et que vous avez filé 10 000 pesos à celui qui l'a tué.

— Ecoutez, dit Rolando en appuyant son couteau sur la poitrine débordante d'Eve, qui avait séduit dès la première séance le comptable devenu trafiquant de drogue. Les histoires de couteaux, c'est pas pour les fillettes, je vous l'ai déjà expliqué.

— Enlevez-moi ça, s'il vous plaît, ce n'est pas une façon de travailler, dit Eve en montrant le couteau. Elle essaya de se donner une contenance en souriant mais cela ressemblait plutôt au rictus de quelqu'un qui a eu une rage de dents.

Rolando lui rendit son sourire et avec la pointe de la lame déchira un bout de son chemisier.

— Alex, viens par ici, dit Aram à mi-voix. Ton ami a l'intention de procéder à une ablation de seins.

— Pas du tout, une poitrine pareille mérite même que je vous raconte de nouveau l'histoire. Le type arrive, d'accord ? Les mariachis étaient en train de chanter *Perro negro* et cet imbécile me regarde de travers...

Sortant de son bureau, Alex entra en scène avec un 45 Magnum dans la main gauche.

— Rolando, si vous estropiez une de mes collaboratrices, je vous fais sauter tous les doigts de pied à droite. Ensuite je vous emmène à l'hôpital pour qu'on remette tout ça en forme, et on recommence, dit-il en espagnol.

Rolando le regarda du coin de l'œil.

— Alex mon vieux, si tu tires sur moi, tu es foutu. Je ne sais pas encore comment je vais faire, mais à la dernière minute, quand tout aura l'air d'être bien prêt, je te lâche un cadeau en forme de pet et je dis : « Tout ça, c'est les conneries d'un certain Alex. » Et ne crois pas que je le ferai sans savoir que tu me baiseras la gueule ensuite. Enfin, peut-être que oui, peut-être que non. Non, je ferai ça parce que personne, — tu entends salopard ? — personne ne m'a jamais mis un pistolet en face pour me donner des leçons.

Rolando cracha au pied de la chaise où il était affalé, se retourna et continua à jouer de la pointe de son couteau avec le chemisier d'Eve, déchirant le tissu sans toucher la chair, remuant et faisant négligemment sauter un bouton.

Alex s'approcha, le pistolet à la main. De la bave sortait de sa bouche. Il enleva son couteau à Rolando pendant qu'il pointait le canon du pistolet sur sa tempe, puis il appuya de nouveau le couteau sur la poitrine d'Eve qui semblait paralysée. Aram avait reculé pour se protéger derrière son ordinateur et Eloïse tenait dans les mains un inutile cendrier en cristal.

— Regarde, Rolando M. Limas, regarde ! cria Alex et,

en deux coups de couteau, il termina de déchirer le chemisier d'Eve et coupa l'élastique qui réunissait les deux bonnets. Les seins presque nus jaillirent. Rolando les contempla, fasciné : ils étaient encore plus gros que ce qu'il avait imaginé. Aram sortit la tête de derrière son ordinateur pour regarder les tétons roses d'Eve, qui continuaient à osciller, peut-être à cause de la respiration agitée de la jeune femme.

— Mademoiselle, je ne sais vraiment pas comment vous faites pour travailler avec un sauvage pareil. Permettez, dit Rolando, visiblement réjoui. Il enleva son blouson en cuir noir pour le mettre sur les épaules d'Eve.

66. Houdini parle de sa peur de la folie

— Vous avez été excellent à l'hippodrome, Houdini.

— Merci, Kellerman, je suis content que cela vous ait plu.

— Bien plus que ça, c'est une des meilleures représentations de théâtre que j'ai vues dans ma vie. Sans aucun doute, la meilleure dont je me souvienne. Une merveilleuse combinaison d'évasions réussies et de démonstrations en public des trucs des charlatans. La manière dont vous avez démontré que les soi-disants mediums de New York étaient des arnaqueurs m'a semblé remarquable. Re-mar-quable. Combien offrez-vous maintenant au premier occultiste capable de vous montrer un acte « surnaturel » que vous ne soyez pas capable de reproduire avec des moyens matériels ?

— Moi, j'offre 10 000 dollars, plus l'argent mis par d'autres institutions scientifiques.

— Il règne une certaine tension dans tout le spectacle. Ce n'est pas parce que le public n'a pas confiance en vous et se met du côté de ces charlatans. Vous avez entendu clairement les sifflets quand vous avez parlé d'eux. Peut-être ont-ils peur que vous ne soyez pas capable, pour des raisons matérielles, de refaire les tours de ceux qui convoquent les esprits et l'au-delà.

— Docteur, cela fait longtemps que j'ai découvert que

le risque est un ingrédient indispensable au spectacle. Mes évasions sont beaucoup plus passionnantes lorsqu'interviennent aussi le temps et le danger.

Kellerman soupira profondément.

— Vous n'avez pas tort. Je me souviens quand vous vous êtes enfermé dans une malle que l'on a jetée dans la baie de Boston. J'étais là avec des collègues. Chaque instant d'attente a été à la fois une jouissance et une souffrance, jusqu'à ce que vous émergiez à la nage... un cognac ?

— Non, merci, Kellerman. Puis-je m'allonger ?

— Seulement si vous pensez que vous parlez mieux en regardant le plafond. C'est à cela que sert un divan, cher ami.

Kellerman se servit une double dose et contempla Houdini. Il avait cinquante ans, bientôt cinquante et un, et sa tête commençait à se dégarnir, mais de son visage rayonnait toujours une énorme énergie, grâce au vigoureux nez droit et au regard aussi brillant qu'intense.

— Cela n'a marché qu'à moitié, Kellerman... Durant plusieurs nuits, je n'ai pas eu de cauchemars, mais elle est revenue hier, cette fois avec mon père. Il n'avait pas la tête coupée, et il lui reprochait quelque chose. C'est peut-être encore pire de les voir tous les deux.

— Je voulais éviter un travail classique avec vous, Houdini, mais je crois qu'il va falloir recommencer depuis le début... Est-ce que vous avez eu d'autres fois dans votre vie ce genre de rêves ? Des sensations similaires, des angoisses ?

Houdini ferma à demi les paupières, se laissa aller en arrière et commença son récit comme si Kellerman avait été son futur biographe :

— Je me souviens de quelque chose qui m'est arrivé pendant cette tournée en Allemagne à la fin de la première année du siècle, et qui a peut-être un rapport... Voulez-vous que je vous raconte les détails ? Il n'ouvrit pas les yeux pour constater le vigoureux aquiescement du docteur et il continua. Deux mois et demi épuisants, je n'avais jamais été sous une tension si forte. L'Allemagne, Kellerman, c'est un vieux pays qui s'y connaît énormément en matière de serrures, de chaînes, de cadenas, de chambres de torture, de verrous, de menottes, de guidons de bicyclettes. La tournée avait commencé à Dresde en septembre, et, à des fins publicitaires, j'avais visité le poste central de police et j'avais rigolé un moment avec les policiers. Je me suis débarrassé de toutes les sortes de menottes qu'ils avaient trouvé à me mettre. J'ai exigé un certificat officiel et ils me l'ont donné. Le lendemain, le Zentralteater était plein. Mon acte le plus spectaculaire fut de me libérer des chaînes qu'on m'avait mises aux pieds et aux mains, des verrous et des cadenas semblables à ceux que l'on mettait aux prisonniers de Mathildegasse. Les cadenas à eux seuls pesaient plus de quarante livres. Après, ce fut le Wintergarten de Berlin, où ils durent prolonger la saison. La clé du succès était dans le défi et je continuais à proposer de nouveaux défis. Mais il y avait derrière mes évasions une étude minutieuse des verrous et des cadenas. Je travaillais pendant des heures dans l'entreprise Müller dans la Mittelstrasse, sur toutes sortes de serrures allemandes, étudiant leurs mécanismes, opérant avec quatre fils d'acier de deux centimètres. La presse disait que les serrures s'ouvraient rien qu'au contact de mes mains. A Berlin, je me suis enfui tout nu d'une cellule du commissariat central, et je me suis débarrassé de tout engin métallique, corde ou chaîne, avec lequel ils m'avaient attaché. Le comte von Windheim, chef de la police allemande, s'est vu contraint d'attester par écrit la véracité de mes évasions. C'était le succès et même la gloire. Mais je n'étais qu'à mes débuts. A la fin d'une de mes représentations, pendant cette tournée mémorable, une petite fille m'a apporté un bouquet de fleurs sur scène. Son visage est resté gravé dans ma mémoire de manière indélébile. Elle avait peur de moi, elle avait encore sur les joues des traces de larmes. J'ai essayé de la consoler, je lui ai expliqué que Dieu et les serrures voulaient pour le moment que je fusse immortel. Pendant plusieurs semaines, en Angleterre, tandis que je préparais mes prochaines évasions, l'image de la petite fille me poursuivait. Je suppose que c'était...

— La conscience que vous êtes mortel.

— Exactement, Kellerman. La petite fille me regardait et me disait avec ses yeux bleus : « Houdini, à la première inattention, la mort t'attend. »

— Avez-vous rêvé d'elle les jours où vous vous pendiez des plus hauts immeubles de Washington ou de Baltimore ? Ce sont les premiers souvenirs que j'ai de vos actes.

— Lorsque je me suis échappé de la camisole de force dans le Mumsey Building à Washington ? Je ne sais pas. Je n'ai pas de souvenir de la petite fille pendant ces années-là. Je sais que je regardais une foule de cinquante mille personnes en bas, tandis que je me contorsionnais violemment, en essayant de me libérer de la camisole de force, attaché par les pieds à une grue au sommet de l'immeuble le plus haut de la ville. J'ai eu la sensation de me libérer de moi-même, lorsque j'ai jeté la camisole à la foule, cent mètres plus bas. Non, ce n'était pas la petite fille à cette époque, c'était la certitude absolue que je finirais à l'asile. Et même si je savais que je pourrais m'échapper de n'importe quel asile d'aliénés du monde, car il n'existait ni pièce fermée ni corde qui pût m'arrêter. Mais comment échapper à ma propre folie ? Je suis un homme lucide, docteur. Je suis comme tout le monde, je ne peux pas échapper à moi-même.

— Quand avez-vous commencé à penser à l'asile ?

— Quelque temps après la mort de ma mère. C'est une association étrange. Maman est morte alors que je travaillais en Europe. Je sais, par mes frères, qu'elle a essayé de me laisser un message, mais que sa paralysie l'en a empêchée. Pendant des mois, cela a été une obsession. J'avais l'habitude d'aller sur sa tombe et de me coucher par terre, l'oreille collée à la pierre, dans l'attente d'un message, d'un signe. Mon mariage avec Bess m'a sauvé de la folie. Mais personne n'a réussi à me sauver de l'idée de la folie, de la peur que mon cerveau ne soit atteint.

— Nous autres, humains, avons pour la plupart l'habitude de vivre quotidiennement avec cette peur, Houdini. Une bonne dose de normalité implique une bonne dose de peur de la folie. C'est même une de nos meilleures motivations.

— J'en suis tout à fait conscient, Kellerman. Mais ce n'est pas parce que je le sais que j'ai moins peur de la folie.

— Houdini, il faut que je vous avoue que cela m'arrive très souvent à moi aussi.

— Mais vous, vous n'êtes pas souvent suspendu à un immeuble de quatre-vingt-dix mètres.

67. Leïla propagea la rumeur...

... au moment le plus opportun. Au SD, on faisait des journées de dix-huit heures et l'équipe du départ avait reçu du renfort. Alex avait dû faire appel aux personnages de *Cendrillon*, de *Bambi* et des *Trois Petits Cochons* pour baptiser tous les nouveaux et les consultants extérieurs.

Les « chiottes » étaient couvertes de tableaux synoptiques, de schémas, d'instructions diverses se référant aux différentes étapes de l'opération, de comptes à rebours cerclés de rouge, indiquant les moments où tout pouvait capoter. Alex était ravi. Il disait que tout cela ressemblait au synopsis d'un roman de Norman Mailer mal construit. Il était aussi imprévisible qu'à l'accoutumée. Il arrivait à 5 heures du matin, lisait le *New York Times* et l'édition de la veille de *Barricada*, le quotidien sandiniste, puis se perdait dans la contemplation des murs sur lesquels son œuvre étrange était en train de prendre forme.

Il avait d'habitude une séance de travail avec Leïla, sa secrétaire, à 11 heures. Au bout de cinq jours du même programme, le SD finit par s'installer dans une routine qu'il n'avait jamais connue durant sa relativement courte histoire. Au cours de leur séance de travail du 14, Leïla émit timidement l'hypothèse que les gens de Langley étaient peut-être en train de tendre un piège à Alex. Le chef des opérations avait fait son éloge au cours d'une réunion des chefs, des infos sur l'opération Blanche-Neige étaient sorties dans le bulletin interne destiné aux quatre chefs de service de l'Agence, quelqu'un avait suggéré d'augmenter le budget du SD, étant donné l'ampleur de l'opération projetée.

Leïla savait lire dans les rideaux de fumée. Et Alex, dès qu'il s'agissait de la guerre interne que se livraient les bureaucrates de l'Agence, n'avait pas non plus les yeux dans la poche. Il comprenait parfaitement le sens de tous ces éloges. Mais qui était derrière et dans quel but ?

Il passa en revue ses dernières réunions avec les chefs dont dépendait le Shit Department : directeur-adjoint des opérations (DDO), chef du bureau des opérations spéciales (SOC), chef du Groupe spécial pour l'Amérique centrale (SGCAC). Il réfléchit attentivement à ses concurrents. La guerre était ouverte entre les protégés de Goldwater et le groupe formé initialement par Casey qui, comme dans une mauvaise version de Shakespeare, sortait des ténèbres à l'issue de sa séance hebdomadaire de spiritisme avec son chef. Mais Alex avait fait bien attention de rester totalement en marge de ces histoires. La nouvelle équipe dirigeante semblait par ailleurs vouloir éviter les conflits, le temps de mettre en place sa propre cour d'inconditionnels. Il y avait aussi les « Libyens » qui étaient parvenus à faire partie des cauchemars de Reagan et dont Bush avait hérité en cadeau. Aucun des supertechnocrates n'avait envie de tenir la chandelle pendant l'enterrement ; tant que personne ne les emmerdait et qu'ils pouvaient continuer à prononcer le mot « satellite » avec des airs dégoûtés, comme si c'était un mot vieilli, ils ne demandaient qu'à continuer à jouer avec toutes les nouvelles technologies que l'on pouvait mettre entre leurs mains. Le club des narco-espions était en chute libre. Les héritiers de McFarlane ne semblaient pas en grande forme, y compris mentalement.

D'où est-ce que cela pouvait bien provenir ? Il étudia attentivement les deux cents derniers mémorandums et rapports *top-secret-for your eyes only* qui étaient passés entre ses mains et qu'il conservait dans une poubelle recouverte des pages « Théâtre » du *Village Voice*.

Il ne trouva rien. Alex était fou sans aucun doute, mais sa folie ne l'empêchait nullement de savoir comment survivre dans la jungle bureaucratique. Ce matin-là, à deux ou trois reprises, les nains vinrent l'interrompre pour lui demander conseil. Il les envoya tous se faire foutre, en les menaçant de les brûler, eux et leurs mères, sur un bûcher de bois vert et de couper les couilles de leurs fils avec un couteau non aiguisé. La rumeur finit par se répandre : ce n'était pas le jour pour aller voir Alex et il valait mieux éviter la salle de réunions où il était assis devant une tasse de café froid, en train de griller cigarette sur cigarette.

Vers 4 heures de l'après-midi, Alex s'empara d'un téléphone et commença ses appels. Lorsqu'il eut terminé, une demi-heure plus tard, il n'avait pas appris grand-chose mais il était sur la bonne voie. Si quelqu'un voulait s'amuser avec l'opération Blanche-Neige, il allait vite apprendre à ses dépens que la méchante Reine gardait en réserve un bon stock de pommes empoisonnées.

68. Histoires de journalistes

(Julio)

Qui dit solitude dit laisser-aller, me disais-je en moi-même en pensant qu'il fallait que je lave mes chemises sales. Lázaro, mon docteur, m'avait un jour expliqué que la pneumonie est indolore, que les poumons ne font pas mal et que la souffrance n'est due qu'aux contractions du diaphragme quand on tousse. Etait-ce scientifique ou disait-il cela pour me rassurer ? L'amour faisait mal. Et je n'en avais rien à foutre des explications du docteur. L'amour faisait mal, c'était comme un point au-dessous du cœur qui déchirait la poitrine. La solitude est annonciatrice de désastre. Dix chemises sales, pas une seule à moitié propre, même si je pouvais encore défroisser un peu la bleu marine, l'aérer et l'asperger de lavande. J'allais puer l'eau de Cologne. Un pédé crado. Crade, pédé, négligé et avec des élancements amoureux dans la poitrine. Le parfait Mexicain s'apprêtant à aller fourguer une bonne interview.

C'était une de ces matinées où j'errais dans la maison en oubliant instantanément tout ce que je venais de décider de faire. Je déplaçais une chaise, ramassais les factures d'électricité et de téléphone et les laissais sur la cuisinière. Je pensais à une chose en en faisant une autre et ni l'une ni l'autre ne fonctionnaient. Je m'étais rasé deux fois, dont une à moitié, et j'avais répondu mentalement à mon courrier, sans me décider à m'asseoir pour le faire. J'étais la proie de l'un des maux les plus répandus à Mexico : un cafard de tous les diables, plus des picotements dans la gorge, et un grand écœurement face au trop-plein d'infos sur des fonctionnaires corrompus, des crises écologiques, des agressions sur la voie publique, des états d'âme dans les éditoriaux des amis, des gens qui vous devaient de l'argent, sans oublier la nouvelle du suicide d'une ancienne fiancée.

Le vendeur de fruits me sauva la vie. Tous les mardis, un marché ambulant s'installait sous mes fenêtres. Il me vendit des poires très bon marché et m'adressa un sourire solidaire tandis qu'il m'expliquait qu'il n'y avait rien de pire que de vendre des fruits en plein soleil avec la gueule de bois, poursuivi par des intermédiaires du marché de la Merced qui lui réclamaient du fric, et par des habitants du quartier à qui il avait cassé un carreau sans le faire exprès, avec en plus l'inspecteur du marché qui l'accusait de distribuer de la propagande en faveur de Cárdenas.

— C'est vrai ?

Il me cligna de l'œil. A l'intérieur du sachet en plastique contenant les poires, j'aperçus un tract qui disait : « Cárdenas a gagné, le peuple l'a élu. »

— Je ne les donne pas à tout le monde. On voit que vous, vous êtes une vraie personne, me dit-il.

Je m'éloignai en sifflotant l'ouverture de *Guillaume Tell*, un air rebaptisé par mes potes *La Marche triomphale du cow-boy solitaire*. Avec ma chemise aspergée d'eau de Cologne, j'embaumais décidément comme une tantouze. Les poires que je mangeais en marchant étaient délicieuses.

Au club des correspondants étrangers, je ne trouvai pas El Chacho, le correspondant de *Diario 16* avec qui j'avais rendez-vous pour lui vendre l'interview de Cárdenas. Je tuais le temps en sirotant lentement un Coca avec du citron et sans rhum, un Cuba Libre pour gamin, succédané suffisant à ces heures matinales.

Je tombai sur Tito Bardini, un journaliste argentinomexicain qui faisait des piges pour *Prensa Latina* et était en train de boire un Cuba Libre en bonne et due forme.

— *Che*, comment va la vie ? Où est ton collègue, gringo ?

— A Zacatecas, je crois. Pour des conneries. Il faut bien vivre.

— J'ai vu l'histoire de Trotski la semaine dernière. Un coup formidable, gros. Félicitations. Qu'est-ce que tu bois ?

— Merci, confrère... Du Coca tout seul. Cela fait vingt-quatre heures que je prends soin de moi. Le prochain imbécile qui vient me vendre la révolution socialiste, je la lui achète. J'en ai marre de tout ça. Mais il n'a pas intérêt à me vendre du toc, ce putain de pays est plein de faux marchands.

Tito trinqua avec moi en riant.

— Tu crois encore à ces conneries, Fernández ? intervint un Espagnol, correspondant du magazine *Tiempo* et du groupe Z. Cela m'émerveille toujours de voir à quel point vous êtes restés coincés dans la machine à remonter le temps.

C'était un type plutôt glauque, originaire de Navarre. On racontait qu'il avait fait partie des fondateurs de l'ETA et qu'il avait sauté du train à la première occasion. Il était un peu cynique, plutôt grincheux. Dans les voyages de presse, personne ne voulait partager sa chambre avec lui, même pour réduire les frais.

— Et toi, qu'est-ce que tu achètes, Heredia ? lui répondis-je.

— De l'objectivité journalistique et des bouteilles de Johnny Walker de contrebande. En plus, je change mes dollars au marché noir à Cuba et au Nicaragua pour acheter du rhum meilleur marché.

— Tu es un salaud.

— Je suis réaliste, et j'en ai marre du Mexique. Qui invite ?

— Chacun paie son verre, toi y compris, dit Tito en prétextant un télex à envoyer pour prendre la fuite.

Heredia se laissa tomber dans un fauteuil de l'autre côté de la table où j'étais assis et me regarda fixement. Je me mis à jouer avec les dessins tracés sur le formica par l'humidité de mon verre.

— J'arrive de Panama et du Nicaragua. Machado t'envoie ses saluts. Au fait, je me suis recommandé de toi pour lui soutirer une interview sur la réinsertion des *contras*. J'espère que tu ne m'en veux pas.

— Déconne pas. Ils vont me fermer la porte au nez quand ils l'auront lue. Tout ce que tu écris, c'est de la saloperie, de la pure propagande pour les *contras*...

— Tu crois encore aux guerres justes ou injustes. Elles se valent toutes. Elles ne servent à rien. Ils veulent tous le pouvoir, c'est tout. Les *contras*, c'est de la merde, un mélange de tortionnaires, de vendeurs de billets de loterie, de mercenaires, de sadiques, de chômeurs, de culs bénis et d'admirateurs de Valenzuela, ton compatriote joueur de base-ball, qui ont trop vu de films de Clint Eastwood. Mais les autres sont des cinglés fanatiques qui foutent en l'air le pays en jouant les purs, qui vivent comme des rois dans les maisons où vivait la cour de Somoza et qui vont bientôt avoir leurs magasins réservés alors que c'est la pénurie généralisée. Ils n'y a même plus de papier cul. Et pour un dollar, tu peux avoir toutes les nanas que tu veux, gros. J'en reviens. En plus, il y a des Cubains dans tout Managua, ça fait vraiment chier.

— Va te faire rééduquer chez ta mère. J'en ai ras le cul des Européens modernes, des déçus et des défroqués. Je me demande pourquoi ils continuent à nous envoyer en Amérique latine des traîtres qui savent taper à la machine. Qu'est-ce qu'ils y peuvent, les Nicaraguayens, si tu as perdu tes illusions révolutionnaires à quinze ans et si ta femme t'a fait cocu à vingt et un ?

Il ne broncha pas, se contentant de me lancer un sourire mi-figue mi-raisin.

— Mes illusions révolutionnaires, elles sont mortes bien

avant que j'aie eu quinze ans. J'ai seulement mis du temps à m'en rendre compte. Tu es plus lent, Fernández. Tu ne te rends pas compte de ce que tu as sous les yeux. Le Nicaragua est une table où il y a beaucoup d'invités. C'est les Russes et les Américains qui décident du menu et qui passent les plats... au fait, après l'interview, Machado m'a dit que cela faisait longtemps qu'il ne vous avait pas vus, et je lui ai demandé si toi et le gringo rouge, vous émargiez à la liste des employés du ministère de l'Intérieur.

— Et qu'est-ce qu'il t'a répondu ? Il ne t'a pas foutu son colt dans le cul, comme tu le méritais ?

— Ça l'a fait rigoler. Tu as du bol, il a été réglo avec vous. Il vous a couverts. Il m'a dit que, à part des tournées de rhum de temps en temps, il ne voyait vraiment pas... Mais tu peux me croire, le pays est en train de s'effondrer et vous ne lui rendez vraiment pas service en continuant à les soutenir dans vos papiers. Laisse pisser, tu vas voir qu'ils vont finir par négocier avec les *contras* et puis *basta*. Et c'est pour ça qu'on devrait continuer à se branler ou aller crever un jour dans un hélico au-dessus de deux pelés et trois Miskitos qui ne savent même pas comment ils s'appellent ?

Il s'adossa à la porte vitrée, signifiant que l'entretien était terminé. Il avait le soleil dans la gueule. Il porta son verre plein de glaçons à sa tempe et commença à l'agiter doucement, comme s'il était en train de se donner un massage. Les glaçons tintaient faiblement.

Je m'éloignai, un sale goût dans la bouche. Tito, l'Argentino-Mex, m'attendait à la porte.

— Ne perds pas ton temps avec les déchets, gros. Ces types sont revenus de tout. Ils vivent sur une planète pleine de merde. Tout seuls.

— Tu as raison. Mais ce qui me fait vraiment chier, c'est qu'après ils racontent qu'ils sont de gauche, qu'ils sont anars. Anarchistes, mon cul ! Tous des pédés à la Stirner. Des donneurs de leçons qui ont découvert Nietzsche à quarante ans. Déçus ? mes couilles ! De quoi ils ont pu être déçus s'ils n'ont jamais été foutus de croire à quelque chose ? Des donneurs de leçons, des réactionnaires et des menteurs.

— Oui, mais de nos jours, c'est à la mode. Le scepticisme est à la mode, confrère. En plus, ils paient mieux. Regarde, moi, je fais des papiers gratos pour Salpress. Et avec ce que l'on me file pour un grand reportage dans *Barricada*, je n'ai même pas de quoi m'acheter une paire de tennis.

Tout en discutant, nous sortîmes dans la rue. Nous prîmes Villalongín en direction du Parque Sullivan, remontés à bloc contre les staliniens de droite et tous les « modernes » de mes deux.

— Eh, on fait une crise de gauchisme ou quoi ? Qu'est-ce qui nous prend d'être si radicaux ?

— Moi, c'est que je rentre de faire un reportage sur les gamins au Nicaragua. Et toi ?

— Moi, parce que dès que je vais revoir Greg, je vais le convaincre d'écrire un roman à quatre mains. Un roman de journalistes qui refusent d'être à la mode, qui continuent à chercher les révolutions aux quatre coins du monde pour en tomber amoureux. Un super roman, *brother.* On va transformer la machine à écrire en piano mécanique.

Nous nous arrêtâmes devant le monument à la Mère. Si c'est ça la mère de tous les Mexicains, me dis-je en contemplant en toute objectivité le moulage de bronze, on a vraiment une des mères les plus moches du monde.

— *Dans le profond creuset de la patriiiie*, dit Tito en entonnant le *Venceremos* chilien.

J'enchaînai :

— *Gronde la clameur populaire. Une aube nouvelle se lèèèève...*

69. Le goût bulgare

(V)

— Tu t'es rendu compte que Max était pédé ? demanda Longoria à Stoyan vers la fin mars 1937, quelques jours après la spectaculaire victoire des internationaux à Guadalajara.

— Il t'a dit quelque chose ? Il t'a fait des propositions ou quoi ? lui répondit le Bulgare en allumant une cigarette avec difficulté en raison du vent.

— Non, pas du tout. D'ailleurs, je m'en fous. Les Grecs étaient bien homosexuels.

— Lesquels ?

— Ceux de *L'Illiade* et de *L'Odyssée*.

Stoyan lança la fumée comme pour signifier que cette conversation était terminée. Le Bulgare était souvent envahi de tristesses étranges, de nostalgies inexpliquées ; il disparaissait sans donner d'explications et allait se cacher. En bon autodidacte, Longoria était pour sa part un fanatique de l'éducation. Il adorait la géographie, et c'était peut-être pour cela qu'il se retrouvait dans un bataillon d'internationaux au lieu d'être allé rejoindre les anarchistes qui étaient sa vraie famille. Il interrogeait sans cesse les économistes, étudiait la graphologie. Il avait découvert dans le bataillon un Hongrois qui, dans sa jeunesse, avait été imprimeur des billets de la Banque royale de Budapest et il cultivait assidûment son amitié, échangeant des cigarettes contre des informations techniques sur le papier, l'encre, les techniques de gravure, les marques d'eau. Dans ses moments libres, il étudiait la collimation et la topographie avec les artilleurs. Il était devenu ami de Regler, l'Allemand du Garibaldi, qui lui traduisait des poèmes de Goethe.

Si Stoyan représentait la tristesse rageuse, la solidité au combat, et Longoria l'obsession du savoir et la folie guerrière, Max était la douceur, avec un perpétuel air de surprise dans ses immenses yeux bleus et dans la façon qu'il avait d'utiliser son appareil-photo. Il passait une demi-heure à chercher le meilleur angle, l'image qui capterait l'humanité au milieu de la boue, de la pluie tenace, des visages défigurés par la peur sous les bombes. Il souffrait, il s'affligeait chaque fois qu'il fallait tirer. Ce qui ne l'empêchait pas d'être aussi le fou typique, capable de charger en première ligne à la baïonnette en hurlant et, ensuite, de mettre une attelle à la patte d'un lapin au lieu de le flanquer à la casserole. Il était arrivé en Espagne en tant que photographe d'une revue de New York, même s'il avait été auparavant acteur de théâtre à Los Angeles, puis de cinéma à Hollywood. A vingt-sept ans, il avait tourné dans une demi-douzaine de films et avait même été la covedette d'un western où Alan Ladd jouait le premier rôle de bon et lui le second. En Espagne, il avait été photographe professionnel durant trois jours, avant que son appareil-photo ne devienne sa deuxième arme, et son fusil belge, la première. Il avait rejoint dès le 8 novembre le bataillon Dombrowski avec les Bulgares, les Tchèques, les Polonais et les Yougoslaves.

— Ce n'est pas son homosexualité qui m'inquiète, c'est qu'il soit trotskiste, dit Stoyan après un temps de silence. Ils faisaient la pause cigarette de midi. Longoria et lui étaient en train de discuter seuls sous un pont dans les environs de Brihuega. Ils s'étaient portés volontaires pour récupérer des munitions abandonnées par les Italiens du CTV sur la route.

— Et qu'est-ce que tu en as à foutre ? C'est peut-être parce que Trotski est plus sexy que Staline.

— Ne plaisante pas avec ça, Longoria.

— Je croyais que nous étions unitaires. Nous sommes tous anti-fascistes ou non ? Vous autres marxistes, vous êtes des emmerdeurs professionnels. Vous ressemblez aux curés de mon village qui se battaient pour savoir si la Vierge du Carmel valait mieux que la Vierge de Covadonga. Si toi, fidèle parmi les fidèles du Petit Père Joseph, cela ne te gêne pas, qui cela peut-il gêner ? Les types de *Mundo Obrero*, avec leurs saloperies où ils traitent les trotskistes de fascistes et de chiens enragés ? Les camarades de Moscou qui sont devenus fous et sont en train de s'entretuer à coups de procès ? Nous sommes en Espagne, merde ! Tu n'as qu'à humer l'air.

— Sans Staline, il y a longtemps que tout serait foutu. Il faut faire attention. Cela peut être très dangereux de se revendiquer trotskiste.

— Je ne suis pas vraiment convaincu. Sans Staline, nous serions peut-être des guérilleros, pas des soldats. Mais tout ne serait pas foutu. Après tout, qu'est-ce qu'il nous a envoyé, ton Staline ?

— Des tanks, des avions...

— Stop ! Tu vas aussi prétendre que vous autres, internationaux, c'est aussi Staline.

— Ce n'est pas faux.

— Toi, c'est Staline qui t'a envoyé ?

Stoyan Vassiliev, le Bulgare à qui il manquait les dix-neuf premières années de sa vie, qui connaissait la moitié du monde et qui croyait que Staline l'avait envoyé pour qu'il le transforme, resta songeur.

— Staline m'a envoyé et moi, j'avais envie de venir, dit-il finalement.

Une semaine plus tard, Max eut une permission pour se rendre à Madrid. Il voulait expédier des photos à la revue qui l'avait envoyé en Espagne. Il ne revint pas.

Le bataillon Dombrowski était maintenant intégré à la XIIe brigade. Après la bataille de Guadalajara, il ne lui restait plus que 18 pour 100 de ses effectifs de départ et il était en pleine réorganisation à Fuencarral. Trois cent cinquante nouvelles recrues l'avaient rejoint et s'entraînaient. La plupart étaient espagnols. Longoria, promu lieutenant, les faisait démonter leurs fusils, creuser des tranchées et tirer. Stoyan travaillait avec les serveurs des mitrailleuses et contrôlait les progrès en espagnol des Yougoslaves et des Bulgares. Durant les moments libres, qui étaient nombreux, il récoltait des histoires personnelles à droite et à gauche. Dans le petit bataillon où il restait autour de deux cents volontaires des Balkans et d'Europe Centrale, étaient résumées vingt années de guerre sociale. Des grèves, des soulèvements militaires, des milliers de jours de prison, des tortures, des persécutions, des tragédies personnelles, des livres, des journaux clandestins, des moments de peur et de froid.

C'étaient des jours relativement calmes. Longoria découvrit par hasard la disparition de Max au cours d'une expédition à La Alcarria où il était allé chercher des chorizos. Quelques anarchistes de la division Cipriano Mera qui le connaissaient lui racontèrent qu'ils avaient assisté à l'arrestation de Max dans un bar de Madrid. Les flics étaient ceux d'Ortega, un colonel communiste du ministère de l'Intérieur qui était l'homme de la Tcheka.

Longoria rentra à Fuencarral et alla faire un tour en compagnie de Stoyan. Les deux savaient que de drôles de choses étaient en train de se passer. Les événements de Mai à Barcelone avaient semé la nervosité sur le front. La dissolution du POUM [1], l'enlèvement mystérieux d'Andrés Nin, les procès de Moscou eux-mêmes. Cela puait.

— Tu crois vraiment que Nin peut être un fasciste ? Tu avales vraiment toute cette propagande sur le POUM ?

— Je ne sais pas. Je ne les connais pas.

— Moi, si. Ce sont des emmerdeurs. Ils croient à saint Marxengel et à saint Lénintrostk, comme tes parents, sauf

1. POUM : Parti ouvrier d'Unification marxiste. (N.d.T.)

qu'ils sont moins bureaucrates que vous. Une chose est sûre : ce ne sont pas des fachos. C'est la transposition ici des problèmes internes à l'Union soviétique et dans cette histoire, vous vous comportez comme des esclaves. Tout ça, c'est du bidon.

Stoyan ne dit rien. Il avala même en silence la version des événements de Barcelone que leur servit le soir même le commissaire politique de la brigade. Une version très contestée par Longoria et par les garibaldiens. Mais à l'aube, il partit en moto pour Madrid régler un problème de pièces défectueuses sur la Maxim qu'ils venaient de recevoir. Il revint deux jours plus tard. Il avait une coupure au visage qui allait de la pommette droite au coin de la lèvre. Longoria était en dehors du camp, en train de lire Malatesta sur la branche d'un pommier. De temps en temps, il croquait dans un fruit.

— Viens là. Il faut que l'on parle.

L'anarchiste descendit de l'arbre en chantonnant *Barricades*. Ils se promenèrent autour du village en suivant le lit d'un torrent. Les cratères creusés par les bombes les obligeaient à faire des détours. Max les attendait au fond d'un petit ravin. Toujours ce visage surpris, illuminé par des yeux très bleus, cet air dégingandé.

— D'où sors-tu ? demanda Longoria surpris en étreignant l'Américain blond.

— De Madrid. Stoyan m'a ramené.

— D'où l'as-tu tiré ?

— De l'arrière d'un camion dans la rue Chamberi, pendant son transfert, répondit le Bulgare en indiquant d'un geste à l'anarchiste qu'il n'avait pas envie de s'étendre sur le sujet.

Ils traversèrent un pré couvert de marguerites sauvages. Max en cueillait une de temps à autre et était en train de faire un bouquet. Il n'avait plus son appareil-photo autour du cou.

— Je crois bien que cette bande de sectaires avait l'intention de me fusiller, Saturnino. C'est alors qu'est arrivé notre camarade masqué, pistolet au poing. J'avais souvent vécu cette scène au cinéma. Héros dans la panade sur le point de passer de vie à trépas. Son ami arrive à point nommé pour le tirer des griffes de l'enfer.

— Saloperie de fils de putes, dit Longoria.

— Le pire, c'est que ce n'étaient pas des mauvais bougres. Rien que des miliciens du PC comme toi et moi, dit l'Américain.

Stoyan se laissa tomber au milieu des fleurs qui le dissimulèrent à moitié. Seule sa casquette verte avec les insignes de capitaine et l'étoile rouge à trois branches des internationalistes dépassait des marguerites.

— Mais qu'est-ce qui va se passer entre nous si nous gagnons la guerre ? se demanda tout haut Longoria.

— On la gagne d'abord, et on voit ensuite, dit entre les fleurs la voix de Stoyan Vassiliev.

— Quel dommage que je n'aie pas mon appareil ! J'aurais pu appeler la photo *Guerriers au milieu des marguerites*, toi Longoria avec la baïonnette entre les dents et notre cher Bulgare le .38 au poing.

— Qu'est-ce qu'on va faire ? demanda l'Espagnol.

— Il y a un groupe de journalistes anglais qui repart en France ce soir. McDonald le poète en fait partie. Il peut se charger de faire sortir Max. Ici, il n'est pas en sûreté. On pourrait le laisser dans le bataillon, mais cela pourrait être très dangereux.

— Tu crois qu'on pourrait lui tirer dans le dos, ou quelque chose dans le genre ?

— Il y a une semaine, je t'aurais dit que c'était idiot. Maintenant, je ne sais plus, répondit le Bulgare.

Un an plus tard, en juin 1938, tandis que le bataillon Dombrowski se préparait à entrer en action dans la bataille de l'Ebre, Stoyan et Longoria reçurent chacun une carte postale de Los Angeles avec une marguerite pour signature. Ils lui envoyèrent en retour une carte avec des dessins de Goya qu'ils avaient trouvée dans une petite boutique de Lérida.

70. Version de *Adieu à Mompracem* de Emilio Salgari imaginée dans la prison de Pleven par Stoyan Vassiliev

— Arrête de mordre, petit fauve.

— Et toi, arrête de jouer avec ce bébé tigre, il va finir par t'arracher le bras, dit le vieux aux cheveux très blancs qui était en train de faire la cuisine dans un coin de la pièce, arrosant généreusement de porto la viande qui cuisait sur un brasero.

— A chacun ses divertissements, Yáñez, répondit l'homme qui était en train de jouer avec le petit tigre, sans s'inquiéter des dents de l'animal, qui étaient si profondément plantées dans son bras que des gouttes de sang tombaient de la morsure. Moi, même si cela peut te sembler barbare, j'ai besoin de cela, cela m'aide à chasser le spleen et à supporter le calme pesant qui règne sur cette île et sur cette mer... et même sur la planète entière. Cela ne peut plus durer ! Nous avons vieilli de la pire des façons : dans la prospérité, dit Sandokan, puisqu'il s'agissait bel et bien de ce singulier personnage. Il repoussa l'animal et soigna sa petite blessure avec un peu du porto que son frère de sang était en train d'utiliser pour la cuisine.

Yáñez était habitué à ces crises de folie innocente. Il alla jusqu'à la large ouverture pratiquée dans la roche et contempla la mer bleue et tranquille qui lui semblait aujourd'hui un vaste cimetière d'histoires anciennes.

— Voilà deux ans que je te délaisse, et que nous nous consacrons aux maladies de la vieillesse, à l'observation des changements du monde qui nous entoure, aux voyages d'agrément pour aller vérifier la bonne qualité des trains indiens et des bordels de Malacca, aux parties d'échecs avec Van Horn dans son bungalow des Célèbes. Tu as raison. Mompracem, je te donne vingt-quatre heures pour que ta gloire revive et nous offre la plus grande des aventures.

Lorsque, pour la première fois, elle se laisse capturer à l'horizon, ce n'est guère qu'un amas de rochers escarpés faisant échec à l'océan, une protubérance dans une barrière de corail située au milieu de nulle part. Les cartes ignorent l'île, y compris les meilleurs travaux cartographiques de l'amirauté britannique. Elle est située en dehors des routes commerciales et de celles empruntées par les jonques des contrebandiers chinois. On raconte que l'îlot fut découvert accidentellement en 1715, par un bateau portugais qui transportait un équipage décimé par la peste, les tempêtes et le scorbut, et qui avait même connu une terrible expérience d'anthropophagie. Les deux derniers survivants de cette aventure malheureuse moururent dans la zone où plus tard fut construite la forteresse. Ils se suicidèrent ensemble. Les actuels propriétaires de Mompracem — c'est le nom de l'île maudite par les colonialistes britanniques et hollandais, par les rajahs de Bornéo et de Sarawak, par les capitaines de voiliers espagnols et portugais qui font route vers l'océan Indien à travers la mer de Chine septentrionale —, les actuels propriétaires pensent que leur forteresse, trempée dans le sang des deux suicidés et dans la roche, est indestructible.

Ce n'est sans doute pas le cas, mais elle a bel et bien l'air inexpugnable, même pour des troupes dotées d'artillerie moderne et de cuirassés. Sa disposition géographique fait sa force. Pour pouvoir bombarder l'anse, les bateaux doivent d'abord pénétrer à l'intérieur du paradis naturel formé par la ceinture de corail, tâche d'ailleurs impossible sans un pilote habile et parfait connaisseur de la zone. Si jamais ils y parviennent, ils sont soumis au feu direct des batteries placées sur les fortins latéraux, connus sous le nom de « doigts de la main du mort », fortins qui sont pratiquement impossibles à occuper sans une grosse infanterie qui, débarquée à l'arrière de l'île, doit, pour les prendre à revers, affronter l'impossible ascension des grands éperons rocheux, une tâche qui semble déjà au-delà des capacités du meilleur alpiniste suisse. Cet étrange alliage d'accidents naturels et de mesures défensives, qui résulte à moitié de la nature, à moitié des dispositions prises par les propriétaires de Mompracem, fait de l'île un bastion que l'on ne peut attaquer qu'en rêve, au risque de voir le rêve tourner rapidement au cauchemar. Trois fois Mompracem a subi le feu ennemi. Deux fois sans succès. La troisième attaque n'a triomphé que grâce à la trahison de l'un des défenseurs, et pas pour très longtemps.

Si, pour certains, l'île est un cauchemar hanté par les redoutables Tigres de Malaisie, elle est pour d'autres un symbole de liberté et d'indépendance, dans des terres frappées par le fléau du colonialisme et de l'esclavage. Mompracem est le siège d'une fraternité de pirates féroces et sanguinaires, mais c'est aussi un rocher sur lequel aucun homme ne peut se dire esclave, ni d'un maître ni de l'argent. La seule propriété est celle des armes, des vêtements et des ornements que ses habitants portent. On raconte que dans ses cavernes, dissimulé au-dessous des caves profondes de la forteresse, se cache un immense trésor qui est la propriété collective des Tigres de Malaisie. Un grand livre dresse la liste du butin, produit du pillage et des abordages. Chacun possède sa part, attribuée selon une table de la loi connue sous le nom de « bois d'Abraham », qui établit les parts revenant au capitaine d'une expédition, au maître d'équipage, aux capitaines, aux blessés, aux simples combattants, à ceux qui ont participé à des missions dangereuses, à ceux qui se sont distingués au combat...

A la tête de cette fraternité de combattants hors du commun, dirigeants légitimes de l'île et guides des hommes sous leurs ordres, on trouve Sandokan et Yáñez. Le feu et la fureur les habitent.

Revenons à nos deux vieux tigres. Sandokan et Yáñez frisent tous deux la soixantaine, un âge considérable pour des pirates vivant sous ces latitudes, avec leurs vies tourmentées et les multiples cicatrices qu'arborent leur corps et leur âme.

— Tu as quelque chose en tête ? interrogea Sandokan tandis que ses yeux semblaient retrouver leur vieil éclat perdu.

Yáñez eut un sourire et revint à son fourneau d'où émanait un merveilleux parfum. Malgré ses nombreux cheveux blancs, il avait conservé l'élasticité du corps et une certaine grâce virile. Il retourna la viande sur la sauce et versa dans le petit chaudron plusieurs espèces de tubercules de Bornéo préalablement bouillies. Il lança un coup d'œil à Sandokan et tira des lunettes à armature métallique de la poche supérieure de sa chemise en soie blanche, et un papier froissé de la poche de son pantalon.

— Tu serais capable de croire à des choses aussi absurdes qu'un message dans une bouteille flottant à la surface de l'océan ?

— Bah ! dit Sandokan, une chasse au trésor... Quand j'étais petit à Sarawak, je m'amusais à lancer des bouteilles à la mer, et j'imaginais la tête des imbéciles qui, suivant mes cartes, allaient tomber sur la mission presbytérienne de Kina Balu. Je rêvais qu'avec un peu de chance, ils torturent les religieux pour leur faire avouer où était le trésor tandis que les autres répondaient que le seul véritable trésor était la foi en leur Dieu.

Sandokan alla à la terrasse et cracha dans la mer. C'était son habitude dès qu'il évoquait les dieux européens. Une phobie qui datait de son éducation chez les missionnaires sous prétexte qu'il était fils d'un rajah normalement placé sous protectorat britannique.

De même que Yáñez semblait le produit du mélange de cent races où dominait le sang de l'Europe méridionale, Sandokan était un pur représentant de la race malaise, la peau olivâtre clair, les yeux et les cheveux noirs comme une aile de corbeau, la taille moyenne, les jambes légèrement arquées par des années de vie sur un bateau, la barbe et la moustache hérissées de nombreux poils blancs.

— Non, il ne s'agit pas d'un trésor. C'est une histoire d'amour. Tu veux la lire ?

— En quelle langue est-elle donc écrite ?

— En français bien sûr, la langue de l'amour. Je vais même devancer ta prochaine question. Elle est arrivée entre mes mains le mois dernier, au retour de l'expédition de Sambliong sur les traces de notre vieille connaissance Stal Inchu.

En entendant le nom du proxénète chinois, Sandokan retourna à la balustrade pour cracher de nouveau dans l'océan, deux cents mètres plus bas.

— Sambliong mériterait que je lui coupe une oreille ! Pourquoi ne m'en a-t-il rien dit ? Et toi, pourquoi as-tu gardé le silence ? Cela fait un mois que tu as ce message dans ta poche et que tu te tais ?

— Excuse notre grand Tigre, il ne comprenait rien au message et il a pensé que je pouvais le traduire. Tu sais bien que le français n'est pas une langue très connue dans les parages. Pour ma part, j'attendais un moment opportun pour te raconter l'histoire. Je crois bien qu'il est arrivé. Mais goûtons d'abord ce plat.

Sandokan, dédaignant l'invite de Yáñez, se dirigea vers le mur et décrocha d'une panoplie l'un des deux pistolets. Il visa soigneusement le chaudron où mijotait la viande au porto et d'une seule balle le fit voler en éclats.

— Plus besoin de manger d'abord. Tu peux tout me raconter tout de suite.

— Tu vois que j'avais raison de penser que c'était le moment opportun, dit Yáñez en léchant ce qui restait du chaudron cassé. C'était absolument délicieux.

— Au diable ton sens de l'humour ! Raconte, ou je prends le pistolet qui est encore chargé et je te fais sauter la cervelle.

— Bon, bon, ne t'énerve pas. Tu as déjà entendu parler de la Commune de Paris ?

71. Les spécialistes de la guerre...

... bureaucratique cultivent le secret ; ils connaissent les horaires de bureaux et les endroits où les secrétaires des chefs boivent leurs cocktails ; au téléphone, ils savent faire la différence entre une voix inquiète et une voix qui a trop forcé sur la coke ; ils disposent des formules magiques donnant accès aux mémoires des ordinateurs ; ils savent reconnaître, à la couleur des flammes, que l'on a fait brûler dans la cheminée des documents qui, même des années plus tard et par hasard, n'auraient rien eu à faire entre les mains d'un sénateur désireux de passer au journal de 6 heures sur CBS.

Les spécialistes de la guerre bureaucratique sont des hydres à deux ou trois têtes. Ils pratiquent assidûment le double langage, mentent même lorsqu'on leur demande l'heure. Ils jouent les intermédiaires, ils s'échangent, comme s'il s'agissait de pierres précieuses, des informations tronquées, enveloppées dans du papier alu acheté dans une Beriozka. Ils n'affirment rien sans un doute dans la voix, qui surgit à la fin de la phrase, laissant un arrière-goût de suffisance mystérieuse.

Alex en faisait partie. Il faisait même partie des bons. Mais tant qu'il agissait dans l'obscurité, cela ne lui servait pas à grand-chose. Avant de commencer à mordre les mains qui le saluaient, il lui fallait déterminer à qui elles appartenaient.

En quittant le SD ce vendredi, Alex se retrouva au milieu de la foule qui marchait sur les trottoirs de Madison Avenue. Son corps maigre, vêtu d'un costume blanc, d'une chemise rose pâle, d'une ficelle en cuir noir autour du cou, évitait avec agilité les vendeurs de hot dogs pakistanais et les Noirs qui bradaient des sweat-shirts à 5 dollars. Alex s'était mis en chasse.

C'est à Washington qu'il aurait dû chasser mais il n'avait pas le temps, et il était obligé de faire avec les deux options que lui offrait New York : le bar du Palace vers 5 heures de l'après-midi — l'heure où le quatuor à cordes accompagnait les buveurs de champagne —, et, aux alentours de 9 heures du soir, The View, le restaurant giratoire en haut du Marriot, juste avant le début du show qui rendait les conversations difficiles. Entre les deux, il pouvait encore essayer le bar Casablanca sur Wall Street. La première adresse fut la bonne. Quinn semblait d'ailleurs n'attendre que lui.

— Il paraît que tu fais une crise de parano aiguë, dit Quinn, confirmant en quelques mots tous les soupçons d'Alex.

Il avait suffi de quatre appels à Langley pour que, une heure et demie plus tard, le ballon rebondisse à New York.

— Tu ferais mieux de jeter un coup d'œil au tableau d'affichage, Quinn, et de me dire qui et pourquoi.

— Tu imagines peut-être que je vais te répondre gratis. Tu ne changeras jamais, Alex.

Alex regarda fixement son voisin de table et ce dernier frissonna. Il y avait quelque chose dans l'attitude d'Alex qui en faisait un homme sans amis ; ses connaissances ou ses compagnons de voyage n'étaient jamais très sûrs de savoir s'il fallait l'aimer ou s'en méfier au point de ne jamais accepter de partir en pique-nique avec lui, ignorant s'ils y étaient conviés pour déjeuner ou pour y tenir le rôle des sandwichs.

Quinn se décida et commença à parler dès qu'une

superbe blonde, la jupe noire fendue jusqu'à la cuisse, eut déposé devant lui un cocktail au champagne couronné d'une énorme fraise.

— Quelqu'un a convaincu les types de Casey que tu es fou à lier et que tu représentes un danger pour leur avenir. Même si tout le monde affirme le contraire, dans les réunions au sommet, ton nom pue le cadavre. Ils font grossir ta fameuse opération Blanche-Neige pour mieux te dévorer ensuite ; d'ici peu, personne ne voudra plus y toucher, même avec un masque et des gants.

— Qui ?

— Les « Libyens » et la DDO. Les « Libyens », parce qu'ils veulent récupérer ton budget pour faire joujou avec Kadhafi, et la DDO parce qu'elle te croit lié au groupe du sénateur Goldsborough pour la succession. A ce que l'on raconte, il n'y a pas que Casey qui ait eu un cancer. L'actuel directeur serait malade lui aussi. Cela rend tout le monde nerveux.

— Et qui a mis cette idée dans la tête de la DDO ?

— Je t'assure que je n'en sais pas plus, mais si tu me forces à faire des hypothèses, je dirais que c'est Goldsborough lui-même, pour faire monter la pression.

— Tu sais très bien ce qui est vrai et ce qui ne l'est pas. Comment la DDO pourrait-elle être aussi conne ?

— Nous vivons une drôle d'époque, Alex, dit Quinn en buvant une gorgée de son cocktail et en se laissant bercer par l'adagio du quatuor à cordes. Chacun croit ce qu'il a envie de croire. Et ceux qui pensent que tout ça c'est de la merde préfèrent fermer leur gueule, des fois que s'ils l'ouvraient, on pense qu'ils sont en train de prendre partie et on commence à fouiller dans leur attaché-case pour les faire chier. Question intelligence, une réplique de *Rambo* semble avoir plus de poids qu'un rapport secret-défense. Je commence à croire que si nous voulons peser dans la vie de ce pays, il ne nous reste plus qu'à partir pour Hollywood. Il y a un mois, j'ai eu le malheur de dire que le projet Bailey sur l'Albanie était une connerie, qu'on ferait mieux de l'offrir à Gorby pour Noël. Deux jours plus tard, quelqu'un a ordonné un audit du budget consacré à nos informateurs au Mexique. Qu'est-ce que tu en dis ?

— On ne peut plus compter sur personne, mon cher. On ressemble de plus en plus au KGB. Pas celui d'aujourd'hui, avec ces pauvres idiots qui passent leur temps à éplucher les rapports d'Amnesty pour savoir ce que l'on a le droit ou ce que l'on n'a pas le droit de faire, non le vrai KGB, celui de la grande époque de Yezhov.

— On n'en est pas encore à s'empoisonner les uns les autres dans les souterrains de Langley.

— A ta place, je n'en serais pas si sûr, dit Alex en clignant de l'œil.

72. Longoria possède un chien

Longoria se disait que soit tout cela avait été une terrible suite d'erreurs, soit il s'agissait d'une succession de bonnes décisions malheureusement non couronnées de succès, même avec la meilleure des intentions.

Cette réflexion était provoquée par l'arrivée du chien dans sa nouvelle vie. Il avait déjà eu un chien à Paris, trente ans auparavant. Et même si le nouveau venu était un lamentable bâtard mexicain, il lui rappelait les longues promenades à Montmartre et les interminables réunions avec les Algériens du FLN à Colombes. Le chien mexicain avait très vite reçu le nom de Malatesta et, deux jours plus tard, répondait déjà quand on l'appelait par ce nom ; cela en disait assez sur le grand besoin d'identité dont il devait souffrir avant sa rencontre inopinée avec Longoria. Le chien français pour sa part s'appelait Vocation à cause de sa manie d'aller renifler les chaussures de tout le monde.

Malatesta sur ses talons — même si le chien et Longoria faisaient semblant de ne pas se connaître —, il traversa un des petits jardins qui se trouvaient derrière la maternité de l'hôpital et se dirigea vers les bâtiments d'entretien du matériel électromécanique. Ils étaient placés presque en bordure du mur en briques rouges qui délimitait les arrières du territoire de l'hôpital. Que faisait-il là ? Qu'était-il allé chercher à cet endroit ? Il avait de graves problèmes de mémoire immédiate ; en revanche, ses souvenirs du passé devenaient de plus en plus nets et tangibles. C'était mauvais signe. Ceux qui vivent dans le passé, et il l'avait appris en vivant avec ses camarades de l'hospice, avaient tendance à s'y noyer, et ce n'était qu'une étape, assez courte, avant la disparition totale.

Peut-être aurait-il dû écouter ses amis et s'enfuir de l'hospice. S'enfuir n'était qu'une façon de parler ; on ne peut pas s'enfuir de là où l'on n'existe pas, et, formellement, Longoria n'avait pas d'existence à l'hospice. Trois fausses personnalités avaient comploté ensemble pour se retrouver là. L'une lui permettait de dormir à l'hospice sous le nom de Leoncio Sánchez. L'autre faisait de lui un médecin externe du pavillon de cancérologie, et la troisième un représentant en sparadraps stérilisés. Dans un microcosme comme celui d'un grand hôpital, avec son énorme brassage de malades entrant et sortant, de travailleurs mal payés qui quittaient leur emploi dès qu'ils le pouvaient, de visiteurs et de travailleurs bénévoles, d'externes et d'internes qui y passaient six mois pour faire leur service social, d'infirmières embauchées au noir, d'employés administratifs, dans ce microcosme, Longoria pouvait garder un anonymat pas anonyme. Il pouvait aller partout sans qu'on se demandât ce que faisait là ce vieux, teigneux mais sympathique. A dire vrai, on ne devait pas trop s'inquiéter à son sujet car cela faisait quand même dix ans qu'il était à l'hôpital en qualité de fantôme, et il ne s'était trouvé dans des situations difficiles qu'à deux reprises. L'une d'elles à cause d'une bonne sœur d'une cinquantaine d'années en pleine crise de vocation qu'il avait essayé de séduire.

Bon, mais qu'était-il venu faire là déjà ? Il n'avait pas envisagé de travailler dans son atelier cet après-midi. Il n'avait pas de rendez-vous, ni de raison pour aller à l'entrepôt ; bien sûr, il y avait toujours quelque chose à tirer d'une visite d'inspection accidentelle. Longoria n'était pas homme à ne pas profiter d'une opportunité. Il entra dans l'entrepôt et parcourut l'atelier vide avec les vieilles blouses jetées sur les bancs de travail par les travailleurs qui avaient fini leur journée. Au fond du grand bâtiment, il entra dans un WC hors service à cause des tuyaux crevés, poussa la porte métallique apparemment condamnée et, suivant un couloir non éclairé, il entra dans son bureau. Longoria était un génie du mal, du moins selon les paramètres archaïques des romans de Fantomas ou d'Arsène Lupin. Avec un peu de patience et une longue tradition de clandestinité, il avait mis en place à l'intérieur d'un hôpital privé un atelier de falsification de documents. Celui-ci comprenait du matériel photomécanique, une petite presse Harris, une unité moderne de photocomposition avec un ordinateur, ainsi qu'une table de travail avec toutes sortes de caoutchouc pour la fabrication de sceaux, des tampons en bois, des gouges, des lancettes, des moules en plomb, des encres de toutes sortes, des papiers de textures, de grammage, de densité et de filigranes différents.

Tout en essayant de se rappeler ce qu'il était venu chercher là, il en profita pour passer un plumeau sur la table et les machines. Il sifflotait gaiement quelques notes de *La Madelon*. Malatesta le regardait avec inquiétude.

Quand était-il rentré à Paris ? se demanda soudainement Longoria, en arrêtant son travail de nettoyage. A quelle heure s'était-il réinstallé au sous-sol du 67, avenue Victor-Hugo ? Travaillait-il sur quelque chose d'important et avait-il eu une absence momentanée ?

Le vieux se frappa le front plusieurs fois de la paume de la main. Malgré les dires des gens de mauvaise foi, il savait que ce geste ne tuerait pas plus de neurones que ceux qui étaient déjà morts de vieillesse naturelle. Le chien secoua la queue avec inquiétude. Longoria le contempla attentivement. C'était Malatesta, le noble et fidèle compagnon, le chien mexicain. Il ne se trouvait pas à Paris. Sa panne de mémoire — panne dont il était pleinement conscient — l'énerva. Il alla dans un coin de l'atelier et en sortit une bouteille de vin de Rioja, volée dans le panier de Noël d'un gynécologue, qu'il gardait pour une occasion spéciale. Ses mains ridées et noueuses aux veines gonflées lui faisaient mal. C'étaient des mains de vieux. S'il les avait regardées attentivement, il ne se serait pas cru à Paris. Là-bas, il n'avait que cinquante-sept ans, il était un jeunot. Aujourd'hui, avec quatre-vingt-trois ans sur le dos, il était un adulte respectable. Pourtant, ses mains n'avaient rien perdu de leur habileté pour déboucher une bouteille.

Il pensa aux dernières années passées à Paris à attendre la mort de Franco et le retour en Espagne qui ne s'étaient jamais produits, engagé toujours dans mille projets qui échouaient avec la régularité d'une montre suisse, et dans mille projets secondaires pour appuyer les premiers, ce qui avait pour effet involontaire de rendre folle la police française. Pauvre police française, elle n'avait jamais été préparée pour affronter le grand Longoria et son cirque anarchiste magique, avec des crapauds et des éléphants dans les chapeaux. Pauvres flics français, tout compte fait, il ne les haïssait pas tant que ça ; il leur avait même laissé leur pays en cadeau : ils pouvaient se le mettre au cul. Quant à la décoration qu'on lui avait donnée à la fin de la guerre en tant que héros de la Résistance, il la leur avait renvoyée. Lui, ce qu'il voulait c'était que Franco meure, pour pouvoir rentrer à Madrid au milieu des drapeaux rouge et noir.

Au fait, Franco était-il déjà mort ou pas ?

Longoria leva son verre et trinqua avec Malatesta.

— Au Mexique ! Aux femmes que je n'ai pas encore connues, aux banques que je n'ai pas encore dévalisées, aux petits-enfants que je n'ai pas eus ! Aux vieux camarades et à leurs squelettes qui blanchissent !

Il but son verre d'un trait, prit la bouteille et le remplit de nouveau. Le vin déborda et tacha la nouvelle série de passeports mexicains que Longoria était en train de falsifier dans ses moments de loisirs pour les gamins de la guérilla du Salvador.

— Je bois à la santé des nains car ils voient les choses dans leurs justes proportions : d'en bas. Je bois à la santé de la Seine et de l'utilisation constructive de la nitroglycérine. Je bois à la santé des vieux amis. Que leurs os soient l'engrais des cimetières de notre mémoire !

Il but de nouveau. Il n'en avait rien à foutre de se retrouver à Paris ou à Mexico tant qu'il n'oublierait pas les vieux camarades, tant qu'il se souviendrait avec exactitude de quel côté de la barricade vivent, dorment, se couchent et se lèvent les bons, pour contempler l'aube.

Il leva la bouteille et cria : « Mort aux moches ! » avant de la vider d'un trait.

73. SD voulait dire...

... Shit Departement — département de la merde —, ce qui était précisément ce qu'Alex s'apprêtait à expédier, au niveau international, national et local. Il pouvait utiliser pour cela différents services : messageries rapides, lettres recommandées, téléphones — y compris des PCV — et systèmes de coursiers à moto tels qu'ils fonctionnaient à New York. Mais il hésitait encore à déclencher le bombardement...

Etait-il certain, en ouvrant les hostilités, de ne pas se tromper d'ennemi ? Et si Quinn n'avait été que le poisson pilote d'une manœuvre de diversion visant à le faire tirer au canon sur une fausse cible ?

Alex avait fermé la fenêtre du SD, obligeant ceux qui voulaient entrer à utiliser les anciennes voies d'accès. Il ruminait les informations fournies par Quinn. Une tasse de café à la main, Leïla l'observait sans oser franchir la porte.

— OK. Arrête de jouer les statues, je sais que tu es là. J'ai besoin de quelques infos internes. Tu peux m'aider ? lança Alex à sa secrétaire sans la regarder. Leïla fit oui de la tête, la tasse de café fumant toujours à la main. J'ai besoin de connaître le budget des opérations clandestines en Libye pour le prochain semestre, et de le comparer avec le premier semestre de cette année. J'ai besoin de savoir si la fille de Julian Smith continue d'avoir une histoire avec le fils Cannon sur consigne de ses parents. J'ai besoin de savoir si la bonne humeur règne ou pas à la DDO après le rapport Jackson. J'ai besoin de savoir qui est à l'origine des rumeurs enthousiastes sur l'opération Blanche-Neige et qui, deux jours plus tard, faisait courir le bruit que l'opération était un cadavre en attente de cercueil. Voilà le tableau. Et dis à Eve de venir.

Leïla laissa son café sur une des petites tables du bureau et sortit en roulant des hanches. Eve fit immédiatement son apparition. Alex était en train de se masser les tempes, victime d'une crise soudaine de migraine. Il essaya d'ouvrir la bouche mais n'y parvint pas. Il fit signe à Eve de s'asseoir, le temps de retrouver son souffle et de laisser la douleur s'amortir.

— Mal à la tête, *bwana* ?

Alex confirma. Eve s'assit en silence. Au bout de deux ou trois minutes, Alex reprit lentement la parole.

— Quelles décisions attends-tu de moi en ce qui concerne Blanche-Neige ? Je veux dire en dehors des décisions que vous pouvez prendre vous-mêmes.

— C'est vraiment chiant, Alex. Personne en dehors de toi ne dispose de tous les éléments. Ce n'est pas évident d'avancer à tâtons. On a tout le temps peur de se tromper. On a plusieurs choses en cours. Le remplaçant au cas où Rolando nous ferait faux bond... Tu l'as vu, c'est une vraie planche pourrie... Les dates exactes du colloque de Mexico. Les premiers mouvements de Dormeur ; sans compter tout ce qu'on est en train de semer. Un retard serait fatal.

— Moi, j'adore Rolando. C'est la première personne que je rencontre depuis des années qui me fasse peur ; apporte-moi l'agenda de Dormeur et tout ce qui concerne les semailles.

Eve sortit de la pièce et Alex s'enfonça dans le fauteuil. De grosses gouttes glissaient sur les vitres. Il pleuvait à New York. Durant un instant, Alex souhaita être l'un de ces types qui vendaient dans la rue des parapluies à 5 dollars. Il était sûr qu'il en aurait vendu plus que les autres. Et en plus, il n'aurait pas mal à la tête.

En silence, pour ne pas troubler ses réflexions, Eve laissa tomber deux feuilles sur le fauteuil à côté d'Alex. Ce dernier les prit au bout d'un moment. Ses migraines provenaient de son manque de style. Il n'avait pas assez lu de romans d'espionnage anglais. Un jour ou l'autre, il faudrait qu'il maîtrise vraiment ce langage crypté et cet humour un peu ingénu, qui étaient le véritable langage des espions. Il parlait comme un acteur d'Hollywood qui serait passé du ciné aux séries B télévisées. S'il avait mal à la tête, c'était décidément par manque de style.

— Eve, on devrait interdire le café dans ce bureau et passer carrément au thé ; c'est beaucoup plus sain. Et c'est une boisson pour gens intelligents...

Eve approuva.

Alex la regarda fixement.

— Tu n'imagines pas ce que c'est difficile d'être Dieu ; c'est dia-ble-ment absorbant, dit-il, imitant l'accent de Burton dans *L'Escalier.*

74. Histoires de journalistes

(Greg)

Depuis l'hôtel colonial de Zacatecas, j'appelai le gros pour lui dire que je pensais à son grand-père. Katherine était allée acheter des souvenirs au marché et m'avait laissé un message sur le miroir de la salle de bains me donnant rendez-vous pour manger dans un petit resto devant l'hôtel.

— Et c'est pour ça que tu me réveilles, salaud ? me demanda le gros. Il n'avait pas l'air trop en colère.

— Ça y est, je suis de nouveau amoureux, gros. *I'm in love*. C'est ce qu'elle dit, et moi j'y crois.

— Fais pas chier ! Elle est avec toi ? C'est qui d'abord ? Tire-toi en courant, et ne la baise pas avant d'avoir vu ton psy. Et rien que du *safer sex*. Tu as des capotes au moins ? Il y a des pharmacies où tu es ? Et qu'est-ce que mon grand-père vient foutre là-dedans ?

— Je me suis souvenu d'une histoire de mon grand-père que je ne crois pas t'avoir racontée. Il n'y a pas que toi à avoir un grand-père remarquable. Le père de ma mère était un psychiatre renommé de New York qui un jour a hypnotisé Houdini, ton héros. Qu'est-ce que tu en dis, Julio ?

— Je savais bien que tu dissimulais quelque chose dans ton passé lointain. Et moi qui ai passé des années à me dire que tu n'étais qu'un pauvre gringo moyen que je devais surveiller aux quatre coins du tiers monde. Et je découvre maintenant que tu es le petit-fils du psychiatre traitant de Houdini.

— Ce n'est pas à moi de te rappeler que c'est moi qui t'ai appris à te servir d'un traitement de texte et à faire marcher la télécommande d'un magnétoscope, sale Apache de merde. En plus, ce n'était pas son médecin traitant. Il ne l'a hypnotisé qu'une fois. Le docteur Kellerman.

— Et il ne t'a rien légué ? Une photo de Houdini dédicacée, quelque chose dont tu pourrais me faire cadeau à Noël...

— Je suis un pauvre orphelin qui a perdu sa mère à trois ans. Je n'ai aucun souvenir au-delà de 1955.

— Comment tu as su l'histoire de Kellerman ?

— Mon grand-père était célèbre. Il n'a pas seulement hypnotisé Houdini, il a aussi eu une correspondance avec Howard Fast et Anna Seghers.

— Et comment tu le sais ?

— C'est Fast qui me l'a dit.

— Et comment Fast savait-il que ce Kellerman était ton grand-père ?

— Il a prononcé son nom, et je lui ai dit que c'était le nom de ma mère... bon, suffit. Je t'appelle pour t'apprendre une bonne nouvelle et tu me cherches des poux.

— C'est quoi la bonne nouvelle ?

— Je pense que ce ne serait pas une mauvaise idée de nous mettre à écrire ce roman...

— Un grand roman de journalistes où... commença le gros.

Mais j'avais déjà raccroché. Je lui avais annoncé la bonne nouvelle, on n'allait quand même pas commencer à bosser au téléphone.

Un roman de journalistes. Nous allions mourir de faim une année entière. Au diable le journalisme ! Un an à écrire un roman de journaliste qui avait toutes les chances d'être une merde refusée par les éditeurs. Je devais être en train de devenir fou. Ce que c'était que de me laisser influencer par le gros.

Je me dirigeai vers ma valise, ouverte et en désordre au

milieu de la chambre avec le sac de voyage de Katherine, et j'y pris un flacon de vitamines. Le soleil qui entrait par la fenêtre illuminait la pièce de façon étrange. La vie aussi était devenue étrange. L'amour, quand il te prend par surprise, rend les choses étranges. Il prend la place des habitudes, il inonde le quotidien, le rend merveilleusement inattendu, fait apparaître de nouveaux objets sur les meubles. Les mêmes choses semblent différentes, et la différence envahit tout. Un roman. Les idées valent mieux que les projets. C'était un vieux principe. Les projets valent mieux que les premiers chapitres, qui sont toujours meilleurs que les derniers. Un roman que nous n'écririons sans doute jamais. Serais-je en train de vieillir ? On vieillit toujours d'une façon ou d'une autre. Je pensai à Kath. Etre amoureux est une manière de vieillir. De façon bizarre, je me sentais brutalement quelqu'un d'autre. J'étais en train de vieillir. On le remarque parce que les jours paraissent plus courts, qu'on est plus sensible au froid, qu'on s'enrhume plus facilement. On commence à apprécier les mêmes choses, de façon absurdement répétitive. Les rêves commencent à n'être rien d'autre que des rêves. Et surtout, on ne croit plus au remède miracle.

J'avalai les vitamines avec un verre d'eau, mis mes lunettes et commençai à regarder dans le sac de Kath. Au milieu des jeans délavés et des chemisiers *made in* France qui avaient connu des jours meilleurs, je trouvai une planche contact. Des photos de Managua. Sur plusieurs d'entre elles, on voyait Kath aux côtés de Machadito. Je ne l'avais pas vu lors de notre dernier voyage. Qui avait pris les photos ? Si le roman devait être écrit et publié un jour, Kath ferait la photo de couverture et Machadito serait sûrement l'un des personnages, même secondaires.

Je mis ma dernière chemise blanche et je sortis de la chambre, toujours amoureux. Quevedo avait également prévu cela : « La glace ardente, le feu glacé/est une blessure qui fait souffrir et ne se sent point/c'est un bien rêvé, un mal réel/c'est un bref repos fatigant. »

75. Houdini prévoit de s'enterrer vivant

— Si j'étais freudien, l'explication que je vous aurais suggérée serait que toute votre carrière professionnelle est une tentative pour échapper à l'utérus maternel. J'avoue que l'hypothèse me tente.

— Vous n'êtes pas freudien, Kellerman ?

— Je crois que non, Houdini. Je crois que cela m'est totalement indifférent. Cela fait cinquante ans que vous essayez de vous échapper des pièges les plus dangereux, des prisons, des serrures que l'homme a conçus et que vous compliquez davantage. Je crois que, mises à part vos motivations personnelles, vous êtes une parabole vivante de la liberté, et c'est cela qui compte pour moi. Cela, et la possibilité d'empêcher cette femme sans tête de continuer à vous ennuyer chaque fois que vous rêvez de vous échapper de nouveau. J'aimerais que vous voyiez les choses de cette manière. L'esprit est souvent une prison. La société est souvent une structure carcérale et vous, vous proposez la fuite universelle.

— Vous êtes anarchiste, docteur ?

— Vous ne l'êtes pas, Houdini ? Allons, laissons tomber les étiquettes. Dites-moi, vous sentez-vous moins inquiet depuis que nous avons commencé les séances ?

— Je me sens plus entreprenant, plus euphorique. Je crois que je me suis débarrassé de certaines de mes peurs.

Cette semaine, je me suis mis à travailler sur un projet très amusant, vraiment passionnant.

— Vous allez démasquer un fraudeur du spiritisme ? Vous allez enlever sa clientèle à une Gitane renommée, avec boule de cristal et tout ? A moins qu'il s'agisse peut-être d'une medium comme celle que vous avez ruinée à Detroit en montrant tous les trucs avec lesquels elle « convoquait » les esprits ? J'ai trouvé génial le moment où vous avez demandé qu'on vous tienne les bras et les jambes pendant que, dans une caisse en bois, vous faisiez sonner les clochettes et trembler la table en produisant les sons classiques de « l'au-delà ».

— C'était très simple, docteur, il n'a même pas été très difficile de fabriquer la chaussure truquée. Le public s'est bien amusé quand je lui ai montré le truc, vous vous souvenez ? Mais il n'y a pas que ça. Ce que j'ai en tête est encore plus spectaculaire. Est-ce que vous avez entendu parler du fakir égyptien Rahman Bey ? Son spectacle est fondé sur trois effets. Les aiguilles, numéro très connu, qu'il s'enfonce dans la poitrine et dans les côtes. Il n'y a pas de grand mystère là-dedans, il est connu que si l'on agit très vite et dans des zones où il n'y a pas de terminaisons nerveuses, il n'y a pas de douleur. On peut en outre s'aider en anesthésiant les parties en question. Les mages des tribus se sont amusés pendant des siècles à ce genre de jeux, et même à des choses plus compliquées et difficiles à expliquer. La deuxième partie est une série de numéros de fakirisme traditionnel, comme par exemple se coucher sur un lit de clous ou sur plusieurs rangées d'épées. Là, le truc est dans la façon d'aiguiser les couteaux et dans leur taille, puis dans la résistance de la peau. Cela ne m'inquiète pas. Le clou du spectacle — si je puis dire — est aussi le plus difficile à expliquer. Il se met en transe puis s'introduit dans un cercueil en zinc dont on soude le couvercle. Ensuite, on enterre le cercueil dans le sable. Il appelle cette partie « La mort en vie ». Les spécialistes assurent que l'air ne lui permet pas de respirer plus d'un quart d'heure et pourtant, il résiste plus d'une demi-heure. Il a annoncé qu'il allait s'immerger vivant dans la baie de l'Hudson, avec le cercueil sous l'eau. Je crois qu'il est possible de reproduire ce numéro, Kellerman.

— Quel âge avez-vous, Houdini ?

— Je viens d'avoir cinquante et un ans.

— Et vous ne croyez pas que vous n'avez pas besoin de ce genre de défi ? Vous êtes indiscutablement le n° 1, rien ne peut ternir votre célébrité.

— Kellerman, si je meurs au cours de l'un de mes numéros, ce sera fondamentalement parce que Dieu l'aura voulu et en raison d'une bêtise de ma part pendant la préparation. En ce moment, il n'y a vraiment qu'une chose qui m'inquiète. Je ne voudrais pas me retrouver avec le fantôme de ma mère à l'intérieur du cercueil quand je serai immergé vivant. J'ai l'impression, et croyez-moi, j'ai étudié la question, que si l'on perd le contrôle de ses nerfs et qu'on se laisse dominer par l'angoisse, on est un homme mort. Avant qu'on vous remonte, la réserve d'air sera épuisée et vous serez mort d'asphyxie. Une terrible façon de mourir.

— J'ai deux collègues qui font des recherches sur la catalepsie. Il serait peut-être intéressant que vous les rencontriez, Houdini. Et je connais aussi un docteur en Pennsylvanie spécialiste des phénomènes respiratoires.

— Je vous en serais reconnaissant, Kellerman, mais ce qui m'inquiète le plus, c'est ce dont je vous ai parlé.

— Nous allons vous hypnotiser, Houdini. Je crois que j'ai la solution à votre mal...

76. Histoires de journalistes

(Julio)

Houdini, ce génie, laissa à sa mort un cahier de notes dont Harry Gibson, le futur auteur de *L'Ombre* — un autre de mes héros préférés —, fit plus tard un ouvrage, avec deux petits volumes d'explication des principaux tours de magie et des évasions du maître hongrois. Dans cette étrange étape de ma vie, j'avais toujours trois auteurs favoris : Bertolt Brecht, Houdini et Ortiz-Cardoso (auteur de la BD *Torbellino*).

Mais, tandis que la collection de *Torbellino* et les œuvres théâtrales complètes de Brecht étaient sur des rayons stratégiquement placés dans les toilettes, je ne savais plus très bien où j'avais mis les écrits de Houdini. Le coup de téléphone de Greg me lança à leur recherche dans ma bibliothèque. Ils devaient être cachés quelque part au deuxième rang, derrière les récits de catastrophes et les livres sur la Seconde Guerre mondiale.

Je suis un obsessionnel. Je ne peux pas vivre avec un problème non résolu, un livre perdu, un doute sentimental, une dette chez le teinturier. Je suppose que c'est ce qui fait de moi un bon journaliste, et aussi un mari impossible. Elena ne m'a jamais pardonné mes réveils à 4 heures du matin, quand j'allumais toutes les lumières et me mettais à chercher dans tout l'appartement avec force jurons *La Forêt* de Pommeroy ou le dernier relevé de notre compte joint.

Devoir retourner la moitié de ma bibliothèque ne m'arrêta pas dans ma recherche des deux petits tomes de Houdini. Je voulais vérifier quelque chose, quelque chose dont je me souvenais bien.

Des dizaines de livres jonchaient déjà le sol lorsque je tombai dessus. Tome II, à la page 45, il y avait une marque et même quelques notes prises à l'époque où j'étudiais le livre. Une manie qui remontait, si mes souvenirs étaient exacts, à deux ans auparavant, lorsque je rêvais toutes les nuits que l'on venait m'arrêter et que je me vengeais de ces cauchemars en étudiant les méthodes d'évasion de Houdini. J'en avais même appliqué une. Houdini appelait cela « l'évasion de la camisole de force ». La camisole de force. L'ennemi traditionnel des détraqués. La marque infamante de la folie. C'était peut-être pour cela, et pour cela d'abord, que cette évasion de Houdini me fascinait tout particulièrement. Libérer le fou de la camisole de force. Tout un paradoxe social.

Comme nul ne l'ignore, une camisole de force est un dispositif où les bras, pris dans des manches plus longues que la normale, sont attachés dans le dos avec des boucles de ceinture. Houdini utilisait des camisoles professionnelles, fournies par les infirmiers d'un asile psychiatrique. A seize ans, j'utilisais les chemises de mon frère. En déboîtant une épaule, Houdini parvenait à lever un bras au-dessus de la tête, puis, en tournant brutalement les coudes, à faire glisser la tête sous les bras pour faire tourner la camisole et défaire les boucles avec les dents. C'était une question de talent, d'habileté, de pratique et de plusieurs années d'entraînement. Je ne m'en tirais pas mal.

Je cherchai ma camisole de force au fond d'une vieille valise rangée dans un placard. Elle était à sa place, bizarrement luisante et repassée. Je m'en saisis et sortis de chez moi. Ma voisine, doña Laura, une institutrice à la retraite, militante cardéniste enthousiaste, avait l'habitude de ce genre de lubies.

— Laurita, tu ne voudrais pas me l'attacher ?

— Hé, Julio ! Un jour, ils te trouveront avec et ils te flanqueront à l'asile.

— Serre-la bien, Laurita, ne fais pas semblant pour me faciliter le travail... Bien. Donne-moi un verre d'eau et à tout de suite.

Je commençai par des exercices respiratoires et de concentration. J'aurais dû m'échauffer avant d'enfiler la camisole, mais j'étais trop pressé...

Je commençai par les coudes, en essayant de dégonfler les bras pour me ménager un espace de manœuvre. Alors que je commençais à faire bouger la tête, on sonna à la porte. Le facteur. Surpris.

— Mets-moi la lettre dans la bouche. Je te filerai du blé une autre fois.

Je refermai la porte avec le pied. Le facteur en était resté bouche bée. Ça lui faisait les pieds : distribuer le courrier n'était pas aussi facile que ce qu'il pensait. Je recommençai à bouger des coudes. Il y avait des grincements dans mes articulations.

Une demi-heure plus tard, libéré de la camisole et couvert de sueur de la tête aux pieds, je lisais la lettre. Sa lecture me laissa dans le même état que le facteur lorsqu'il m'avait vu dans la camisole. « Cher ami... » Qu'est-ce que c'était que ces conneries ? La fondation pour les sciences sociales de Californie du Sud, en liaison avec les héritiers de Stan Laurel, nous invitait à participer au prix de journalisme Pancho Villa, doté de 61 000 dollars. Suivait la genèse du prix : un dépôt conjoint de Stan Laurel et de mon grand-père Tomás Fernández, effectué en 1947 mais dont la trace avait été égarée dans la succession de Laurel. Mon grand-père et Laurel créant un prix de journalisme ! Mais quand est-ce qu'ils avaient bien pu se rencontrer ? Un prix Pancho Villa ! Ce n'était pas tout. Le règlement était encore plus extraordinaire. Il s'agissait de présenter « une biographie construite avec les plus récentes techniques du reportage historique à propos d'une figure révolutionnaire latino-américaine contemporaine, un caudillo qui aurait suivi les traces du Centaure du Nord ». Le comité de sélection avait envoyé la lettre à cent journalistes connus sur le continent américain. Dans mon cas particulier, vu que j'étais le petit-fils du fondateur du prix, ils étaient d'autant plus heureux d'avoir pu retenir mon nom et celui de Greg « à partir des brillants travaux journalistiques réalisés ces dernières années ». Il nous restait un mois pour remettre notre projet, avec une sommaire description du personnage, la façon dont nous comptions mener notre reportage et la description des techniques d'écriture envisagées. 61 000 dollars ! Laurel et mon grand-père ! Il était indiqué que les réponses seraient envoyées vingt-cinq jours après la date de remise des projets.

Je pris le téléphone en trébuchant sur la camisole de force que j'avais laissée par terre et je demandai à l'opératrice de me passer l'hôtel Colonial de Zacatecas. Je mis une demi-heure avant de tomber sur Greg.

J'avais dû le déranger dans un moment crucial, car il me répondit d'une voix caverneuse.

— Tu ne me croiras jamais.

— *Right*. Jamais. Rappelle-moi demain, gros.

— Greg, mon grand-père a connu Laurel. Laurel, bordel de merde ! Ton grand-père, le psychiatre de Houdini, peut aller se faire mettre !

77. Les nains opérationnels...

... ne pouvaient plus attendre. Alex ne pouvait se permettre le luxe de laisser les guerres bureaucratiques freiner le programme de l'opération Blanche-Neige. C'est pourquoi, le premier jour ouvrable de l'année, appliquant à la lettre la première étape du plan des opérations élaboré par Benjamin et approuvé par Alex, Grincheux 2 se rendit au Banco Internacional, succursale 37-Las Americas, de Mexico, et ouvrit un compte joint à son nom et à celui de Carlos Machado, où il déposa 27 millions de pesos. Il enregistra sa signature — Feliciano Valencia — et demanda que l'on envoie, pour qu'il les signe, les documents nécessaires à Carlos Machado qui se trouvait à l'étranger. Ces démarches administratives auprès du fondé de pouvoir de la banque devaient faciliter plus tard son identification.

Deux jours plus tard, Grincheux 7, trente-cinq ans environ, de type caucasien, accent anglais, loua trois chambres de l'hôtel Florida à Mexico dans la colonia Condesa, au nom de la compagnie Bancroft. Le Florida est un hôtel de deuxième catégorie, tenu par la veuve d'un commerçant autrichien arrivé à Mexico à la fin de la Seconde Guerre mondiale, plutôt propre et accueillant pour un prix relativement raisonnable (dans les 18 dollars la chambre double, si l'inflation qui règne à Mexico ne fait pas des siennes). Sa clientèle est constituée de petits-bourgeois de province qui viennent à Mexico pour affaires.

Grincheux 4 le rejoignit quelques heures plus tard muni de trois valises qui contenaient du matériel de surveillance électronique qu'ils installèrent dans les chambres 22 et 23, laissant les commandes de contrôle dans la 25. Ils firent des essais avant de démonter le tout. Ils procédèrent avec le plus grand soin et disparurent aussi anonymement qu'ils étaient arrivés. Il est possible qu'une femme de chambre ait gardé un vague souvenir d'eux.

Une semaine après la fin de l'opération à l'hôtel Florida, Grincheux 9, officiellement Charles Blair, directeur des relations avec l'Amérique latine de la fondation Christie de Carmel en Californie, rencontra les organisateurs du colloque « Guérilla et littérature » et leur renouvela son offre de pleine collaboration pour l'organisation de la manifestation prévue en juin 1989 à Mexico. Le Colegio de Mexico et la fondation Christie n'en étaient pas à leur premier contact. Depuis six mois, les deux institutions avaient échangé une correspondance nourrie. La prise en charge par la fondation d'une partie des frais de voyage et de séjour, ainsi que la coédition aux Etats-Unis des actes du colloque faisaient partie des points en discussion. Blair précisa que pour des raisons de statut légal, la fondation devait faire superviser les finances de la manifestation par un commissaire aux comptes et que, pour cette raison, quinze jours avant le début du colloque, ils enverraient une secrétaire qui se chargerait de toute la partie voyage, logement et défraiements, même si l'organisation générale, les téléphones et le courrier, les réceptions officielles et la responsabilité des débats restaient à la charge des coordinateurs du Colegio de Mexico (plutôt incompétents en l'occurrence). Blair vérifia la liste des invités et les lettres d'acceptation. Il avait pour mission essentielle de s'assurer de la participation au colloque du journaliste bulgare Stoyan Vassiliev, de l'écrivain et commandant sandiniste Ernesto Luaces et du vice-ministre nicaraguayen de l'Intérieur, Carlos Machado. Il fit également semblant de s'intéresser à tous les autres participants et prit bonne note de la présence de quatre délégués cubains, d'un Italien qui était présenté, malgré ses soixante-huit ans, comme un ex-sympathisant des Brigades rouges et d'un journaliste uruguayen, fondateur des Tupamaros. Blair profita du voyage pour se payer du bon temps avec des putes. Suite à une nuit agitée à l'hôtel Presidente Chapultepec, il chopa une mauvaise infection urinaire.

Tandis que Grincheux 9 faisait de la gymnastique sur les lits de l'hôtel, Grincheux 5 arrivait à Mexico par un vol du soir en provenance de Houston. Après avoir passé la nuit à l'hôtel de l'aéroport Benito Juárez, Grincheux 5 prit le lendemain un vol d'Aeronica pour Managua, dans le cadre d'un voyage organisé qui proposait « une semaine sur le lac ». Grincheux 5 passa sept jours à Managua, sans se distinguer des autres touristes américains de son groupe. Mais elle appela un jour le bureau de Carlos Machado et, après avoir convaincu sa secrétaire, elle eut le ministre au téléphone et lui transmit un message de la part de son amie Lucy Weiss, éditrice de *Monthly Review*, qui avait participé à l'édition en anglais de *Nuits de soleil, jours de lune*, le texte-témoignage de Machado sur la révolution sandiniste. Grincheux 5 rencontra brièvement Machado à la cafétéria de l'hôtel Intercontinental et lui remit de la part de Lucy un de ses livres de poèmes avec une dédicace. A l'intérieur, quelqu'un avait oublié un marque-page : un reçu illisible de versement sur un compte du Banco Internacional à Mexico. Elle remit aussi à Machado un exemplaire, apparemment neuf, de la seconde édition de son livre en anglais et plusieurs cassettes longue durée de musique country, toujours de la part de Lucy. Leur conversation dura à peine dix minutes. Grincheux 5 se présenta comme une institutrice de l'Iowa, sympathisante de la révolution sandiniste. Le vice-ministre lui offrit un foulard et lui demanda d'apporter à Lucy le dernier disque dédicacé de Carlos Mejía Godoy accompagné par les Palagüinas.

Presque au même moment, dans un café de la calle Dolores à Mexico, Grincheux 3 avait rendez-vous avec Leandro Ontiveros, un commandant de la police judiciaire fédérale mexicaine, surnommé Perro Loco. Ils burent du chocolat avec des *churros*. Grincheux 3 n'eut pas besoin de se présenter, ils se connaissaient déjà. Leur conversation dura longtemps malgré la simplicité de son objet. L'Américain demanda au Mexicain deux pistoleros de confiance pour commettre un assassinat. Ils passèrent en revue les possibilités du marché local. Grincheux 3 demanda en particulier si El Renco, un tueur de Oaxaca connu de tous deux, était disponible. Ontiveros avait appris par hasard que El Renco venait de terminer un contrat à Puebla. Il proposa pour 500 dollars de jouer les intermédiaires et de lui mettre la main dessus. Grincheux 3 voulut en outre faire un cadeau personnel à Ontiveros. Il lui donna le nom d'une firme importatrice de matériel électronique japonais qui venait de s'installer à Mexico et qui complétait ses opérations commerciales avec quelques trafics de coke. Ontiveros lui offrit de faire *fifty-fifty* si le tuyau s'avérait profitable. Le gringo lui dit qu'entre amis, 25 pour 100 lui suffisait.

Deux jours plus tard, Rolando M. Limas participait à Puebla à une séance très spéciale de photos. Il fut photographié dans les rues et devant la porte de l'hôtel Meléndez, avec à la main un exemplaire de l'*Excelsior* daté de plus de trois ans. Personne ne fit attention à la date, sauf Limas et Grincheux 11 le photographe. Grincheux 8, un modèle de l'agence Lane de San Francisco qui s'appelait Domingo Reina, était d'origine guatémaltèque et avait déjà travaillé pour l'Agence, participa à la deuxième partie de la séance.

Entre le jour où Grincheux 2 ouvrit un compte dans une banque de Mexico et celui où Grincheux 11 prit les dernières photos, fonctionna au SD un groupe spécial surnommé « les petits amis de la forêt », qui falsifia sept lettres, deux cartes postales et une signature. Le travail de faussaire impliqua de refaire des tampons de poste mexicains et nicaraguayens, de se procurer les enveloppes et le papier adéquats, de l'encre et des machines à écrire, le tout sous la surveillance d'un « responsable de style ».

Alex surveilla les opérations de loin, se contentant de vérifier brièvement leur bon déroulement. La guerre intérieure occupait l'essentiel de ses pensées.

78. Le goût bulgare

(VI)

A Paris, au début 1961, Stoyan se promena bras dessus, bras dessous avec Longoria, sous un soleil d'hiver qui réchauffait fort peu. Ils commencèrent leur promenade aux pieds de la tour Eiffel, puis ils continuèrent à tourner en rond autour du Trocadéro pendant des heures. En une douzaine de phrases, ils parcoururent leurs chemins depuis la dernière fois qu'ils s'étaient vus. C'était à la fin 1939, à Toulouse, où Longoria mettait en pratique ses toutes nouvelles connaissances en matière de fabrication de passeports.

Stoyan parla du Monténégro, du maquis antinazi dans les montagnes bulgares, des arrestations de 1949, des années passées à gérer la coopérative de fleurs près de Velingrad où il dirigeait une TKZS produisant de l'essence de rose. Longoria passa brièvement en revue ses aventures dans la Résistance, les attentats contre Franco. C'était à peu près tout. L'Espagnol remarqua que son ami était beaucoup plus maigre, mais toujours solide, comme si les années passées en prison avaient raffermi ses muscles et tendu sa peau. Stoyan lui parla de son projet. Il ne lui dit pas : « Je vais faire ceci », mais : « J'aimerais faire cela ». Longoria comprit très nettement que « le Tank » Vassiliev avait une idée très claire à laquelle il allait consacrer une bonne part de ses prochaines années. Vassiliev était obsédé par la disparition de Maria et par son nouveau projet ; il ne s'était pas aperçu de l'état d'excitation dans lequel se trouvait également Longoria. Quelques mois plus tard, en apprenant la nouvelle de la mort de l'Espagnol, tué par des pistoleros, il essaya de reconstruire cette dernière conversation avec son plus fidèle ami. Il ne se souvenait que de ses paroles à lui en train de raconter à un Longoria taciturne, qui fumait beaucoup, son projet d'élaboration du Livre noir de la guerre d'Espagne. La liste des pistoleros du NKVD qui avaient agi contre les internationaux sur ordre de Yezhov et Staline. Une liste avec des noms, des adresses et des données qui permettrait de les envoyer tous en enfer un jour, après un procès populaire, sans pièges, pas cuisiné d'avance, sans trucs, sans confessions extorquées. Un livre qui rendrait justice aux communistes tués en Espagne par les bourreaux de leur propre parti, les assassins d'Abel. Ce n'était pas une décision irréfléchie, une bouffée de haine qui le prenait avec des années de retard. C'était une réflexion logique qui avait lentement mûri dans la tête de Stoyan Vassiliev, durant les cinq années passées en prison et les deux en exil puis, plus tard, pendant ses voyages en tant que journaliste, au gré des conversations avec les survivants, au cours de son séjour à Nuremberg en tant qu'observateur de la délégation bulgare au procès des assassins nazis. C'était un règlement de comptes en famille. Il ne demandait pas son aide à Longoria. Il ne s'agissait pas d'une rédemption de ses péchés, il voulait juste qu'il fasse passer le mot, qu'il recueille des informations sans dire à qui elles étaient destinées. Il voulait lui confier des papiers qu'il ne pouvait pas garder avec lui en Bulgarie.

Saturnino lui avait répondu qu'il valait mieux faire de Max à Los Angeles leur dépositaire, car lui-même se trouvait dans une situation très particulière. Une situation « extrêmement précaire », avait-il dit.

— Il ne s'agit pas d'une bêtise romantique, lui dit Vassiliev, avec une pointe d'angoisse dans la voix. Tu sais que ces choses... C'est une dette que nous avons envers les survivants, et les futurs survivants... Tu sais ce que j'ai découvert ?

— Ce que tu savais que tu allais trouver. Tu le savais, Stoyan, tu le savais déjà en Espagne.

— Oui, mais c'est encore pire.

— Je peux te dire que j'ai l'impression que tout cela, c'est la faute de Lénine. D'abord, pourquoi est-ce qu'il invitait tout le temps Joseph Vissarionovitch Djougachvili à prendre le café en sa compagnie ?

— Que sais-tu du sort des internationaux après la Seconde Guerre mondiale ? lui demanda soudainement Stoyan.

— Ce que tout le monde sait, je suppose. Ici, en France, j'ai travaillé avec plusieurs d'entre eux pendant la guerre. Ceux du PC étaient ce que l'on faisait de mieux en matière de stalinisme rampant. Mais c'étaient des staliniens sentimentaux. Des gens bien. En plus, ils avaient des couilles. Je parle de gens comme Marcel Langer, Fabien, Rol-Tanguy et les types qui ont organisé les FTP.

— Sais-tu ce qui est arrivé aux Tchèques ?

— London et compagnie ? Les procès.

— Et aux Hongrois ?

— Je connais l'histoire de Rajk. Ils ont inventé qu'il avait été un agent anglais, avant de l'exécuter.

— Et aux Soviétiques ? Sais-tu ce qui est arrivé à Gorev ? Et à Koltsov ?

— Ils ont été exécutés avant la guerre.

— Sais-tu quel a été le principal grief de Staline contre les Yougoslaves ?

— Ils ont été accusés de travailler pour les nazis depuis la guerre d'Espagne. J'ai lu ces histoires dans les journaux. On n'a pas eu besoin que la glace fonde pour apprendre ce qui était en train de se passer. Nous savons tous que Staline a tué plus de communistes polonais et allemands que Hitler, et s'il n'a pas tué davantage d'anarchistes, de socialistes et de communistes espagnols que Franco, c'est parce que nous avons perdu la guerre.

Au milieu de la matinée, les deux hommes descendaient lentement le passé, sans arriver à mettre les pieds dans le présent. On aurait dit que le Bulgare avait besoin d'une voix pour lui confirmer que le cauchemar était bien réel, d'un bras pour le guider dans Paris. Ils entrèrent dans un petit restaurant et Vassiliev regarda Longoria dévorer deux portions de tripes à la mode de Caen. Il refusa de l'accompagner. Après le dessert, ils fumèrent tous deux en silence.

Ce fut Longoria qui parla d'Elisa, mais Stoyan ne suivit pas la conversation. L'Espagnol faillit lui raconter la traque dont il était l'objet. Mais tout était si compliqué. Il aurait été obligé de parler à son ami des histoires des années cinquante. Des réseaux de falsification de documents, de financement des attentats contre Franco qui avaient échoué, des vols de coffres-forts, des fraudes multimilliardaires, de la fabrication de faux bons du Trésor et de créances bancaires, des contacts avec la pègre, avec les Algériens, avec les révolutionnaires portugais qu'il avait aidés pour le vol d'un paquebot, avec des gens de la mafia qui voulaient utiliser ses services de faussaire et qui avaient corrompu beaucoup de ses amis, avec les voleurs et les petits voleurs sans envergure, avec des hommes parlant deux ou trois langues, possédant deux ou trois visages, qui au bout du compte ne savaient plus qui étaient leurs maîtres et n'étaient même plus maîtres d'eux-mêmes. Le tout, en échappant toujours à la police française où il avait quelques amis, tel le commissaire Lévi dont le père avait échappé à la déportation et à la mort dans les camps nazis grâce aux faux papiers fournis par Longoria. Il avait sauvé ainsi six cent cinquante Juifs. Lui, il avait aussi échappé aux services secrets espagnols qui avaient mis sa tête à bon prix. Des histoires d'un monde rempli d'ombres, de négociations ambiguës, de changements, de paris. Des fortunes qui auraient rendu jaloux l'Aga Khan étaient passées entre ses mains au cours de ces dernières années, et pourtant il continuait à boire du mauvais beaujolais et à dormir sur un lit de camp recouvert d'une vieille peau d'ours que son ami Jean-Paul avait prise comme trophée en 1944 à l'hôtel Meurice, siège du commandement allemand du Grosse Paris. Comment raconter tout cela en si peu de temps ? Comment expliquer à Stoyan pourquoi il avait falsifié 200 millions de francs en jetons du casino de Monaco et ce qu'il avait fait de l'argent ? Comment expliquer que l'argent avait servi pour corrompre des douaniers français et pour faire passer une tonne de gélinite en Espagne, l'autre moitié ayant été gardée par un de ses collaborateurs occasionnels, lequel était sûrement en train de raconter les exploits de la résistance antifranquiste au coucher du soleil sur une plage du Venezuela ? Comment expliquer que pendant des mois il avait pris un malin plaisir à payer une bande de gamins pour qu'ils jettent des sachets de merde contre l'immeuble de l'attaché commercial d'Espagne à Angoulême ? Ou que c'était lui qui avait financé la guérilla de Sabaté ? Comment raconter d'un seul coup ces personnages merveilleux, ces arnaqueurs, ces cyniques, ces aventuriers, ces jouisseurs, ces héros sans cause, ces militaires obsédés et têtus même dans la défaite, qui avaient tous détenu un passeport falsifié par ses soins ?

Longoria y renonça. Il se limita à lui montrer ses doigts jaunis par les acides et à lui dire :

— Je suis content. L'Etat a inventé la bureaucratie, ces milliers de papiers pour te rendre la vie encore plus compliquée, pour que tu prouves comment tu t'appelles, combien d'argent tu dois, combien de fois tu as été en prison, où tu travailles, combien de maisons tu possèdes, si tu es ou non le père de tes enfants. Plus ils ont besoin de papiers, plus je leur en fais cadeau. Les meilleurs hommes d'Espagne ont un passeport signé Saturnino Longoria. Mais je crois que l'étau se resserre autour de moi. L'histoire des Algériens est en train de m'attirer beaucoup d'ennuis avec les Français.

— Fais attention, Longoria. Pourquoi ne changes-tu pas de pays ? L'Amérique latine...

Stoyan ne regardait plus les rues de Paris. Il était en train de contempler une rue pleine de maisons blanches à Carthagène, en Colombie, près des remparts baignés de soleil. Pour ne pas être en reste, Longoria reconstruisit dans sa mémoire, en pensant à une photo que quelqu'un lui avait envoyée un jour, les *marimbas* jouant sous les arcades, en face de l'hôtel Diligencias à Veracruz.

— On n'a pas l'air con, à rêver comme ça des Tropiques ! On se fait peut-être vieux, Longoria ? dit le Bulgare.

— Je te répondrai dans vingt ans, quand j'aurai une perspective correcte sur la question, lui répondit l'Espagnol.

79. Version de *Adieu à Mompracem* de Emilio Salgari imaginée dans la prison de Pleven par Stoyan Vassiliev

— Je suis certain que nous sommes suivis, dit Yáñez.

— Ton fameux troisième œil dans le dos n'a décidément rien perdu de son acuité, répondit Sandokan.

— S'il s'améliore avec l'âge, c'est parce que la peur augmente, répondit Yáñez.

Les deux personnages, précédés du Dayak Kompiang, tentaient de se frayer un chemin au milieu de la petite foule qui se pressait dans les ruelles du quartier chinois de Singapour. En 1873, la ville bouillonnait de toutes les races, synthèse du monde asiatique sous domination britannique. Des commerçants parsis, cérémonieux et respectés en raison de leur honnêteté dans le maniement des poids et mesures, des Chinois à natte, l'air inquiet et pressé, des pêcheurs malais offrant au lever du jour dans leurs mains le produit de leur pêche, des marins javanais au chômage, des marchands d'eau bengali, de petits commerçants portugais et espagnols, des employés de banque irlandais et des garçons de bureau mahométans de l'Inde occidentale, des Dayaks musclés qui portaient des palanquins luxueux avec une dame anglaise faisant ses courses du matin...

Nos amis passèrent devant une mosquée, un grand entrepôt de tissus britannique et une maison de jeux dont les portes fermées attendaient la nuit. Ils entrèrent dans une ruelle remplie d'échoppes tenues par des fils de l'Empire céleste. Ils entrèrent dans la seconde, surmontée d'une enseigne en caractères chinois qui disait en cantonais et, en lettres plus petites, en anglais : « La justice de Lu. » Le propriétaire, un Chinois affairé vêtu d'une veste molletonnée en coton bleu, écarta ses employés, et, se glissant entre des tonneaux de clous et des piles de marteaux, de rabots et de scies, s'approcha d'eux.

— Très distingués messieurs, l'humble Lu en personne vient se mettre à votre disposition, dit-il en parlant de lui à la troisième personne et en se frottant les doigts. Ses employés offrirent aux Tigres deux chaises tirées de l'amas de quincaillerie et des piles de câbles d'acier, de fil de fer barbelé et d'outils des origines les plus diverses. En même temps que les chaises, apparut un adolescent portant un plateau avec du thé fumant.

— On nous a recommandé ta boutique pour ses prix modérés et la qualité de ton matériel, dit Yáñez en souriant.

— C'est un ami à nous, originaire de terres très lointaines, il y a bien des années à Macao. Il nous a dit de ne pas manquer de te rappeler les amours en commun que vous avez connues avec la Rose blanche, dit Sandokan.

De fines rides d'inquiétude apparurent autour des yeux du Chinois déconcerté. Il ne tarda pas à réagir.

— Je suppose que l'achat qu'envisagent ces messieurs porte sur de grandes quantités.

— En effet. Nous avons besoin d'outillage pour une importante plantation que nous voulons établir à Bornéo. Nous voudrions même faire de vous notre fournisseur permanent.

— Si vous voulez bien prendre la peine de me suivre dans mon bureau, dans l'arrière-boutique, nous serons plus à l'aise pour discuter de cette affaire.

A ces mots, les deux Tigres le suivirent à l'intérieur du magasin. Le Dayak Kompiang resta en sentinelle près de la porte qu'ils venaient de franchir. Les Tigres de Malaisie n'étaient pas seulement rentrés dans l'arrière-boutique d'un commerçant chinois, ils venaient de pénétrer à l'intérieur des puissantes sociétés secrètes, les Tongs de Singapour, succursales de celles existant sur le continent chinois, renforcées par le nationalisme que la guerre de l'opium avait réveillé au sein des communautés chinoises, et cruellement pourchassées dans tous les protectorats britanniques. Des sociétés secrètes où la haine des Européens, la fraternité entre les membres et, de temps à autre, les intérêts pas très orthodoxes liés aux pratiques criminelles ou simplement commerciales créaient entre leurs membres une solidarité à toute épreuve. On les retrouvait en abondance sur les côtes de la mer de Chine septentrionale, tout au long des possessions britanniques et hollandaises.

— Vous n'êtes pas des frères ? demanda soudain le Chinois plein de méfiance.

— Non, nous ne sommes pas des frères, mais nous pourrions dire que nous le sommes car nos causes sont les mêmes, libérer l'Asie des parasites colonialistes. N'aie pas peur, Lu, tu as devant toi Sandokan et Yáñez de Gomara, les Tigres de Malaisie. Dans les yeux du Chinois, l'étonnement laissa place à l'orgueil.

— Mais l'on racontait que... Mompracem est quasiment une légende par ici...

— Nous sortons à peine de longues vacances.

— Que puis-je faire pour vous, ô distingués amis ?

— Beaucoup plus que ce que tu ne crois, Lu. Nous sommes à la recherche d'un homme, un Javanais, prisonnier des Britanniques ici à Singapour. Il était à bord d'un voilier français, *La Revanche*, qui a fait escale ici il y a un an environ, un peu plus peut-être. Il a été accusé de vol et remis aux autorités britanniques. C'est un jeune homme de vingt-cinq ans environ, nommé Malang. Nous voulons le retrouver.

— Cela ne me sera pas trop difficile. Je vais me mettre

tout de suite à la tâche, dit le Chinois en tendant la main aux deux personnages.

Sandokan la lui serra en premier. Il pressa doucement de son index le pouls du Chinois au niveau du poignet. C'était le geste de reconnaissance fraternelle de tous les membres du Tong de la Rose blanche. Yáñez fit de même.

Quelques minutes plus tard, les deux Tigres étaient à nouveau dans les ruelles en ébullition, à la recherche d'un lieu où manger un formidable *rijsttafel* qu'on leur avait chaudement recommandé.

— Je suis désolé de devoir te dire que nous sommes suivis, dit Yáñez.

— Qui est-ce ?

— Je crois bien qu'ils sont deux. L'un porte le turban des natifs du Gange et l'autre est un petit Malais d'une quinzaine d'années. Aurions-nous par ici quelque dette impayée ?

— Il y a plus de six ans que le rajah Brooks de Sarawak est mort et que la Compagnie des Indes orientales a disparu. Il y a longtemps que l'écho de nos exploits ne résonne plus dans la partie la plus occidentale de l'archipel. Nos vieux ennemis doivent déjà être morts d'ennui ou de vieillesse. Mais on ne sait jamais. Nos noms éveillent encore des peurs, les peurs déterrent des haines et de vieux souvenirs de vengeance. Et puis nous sommes encore capables d'incendier certains cœurs, sans compter quelques palais victoriens... Attention, Yáñez, l'Empire ne pardonne pas.

— C'est plutôt des voleurs de rue. Serre bien ta bourse et n'y pense plus, dit Yáñez, qui refusait de se laisser gagner par les idées noires de Sandokan. En souriant, il entra dans le petit restaurant où, après avoir donné d'avance au patron deux pièces d'argent, ils furent reçus comme s'ils avaient été les patrons du quartier chinois de Singapour.

La nuit tombait lorsqu'ils quittèrent le restaurant après avoir liquidé les fameux soixante plats composant la « table de riz ». Celle-ci comprenait des douzaines de sortes de sauce, du *babi ketjap*, du *sambal goreng* piquant, des viandes qui allaient de la cervelle de singe à la côtelette de cabri à la sauce de *mani*, en passant par le filet de poisson à la noix de coco, la peau de porc parfumée, les langoustines à l'*arak* et les *rudjak manis*, le tout accompagné d'un riz bouilli très blanc, parfumé aux épices. Ils ne parlèrent pratiquement pas durant le repas, excepté les louanges adressées par le Portugais aux délices de la cuisine de Sumatra et un bref commentaire de Sandokan qui n'appelait pas de réponse de son compagnon, car il y répondit tout seul :

— Et si finalement la comtesse polonaise n'était pas morte en Nouvelle-Calédonie ? Les fièvres, le climat, l'épuisement, une tentative d'évasion manquée, les carabines d'un peloton d'exécution français... Bien sûr, cela n'a pas d'importance. Même ainsi, nous rendrions justice à un amour malheureux. Toute notre vie est pleine d'amours de ce genre...

A la sortie, Yáñez eut un bâillement et Sandokan l'interrompit :

— Je sais déjà ce que tu vas me dire. Qu'à notre âge, nous devrions faire la sieste et réfléchir à la suite des événements. Qu'il te plairait par conséquent que nous allions sur Albert Road à la recherche d'un petit hôtel accueillant... Je suis désolé de te contredire. Cela ne me plaît pas du tout que nous ayons été suivis. Retournons sur *Le Vengeur* et attendons des nouvelles de notre ami Lu.

— Je n'ai pas ouvert la bouche.

— Si, pour bâiller.

La discussion n'alla pas plus loin. Au bout de la ruelle qu'ils suivaient, apparurent quatre Malais, les kriss dégainés.

— Kompiang, protège nos arrières ! dit prestement le Tigre de Malaisie. Yáñez, à moi !

Le Portugais n'avait pas besoin de l'incitation de son frère de sang. Dès qu'il vit les Malais qui fonçaient sur eux, il sortit un colt Baby Dragoon de l'intérieur de son uniforme bleu d'officier de marine et faucha d'une balle le premier. Sandokan avait tiré de la poche de son sarong un pistolet-poignard Unwin et tira au jugé, sans atteindre de cible. Les trois autres, sans s'occuper de leur camarade qui gisait au sol, foncèrent sur les Tigres, à la recherche du corps à corps. Sandokan en arrêta un, épinglant la manche de sa blouse avec son poignard et le tirant contre la façade d'une boutique. Yáñez pendant ce temps abattait le second d'une nouvelle balle de colt, sans pouvoir empêcher toutefois que le kriss de ce dernier n'érafle son pantalon et lui fasse une estafilade superficielle à la cuisse. Le quatrième, un borgne à l'air féroce, voyant qu'il n'avait pas l'avantage face à l'automatique du Portugais, s'enfuit en courant.

— Ne tire pas, Yáñez, laisse-le-moi ! cria Sandokan qui ne voulait pas que son ami mette fin au combat en tirant sur l'homme qui était face à lui. A coups de feintes circulaires avec son poignard, et malgré la plus grande longueur du kriss de son ennemi, il le maintenait collé au mur, adossé à des gouttières en bambou. Les yeux du Tigre brillaient de joie. Le dernier de leurs assaillants, un Malais très jeune aux vêtements sales, ne pouvait s'empêcher de fixer le poignard-revolver. C'est ce qui le perdit. Sandokan l'étendit raide d'une fulminante manchette à la tempe portée de la main gauche.

— Kompiang, prends-le sur ton dos. Et droit au port, au pas de charge ! Choisis les rues sombres, les ruelles. Tu t'en sens capable ? Nous nous retrouverons devant *Le Vengeur.* Si on t'interroge, dis que c'est un de tes compagnons qui est ivre.

— Tout de suite, *tuan*, dit le Dayak qui s'exécuta aussitôt.

— Comment te sens-tu, Yáñez ? demanda Sandokan au Portugais qui examinait l'un des deux autres assaillants, celui qui l'avait touché de la pointe de son couteau, et qui se tordait de douleur, une balle dans l'épaule.

— Je n'aurais pas dû manger autant, j'ai une boule dans l'estomac, répondit Yáñez de Gomara, le légendaire Tigre blanc de Malaisie.

80. La biographie attendue de Carlos Machado — Machadito — lacunes comprises

Il mange une glace devant l'entrée d'un cinéma et quelqu'un lui dit : « Regarde, voilà ton papa. » Il le voit passer comme s'il n'existait pas, comme s'il s'agissait d'un parfait étranger, du père d'un autre. Des années plus tard, à Mexico, il devenait nerveux lorsque l'on plaisantait en disant de quelqu'un qu'il était « le fils du laitier ». Lui était le fils d'un laitier qui n'existait pas. D'un laitier fugitif, d'un laitier inconnu, comme le soldat des monuments.

Il regarde la télévision chez un ami. Personne ne parle. Les fusils mitrailleurs de la garde somoziste tirent dans tous les coins. Ils sont en train d'attaquer à plusieurs centaines une maison où un seul homme leur baise la gueule et les transforme en passoire avec un malheureux M3. Ce que la télé est en train de montrer, c'est que ce sont les couilles qui font un homme et qu'un sandiniste tout seul est capable de tenir tête à trois automitrailleuses, un avion et deux compagnies de la garde nationale. Ils peuvent bien tuer Julio Buitrago, le tuer et le tuer encore, il est en route vers la gloire éternelle, et il nous entraîne tous derrière lui, là où il voulait que l'on aille, parce que si l'on meurt de cette façon, pour ses idées, cela veut dire que le pays auquel on croit est au bout du fusil et que ce fusil, je le prendrai à mon tour pour rejoindre Julio au pays d'où l'on ne revient pas.

Il est triste et lit des poèmes écrits par d'autres parce qu'il n'arrive pas à en écrire lui-même. Des poèmes d'amour avec une pincée de haine, une pincée de rage. Des poèmes transmis de la main à la main parce que l'on ne peut pas les éditer au Nicaragua. Des poèmes lus et relus par tous ceux qui en ont appris chaque mot par cœur et qui, même si on finit par torcher les gosses avec, jamais au grand jamais ne se perdront. Des poèmes de Cardenal qui disent des choses que personne ne lui a jamais dites et qu'il ne dira jamais à Yolanda parce qu'elle en mourrait de tristesse, mais même s'il ne peut pas les lui dire, cela n'enlève rien au sentiment ressenti.

Il est épuisé. Il se dit qu'il est si fatigué qu'aucune nouvelle fatigue n'est possible, qu'il n'est pas un muscle qui ne lui fasse mal. Et juste à ce moment-là, il se tord un tendon dont il ignorait l'existence, qui ne s'était pas manifesté jusque-là et qui s'est réveillé à force de charger et décharger des caisses de fruits au marché, pour quelques misérables cordobas, et qui maintenant tire et lui envoie des drôles de signaux dans la tête. Il est épuisé et il sourit parce qu'il est en train d'étudier la biologie, lui qui n'apprenait rien à l'école primaire. Il jure de ne plus jamais manger d'orange. Mais il n'y résiste pas et en sort une de sa poche et la mange tandis que les muscles du monde entier lui font mal, y compris les siens propres.

Il est fier de lui parce que son sperme a giclé à cinquante centimètres, même que la tache est là pour ceux qui n'y croiraient pas et que les autres nullards qui participaient au concours de branlette n'arrivent même pas à trente-cinq centimètres, et que tout est mesuré avec un double décimètre. Ça prouve bien qu'on peut ne pas décoller de plus de 1,60 m au-dessus du sol et arriver plus loin dans la vie, plus loin, toujours plus loin, et même jusqu'aux étoiles du bout du ciel. Les toutes dernières, plus loin que celles tout au fond.

Il est supercontent, entouré de gamins comme lui, tous pareils, des potes d'enfer, ivres de fraternité et de bonheur parce que le Front les a recrutés et que maintenant, rien qu'à cause de cela, ils sont les meilleurs, il n'y a qu'eux, et ils vont mourir comme plus personne ne sait le faire, comme dans les films que plus personne ne tourne. La patrie libre ou la mort ! Ils sont sandinistes jusqu'au bout des ongles. Et ce serait encore mieux de ne pas mourir et de gagner la guerre, et de pouvoir se retrouver et s'aimer tous les quatre. Sur la place le jour de la victoire. Et peut-être que cela n'ira pas aussi loin. De toute façon, c'est aujourd'hui qui compte.

Il est triste parce que la mort ressemble à une roulette en couleur et qu'elle cherche son numéro et tue celui d'à côté sans crier gare. Mais il se souvient d'un morceau de poème de Rugama, un poème qui n'est plus tout à fait un poème lorsqu'il hurle : « Me rendre ? Jamais, fils de pute ! » et maintenant dans ce pays ils en sont tous à faire des poèmes de ce genre, dans cette patrie qui crève de cette saloperie de dictature, patrie malade. Et quand la terre tremble, la limousine du dictateur arrive pour récolter les cadavres et les revendre sur un marché d'organes quelque part sur terre.

Il est mort de trouille au moment d'attaquer la boutique d'un marchand d'alcool ; il tire sans le vouloir, casse deux bouteilles de gnôle et se fait engueuler par son chef parce qu'une balle est une balle et que ça ne se gâche pas comme ça, ça coûte cher, putain ! Et il se fait engueuler par un autre camarade parce qu'il a bousillé les deux bouteilles de gnôle, deux bouteilles qui le jour du grand soir seraient revenues au peuple, et toi pauvre con qui t'amuses à les casser en tirant dessus. Mais la peur s'en est allée. Ne t'en fais pas, elle reviendra.

Il est malade et la fièvre est une fièvre d'ailleurs, pas une fièvre de chez nous. Il se sent comme un Indien à qui les

Espagnols auraient refilé la petite vérole, comme un enfant idiot saisi d'une soudaine crise de coqueluche qui l'empêche d'aller au soleil et de marquer seize mille buts au goal d'en face.

Il mange une pizza dans une rue de Vedado à La Havane, et il regrette les *tacos* des rues de Mexico, qu'il a mangés peu avant la pizza et juste après le maïs au sel, durant son bref séjour dans la sierra. Mais ce qu'il regrette le plus, c'est que d'autres soient en train de se battre à sa place.

Il entend les tambours de Monimbo et il sait que lorsque le peuple se soulève, les autres n'ont qu'à bien se tenir ; il n'y a que trois sandinistes parmi des milliers d'insurgés et il découvre alors les curieux rapports d'avant-garde à avant-garde et de peuple à peuple, et la place que tu tiens, il faut la gagner tous les jours et elle ne dépend pas de ce que dit ton chef. Et il apprend à trois *muchachos* qui sont même plus petits que lui à construire une barricade. Les automitrailleuses arrivent, la sueur sur les mains qui serrent le fusil et le garde qui descend de la jeep et tombe, l'estomac troué, et ces deux femmes à la fenêtre qui applaudissent la précision du tir et qui s'envolent presque tout de suite au ciel avec l'obus tiré par le canon du tank. C'est là qu'il faut se souvenir de la patrie, cette chose qui n'existe pas mais qui existe peut-être, et elle est nous tous, et les tambours indigènes la font revivre et quelqu'un en a donné l'ordre. Il ne faut pas non plus oublier tout ce que l'on a appris dans le manuel de lutte de classes, charger le fusil, armer le fusil, nous qui sommes si nombreux et eux qui sont si peu, mais ces fils de putes sont bien armés. Enfin, presque. Nous, on a les tambours avec nous.

Il est tout trempé, parce que dans la planque où ils sont, quelqu'un lui a pissé dessus la nuit, un *muchacho* trop timide et qui visait mal, et surtout parce qu'il ne voulait pas allumer la lumière. Avec des camarades pareils, plus besoin d'ennemis.

Il se sent de nouveau heureux dans la montagne. Il a

appris à lire à une petite vieille. Il dort à la belle étoile. La liberté appartient à qui tend la main, touche le vent, écoute les oiseaux. S'ils viennent, ils verront ce qui les attend, on va les surprendre les pantalons baissés et loin de leurs bases. Il est heureux parce que la vieille, qui a appris à lire, a pu recopier avec des lettres toutes tordues des phrases de Sandino. Il est heureux parce que, s'il est capable d'apprendre à lire en quarante-sept jours à une mémé telle que Milagros, alors la révolution, de complètement impossible devient complètement possible. Il faut être aveugle pour ne pas le voir, et analphabète des temps anciens pour le croire.

Il est éperdument amoureux d'une fille au sourire lumineux et c'est lui qui est illuminé au plus profond et ils se perdent ensemble pendant les nuits de garde, ils se tiennent la main au petit matin, et s'échangent des conseils sur la façon de protéger les cartouches de l'humidité.

Il est persuadé qu'il est déjà vieux ; il ne foule plus le sol de la patrie. Il est au Costa Rica en train d'organiser l'envoi d'un stock d'armes. C'est de la folie complète et c'est le diable lui-même qui a dû imaginer cette histoire. Il se sent vieux à vingt-deux ans mais Tomás Borge lui parle de Fonseca, de toutes les histoires de Fonseca. De tout ce qu'il a vu, cru, ce dont il était sûr, comment il est mort de la guerre, comment ils l'ont tué pour qu'il ne soit plus avec nous, lui qui y croyait tellement. Et d'un coup, il se sent formidablement jeune et il se dit que Fonseca ressemble au père qu'il n'a jamais eu, et qui, malheureusement aussi, a disparu et il découvre que, comme toujours, c'est encore la faute de Somoza le tyran.

Il lit un papier qu'il a reçu avec deux mois de retard ; il l'a déjà lu six fois et il continue à refuser de croire ce que les mots tentent de lui faire comprendre : que loin d'ici ils ont tué sa Paula. Il ne pourra jamais comprendre ça. Jamais. Paula est en vacances, dans une autre sierra. Elle reviendra lorsque nous rentrerons dans Managua.

Il se sent le cœur glacé, et il a beau essayer d'expliquer

ce qu'il ressent à Omar Cabezas, pour que celui-ci puisse un jour l'écrire, il n'arrive pas à expliquer. Il se dit que les mots ne servent à rien. Il a si souvent essayé de dire, de raconter ce qui se passait sans y arriver. Il a eu si souvent le cœur glacé sans arriver à se faire comprendre. S'ils le tuent maintenant, il ira rejoindre Paula dans la sierra où elle est en vacances. Un homme au cœur glacé fait du mal à la révolution, lui explique un mois plus tard au Costa Rica Eduardo Contreras. Il décide de retarder le moment de sa mort, jusqu'à la dernière minute après la victoire.

Il est en train de lire Che Guevara et il découvre que tout a déjà été dit et beaucoup mieux. Il découvre qu'une vie n'a de sens que si on la vit au service de tous.

Il se sent perdu dans les rues de León, mais la garde somoziste est encore plus perdue que lui, parce que celui qui recule ne sait pas où il va, alors que celui qui avance le sait même s'il l'ignore. Il rit de ce qu'il pense. La révolution est capable de dégeler les cœurs. Paula est toujours dans sa sierra. J'espère qu'elle ne ratera pas son tir comme cela m'arrive parfois. Les anges visent très bien.

Il regarde les autres et se rend compte que ce sont les nôtres.

Il est fou de joie tandis que sonnent les cloches d'Estelí et que les rues sont pavoisées de drapeaux rouges et noirs. A la radio, une speakerine proche de l'hystérie répète sans arrêt que le dictateur a pris un avion et s'est enfui. Il engueule ses *muchachos* qui sont en train de tirer des rafales en l'air. Bande de fous, on a gagné ! Vous allez tuer un ange si vous continuez à tirer en l'air. Des fois que vous égratigniez, avec un calibre 30, Paula qui nous regarde en souriant depuis la sierra, elle qui a toujours su que la révolution gagnerait par surprise.

Il est embêté et ne sait pas quoi répondre quand on le nomme chef de la police de León. Lui qui avait toujours eu la sensation, depuis les séances de cinéma dans la petite salle de quartier, qu'il serait toujours de l'autre côté de la barrière, du côté des voleurs. Il se sent coupable et se souvient qu'en 1962, il a passé la main par la fenêtre ouverte d'une voiture en stationnement pour voler un briquet en or.

Il lit un livre par jour et c'est pour cela qu'il n'arrive pas à dormir. Il a bien d'autres activités. Une révolution victorieuse est la merde la plus réelle, la plus salement réelle, qu'il ait jamais vue. N'y aurait-il pas une âme charitable pour le renvoyer à la guérilla ?

Il prononce un discours devant une fournée de petits soldats de l'Armée populaire sandiniste et sent que ce n'est pas lui qui parle. Depuis quand sait-il tout cela ? A quelle heure l'a-t-il appris ? Merde ! Qui c'est qui a bien pu le mettre derrière un micro plutôt que devant ?

Il est assis sur un lit et est plus que content parce que, quand ils sont venus pour lui montrer le journal, il croyait qu'ils se foutaient de sa gueule ; mais non, en première page on voit parfaitement la photo de la voiture en morceaux. Les *compañeros* argentins se sont payé Somoza au bazooka et il est parti rejoindre la putain qui l'avait engendré. Ça lui apprendra à aller se promener dans la rue. La rue appartient aux enfants qui jouent au ballon, pas aux enculés de dictateurs.

Il est devant un miroir et ne se reconnaît pas. Il est face à un autre. Il n'a pas dormi. Il vient de terminer le manuscrit d'un livre qui tente de raconter ce qui s'est passé. Tout ce qui a changé à mesure qu'il changeait. Il va sûrement passer dix ans à y faire des corrections avant de le jeter à la poubelle, mais ce n'est pas grave. Quelqu'un l'a écrit. Il ne s'est pas écrit tout seul. Il est devant le miroir et ne se reconnaît pas. Il s'appelle Carlos. Il est commandant sandiniste et toujours vivant. Il est le même et un autre. On dit que le temps ne passe pas en vain.

81. Alex sentait...

... un souffle prémonitoire sur les os de sa colonne vertébrale qu'il refusait d'attribuer aux froideurs de l'hiver new-yorkais. C'était les chasseurs de scalp à l'intérieur du Département d'Etat qui voulaient accrocher la chevelure d'Alex à une de leurs lampes de bureau.

Les informations fournies le matin même par Leïla avaient confirmé ses soupçons. C'étaient les foutus « Libyens », ceux de la division 6N, les adorateurs du Coran, qui voulaient sa tête. Leur obsession à tuer Khadafi coûtait tellement cher qu'ils avaient besoin de liquider toute concurrence budgétaire. Il choisit l'alliance de préférence à l'attaque indirecte. Si des bureaucrates défunts commençaient à joncher les couloirs de Langley, tout le monde serait perdant. Il prit son téléphone et appela la Virginie.

— Nicholson. Alex. Ligne ouverte.

— Nicholson, dit une voix au téléphone.

— J'ai une affaire à te proposer. Tu laisses Blanche-Neige être heureuse, et moi je travaille pour vous pendant tout le second semestre 1989. Je me plie à la ligne générale. Je joue les *ghost writers*.

Il y eut un bref silence à l'autre bout du fil.

— Ecris-moi ça sur un mémo. A ta demande, et après m'en avoir parlé, pensant que tu pouvais apporter... il te plairait de..., dit enfin la voix.

— Ça marche. Dès demain, je me plonge dans la géographie.

— Bienvenue en Méditerranée, Alex.

— On dit que c'est la mer la plus polluée du monde...

La voix fit entendre un grand éclat de rire. Alex raccrocha. Enculé de sa mère ! Un jour, il réglerait ses comptes avec eux.

Il appuya sur la sonnette et Leïla entra.

— Je veux partir pour Mexico ce soir ou demain. J'ai besoin de voir Peter et Pan de près. Ils sont à Mexico.

— Je te le confirme dans une minute, dit Leïla en ressortant du bureau.

« *E finita la commedia* », se dit Alex.

82. Houdini en action

Le 5 août 1925, Kellerman fut un des témoins privilégiés de l'exhibition de Houdini dans la piscine de l'hôtel Shelton. Il y avait là plusieurs docteurs, des dizaines de journalistes, des serveurs et des femmes de chambre qui avaient pris leur jour de congé, des bonnes et des employés, des voyeurs qui avaient réussi à se glisser.

Houdini avait fait construire un cercueil en fer galvanisé de 1,98 m de long sur 56 cm de large, aux dimensions de celui utilisé par le fakir égyptien. Vêtu seulement d'un maillot de bain noir, il arborait un visage tendu, qui trahissait son inquiétude. Après avoir laissé les médecins mesurer sa tension, son rythme cardiaque et son nombre d'aspirations à la minute, il commença une série d'exercices respiratoires pour une meilleure oxygénation.

Le cercueil était relié à l'extérieur par une ligne téléphonique et une sonnette d'alarme. Houdini y entra. Une fois installé, il adressa un regard complice et un sourire triste au docteur Kellerman. Le cercueil fut refermé et déposé au fond de la piscine à l'aide d'une petite grue.

Le décompte officiel commença, ponctué de cinq minutes en cinq minutes. Une équipe de secours formée de maîtres nageurs en maillots gris surveillait attentivement. Collins, l'un des assistants de Houdini, veillait près de la sonnette et du téléphone. Jamais la piscine du Shelton n'avait résonné d'un pareil silence. Kellerman fumait cigarette sur cigarette mais n'osait jeter les cendres dans la piscine et les mettait, avec les mégots qu'il éteignait dans l'eau, dans les poches de son veston.

Selon les experts, le volume d'air disponible à l'intérieur du cercueil garantissait de l'oxygène pour une vingtaine de minutes. L'Egyptien avait tenu une heure. Au bout d'une heure et quart, le téléphone sonna. La foule se dressa sur la pointe des pieds. Collins parla quelques instants avec Houdini, puis informa les journalistes. Il semblait inquiet. Bien que le cercueil ne fût pas totalement étanche, Houdini, à l'intérieur, disait ne pas être en danger. On se mit à donner le décompte toutes les trente secondes. Au bout d'une heure trente, Houdini rappela depuis le fond de la piscine. Il demanda à être remonté. Le cercueil fut rapidement ramené à la surface et ouvert. Houdini apparut, au milieu des applaudissements. Il avait le visage émacié, le corps et la tête humides, les rares cheveux collés au crâne, les yeux exorbités. Il dégageait une énorme sensation d'épuisement. Le thermomètre placé à l'intérieur du cercueil marquait 37 degrés centigrades, la température maximum enregistrée durant les quatre-vingt-dix minutes qu'avait duré le défi.

Par rapport au moment où il avait été immergé, la pression sanguine était descendue de 80 à 42, tandis que son rythme cardiaque était monté de 84 à 120.

Toujours sous les applaudissements, Houdini livra ses premières impressions à la presse.

— Il n'y a aucun truc ; si l'on supprime les mouvements du corps, qu'on stabilise sa respiration et qu'on chasse l'angoisse, les besoins en oxygène sont bien moindres qu'en temps normal. Il faut évidemment bien contrôler ses nerfs ; si on laisse l'angoisse s'installer, on commence à respirer plus vite, le rythme cardiaque augmente, et si l'on se désespère, la réserve d'air peut s'épuiser en quelques minutes. J'espère que cette expérience pourra servir aux mineurs qui restent coincés sous terre. Comme vous pouvez le constater, point besoin d'être fakir pour s'enterrer vivant.

Tandis que la foule criait « Vive Houdini ! », et que la rumeur commençait à se répandre dans tous les couloirs de l'hôtel, parvenant aux oreilles de ceux qui n'avaient pas eu accès à la piscine, le héros du jour s'adressa à Kellerman.

— Un succès, docteur. J'ai vu ma mère, mais en entier, tête et corps. Elle me disait : « Je veille sur toi, fils. » Cela a tout rendu plus facile.

Houdini et Kellerman échangèrent une solide poignée de main.

Quatrième partie

Situations instables

83. Les affaires de Perro Loco Ontiveros et du gringo

Perro Loco Ontiveros entre dans une *cantina* de la calle López, une rue dont le nom seul ressemble à un hommage à l'anonymat, les López occupant vingt-sept pages de l'annuaire téléphonique de Mexico. Il regarde attentivement les visages de ceux qui s'y trouvent. Il n'aime pas les visages connus. Il croit au proverbe qui dit qu'il vaut mieux voir un imbécile de loin qu'un salopard de près. Comme tout un chacun qui a des dettes, il fait particulièrement attention à ne jamais avoir de créancier derrière son dos.

Il commande une double tequila et ne la boit pas cul sec. Il ne s'agit pas de se bourrer la gueule aujourd'hui mais de reconnaître le terrain, de vérifier la stabilité des frontières, avant négociation. Il préfère donc savourer sa tequila. Ce n'est évidemment pas lui qui la paie.

Sa deuxième tequila, il la boit à la Flor de Toluca, un établissement plutôt petit où trône un juke-box qui n'a que des chansons *rancheras* de Cuco Sánchez et de José Alfredo Jiménez, magistralement interprétées pour la plupart par Miguel Aceves Mejía. La *cantina* est située calle Victoria, à côté d'un magasin de matériel électrique. Là aussi, la tequila est gratuite mais il investit une pièce de 100 pesos dans le juke-box, histoire de pouvoir bégayer entre ses dents *La Cama de piedra*. Un commerçant bourré paie des tournées aux clients en sortant un rouleau de billets de son pantalon. Perro Loco évalue les possibilités de monter un coup. Il y renonce. Il a des choses plus importantes sur le feu.

C'est seulement une fois assis en compagnie du gringo dans un café chinois de la calle Dolores qu'il commande un chocolat et des *churros* au lieu de tequila. Une affaire de cette importance implique l'abstinence. Le gringo et lui se sont déjà rencontrés. C'est pourquoi ils se saluent d'un double *abrazo*, d'un côté puis de l'autre. Ce sont de vieilles connaissances qui ont déjà traité des affaires ensemble et ne s'embarrassent pas de détours. En tout cas, pas trop.

— J'ai besoin de deux hommes qui n'aient pas la tremblote au moment de tirer, *licenciado* Ontiveros. Des bons, explique le gringo en anglais. Ontiveros, qui n'a jamais été *licenciado* en quoi que ce soit et qui n'a que de très vagues notions d'anglais remontant à l'époque où il trafiquait du côté de la frontière, tente de revenir à la seule langue qui vaille.

— Des vraiment bons ? demande Ontiveros en trempant un *churro* dans son chocolat.

— Des vraiment bons, même s'ils sont chers, dit le gringo, qui n'est pas sourd et comprend vite.

— Lezama ? demande Ontiveros, faisant allusion à une connaissance mutuelle qui a travaillé quelques années auparavant pour le gouverneur du Sinaloa et qui a même été un temps chef de la police locale.

— Non, quelqu'un de moins connu. Des types comme Lezama ont trop d'amis et racontent trop d'histoires, répond le gringo qui sait bien que Lezama a un peu trop de contacts à la frontière et est facilement bavard.

— Un type de Los Reyes, suggère Ontiveros.

— Tu en réponds personnellement ? demande le gringo, décidément pas con.

— En répondre, en répondre... dit Ontiveros, résolu à ne pas prendre trop de risques inutiles pour des enculés qui tirent avant de poser les questions.

— Qui d'autre ?

— Si tu veux, je te sors El Pecas de tôle pour une nuit. Je te le prête, tu l'utilises et tu me le rends.

Le gringo réfléchit sérieusement. Un assassin en train de purger cinquante ans à la prison Nord de Mexico, ce n'est pas une mauvaise idée. Il hésite. Il est peut-être un peu plus grand et dégarni. Ontiveros suit le raisonnement du gringo et lit son hésitation dans ses yeux. Il offre une autre solution :

— El Renco. C'est lui qu'il te faut. N'est-ce pas ?

Le gringo confirme presque machinalement.

— Tu l'as sous la main ?

— J'ai su qu'il était en affaires du côté de Puebla, mais il est revenu. Je l'ai vu hier.

— OK, ça marche. El Renco. Mais garde El Pecas en réserve au cas où, dit le gringo pour conclure le marché.

— Un seul te suffit ?

— En principe, oui.

Tous deux réfléchissent en silence au pistolero de Oaxaca. Sans faire de commentaires sur leurs souvenirs réciproques. Ontiveros demandera 2 000 dollars pour jouer les intermédiaires ; le gringo offre 1,5 million de pesos d'entrée, plus deux briques si tout se passe bien. Ce ne sont que des miettes. Tous deux sont parfaitement conscients qu'il n'est pas question d'affaires mais de services rendus.

Il s'agit à présent d'en savoir un peu plus. Savoir, c'est ça la grosse affaire. C'est pour ça que Perro Loco est chef de groupe, pas simple exécutant. Il sait (sans jamais avoir lu McLuhan) que toute information peut être vendue sur le marché.

— Tu te charges de lui parler de ma part ? J'aurai besoin de lui dans les premiers jours de juin.

— Je lui propose combien ?

— 5 millions. Plus un bon coup pour toi. Tu connais Oidmo, la boîte japonaise ? Les bureaux sont au 110, avenue Alvaro Obregón, au premier étage. Le gérant est un

Jap originaire de Los Angeles, Aoyama. Il importe 50 pour 100 de plastique de Hong Kong. Le reste, c'est de la coke.

Le flic mexicain, histoire de montrer qu'il n'est pas un manche, sort son bloc et note soigneusement les références. Calculant déjà combien il pourra soutirer au cave sous prétexte de protection.

— On fait *fifty-fifty*, offre le flic.

— Avec les amis, je me contente de 25 pour 100, dit le gringo.

Après tout ça, un grand *abrazo* d'adieu est la moindre des choses et le gringo d'en profiter pour glisser son enveloppe dans la poche de la veste de Ontiveros. Salut, au revoir, on ne s'est jamais vus, et à la prochaine.

Ça, c'est les apparences. Le plus probable, c'est que Ontiveros, *alias* Perro Loco — le Chien Fou — va signaler d'une contraction de la mâchoire le gringo en train de sortir du café chinois. Il le fera suivre jour et nuit par deux seconds couteaux de son groupe, à tour de rôle. On a beau être amis...

84. Histoires de journalistes

(Greg)

Magic Johnson, dissimulant la balle aux yeux de Hansen, se glissa au-dessous du tableau d'affichage et marqua un panier tout en douceur. J'applaudis rageusement tandis que Julio, consterné, après avoir remué la terre entière pour trouver un ami câblé, assistait à la débâcle des Celtics de Boston contre les Lakers de Los Angeles.

Le gros prétend que ses goûts en matière de basket-ball sont plus marginaux que les miens. Je suis supporter d'une équipe de joueurs noirs, lui est pour une équipe où l'on compte trois Blancs dans un sport où ils sont de moins en moins nombreux.

Larry Byrd marqua un panier à trois points et le gros, d'une tape dans le dos, me balança par terre.

— Regarde ça, ce n'est pas fini !

— Ils sont morts et enterrés. A l'agonie, même s'ils bougent encore.

Par pur esprit de contradiction, Robert Parrish déroba un ballon à Cooper et, en deux rebonds et un saut, marqua un panier qui fit vibrer le tableau d'affichage.

— J'ai bien peur qu'il te faille passer du Coca au Pepsi *light*. Rien qu'à l'idée que tu puisses boire ça, ça me fait dégueuler. Du Pepsi *light* et même pas de rhum dedans. Je me marre, dit le gros en souriant.

Je m'écartai préventivement de quelques centimètres, au cas où l'idée le reprenne de me jeter par terre.

Nous avions parié que celui qui perdrait devrait arrêter de boire pendant un mois, et je me sentais un peu moins sûr de moi qu'au moment du pari mais, au même instant, Karim Abdul Jabbar, qui avait à peu près tout raté au cours du premier quart-temps, parvint à marquer, d'un magistral *shoot* en crochet qui laissa les joueurs des Celtics pantois sous le panier.

— Tu as vu leurs tronches d'abrutis ?

J'adorais l'expression « tronche d'abruti », elle avait une sonorité bien particulière. Parmi tous les mexicanismes que j'avais introduits dans ma vie, les insultes, douces et moins douces, formaient la partie la plus intéressante de mon nouveau dictionnaire personnel : tronches d'abrutis, baveux, têtes de *chiles*, connards, sales connards, suceurs de queue, trouillards, cactus, petits pédés, piments tarés, trouducs...

Nous nous étions mis d'accord pour oublier nos petits problèmes le temps du match. Le basket était une affaire sérieuse, bien plus sérieuse que nos préoccupations de tous les jours. Je prétendais que les tribus humaines étaient divisées entre nationalistes et voleurs, premiers chrétiens et calvinistes furibards, mahométans et néostaliniens, sandinistes et Juifs, fanatiques de Kadhafi et supporters des Lakers. Je faisais partie de ces derniers. Politiquement, cela me paraissait bien plus sûr ; ils étaient moins décevants que les doctrines traditionnelles. En théorie du moins. Là, après un début de match spectaculaire, ils semblaient perdre leur rythme. Cooper manqua un panier à trois points à neuf mètres de distance. Karim perdit le rebond et, à l'issue d'une contre-attaque fulgurante qui fit jaillir des étincelles du plancher, Byrd déposa le ballon qui tournoya autour du cercle avant de s'y introduire. Le gros célébra ces deux nouveaux points avec un hurlement de loup. Le spectre du Pepsi *light* se fit plus précis, ce qui faillit provoquer chez moi une crise de toux.

Le speaker de NBC, sûrement un petit Blanc de la côte Est, était en train de dire : « Byrd est en train de montrer le chemin » tandis que la caméra s'amusait à cadrer le visage assassin de Robert Parrish et que Ainge venait de voler un ballon pour marquer proprement un nouveau panier à trois points. Décidément, mon futur s'annonçait de plus en plus imbuvable.

A l'issue du troisième quart-temps, les Lakers perdaient 87 à 83. Le gros sortit deux bières du frigo de son ami en laissant un petit mot à la place. Voilà ce que j'appréciais chez lui : il était toujours prêt à réparer les dégâts, pour lui ou pour les autres.

— Qu'est-ce que tu en penses ? me demanda-t-il à la faveur de la pub.

Nous en avions déjà discuté. Cela nous plaisait bien. C'était absurde, mais c'était bien.

— Il faudrait dresser une liste des candidats possibles... D'après le règlement, il doit s'agir de quelqu'un de vivant. Je ne suis pas un grand spécialiste de l'histoire du Mexique contemporain mais je ne vois personne qui puisse correspondre.

— Moi non plus. Je pencherais plutôt pour un Nica ou un Cubain.

— Omar Cabezas, ce serait bien, mais il est déjà en train d'écrire son histoire. Pourquoi pas Borge ? Trop connu, non ? Machadito, ça irait. Ou Henry Ruiz.

— Ou un Vénézuélien ? Douglas Bravo, par exemple.

— Je connais très mal.

— Un Chilien ? Pascal Allende...

— Tu imagines les frais de voyage, sans compter les problèmes de clandestinité... Non, décidément, je préférerais un Nica.

— Va pour un Nica, dit le gros en montant le son de la télé.

En dix secondes, Magic Johnson fit une passe de quinze mètres à Greene et les Lakers marquèrent deux points. Je me frottai les mains.

85. L'album photos de Max

Pour mieux servir sa mémoire, l'homme né à New York sous le nom de Max Kerrigan Lewis, connu comme Max Lewis quand il était acteur à Hollywood et redevenu à la fin de sa vie à Los Angeles Max Kerrigan, avait rangé sa vie dans un album photos. Il l'avait rangée en pensant que, après sa mort, un parent lointain s'en débarrasserait un jour en vidant son grenier et qu'il tomberait entre les mains de quelqu'un d'assez intelligent pour déchiffrer son histoire, c'est-à-dire le sens, les motivations et les renoncements de sa vie.

Lui, Max, était incapable de déchiffrer le sens de la vie de Max Lewis, mais il savait qu'il était contenu là, dans l'album, à travers les photos et les coupures de journaux, dans cet échafaudage d'apparence chaotique et disparate.

L'album s'ouvrait sur une splendide photo de Max tout nu, montrant son sexe à tous les voyeurs, à l'âge de quatre mois et demi. Un bébé grassouillet, chauve avec des fossettes. Venait ensuite une photo de la caserne des brigades internationales qui, durant des années, avait été collée à New York dans le bureau des anciens du bataillon Lincoln. Puis trois pages de pétales de roses recouverts de cellophane, pour éviter qu'ils ne se défassent et se transforment en poussière de roses ; « poussière de roses » : quel beau titre pour une chanson. *Poussière de roses* avec Max Lewis au piano. Dommage qu'il ne sache pas jouer du piano et que la chanson n'ait jamais été composée.

Sur les pages suivantes apparaissait un adolescent habillé en cow-boy. Pour le jeune Irlandais de Brooklyn, ces trois pages de photos de lui habillé en cow-boy, datant de 1926, étaient le minimum qu'il avait pu à l'époque concéder à sa folie.

Max était entré en cinéma dans la peau d'un cow-boy solitaire, par la petite porte des studios de la MGM en 1934, même si son premier rôle avait été un gentil pirate dans *L'Ile au trésor* où Wallace Beery interprétait un génial Long John Silver, aussi ivrogne que son personnage. L'album rendait amplement compte de l'événement.

Suivaient deux pages de coupures sur la fondation du Syndicat des opérateurs de cinéma, à laquelle Max avait activement participé, même s'il n'était qu'assistant-stagiaire.

Si les photos ne mentent pas, les premières pages de l'album montrent le portrait d'un jeune homme souriant, en train de manger une glace au coin de Hollywood Boulevard et de Vine, qui a l'air d'être arrivé au milieu des années trente disposé à aller au bout de ses limites. Il était acteur, assistant-opérateur, il écrivait — même si ses trois premiers scénarios avaient été refusés — et il pensait que le cinéma était le seul territoire restant à conquérir, le lieu des histoires impossibles où grandissait la pureté mythique de la conscience américaine. Il se disait qu'il valait mieux travailler en rêve qu'en cauchemar.

L'album contenait aussi la couverture défraîchie de son scénario adapté de Upton Sinclair, des serviettes en papier avec des empreintes de bouche en rouge à lèvres, et une coupure raidie et jaunie du *Hollywood Reporter.*

Les albums de souvenirs vont vite. Il faut apprendre, quand on les regarde, que si l'on veut capturer la vie, mieux vaut tourner les pages lentement, observer chaque détail, en lui laissant le temps nécessaire pour comprimer la vie.

Sinon, la succession de photos et de papiers ne sont que des échantillons, des actes isolés, privés de souffle.

Max avait fait très attention à cela. Il avait laissé dans l'album toutes les traces possibles, tous les témoignages, même ceux qui ne semblaient pas significatifs. Une facture de supermarché des années trente, un coin de mouchoir rongé, une page d'annuaire.

Il y avait des tas de photos dédicacées de Laurel et Hardy. Elles témoignaient de sa participation, en tant que lancier du Bengale, dans *Bonnie Scotland*, et comme beau Gitan, dans *La Bohémienne*. En cow-boy, Max faisait enfin sa réapparition au début 1936 dans une production de la Metro qui s'appelait *Robin des Bois de l'Eldorado*, dirigée par William Wellman. Mais peut-être à cette époque n'était-ce déjà plus pour lui un succès.

Les photos d'Espagne n'avaient rien d'épique. Il avait choisi des instantanés flous, d'anodines photos de groupes, des amis en uniforme en train de partager une gourde de vin rouge, Max en promenade sur la Plaza Mayor de Madrid, ou regardant l'air ébahi les lions de la fontaine de Cibeles ou la Puerta de Alcalá. Il y avait des photos de Stoyan et de Longoria, des photos des trois compères dans une tranchée du côté de la Casa de Campo. Trop de gloire et d'émotion pour que les photos puissent en rendre compte. C'étaient des photos humbles, de types qui avaient eu la chance de rencontrer le destin. Il y avait des photos du poète écossais McDonald en train d'arpenter les ruines d'une maison bombardée de Barcelone, et des photos de Stoyan en conversation avec un déserteur italien après la bataille de Guadalajara.

Les premières cartes postales de marguerites faisaient ensuite leur apparition. Et, au milieu d'elles, la photo d'un jeune homme en costume noir à rayures dans une rue de Paris. Laurent, un camarade, un ami, un amant platonique pour soigner les blessures espagnoles, un jeune photographe comme lui, qui lui avait fait découvrir Paris derrière le viseur de l'appareil-photo pendant les mois qui avaient précédé l'éclatement de la guerre, avant qu'il ne se décide à repartir pour les Etats-Unis.

La relation était restée platonique par la faute de Max. Cela ne faisait aucun doute. Une partie de la désolation des amours inachevées passait dans cette photo parisienne. Max avait-il été amoureux de Laurent ? La photo était là, pour toujours, pour l'aider éventuellement à répondre à la question.

L'album rendait amplement compte de la façon dont, à son retour aux Etats-Unis, Max avait retrouvé une place dans l'industrie du cinéma, travaillant bizarrement dans une série d'aventures de Sherlock Holmes où Basil Rathbone et Nigel Bruce tenaient la vedette. Max n'était pas seulement coauteur du scénario, il avait aussi décroché un rôle de policier candide dans quelques épisodes. Ce furent de bonnes années pour Max et les photos ont le ton allègre d'un monde qui semble intangible au milieu d'un autre monde qui s'écroule. Rathbone, Bruce et lui en train d'observer un parchemin grec ; Max avec la célébrissime pipe de Sherlock Holmes ; Max avec le faux gorille de Sumatra ; Max entouré de mygales géantes en compagnie du responsable des effets spéciaux ; Max en train de prendre un café avec Sterling Hayden, habillés l'un en cow-boy, l'autre en *bobby* londonien ; Max en train d'essayer autour de son cou la corde du bourreau de Londres.

Le document suivant semble compléter la photo qui précède. C'est la lettre qui signifie à Max que son engagement dans l'armée est refusé, après l'entrée en guerre des Etats-Unis. De nos jours, être qualifié d'« antifasciste prématuré » peut sembler une blague. Max refuse d'oublier. Il a même repassé le morceau de papier qu'il avait froissé dans une crise de fureur, pour le placer en témoignage dans son album.

Il y a deux années de perdues. Puis une guerre racontée en photos. Pas l'histoire d'un acteur, l'histoire d'un témoin.

Il est à Londres avec Hemingway pour le magazine *Life* et il publie les photos des aviateurs descendant épuisés de leurs Spitfire pendant la bataille d'Angleterre. Paris insurgé. La photo d'un passeport falsifié par Longoria, dans cette absurde tentative manquée pour rejoindre les partisans bulgares dans leurs montagnes.

Nouveaux vides dans l'album. Comme si l'histoire de Max bégayait pour retourner à une normalité qui n'en était jamais une. De nouveau Hollywood, du glamour en moins. Des photos de réunions, une nouvelle amitié et, si les yeux de l'acteur au bras de Max ne mentent pas, un nouvel amour platonique.

Il y a une curieuse photo de Carole Lombard nue qui n'a jamais circulé en public et qui ne fait même pas partie de la collection personnelle de l'actrice. C'est Max qui l'a prise pendant une séance où, tandis qu'elle parlait de tennis et de romans de Gogol, elle s'était déshabillée devant lui pour se changer. Elle ne portait pas de dessous. Devant la surprise de Max, elle avait ébauché un sourire : « Je ne l'aurais pas fait si je pensais que cela allait te gêner. » Max a pris cette photo inattendue. Elle sourit gentiment.

L'album s'anime de nouveau ; les photos racontent minutieusement une histoire sociale. Max-personnage et Max-photographe se confondent. Le procès des Dix de Hollywood. Bogart devant le micro d'une station de radio. La mobilisation de la colonie cinématographique face à l'offensive des chasseurs de sorcières. Howard Fast faisant une déclaration devant la sous-commission du Sénat. Max, assis au bar du Ritz à New York, en train de boire un verre en compagnie de Dalton Trumbo, tous les deux arborant des visages fatigués de vaincus ; c'est la veille du jour où Trumbo a été mis en prison. Une photo d'agence où l'on voit Max, arrêté par deux flics corpulents en uniforme, essayant de frapper Sterling Hayden.

Il y a une page avec seulement la carte de prêt de la bibliothèque de la prison. Ensuite, des photos absurdes, mélangées à des reçus et à d'autres coupures de journaux, qui racontent des histoires de survie, des histoires où il a été marchand de couteaux ambulant dans l'Oklahoma, écrivain fantôme de feuilletons télé signés d'un pseudonyme et payés moitié prix, photographe dans les écoles.

Le retour à l'industrie, après treize ans d'exil, montre Max collaborant dans le choix des costumes de *Spartacus*. Aucun sentiment de victoire, juste l'évidence du retour, du travail professionnel retrouvé. S'il y a eu des larmes, elles sont restées cachées sur des photos jamais prises.

Max s'est bien gardé d'inclure les photos de l'année de la déprime la plus noire. Il n'y a aucun témoignage de sa folie. Juste quelques photomatons de supermarché qui le montrent avec un visage amaigri, le menton légèrement tombant. Il n'y a aucune photo de l'hôpital où il a été interné.

L'album contient aussi les invitations aux vingt-cinq dernières cérémonies des Oscars. Dans les dernières années, les invitations sont accompagnées de photos de journaux : Max serrant la main de Kubrick. Max embrassant chastement Jane Fonda. Max en compagnie d'Oliver Stone (il n'a pas seulement voté pour lui pour l'Oscar de la mise en scène de *Platoon*, il a aussi eu un petit rôle de gringo saoul dans *Salvador*).

Il y avait beaucoup de gloire, beaucoup de cendres également, et pas seulement au sens métaphorique du terme.

Il y a des photos bizarres qui couvrent la fin des années soixante-dix et le début des années quatre-vingt, des photos d'un Max solitaire en train de ramer dans un canoë sur une rivière du Nord-Est, des photos d'un Max aux cheveux gris en train de lire les Evangiles gnostiques. Des photos d'un Max extraverti et joyeux en train de tirer la langue devant le pavillon de psychiatrie de l'hôpital du Mont-Sinai.

Vers la fin de l'album, on trouve des photos de la maison de East Hollywood qu'il s'est achetée grâce à l'héritage de l'oncle Seamus, le frère de sa mère, un argent dont il a toujours préféré ignorer l'origine. Il y a des photos de la maison en bois de deux étages, peinte en ocre, qui ressemble à l'église du village, dans *Les Salopards de Yuma* (la ressemblance n'a rien d'accidentel). Il en habite le deuxième étage et loue le rez-de-chaussée à une librairie ésotérique. L'heureux propriétaire n'apparaît pas sur les photos. Sauf peut-être sur une : l'ombre que l'on devine derrière la fenêtre à côté d'une lampe est peut-être celle de Max en train de lire un livre. Si c'est le cas, il ne se rappelle pas qui l'a prise. Cela fait longtemps qu'il vit seul.

Les dernières photos collées sur l'album révélaient de sporadiques réapparitions à Hollywood, cette fois en tant que conseiller décorateur pour les films de gangsters des années trente. Il en gardait quelques souvenirs mémorables. La voiture d'enfant roulant sur le perron dans *Les Incorruptibles*, c'était lui, tout comme les costumes des adolescents dans *Il était une fois en Amérique*.

Les photos de la maison, les coupons de nourriture pour le supermarché, les souvenirs transformés en rôles nostalgiques du mythe d'Hollywood remplissaient les dernières pages, accompagnés de citations de Malraux et de Scott Fitzgerald.

C'est ce qu'il avait fini par devenir : Max Lerner, un personnage de Scott Fitzgerald, prisonnier des rêves des autres. Un homosexuel sans l'être, un radical reconverti en ruine passive, un homme triste, vieux et seul.

La tristesse était le prix payé — ou la récompense — pour sa solitude. Il ne savait pas très bien si l'album parvenait à raconter cette autre histoire.

86. La ville de Mexico selon Alex...

... était le décor idéal pour l'opération Rêve de Blanche-Neige. D'abord, c'était la plus grande ville du monde avec ses vingt millions d'habitants agglutinés dans une énorme vallée entourée de volcans que la pollution rendait invisibles. Deuxièmement, c'était une ville suffisamment complexe pour qu'un bon joueur puisse y trouver des ressources cachées. Troisièmement, Alex, chaque fois qu'il débarquait à l'aéroport Benito Juárez, se sentait suivi par un couple de vautours métaphysiques, charognards typiquement mexicains ; il ne savait pas s'il devait cette sensation à son habileté particulière pour attirer ce genre de créatures ou si c'était lié aux vertus propres à la ville. Quoi qu'il en fût, il interprétait cette sensation comme un avertissement de bon augure.

Benjamin et Grincheux 6 l'attendaient avec une voiture de location. Tandis qu'ils circulaient sur le Viaducto en direction du centre-ville, Benjamin l'informa des derniers mouvements des sous-nains.

— J'ai l'assassin. J'ai le double, qui vit comme un prince dans un hôtel d'Acapulco. J'ai la femme accréditée pour l'organisation du colloque. J'ai préparé la campagne de presse au cas où nous en aurions besoin. En ce qui me concerne, tout baigne.

— Ce n'est pas ça qui m'inquiète, dit Alex.

— Qu'est-ce qui t'inquiète, alors ?

La voiture insonorisée roulait sur le Viaducto tel un fantôme. Alex ne répondit pas tout de suite.

— Qu'il ne pleuve pas ce jour-là. J'ai tout imaginé sous la pluie. Toute l'affaire doit se dérouler sous la pluie.

Benjamin essuya la sueur qui perlait sur son front.

87. Le goût bulgare

(VII)

Stoyan gardait un vague souvenir de ce qui s'était passé entre le retrait des brigades internationales d'Espagne — le fameux défilé de Barcelone à la fin 1938 — et le début de sa guerre. Il se souvenait du camp d'internement derrière les barbelés en France, près de Bordeaux, de la fuite et de l'arrivée à Paris, puis des deux tentatives manquées pour rejoindre la Bulgarie et du contact final avec le Komintern, de son voyage en URSS et de l'ambiance de guillotine régnant à Moscou, de la décision de retourner en Bulgarie et des indications contradictoires sur l'analyse politique du conflit mondial au sein de son parti. La guerre était une guerre interimpérialiste et, face à cela, la position des communistes bulgares était de faire pression pour la signature d'un pacte bulgaro-soviétique, similaire à celui existant entre l'URSS et l'Allemagne, tout en maintenant simultanément l'offensive ouvrière contre le Parti fasciste de Bogdan Filov et la Monarchie. Stoyan disait que d'accord, camarades, sauf que la guerre contre les nazis commencée en Espagne allait se poursuivre ; et que lui le savait, même si l'Internationale n'était pas au courant. S'il accepta les nouvelles consignes, ce fut pour pouvoir rejoindre les Balkans. Il partit pour Prague, avant son séjour accidentel en Yougoslavie et l'insurrection au Monténégro. Sa mémoire l'aidait en effaçant toute cette période d'intérim contradictoire où il avait vécu entre ses deux guerres. Les amis disparus en territoire ami, les rumeurs, l'atmosphère de purge généralisée, ces histoires de comédie infernale publiées dans la presse où l'on voyait, comme par un tour de magie, les grands généraux rouges tels Toukhatchevski ou Berzine devenir des espions allemands et disparaître sur le bûcher ; le PC polonais était dissous, Molotov et von Ribbentrop signaient leur pacte. A présent, c'était le cauchemar qui reconstruisait l'histoire, mais la distance avec laquelle il voyait maintenant cette époque folle contribuait à calmer la douleur. Il avait été un vagabond qui, pour la première fois de sa vie, ne savait plus de quel côté il était, qui était avec lui, où était l'ennemi, doté de mille visages nouveaux et déconcertants. Il apprit la nouvelle de l'invasion de l'URSS par les Allemands avec un soupir de soulagement. Il se trouvait dans un petit hôtel de Prague, où il était resté coincé après avoir perdu le contact depuis trois semaines avec ses agents de liaison.

Si l'on pouvait choisir les chemins que l'on emprunte en sachant où ils mènent, l'histoire serait plus simple. Stoyan, en cet été 1941, ne put même pas choisir de chemins. Il chercha les points de moindre résistance à sa volonté et arriva ainsi à Dubrovnik, d'où il pensait traverser le Monténégro et le nord de la Macédoine avant de passer en Bulgarie à pied. Il voyageait muni de deux valises volées à Paris, pleines d'instruments de magie, et sous le pseudonyme de Lencho, un magicien bulgare qui avait vécu très longtemps en Amérique du Sud et retournait à présent chez lui, la mémoire pleine de dessins de perroquets aux couleurs vives. Son passeport ne disait pas la même chose mais il ne s'en faisait pas trop. Quel magicien avait jamais eu son nom de scène inscrit sur son passeport ? Le passeport en question, croyait-il se souvenir des années plus tard, était une merveille du genre, falsifié à Barcelone par Longoria à partir du passeport d'un camarade décédé. Les passeports. Qu'est-ce qu'il en pensait quarante ans plus tard ? Les aimait-il ? Les détestait-il ? Ils lui avaient plus d'une fois sauvé la vie. Passeport. Définition : « Carnet collé qui sert à dissimuler sa véritable identité à ceux qui l'examinent et sert à franchir des frontières. » Il était donc détenteur d'une personnalité de magicien qui ne savait pas faire de tours de magie, et du passeport d'un camarade, tué près d'une rizière sur le Jarama, qui n'avait pas d'antécédents politiques. Il était également pourvu de tampons exotiques inventés par Longoria, qui était convaincu qu'aucun douanier européen ne saurait qu'à côté de l'authentique aigle mexicain perché sur son cactus, ou des petits drapeaux vénézuéliens croisés, le merveilleux tampon à l'encre rouge qui disait « Veranda. Frontière sud » n'était qu'un faux.

Stoyan en était là lorsqu'il tomba la tête la première dans l'insurrection du Monténégro. Cette histoire, il s'en souvenait plus précisément que des autres, peut-être parce qu'elle avait été tellement absurde, tellement irrationnelle, tellement fulgurante, tellement folle qu'il s'était dit à lui-même, durant ces jours d'août 1941 qui avaient précédé le soulèvement, qu'il lui fallait conserver le passé bien vivant dans un coin de sa mémoire.

Tout avait commencé lorsque à Podgorica, il était tombé sur Djilas, qu'il avait connu en Espagne. Ce n'était pas l'endroit rêvé pour tomber sur un ancien camarade. La ville grouillait de chemises noires et de carabiniers italiens. Le communiste yougoslave lui dit que ça commençait à chauffer et lui montra un journal qui relatait la réunion de l'assemblée nationaliste tenue la veille, où l'indépendance du Monténégro avait été déclarée, sous la forme d'une monarchie constitutionnelle liée à l'Italie fasciste.

Stoyan se laissa happer par le tourbillon. Sans savoir très bien comment — le temps avait peut-être effacé les étapes intermédiaires —, il se souvenait qu'il s'était retrouvé aux côtés des partisans yougoslaves qui avaient attaqué les casernes de police le 13 juillet. Il se souvenait aussi des soldats italiens prisonniers qui demandaient du tabac. L'insurrection allait plus vite que ses protagonistes. Le 18, on se battait à Berane où un gouvernement révolutionnaire avait été mis en place et les carabiniers italiens se défendaient derrière des barricades dans le quartier de la gendarmerie. Les fascistes — un corps entier de la XIe armée — avançaient à partir de l'Albanie. Comment me suis-je retrouvé dans cette galère ? se demandait Stoyan Vassiliev, révolutionnaire sans patrie, déguisé en magicien. Pourtant, la leçon espagnole était claire. Tout ce que l'on possédait, c'était un ciel commun sous lequel il était facile de mourir. L'insurrection l'avait emporté mais la supériorité militaire italienne reprit le dessus dans un deuxième temps. Les maquisards, les soldats et les sous-officiers de l'armée yougoslave, les conseils ouvriers se repliaient vers les montagnes. Stoyan eut le pressentiment que tout cela se terminerait par un bain de sang, que le soulèvement avait été prématuré, et il échangea une mitraillette contre deux revolvers avant de se remettre en route pour la Bulgarie. C'était peut-être la fin, le fascisme s'installait au niveau mondial pour plusieurs années. S'il fallait mourir, il préférait que ce soit dans les rues pavées de Sofia, à la fin de l'été. C'était le moment d'avoir rendez-vous avec le destin. Le destin, d'après ce qu'en savait Stoyan, était quelque chose qui ne se dérobait pas. On pouvait s'en cacher pendant quelque temps, prendre de courtes vacances, se dissimuler quelques jours dans un hôtel et faire l'amour avec une femme ; mais tôt ou tard, il réapparaissait à un tournant du chemin. Il fit très attention à faire provision de munitions pour ses deux revolvers. Il voulait toutes les brûler avant de mourir.

88. Alex demandait à ses consultants...

... de travailler sur la réalité de l'irréel. Ils trouvaient que c'était un défi amusant, mais apparemment impossible.

— Laisse-moi t'expliquer, Alex, pour voir si nous nous comprenons bien. Tu nous as fait étudier la biographie d'un type. Ce que tu voudrais savoir à présent c'est ce qui pourrait le pousser à faire quelque chose qu'il n'a pas fait. C'est bien cela ?

— Je vais formuler ma question autrement, Ellison. Qu'est-ce qu'il y a, dans la biographie de ce mec, qui pourrait lui faire abandonner la révolution pour du fric, beaucoup de fric ? Pour, sans trahir au sens strict, se corrompre et abandonner le navire, se remplir les poches et s'enfuir, disons pour les Bahamas, sur un yacht avec les douze *playmates* de *Playboy* 1988, un maître d'hôtel et une villa sur les hauteurs de Nassau ?

— Ce n'est pas contenu dans ce que tu nous as donné. Qu'est-ce que tu en penses, toi ? intervint la doctoresse Ballard en s'adressant au doçteur Ellison. Pour moi, son cas est clair. C'est la révolution qui lui a apporté la paternité. Il n'a que des dettes envers cette entéléchie que les révolutionnaires appellent révolution. Des dettes morales et affectives très profondes...

— L'histoire de sa fiancée morte, par exemple, dit Ellison.

Alex fit signe à Leïla d'apporter le thé. Il jeta un regard distrait par la fenêtre. Il neigeait à présent. C'était un peu absurde. Quelques heures plus tôt, il était sous le soleil sans merci de Mexico, dans l'atmosphère desséchée polluée par l'ozone. Et, tandis qu'ils discutaient de la chaleur humide de Managua, il était en train de neiger. Il était de plus en plus convaincu que l'incompréhension était un problème de climat. Qu'est-ce que deux docteurs de Harvard pouvaient bien comprendre de Machado ?

— J'ai besoin de votre aide. Supposons que s'ajoutent à la biographie que je vous ai remise deux pages d'événements que nous venons d'apprendre et qui nous informent que cet homme s'est lancé dans le trafic de drogue et a gagné des millions de dollars avec ça. Comment expliqueriez-vous psychologiquement ce changement ?

— Nous ne pourrions pas l'expliquer, dit la doctoresse en cherchant son collègue du regard pour lui demander confirmation.

— Je suis désolé, Alex, personne ne peut passer autant d'années à se forger une personnalité et la détruire comme cela. Cela nous coûte à tous beaucoup de travail de nous forger nous-mêmes. Il faudrait que surgissent dans la vie de cet homme de profonds changements concernant son environnement actuel, ses relations, les informations qu'il reçoit, pour le pousser à faire un saut pareil dans le vide. Cela tiendrait du tour de magie. Avec ce que tu nous as fourni sur son passé, je dirais qu'il n'y a même pas 2 pour 100 de chances pour qu'il devienne trafiquant de drogue.

— Qu'est-ce que c'est que ces conneries ? Vous êtes devenus sympathisants de ces sandinistes de merde, ou quoi ?

— Alex, je crois que tu oublies un peu vite. Je te rappelle que je travaille pour l'Agence depuis 1973, dit la doctoresse Ballard.

— Où sont ses faiblesses ? dit Alex, en changeant de point de vue. Qu'est-ce qui cloche chez Carlos Machado ?

— Sans doute son besoin de tendresse, répondit la doctoresse Ballard.

— Sans doute son sentiment d'infériorité face à des figures intellectuellement plus développées que la sienne. Même s'ils ne sont pas plus intelligents. Seulement plus auréolés du glamour de la culture. C'est là que son origine ressort. Fils de lavandière, père inconnu, école médiocre, bourses, arrêt des études. Mais si tu lis attentivement le livre qu'il a écrit, tu verras que cela ne s'intègre pas si mal à sa personnalité, qu'il n'est pas complètement dégoûté de lui-même. Ou plutôt, son moteur est justement son dégoût permanent : il ne le retourne ni contre lui-même de façon destructive, ni contre les autres.

— Je crois qu'il souffre de carences affectives, mais ce n'est pas l'argent qui peut les résoudre. Il faudrait qu'il soit convaincu que l'argent est un raccourci pour obtenir de l'affection. Je ne pense pas qu'il morde à un hameçon aussi primaire. Pour lui, l'argent ne peut pas être force ou pouvoir, il n'est pas synonyme de succès.

— Est-ce qu'il y a une certaine folie dans son comportement ? Quelque chose qui trahisse un déséquilibre temporaire, une névrose cachée quelque part ou un truc dans le genre ?

— Alex, tu en sais autant que nous, dit la doctoresse en acceptant le thé que lui tendait Leïla qui venait d'entrer dans la pièce. Je crois qu'il a en effet déjà eu des comportements échappant aux paramètres habituels, cette histoire du poste de police où il est entré avec deux grenades sans percuteur, et a obtenu la reddition des policiers en les menaçant de se faire sauter avec eux... Mais ce n'est pas du tout étonnant dans une guerre, il faut le replacer dans la logique d'un chef d'un groupe de *muchachos* qui refuse de continuer à voir mourir ses hommes et qui trouve une solution désespérée où il risque fort de mourir lui-même, mais qui économisera des vies humaines. Enfin, un truc dans le genre. Ce type a un courage étrange, un côté halluciné, en rafales. Les actes de cette sorte ne sont pas légion mais on en retrouve plusieurs dans son histoire militaire.

— Il y a là-dessous certains éléments de profonde tristesse, de dépression, mais rien qui me paraisse hors de la norme, dit le docteur Ellison.

Alex se demanda s'il n'allait pas assassiner les deux psychiatres, en les aspergeant avec un bidon d'essence et en craquant une allumette. Si ces deux petzouilles n'arrivaient pas à justifier les actes supposés de Machado, toute l'opération était boiteuse au départ, non crédible, reposant sur des pieds en cristal.

Il essaya à nouveau :

— Voyons la fin et les moyens, soyez plus jésuites. Quelle possibilité y a-t-il pour qu'il soit impliqué dans un trafic de drogue dont les bénéfices iraient à d'autres ? Je ne sais pas moi, pour...

— Contre l'opinion de ses camarades de la direction sandiniste ? interrogea la doctoresse Ballard avec un geste de surprise. Mais cette fois au moins, elle ne dit rien tout de suite, comme si elle étudiait la question.

— Il faudrait qu'il ait un motif très fort pour agir derrière le dos de ses camarades. C'est un homme qui maintient de profonds liens de fidélité avec ceux qui l'entourent, dit Ellison.

Alex tenta de donner forme à son hypothèse, mais elle ne lui plaisait pas du tout. Elle l'obligeait à compliquer encore la situation en y ajoutant les Salvadoriens.

— Supposons que lorsque les sandinistes ont décidé de suspendre officiellement les envois d'armes à la guérilla salvadorienne, Machado s'y soit opposé, l'ait interprété comme un signe de faiblesse, une concession absurde aux pressions internationales. Il sait à quel point il a été difficile de se procurer des armes pendant les années de lutte contre Somoza, il sait que parfois l'absence d'un bon fusil leur a coûté des vies humaines, les a obligés à se retirer en laissant un quartier sans protection contre la répression. Supposons alors qu'il s'en fiche de tremper dans des trafics louches s'ils lui permetttent de fournir des armes aux Salvadoriens. Est-ce que cela vous semble plausible ?

— Je n'ai rien vu dans les éléments que tu nous as donnés concernant cette prétendue divergence.

— Je sais, il n'y a rien. Si cette discussion a eu lieu au sein de la direction sandiniste — et elle a dû avoir lieu —, rien n'en a jamais transpiré. De toute façon, la majeure partie de nos informations étaient arrangées : il s'agissait de démontrer que les sandinistes continuaient à introduire des armes au Salvador à travers le golfe de Fonseca. Personne n'avait intérêt à démontrer le contraire, alors que toutes les infos échangées par ici dans les petits déjeuners devaient évidemment servir à justifier le maintien de l'aide à la *Contra*.

— Je n'y crois vraiment pas, dit la doctoresse Ballard.

— Qu'est-ce qu'il pense de la consommation de drogue ? Il n'y a aucune information là-dessus. C'est peut-être un problème qu'il n'a jamais affronté dans les milieux sociaux qu'il a fréquentés, et cela lui semble aussi irréel et absurde que la prohibition vue du côté mexicain dans les années trente. Ou, pour nous, que le mariage catholique obligatoire en Espagne, il y a quinze ans. Quelque chose d'incompréhensible. Donc pas de barrières morales, rien qu'une question de fidélité. Je ne sais pas, Alex. Il faudrait y réfléchir davantage, disons que l'indice de possibilité ne dépasse pas 20 pour 100 pour le moment. Tu es prêt à travailler à partir d'un chiffre aussi bas ? interrogea le docteur Ellison.

— Je pense la même chose, dit la doctoresse Ballard, avant même qu'on le lui demande.

— Je ne sais pas. Si je n'ai rien de mieux, je n'ai pas le choix.

89. Histoires de journalistes

(Julio)

Je le sais bien, je pratique la culture du geste. Je suis d'une génération qui a grandi dans l'admiration des actes symboliques, dans le défi des apparences, dans la destruction des règles formelles. Ma génération, c'est Sartre refusant le Nobel et García Márquez le recevant en chemisette. C'était pour cela que j'avais invité Elena à déjeuner au Club Basque, au n° 6 calle Madero. C'était un restaurant où je pouvais facilement prendre l'avantage sur mon ex-femme. Le menu du jour n'avait rien d'excessif, mais je pourrais dévorer en face d'elle tandis qu'elle me regarderait, et lui faire le numéro du morfal en l'écoutant se plaindre : qu'elle était incapable de manger autant, qu'elle ne comprenait pas comment on pouvait avaler tout cela, que j'étais de plus en plus gros...

Je me frottai les mains. J'avais le choix : soupe de poisson ou bisque de maïs, paella ou pot-au-feu ou *empanada* de thon, rognons au xérès ou poulet en cocotte ou filet de poisson pané, le tout pour 9 000 pesos, 4 dollars au cours du jour.

Tandis que je l'attendais dans la salle du premier étage avec ses plantes vertes et ses immenses plafonds, je bus deux tequilas « pour me metttre en bouche ». Je savais qu'Elena serait en retard, suivant scrupuleusement les règles non écrites du rôle qu'elle s'était elle-même attribué. Je savais qu'elle dirait quelque chose du genre...

— Je suis morte de faim aujourd'hui. Je suis prête à tout manger. Je suis même prête à manger plus que toi, dit Elena, qui apparut brusquement et changea mon scénario.

— On va voir ça, dis-je en ronchonnant. Elena portait une robe blanche à bretelles, de celles qui dénudent les épaules, comme si la chair dévoilée était le début d'une devinette.

— Commande tout.

Je me replongeai dans le menu que je connaissais par cœur. Je savais qu'Elena était en train de m'observer.

— Je crois que j'ai trouvé la vraie raison de notre séparation, dit-elle.

— La première ou la deuxième ?

— La deuxième. Je ne me rappelle plus très bien la première... Je crois que c'est parce que je ne lisais pas tes reportages et que tu ne lisais pas mes essais. Je crois que c'est la raison de fond.

— Je peux t'en donner une demi-douzaine d'autres, par exemple lorsque tu as décidé que le sexe limitait l'activité intellectuelle et que nous avons vécu un mois d'abstinence, ou lorsque tu as décrété que tu étais en train de grossir et nous as mis au régime carottes râpées au citron, ou lorsque tu as décrété la guerre au proprio et que tu jetais des pots de fleurs contre ses vitres.

— Et ta conclusion ? demanda Elena avec un grand sourire.

Je ne voulais tirer aucune conclusion. Je ne voulais rien. J'étais un pauvre malheureux journaliste qui ne croyait plus que la révolution mondiale était pour demain matin à l'heure du petit déjeuner et qui était totalement amoureux d'une femme avec laquelle il ne pouvait pas vivre.

Heureusement, on apporta les deux soupes de poisson.

— Tu as tout lu ? demanda Elena entre deux cuillerées.

— Tout. Il est évident que tu n'obtiendras jamais ton doctorat d'anthropologie.

— Pourquoi ?

— Parce qu'ils ne peuvent pas te comprendre. J'adore tes sujets de thèse. Il y en a deux qui confinent au génie, l'histoire des Invisibles et celle du marxisme néanderthalien.

— Tu n'es pas en train de me mentir ? (Je fis non de la tête. Ma mère m'avait assez seriné qu'on ne parlait pas en mangeant.) Je t'adore !

— Marie-toi avec moi, dis-je sans pouvoir me retenir, en renversant la moitié de ma soupe sur mon pantalon.

— Encore ?

— Tu es avec quelqu'un ?

Elena eut une hésitation. Mauvais. Elle termina sa soupe en quatre cuillerées vertigineuses et alluma une cigarette. Mauvais.

— Et toi ?

— Le désert.

— C'est une proposition en bonne et due forme ?

— Non, dis-je rapidement. Puis, je corrigeai. Oui. Enfin, peut-être.

— Je sors quelquefois avec un ancien lanceur de couteaux, me dit-elle.

La soupe me resta en travers de la gorge. Mais je ne pouvais rien dire. Elena avait l'habitude de ce genre d'histoires lorsque nous étions mariés, et là, à plus forte raison. Elle me donna des tapes dans le dos et me fit lever les bras en l'air.

— Ce n'est pas très sérieux... Lève encore les bras et n'essaie pas de respirer. Vas-y maintenant. Doucement.

D'un commun accord implicite, nous laissâmes ce thème pour le dessert, histoire d'éviter les problèmes de digestion.

Le pot-au-feu était bon.

— J'ai encore une autre de mes fameuses histoires et cela pourrait être le moyen de faire enfin cette foutue thèse. Si je ne la soutiens pas avant décembre, ils me virent du boulot.

— Je t'écoute.

— Supposons qu'un agent de la CIA, d'un rang élevé, prenne sa retraite. Il veut aller s'enterrer à Cuernavaca. Et il est prêt à raconter des choses. Rien de précis, tu connais la règle du secret d'Etat... non, des généralités, en donnant des exemples, même s'ils ne sont pas très clairs. Il est prêt à lâcher le morceau sur ce qu'il connaît le mieux : la désinformation. Vingt ans de désinformation : le type est à lui tout seul un fichier vivant. Il est prêt à m'accorder tous les entretiens que je voudrais, à comparer des données, à discuter mes points de vue. Mauvaise conscience : je suppose qu'il doit se sentir coupable.

— Il s'appelle comment ?

— Je ne sais pas encore. Mais il sait des choses sur l'Afrique, l'Amérique latine, le sida, le trafic d'armes, la télévision, le Nicaragua...

— D'où tu tiens l'info ?

— Un collègue professeur de sciences politiques qui a eu le contact par hasard à travers un ami.

— Tu es sûr que ce n'est pas un coup monté ? lui demandai-je. Je ne croyais ni aux accidents ni aux coïncidences. Et en tant qu'incroyant, je ne croyais ni à la chance, ni à la bonne aventure, ni à la bonne étoile. Question de sagesse professionnelle acquise dans des chambres d'hôtel, des salles d'attente, des jungles, des salles de rédaction.

— Non, je ne suis pas sûre. Je n'ai pas dit oui. Je voulais t'en parler d'abord. En plus, j'ai besoin d'aide. Surtout après la première série d'entretiens.

J'attaquai les rognons au xérès. Elena commençait à donner des signes d'épuisement gastronomique. Elle me toucha la main. Il n'y eut pas de décharge, mais des souvenirs. Il existe une mémoire de la peau, autrement plus vache que la mémoire de la mémoire.

— Et pourquoi ton ami le lanceur de couteaux a-t-il abandonné la profession ? Pourquoi est-ce qu'il ne rejoint pas ses collègues pour augmenter les risques d'accident ? Pourquoi est-ce qu'il ne retourne pas au cirque ? Tu pourrais lui offrir deux bouteilles de madère le soir de la première.

— Nous avons tous tendance à devenir un peu cyniques ces derniers temps, dit Elena.

— Plus ou moins, ça dépend qui, répondis-je.

— Tu m'aides ?

— A partir de la semaine prochaine. Nous devons faire quelque chose cette semaine avec Carlos Machado qui doit participer à un colloque du Colegio de Mexico.

— Tu mets toujours tes pantalons à refroidir dans le frigo ? me demanda brutalement Elena.

— Et toi, tu as toujours la langue mauve parce que tu suces la pointe des bics quand tu écris ?

Elena se mit à rire. Je lui reposai la question :

— Tu veux te remarier avec moi ?

— Peut-être, dit-elle énigmatique. Elle m'adressa un petit sourire.

90. Longoria abandonne son refuge

Dans le métro qui le conduisait à l'aéroport, Saturnino Longoria repensait à une phrase qu'il avait lue dans les Mémoires de son vieux camarade aujourd'hui disparu, Julio García Oliver : « Avec les années, les souvenirs s'effacent mais continuent à être légèrement présents. Ce qui les rend inoubliables, c'est la solitude. »

Ces réflexions sur le passé ne l'empêchaient pas d'observer les autres voyageurs. Cela faisait plusieurs années qu'il ne sortait pas de son sanctuaire de l'hôpital Espagnol, et c'était à peine s'il reconnaissait la ville. C'était pour cela qu'il avait préféré prendre le métro. Les tunnels, les correspondances, les quais étaient comme la prolongation des grottes et des cachettes dans les jardins et les bâtiments du vieil hôpital. Les gens n'étaient pas plus pressés que d'habitude et n'avaient pas l'air différents. Le métro était propre. Depuis combien de temps ne l'avait-il pas pris ? Longoria se regarda dans la vitre d'une des portes pneumatiques. Rares cheveux blancs, presque jaunes, peignés en arrière, ridicule costume à petites rayures, nœud papillon rouge sur la chemise blanche qui recouvrait à peine le corps décharné. Ce qu'il avait de mieux, c'était le regard rusé au-dessus de la moustache et le nez aquilin. Il avait volé le costume à un défunt récent, un costume de circonstance, rangé avec tout un tas d'autres vêtements masculins et féminins dans une chambre désaffectée du pavillon des tuberculeux. Il fallait bien qu'ils servent à quelque chose. Il eut un geste de lassitude. Peut-être que la ville au-dessus n'avait pas tant changé que cela mais lui, en tout cas, continuait à vieillir. Un jeune employé interpréta mal son geste de fatigue et voulut lui céder son siège. Longoria le regarda avec dégoût.

— J'ai l'air si vieux que cela, blanc-bec ? lui dit-il.

L'autre se replongea dans son journal pour éviter la dispute, mais Longoria n'avait pas l'intention d'en rester là.

— Je vous prends où vous voulez, quand vous voulez. Course à pied, avirons, haltères...

— Vieux débris à la manque, lui lança l'employé.

— Je vous conseille aussi d'aller interroger votre maman sur mes capacités au lit.

Longoria échappa à la raclée parce que, juste à ce moment-là, le métro entrait dans la station Aeropuerto. Il sauta prestement sur le quai avant que la violence ne se déchaîne et disparut dans la foule.

La zone des arrivées internationales était comme d'habitude bondée. Plusieurs vols des Etats-Unis, l'avion hebdomadaire de Lima et celui de la Lufthansa en provenance de Hambourg étaient attendus en même temps.

Longoria s'approcha de la porte qui laissait passer au compte-gouttes des parents étrangers et montra au policier en faction une carte de correspondant du *Times* de Londres au nom de Harpo Marx. La photo n'était pas très récente. Elle devait dater de quatre ou cinq ans. Comme la carte. Ils le laissèrent entrer dans la salle des bagages. De là, il monta les escaliers qui menaient au contrôle des passeports. Il aperçut Stoyan de loin et lui fit un geste de la main. Lorsque le Bulgare eut rempli les formalités d'entrée, ils s'étreignirent au milieu des escaliers. Ils restèrent un bon moment sans parler. Stoyan tapotait les joues maigres de Longoria et ce dernier lui donnait des petits coups de poing dans l'estomac.

— Putain, je te croyais mort, Longoria ! Merde ! Je me sentais coupable de n'avoir pas su te convaincre de quitter Paris la dernière fois qu'on s'est vus. Et puis j'ai reçu la lettre.

— J'ai fini par t'écouter. Avec deux balles dans le corps, je me suis rendu compte que c'était du sérieux. Nous n'avons pas beaucoup de temps. Je suis sûr que les gens du colloque t'attendent dehors. Tu descends à quel hôtel ?

— Le Florida.

— Ce soir à 9 heures et demie, après le dîner, sors te promener et prends à droite. Je te rejoindrai.

— Qu'est-ce qui se passe ? Il y a des problèmes ?

— Non, c'est juste, mon cher Bulgare, que je n'existe pas. C'est des manies de vieux, dit Longoria en prenant la main de Vassiliev et en la serrant entre les siennes. Puis il fit demi-tour et descendit les escaliers en sautillant.

Longoria avait raison. A la sortie, deux aimables étudiants du Colegio de Mexico attendaient Stoyan avec un petit carton et l'aidèrent à porter ses valises. Longoria, qui buvait un soda à l'orange dans une des petites boutiques de la salle d'arrivée, les vit passer. Ses petits yeux verts enregistrèrent autre chose. Quelqu'un surveillait à distance son ami et les deux étudiants qui l'accompagnaient. Un gringo vêtu d'un costume de velours avec des coudes renforcés qui portait des lunettes noires. Stoyan était filé. Le flair historique de Longoria ne pouvait pas s'y tromper. Putain, qu'est-ce que ça voulait dire ? Lorsque le gringo se dirigea vers la sortie pour suivre Stoyan, Saturnino prit le fileur en filature. S'ils voulaient faire des misères au Bulgare, ils n'avaient pas prévu que Saturnino Longoria était là. Moitié fantôme, moitié homme, vu son âge, mais toujours prêt à balancer un coup de pied dans les couilles de l'ennemi, quel qu'il fût.

Le vieux faillit foutre tout son plan en l'air parce qu'il avait oublié de payer son soda.

91. Un grand décor...

... comporte toujours des éléments qui ne devraient pas s'y trouver. Le rêve absolu d'un décorateur d'intérieur était toujours de mettre de l'inattendu dans un coin du salon. Alex, en pleine impulsion baroque, trouvait le décor mexicain encore bien pauvre. La réalité était d'ordinaire plus absurdement complexe et lui, à force de la reconstruire en fraude, finissait par agir de façon logique. Si cela continuait comme ça, le Rêve de Blanche-Neige allait ressembler à une mauvaise pièce de théâtre vue par un observateur intelligent. Alex travaillait pour la postérité et avait par conséquent besoin de donner une touche magique à tout ce qu'il entreprenait même si personne n'était capable de l'apprécier au cours des vingt années suivantes. Vingt ans, quelques grains de poussière cosmique. Il lui fallait donc apporter des améliorations au décor, le rendre plus sophistiqué, plus complexe, lui apporter quelques touches d'irréalité kafkaïenne, même s'il était bien certain que Mexico lui fournirait les siennes.

Les bons décors sont composés d'éléments qu'on n'a pas l'habitude de voir rassemblés dans la vie quotidienne ; un bateau de réfugiés haïtiens, un déjeuner de vendeurs de machines à laver la vaisselle au Saint-Francis, un matelot allemand retraité et assassin de vieilles dames dans le port de El Callao. Mais comment réunir des ingrédients aussi merveilleux ?

L'opération Rêve de Blanche-Neige n'était pas si mal. Il avait un commandant sandiniste, un Bulgare étonnant, un trafiquant mexicain, quelques journalistes, une pute australienne, un congrès d'écrivains engagés, un assassinat... il avait encore besoin d'un évêque catholique espagnol, d'un trésor archéologique aztèque, d'un photographe de modèles *gay*, et autres choses dans le genre. Le plus beau, c'était d'assembler tout cela et de le faire bouger dans le temps et dans l'espace.

Il n'avait jamais rien eu d'aussi beau entre les mains que Blanche-Neige. On reconnaît un chef-d'œuvre aux premiers parfums qu'il dégage, même quand il est mitonné dans un lieu aussi peu odorant que la cuisine des pensées. Il tira la chasse et regarda l'eau bouillonner dans la cuvette. Il reboutonna soigneusement son pantalon puis son gilet et traversa le bureau à la recherche d'un bloc de papier. Il tomba sur Leïla qui voulait lui remettre un télex.

Qu'est-ce qu'il disait déjà ? Un trésor archéologique aztèque, un évêque catholique espagnol, un photographe de modèles *gay*, quoi encore ?

— Alex, tu veux revoir la liste des journalistes ? demanda Eve.

— Tu l'as ? Apporte-la. Remarque, si quelque chose ne va pas, on ne peut plus y faire grand-chose, dit Alex en se laissant tomber dans son fauteuil et en allumant une cigarette.

— On pourrait renforcer, mais je crains de saturer et que tout devienne trop transparent... Nous avons d'abord semé la rumeur chez les correspondants américains en poste à Mexico qui couvrent l'Amérique centrale : suite à un chantage, nous disposions d'une taupe au sein de la direction sandiniste. La rumeur a fait sourire. Nous l'avons distillée auprès de cinq personnes. Ils n'en ont pas publié une ligne. Trois d'entre eux ont posé des questions. Elle a dû bien se répandre. Apparemment, pas encore assez. Simon et Fernández n'ont pas beaucoup de contacts avec leurs confrères, ce sont plutôt des loups solitaires. Elle ne leur est peut-être pas parvenue. De toute façon, comme prévu, elle circule, et si eux ne la reprennent pas, quelqu'un d'autre le fera...

— Du calme, ne fais rien. Si tu en rajoutes, tout s'écroule, dit Alex.

— Deuxièmement, depuis un mois, nous avons mis en branle l'histoire du prix Pancho Villa. Nous avons fait parvenir le règlement à tous les journalistes qui écrivent des livres de témoignage. Nous sommes blindés. Nous avons mis sur écoute le téléphone de Fernández et il a immédiatement téléphoné à Simon quand il a reçu la lettre. Du béton. Laurel, le grand-père du Mexicain, tout... L'histoire est tellement absurde qu'elle a l'air parfaitement vraie.

— Elle est vraie. Il fallait juste la déterrer.

— Et comment l'as-tu déterrée, Alex ? Si tu me le dis, tu illumines mon après-midi.

— J'ai été avocat et ma plus grande fierté est de m'être occupé de la succession de Laurel.

— Tu mens.

— Bien sûr que oui.

Eve se mit à loucher plus fort. Il semblait brusquement qu'elle était en train de regarder en même temps une photo de Salvador Allende assassiné dans son bureau de la Moneda et une vieille coupure de journal grec accrochée au montant de la porte. Pour donner le change, elle alla se servir un thé. Ce genre de choses survenait lorsque l'on regardait attentivement les murs du SD : les yeux trouvaient deux objectifs à la fois. A son retour, tandis qu'elle tournait une cuillère en plastique dans son gobelet, elle compléta l'information.

— Nous avons approché l'ex-épouse de Fernández. Je ne suis pas très sûre du résultat. Grincheux 6 s'en est chargé. Son rapport est sur la table.

— Encore ? Et il manque Dormeur ? Ce n'est pas trop ? C'est toujours la même histoire. Trop ou pas assez. Si on en rajoute, on les éloigne. Si on n'en fait pas assez, on ne les intéresse pas.

— Il est encore temps d'arrêter Dormeur.

— Surtout pas. Il a deux cartes à jouer, pas une seule. Mais j'aimerais bien qu'il n'entre pas en scène avant qu'ils se soient approchés de l'hameçon...

Alex se renfonça dans son fauteuil et ferma à demi les yeux. Sa dernière remarque s'avéra plutôt mystérieuse aux yeux d'Eve :

— Quand tu ne peux pas entrer par la porte principale, ce n'est pas une mauvaise idée de passer par la cuisine.

Il mit un blouson épais et sortit dans la rue.

Le Centre de Manhattan était recouvert d'une couche de neige fondue. Le brouillard descendait et recouvrait la cime des gratte-ciel. Il s'arrêta à la hauteur de Lexington Avenue et la 53e Rue pour observer la disparition d'un énorme building bleu. Personne n'avait l'air de se rendre compte que c'était peut-être la fin du monde. Le building de Chrysler disparaissait sous le brouillard, perdant régulièrement des étages qui s'évanouissaient dans l'ombre. Personne ne se rendait compte qu'un jour peut-être tout se terminerait ainsi, un dieu jusqu'alors inconnu effaçant les gratte-ciel avec une énorme gomme, étage après étage, jusqu'au niveau du sol.

Alex passa à côté de la Marine Midland Bank, non loin de l'entrée de son bureau, et remonta le col de son blouson. Au même moment, il fut assailli par une horde de distributeurs de tracts : une pub pour l'European Body Wrap, un des beaux-arts, avec huit minutes gratuites sur une planche vibrante qui équivalaient à des heures d'exercice traditionnel. Des réductions sur les caméras vidéo en vente aux Four Guys. Un magasin d'ordinateurs qui, pour tout achat de 50 dollars, proposait de rembourser le taxi, sur présentation du reçu et du tract. Des réductions d'un dollar pour tout achat de quatre hamburgers au Roy Rogers. Des tracts roses de l'AAA Finger Nail vantant les merveilles d'un programme thérapeutique à l'intention de ceux qui se rongent les ongles. Des propositions de Mrs Donna, « ton consultant personnel pour les thèmes psychiques », capable d'affronter la malchance et les chagrins d'amour. Sans compter le programme du Madison Square Garden et la pub pour Doran Lyn, la spiritualiste originaire du Sud profond qui promettait de résoudre les problèmes des gens ne sachant pas économiser ou souffrant de maladies bizarres.

Alex les accepta tous et les rangea dans ses poches. Peut-être n'était-ce pas seulement des tracts, peut-être avaient-ils un lien avec les buildings qui disparaissaient dans le brouillard, et contenaient des clefs et des messages codés en provenance de l'au-delà. Peut-être la réclame pour un poulet Kung Pau au restaurant chinois Lam Ying de la 59e Rue dissimulait-elle un rendez-vous avec le futur. Peut-être les trois bouteilles de champagne au prix de deux au Village-Cutters... Mais si cela avait été le cas, il aurait dû le savoir. Pour le moment, personne ne l'avait mis au courant. Mais dans le doute, il s'abstint de jeter les petits papiers de couleur dans la corbeille au coin de la rue.

92. Histoires de journalistes

(Greg)

Pour les tout-puissants Aztèques, seigneurs et maîtres du Valle de l'Anáhuac, Teotihuacán était un lieu redoutable. Demeure de dieux disparus et de rois légendaires, dont les pyramides défiant le ciel attestaient la force redoutable. L'immensité de la ville-temple terrorisait les guerriers parvenus. Les Aztèques se développèrent à la fois autour et loin de Teotihuacán qu'ils observaient à distance.

La peur doit être un sentiment culturellement contagieux, car, des années plus tard, les Espagnols jetèrent bas la statue du dieu qui couronnait la pyramide du Soleil, laissant la masse de pierres orpheline et sans tête. Un prêtre et un capitán partagèrent la responsabilité des opérations.

Nous avions parcouru tôt le matin les trente et quelque kilomètres d'autoroute qui séparent Mexico des ruines de Teotihuacán, ville ouverte, protégée par ses collines exactement comme il y a quinze siècles.

Il y a quelques années, la roue avant de la moto sur laquelle je me trouvais s'était coincée dans un rail de tramway. C'était à San Francisco, et ces rails étaient désaffectés, mais un bureaucrate anonyme et incompétent avait oublié de donner l'ordre de les enlever. Il pleuvait et le sol était humide, légèrement recouvert d'eau. J'échouai dans ma première tentative de sortir la moto du rail et, à la seconde manœuvre, la moto quitta le rail en dérapage. Je fis ce que l'instinct et les manuels commandaient : je lâchai la moto et me laissai tomber au sol tandis qu'elle continuait tout droit à soixante à l'heure. Mes blessures furent sans conséquence, excepté un os du poignet totalement disloqué (sur les radios, il ressemblait vaguement à une gâchette de fusil). Une petite opération et un mois de plâtre et de bras en bandoulière furent suffisants mais lorsqu'il pleut, lorsque, sur un coup de folie sportive, j'essaye d'enchaîner vingt pompes, lorsque je fais l'amour plus de deux fois par nuit — et à ma légitime — et lorsque j'escalade une pyramide comportant des milliers de marches et que je suis obligé de mettre les mains pour m'aider à me hisser, la douleur revient. Les guérisons miraculeuses n'existent que dans les mensonges. Les fractures des os et celles du cœur ne se font jamais oublier, elles durent aussi longtemps que celui qui les abrite.

Le gros avait des problèmes parce qu'il fumait trop. Moi, c'est mon poignet qui me faisait des misères. C'est ainsi que nous arrivâmes tous deux en protestant au sommet de la pyramide du Soleil. Armando n'était pas encore là.

— Tu sais ce que l'on dit des habitants de la Galice ? me demanda Julio.

— Non.

— Que lorsque tu les croises dans un escalier, tu ne sais jamais s'ils sont en train de monter ou de descendre... C'est vrai aussi des pyramides et d'Armando.

Du sommet de la pyramide du Soleil, on pouvait voir la ville morte et réorganisée pour les touristes. Le soleil de plomb achevait de griller nos derniers neurones intacts après l'ascension. Je restai songeur devant la géométrie des édifices morts : la pyramide de la Lune, la chaussée des Morts, la citadelle, le temple de Quetzalcoátl. J'avais lu un jour dans un guide du musée d'anthropologie de Mexico que l'on ne pouvait pas continuer à parler de Teotihuacán au singulier, mais des villes et des cultures téotihuacaniennes. Ce n'était pas un seul ensemble mais plusieurs, construits l'un sur l'autre. De la gloire sur des ruines, de la grandeur sur un cimetière. Au cours de ses dernières années d'existence, la ville avait été pillée et incendiée, aux alentours de l'an 700. Les temples avaient été brûlés, la statue de la déesse de l'eau couronnant la pyramide de la Lune, descellée, tandis qu'on arrachait son cœur de jade. Il n'existe pas de gestes symboliques, seulement des vengeances qui parfois détruisent les cœurs de pierre comme s'il s'agissait de brûler le cœur des hommes.

— Cela doit faire bizarre tout ça pour un petit gringo comme toi qui vient d'un pays qui n'a pas de passé.

Julio me cherchait.

— Ne frime pas avec tes histoires préhispaniques. Si des habitants des lieux nous trouvaient seuls par ici, ils nous mettraient à mijoter dans le même chaudron. Ils n'en auraient rien à cirer que je sois un Juif de Manhattan acclimaté aux palmiers de Los Angeles et toi un rat espingouin échoué à Mexico. *We're both fucked.*

— Je ne te parle pas de ça. Je te parle de l'allure que cela a. Nous autres, Mexicains, avons le droit d'être remboursés de toute cette gloire. Si un jour nous reconstruisons un pays, il faudra mélanger ces ruines-là avec celles de Mexico.

— Si tu veux, je te prête Hollywood Boulevard pour mettre tout ça ensemble et que le pays soit encore plus joli.

Julio resta songeur. L'idée ne lui déplaisait pas. Nous avions bourlingué à travers trop de paysages, passé trop de frontières, pour prendre au sérieux les douanes et les barrières, les fils de fer barbelés, les passeports.

Le visage d'Armando surgit à l'est de la pyramide. Il n'était pas dépeigné ; l'ascension de la pyramide n'avait pas dérangé un seul cheveu sur son crâne et il n'avait pas une goutte de sueur sur le visage. Je commençai à me dire qu'il devait s'agir d'un robot tropical. Une espèce de R2D2, un « Armandito », un modèle amélioré.

— Messieurs... dit-il. Je m'attendais à ce qu'il sorte de

son veston en lin blanc un service à cocktail complet, y compris les zestes de citron, le sel pour givrer les verres, les branches de menthe et l'olive du Martini. Il n'en fit rien.

— Mais c'est ce bon vieil Armando ! lui répondit le gros, qui excellait pour remettre les gens à leur place. Qu'est-ce qui t'a pris de nous faire grimper sur cette putain de pyramide... ?

Armando secoua un brin de poussière inexistant et contempla le paysage calciné par le soleil.

— C'est vraiment beau, n'est-ce pas ? Très discret en plus. Il n'y a pas de témoins.

Le gros sortit ses cigarettes et s'assit au pied de l'autel détruit par les Aztèques et les Espagnols. Un nouveau dieu à rajouter à la liste des idoles de Teotihuacán : « Gros journaliste souriant », pièce de catalogue 1657.

— Tu vas nous dire les choses sans tourner autour ou nous sommes venus jouer les espions chinois ?

Armando lui adressa un de ses plus beaux sourires, extrait du répertoire de Lon Chaney. Puis il sortit un paquet de Montecristo sans filtre. Le gros jeta sa Delicado sans le moindre égard pour les anciens habitants de Teotihuacán et en prit un. Je m'inscrivis moi aussi à ce voyage nicotinesque.

— Quelqu'un m'a dit qu'il y avait une fuite au sein de la direction sandiniste, dit Armando. Une grosse fuite, un véritable tout-à-l'égout. La CIA peut en profiter. L'utiliser, quoi. Je ne sais pas.

— Et qu'est-ce que l'on vient faire là-dedans ? Qui veut quoi de nous ? lui demandai-je, me méfiant de toute information qui semblait gratuite. Même si j'adorais le style indirect d'Armando, son incapacité à être transparent.

— Je n'ai pas de preuves. Ce ne sont que des rumeurs.

— Les sandinistes n'ont pas besoin de plus. Une bonne rumeur suffit pour qu'ils sortent leurs antennes, dit le gros en souriant.

Si Armando voulait quelque chose de nous, nous allions le cuisiner un petit peu.

— Je n'ose pas la faire remonter, si c'est du vent, c'est peut-être un piège pour semer de la méfiance, répondit Armando sans nous regarder. De la merde pour empoisonner l'atmosphère.

— Cela te plaît ? demandai-je à Julio.

— Des clous, répondit le gros.

— Messieurs, ça vous est arrivé combien de fois dans votre vie de toucher la loterie ? dit Armando.

— Attends, je crois que j'ai compris, dis-je à Julio. Quelqu'un désire que nous enquêtions et nous donne une piste parce qu'il sait que nous sommes des journalistes sérieux, et que nous ne sortirions jamais des pommes du frigo avant d'être sûrs qu'elles soient mûres.

— C'est encore mieux que ça. C'est quelqu'un que nous connaissons, répondit le gros, tandis qu'Armando faisait celui qui n'avait pas entendu et observait le paysage de pierre. Quelqu'un que nous connaissons...

— Bon, Armando, ce qui m'intéresse, ce n'est pas tellement l'hsitoire que tu veux nous raconter, mais celle que tu ne veux pas nous raconter. Qui désire nous lancer sur cette piste ? Qui veut que nous enquêtions sur l'existence d'une taupe chez les sandinistes ? Ou si tu préfères, pour te mettre les points sur les *i*, pour qui travailles-tu ? demandai-je.

— Cela doit être assez exotique, dit le gros sans me regarder. Quasiment paranormal. Ses employeurs doivent être de drôles d'oiseaux : les Angolais, les Yougoslaves, l'université de Californie à Los Angeles, une secte bouddhiste, les propriétaires d'un cirque, les services secrets portugais, les enfants de Torrijos...

— J'aime bien cette dernière hypothese ! m'exclamai-je.

— Le pire, c'est que vous avez presque tout bon. L'homme est Carlos Machado, dit Armando très sérieusement.

— Machadito, une taupe ? interrogea le gros.

— *No te jode !* dis-je, utilisant une expression que j'avais apprise à l'aéroport de Madrid et qui, selon les circonstances, pouvait signifier n'importe quoi.

93. Version de *Adieu à Mompracem* de Emilio Salgari imaginée par Stoyan Vassiliev dans la prison de Pleven

Le tableau qui attendait les Tigres à leur arrivée sur *Le Vengeur* était catastrophique. La garde avait été réduite de moitié et sur le pont plusieurs hommes se tordaient en vomissant. L'infirmerie et ses abords était pleine d'hommes évanouis ou en convulsions et Kelly, le médecin irlandais, ne savait plus où donner de la tête.

— Un empoisonnement, Sandokan. Quelqu'un a mis du poison dans la nourriture et je n'arrive pas à identifier ce que c'est. Je ne sais pas comment le combattre.

— Quels sont les symptômes ? demanda Yáñez.

— Forte fièvre, vomissements, convulsions, terribles douleurs d'estomac.

— C'est peut-être du jus d'upas, dit à voix basse Sandokan à Yáñez.

— Il y a eu des morts ?

— Personne jusque-là, répondit le médecin, le visage sombre.

— Espérons qu'il s'agissait d'une dose légère. Donnez-leur du lait de noix de coco et tenez-les au frais, dit Yáñez.

Yáñez tira de la poche arrière de son pantalon une petite amphore argentée, la déboucha et but une bonne rasade. Sandokan le regarda avec étonnement.

— Tu te sens mal ?

— Non, c'est du madère. Simple prévision en vue de la suite. Si nous montons sur le pont, nous ne tarderons pas à voir apparaître le danger sous une forme étrange. Combien d'hommes valides reste-t-il, Kelly ?

— Pas plus d'une vingtaine. La plus grande partie est avec moi, en train de jouer les infirmiers.

Les deux Tigres, après avoir donné des instructions au médecin irlandais pour que leurs propres cabines soient aussi utilisées comme infirmeries, remontèrent sur le pont. *Le Vengeur* était une frégate à vapeur, avec un blindage d'acier, qui jaugeait près de quatre mille tonneaux et était dotée de quatorze canons de 280 mm. Construite pour les Tigres sur les chantiers de Hambourg grâce à d'influents intermédiaires, c'était sans doute le plus puissant navire croisant à cette époque dans les eaux du Pacifique Nord.

— Kim, qui est à la barre ? demanda Yáñez à un jeune hindou qui n'avait guère plus de quinze ans mais était doté d'une musculature impressionnante et d'un visage extrêmement vif, barré par une terrible cicatrice qui rendait sa figure asymétrique.

— Mendosa, le second.

— Dis-lui qu'il se tienne prêt à appareiller. Je préfère être en pleine mer pour faire face à la situation.

— Regarde ! dit soudainement Sandokan en signalant une foule de petites embarcations qui s'approchaient à tribord du *Vengeur*. Il s'agissait apparemment de petites chaloupes et de sampans de dimensions misérables chargés de marchandises. Il était fréquent à Singapour que tout vapeur de moyenne importance mouillant dans la baie fût assailli par ces bateaux de vendeurs qui offraient aux marins, fatigués du sempiternel menu servi à bord, des nourritures régionales : fruits et tortues cuisinées, cervelles de singe, légumes frais ; mais aussi bijoux de pacotille, couteaux, étoffes et vêtements.

Cette fois cependant, et vu l'heure tardive, leurs intentions semblaient inhabituelles, même s'ils s'approchaient toutes lumières dehors, avec les braseros allumés, et leurs feux de signalisation.

— Kim, de la mitraille dans les petits canons du château de proue, tu t'occupes du premier et moi du second. Appelle Kompiang. Dis-lui de monter sur le pont une caisse de grenades et une demi-douzaine de fusils.

— Sambliong ! cria Sandokan tout en aidant Yáñez dans ses préparatifs.

Le vieux Malais arriva tout de suite. Sa barbe immense était toute blanche et il lui manquait plusieurs dents.

— Occupe-toi de la mitrailleuse.

— Tout de suite, Tigre, dit-il avec un sourire sauvage.

— S'ils ont de mauvaises intentions, ils vont tomber sur un os, dit Sandokan. Son sang bouillait dans ses veines et il se sentait par moments rajeunir.

— Tigre ! cria Kim depuis la proue. Il y a une barque tout éclairée qui s'approche.

— Tirez à la mitraille à dix mètres devant les bateaux. Je ne veux pas qu'ils s'approchent plus près, dit Sandokan.

Comme s'ils n'avaient attendu que son ordre, les deux petits canons du château de proue ouvrirent le feu. Sambliong et Yáñez avaient impeccablement visé. Les impacts soulevèrent une grande vague juste sous le nez des sampans qui s'approchaient.

— Un drapeau blanc sur la barque éclairée, Tigre ! cria Kim.

En deux sauts, Yáñez descendit du château et rejoignit son frère de sang.

— Attention, les tirs ont sûrement mis en alerte les patrouilles navales des Britanniques. Il ne manquerait plus qu'ils viennent fourrer leurs longs nez curieux dans *Le Vengeur.*

Sandokan approuva.

— Laisse-les venir, mais si une autre embarcation bouge encore, ouvre le feu. Turong, amène une mitrailleuse sur le pont ! Par tous les diables, si c'est notre sang qu'ils veulent, je te jure que nous repeindrons le château de proue avec le leur.

Pendant ce temps, Yáñez attendait que la barque éclairée de tous ses feux attrape les câbles qu'on lui lançait depuis *Le Vengeur.*

— Bonsoir messieurs, qu'est-ce qui nous vaut cette visite nocturne ? demanda le Portugais en se penchant par-dessus bord.

— L'astronome Mikhaïl Vassiliev désirerait s'entretenir avec les capitaines du bateau, répondit un majordome malais richement vêtu.

— Dites-lui de monter, répondit Yáñez. Il fit signe à Kim, qui était à ses côtés, de lancer une échelle de corde.

Sandokan avait pris place aux côtés du Portugais et tous deux tendirent la main à un étrange personnage qui apparut au-dessus du bastingage. Il portait un uniforme militaire inconnu, de couleur marengo avec des boutons argentés ; sa tête nue était surmontée d'une masse de cheveux blancs et l'on remarquait sur son visage la finesse d'un nez aquilin.

— Pour un homme sans patrie, comme moi, il n'est pas de plus grand honneur que de faire votre connaissance, dit le nouveau venu dans un anglais imparfait.

— Nous ignorons encore si nous pouvons en dire autant, même si nous préférons le supposer, répondit Yáñez non sans ironie.

— Je viens vous offrir mes services. Mikhaïl Vassiliev, originaire des Balkans, au service de la liberté. Astronome sans télescope, tireur d'élite, champion de sabre de l'académie de Sandhurst, marin malheureux et célibataire impénitent.

— Monsieur, les chaloupes et les petits sampans continuent d'approcher, dit Kim à l'oreille de Sandokan.

Vassiliev, qui avait remarqué l'inquiétude des Tigres, précisa :

— Je n'ai rien à voir avec cette flottille de coquilles de noix, messieurs.

Au même moment, deux coups de feu résonnèrent. Un des Tigres de garde sur la poupe s'effondra, une balle dans la poitrine.

— Attention, ils essayent de nous aborder ! cria Sandokan.

En effet, une des petites chaloupes était parvenue à se rapprocher suffisamment du *Vengeur* pour lancer ses crochets d'abordage et tenter de se coller au navire. La douzaine de Malais qui se trouvaient sur le pont réagirent rapidement et coupèrent les filins avec des haches d'abordage.

— Feu ! Ce sont eux les agresseurs ! hurla Yáñez.

— Mon cher astronome, nous poursuivrons cette conversation dans quelques minutes, dit Sandokan en tirant une paire de colts de sa large ceinture en soie rouge.

— Sur ma barque se trouve un homme que vous cherchiez, Malang, et deux de mes amis, natifs d'Indochine, susceptibles de vous rendre des services inestimables.

Yáñez regarda attentivement le Bulgare. Ce qu'il lut sur son visage suffit pour lui donner confiance, puisqu'il acquiesça :

— Faites-les monter.

Pendant ce temps, le chaos était devenu général. Sambliong tira au canon presque à bout portant, déversant une pluie de mitraille sur une des chaloupes qu'il démâta. Mais des douzaines d'autres se rapprochaient dangereusement du navire. Un déluge de feu tomba sur le pont.

— Ils lancent des charbons enflammés avec une catapulte.

Yáñez saisit la mitrailleuse et commença à tirer sur les occupants du petit sampan qui se trouvait à une vingtaine de mètres du *Vengeur*. Les couleuvrines et deux ou trois petits canons montés sur les embarcations répondirent. Le vacarme était assourdissant. Par la poupe, une demi-douzaine de Chinois armés de machettes tombèrent sur Sandokan et l'un de ses Tigres, le vieux Mirim-Lili, lequel, en protégeant le corps de son chef, reçut un terrible coup provoquant une énorme entaille au front. Les revolvers de Sandokan abattirent trois des Chinois, mais le quatrième se jeta sur le Tigre de Malaisie et roula avec lui sur le pont.

C'est à ce moment que surgirent Mikhaïl Vassiliev et ses deux compagnons. Avec son sabre, le Bulgare stoppa les deux autres assaillants, ce qui laissa un répit à Sandokan. De sa puissante main, le Tigre saisit le cou du Chinois et commença à l'étrangler.

Pendant ce temps, Yáñez faisait des ravages dans les coquilles de noix au moyen de la pièce d'artillerie légère du château de proue.

— A l'attaque ! Ils ne nous ont pas surpris ! Ils sont foutus ! criait le Portugais pour donner du courage à la douzaine de Tigres de Malaisie. Sambliong était parvenu à mettre en batterie une deuxième mitrailleuse. Il tirait avec une grande précision sur une des embarcations qui tentaient l'abordage. Les chaloupes survivantes ne tardèrent pas à faire demi-tour. L'artillerie du *Vengeur* avait fait de sérieux ravages et l'une des embarcations était en flammes.

— Sambliong, donne l'ordre à monsieur McDermont de pousser les hélices au maximum. Nous partons immédiatement, dit le Tigre en lâchant enfin le cadavre du Chinois qui s'écroula à ses pieds, comme un hommage à la force redoutable du vieux pirate.

94. Les bonnes affaires de Perro Loco Ontiveros : la coke

Le flic entre dans le bureau de Oidmo en évitant une secrétaire et un employé avant de se heurter à la barrière infranchissable du bureau du collaborateur du grand chef. Comme celui-ci ne se laisse pas convaincre, il opte pour l'action directe et, sortant un .45 sur la crosse duquel figurent des gravures représentant l'aigle et le serpent de l'écusson national posés sur un chapeau de *charro*, il lui balance un terrible pain qui fait sauter deux dents au collaborateur, sans compter sa clope. Il le balance tout ensanglanté contre la bonbonne du distributeur d'eau potable.

Ontiveros s'assure ainsi une entrée spectaculaire dans le bureau du Jap, qui, pour lui, n'est qu'un Chinetoque comme les autres, sans préjugé de race. Il le regarde pour vérifier que sa peau de citron est encore plus jaune et que la peur transparaît dans les rides de son front, détruisant le mythe de l'impassibilité des Asiatiques qui se consacrent à l'industrie du plastique et au trafic de coke. Et il lui dit :

— T'as intérêt à raquer, le Chinetoque. Je veux 35 pour 100 sur tout ou je te fais bouffer tes couilles ici même.

— Vous êtes de la police ? demande le Japonais, conscient qu'il s'agit peut-être d'un fou tout droit sorti du métro de Mexico, et qui se croit encore en train de cogner et pousser dans la foule.

— Vu que je vais te coûter plutôt cher, Chinetoque de

merde, je vais te permettre de m'appeler par mon nom pour de vrai et je te jure que presque personne ne le connaît. Je te le dis parce que je t'aime bien et que tu as intérêt à en faire autant si tu l'utilises : Leandro. Le-an-dro — Perro Loco se croit obligé de donner des explications —, Leandro Ontiveros, commandant du Groupe spécial de la police judiciaire fédérale. Pour servir Dieu et vous-même. Dans cet ordre.

Les choses ne sont pourtant pas aussi simples qu'elles en avaient l'air au début, vu que monsieur Aoyama douille déjà auprès d'autres agents fédéraux de la brigade des stupéfiants et verse même un salaire mensuel en chèque à un gringo de la DEA à Los Angeles. D'une part.

D'autre part, le collaborateur du chef, crachant du sang, entre dans le bureau avec un fusil de chasse et met le canon dans les reins de Perro Loco, qui, après avoir lancé une série de « putain de merde ! », se dit que décidément le climat des affaires à Mexico ne s'améliore pas.

Le Japonais, qui un instant plus tôt ne parlait pas espagnol, se révèle être un Japonais natif de Mazatlán, dans l'Etat de Sinaloa. Une ville avec vue sur la mer, remplie de palmiers tropicaux, où les trafiquants de drogue s'amusent parfois à organiser des courses de voiture sur la jetée. Il dit au flic :

— Leandro, c'est un nom de pédale.

— Si ça ne l'était pas, ça l'est devenu, répond le commandant Ontiveros, soudain ramené à de nouvelles dispositions et prêt, dans sa tête, à baisser de 35 pour 100 à 12 pour 100 et encore, avec de la chance.

— Ferme la porte, Martial, il faut que nous ayons une conversation avec monsieur, dit alors le Jap.

A ce moment, le téléphone sonne et le Japonais décroche promptement. Il entend une voix caverneuse — en fait, la voix d'une belle-sœur d'Ontiveros, pute à mi-temps à la gare routière de l'Est :

— Ou tu dis à ton pote de baisser son fusil, ou on monte

tous avec le M1 et on te le fourre dans le derche, Jap de merde.

Ontiveros en profite pour dramatiser un peu :

— Passez-moi le téléphone, je vais parler à mes hommes. Il ne faudrait pas qu'ils deviennent nerveux. Et il pense dans sa tête qu'il peut remonter à 25 pour 100 mais qu'il va lui falloir refiler 2 pour 100 à sa belle-sœur, stratégiquement placée avec des jumelles dans une cabine téléphonique au coin de la rue (on n'arrête décidément pas le progrès des techniques policières), vu que si elle n'appelle pas, l'opération se casse la gueule.

Le Japonais lui tend le téléphone et le collaborateur ferme la porte. Ontiveros dit dans l'appareil :

— Tout est en ordre, R10. (C'est le nom d'un modèle de Renault qui ne se fabrique plus au Mexique. Ça fait très pro, juste ce qu'il faut.)

Il dit au Japonais :

— Alors comme ça, Leandro c'est un nom de pédale ?

Pour bien commencer une affaire, rien de tel que les présentations.

95. Le goût bulgare

(VIII)

Stoyan haïssait les Turcs. C'était chez lui une attitude irrationnelle qui allait bien au-delà des haines ancestrales, raciales et historiques que les Bulgares éprouvent à l'égard des Turcs. C'était une haine particulière, concrète, qui avait pour cause un accident de train, un échange de valise et le fait de s'être remis à fumer, vice qu'il pensait avoir surmonté dans le maquis. En fait, il était persuadé que les Turcs avaient essayé de l'assassiner.

Tout avait commencé à Prague en 1947.

Il s'éveilla dans un petit hôpital, un pansement autour de la tête. Il se souvenait qu'il était en train de lire en espagnol des poèmes de Miguel Hernández dans le train qui approchait de Prague. Les infirmières parlaient tchèque. Il subodora que le train avait eu un accident. Il était bandé et nu. La chambre était le plus souvent déserte, il y avait deux autres lits vides, l'un d'eux encore recouvert de draps sales et tachés de sang. Pendant la nuit, un chien aboya. A l'aube, il se leva et chercha sa valise. Elle avait disparu mais il en trouva une autre au pied du lit, en carton bouilli. Il la posa sur le lavabo et l'ouvrit. Elle était remplie de tabac turc. Environ deux cents paquets. Le lendemain, il en échangea cinquante à l'administrateur de l'hôpital contre une paire de pantalons gris et une chemise blanche (qui avaient appartenu à un mort quelconque), plus quelques couronnes.

On lui retira son pansement. Il avait une nouvelle cicatrice en bordure du cuir chevelu, une cicatrice toute droite de huit centimètres de long.

Il sortit se promener. Il se trouvait dans le quartier de Mala Strana, dans la vieille ville. Il avait une mission : rencontrer deux journalistes anglais qui étaient prêts à lui raconter ce qu'ils savaient sur les opérations organisées par le MI 5 contre la Bulgarie à partir du territoire grec. Le rendez-vous était fixé à mardi après-midi, au milieu du pont Carolus-V. Les Anglais et lui devaient porter des écharpes rouges. Stoyan ne savait pas quel jour on était. Un vendeur de livres d'occasion qu'il transportait sur un petit chariot, lui apprit que l'on était mardi. Le Bulgare ouvrit un des paquets de cigarettes turques et commença à fumer.

Il passa ce mardi de 1947 à se promener en fumant dans Mala Strana, appréciant la foule de détails qui transformaient chaque maison en une nouvelle surprise. Une grille, une porte en bois peinte en vert, une frise sur un mur, un écu ducal sur la porte de la caserne des pompiers. Il descendit vers le fleuve à la recherche de quelque chose à manger, mais il s'arrêta devant l'église Saint-Vitus ; ce même saint auquel les Espagnols attribuaient le mal du mouvement incontrôlable et qu'on aurait pu aussi bien rebaptiser saint Parkinson, à présent que s'annonçaient des temps débarrassés de l'idolâtrie. A l'intérieur, il découvrit une fresque d'Alfons Mucha. De l'Art Nouveau dans une cathédrale, c'était parfait. Juste ce qu'il fallait. Il croisa un groupe de jeunes soldats. Ils avaient de l'acné juvénile et le visage vieilli d'adolescents de dix-huit ans. La guerre avait tout vieilli. Il mangea des pommes de terre bouillies et des boulettes.

Il arriva au rendez-vous du pont sans écharpe rouge mais avec un foulard en soie de même couleur attaché autour du cou. C'était ce qu'il avait trouvé de mieux. Dans sa valise, le vendeur de cigarettes de contrebande avait trouvé, au lieu des paquets, un exemplaire de poésie de Miguel Hernández en espagnol, un costume noir aux coudes élimés et une écharpe rouge. Difficile de dire qui avait gagné au change.

Les mouettes planaient au-dessus des îles que faisait apparaître le bas niveau du fleuve et glissaient au-dessus du pont, chiant sur les étranges statues de guerriers et de saints médiévaux. Il aimait bien le roi Carolus, fondateur de l'Université, mais les saints et les guerriers de pierre froide ornés d'or lui semblaient mériter le salut des mouettes. Il se laissa bercer par la rumeur de l'eau et la musique lointaine d'un orgue de barbarie, par les chuchotis des amoureux et la discussion de deux vieux en train de lire le journal. Les eaux de la Vltava étaient un paysage en mouvement, des bleus et des gris avec les taches d'écume sur les bords et le vert brillant des arbres touchés par le souffle du printemps.

Les Anglais étaient à l'heure. Ils ressemblaient à deux officiers de la RAF en vacances, élégants et bien élevés ; leurs écharpes rouges ondulaient ensemble, agitées par la brise qui montait de la Vltava. Quelques heures plus tard, dans une chambre d'hôtel, l'un d'entre eux allait sortir de son blouson de cuir marron un .38 muni d'un silencieux et allait tirer sans l'atteindre sur Stoyan, qui s'y attendait. Puis le Bulgare allait lui fracasser le crâne avec un presse-papiers avant de sortir de la chambre avec un pistolet qui ne lui appartenait pas, à la ceinture d'un pantalon qui était celui du mort. Il laissait au second Anglais le soin d'expliquer à la police tchèque ce que faisait dans sa chambre ce cadavre sans pantalon.

Trente ans plus tard, on avait enlevé à Stoyan Vassiliev un morceau de poumon, suite à une tumeur bénigne. Bien que grâce à l'opération, les choses en fussent restées là, le Bulgare avait passé plusieurs mois de convalescence à craindre que la tumeur ne se réveille. Il était persuadé que c'était la faute des Turcs, que sa maladie avait commencé à Prague trente ans plus tôt et que la cause en était ces maudits cent cinquante paquets de cigarettes qu'il avait fumées alors.

96. Alex aimait...

... le département Amérique latine de l'Agence de la même façon corrompue et condescendante dont Kipling aimait les clubs britanniques de New Delhi. Ce coin de la CIA ressemblait à un refuge pour vieux sahibs, des carrosseries humaines de vieilles bagnoles coloniales dégoulinant de nostalgie dès qu'ils se rappelaient les taches de sueur sous les aisselles au sud du Río Grande. A la mi-avril, il fut obligé de quitter New York et de faire un petit tour à Langley en voiture pour raconter un peu — le moins possible — de l'opération Blanche-Neige au directeur des opérations et à son adjoint. Ils le reçurent avec du café, qui d'après son arôme devait être colombien, et du lait froid.

S'il existe une culture de la mémoire, il existe aussi une culture de l'oubli. Ou plutôt, des règles pour préserver l'innocence. Contrairement à ce que tout être normalement constitué pouvait penser, plus on gravissait la ligne zigzagante du pouvoir à l'intérieur de l'Agence, plus on savait, et moins on voulait en savoir. Surtout pas de sales détails, je vous en prie ! Alex ne savait pas très bien ce que voulaient savoir Bradley et la doctoresse Nelson qui avait la polio. Ou plutôt, il n'était pas très sûr de ce qu'ils voulaient ne pas savoir. De son côté, il n'avait pas grande envie de leur raconter quoi que ce soit. Les types en question, il les préférait comme musée que comme auditoire. Eux, ou

Rutherford, qui entra deux fois dans le bureau sous prétexte de voler du sucre pour son café, histoire de voir s'il pouvait pêcher un bout d'info, ou Simmons, le légendaire conseiller des Argentins, pour qui la guerre des Malouines avait foutu en l'air sept ans de travail et qui apparut dans le couloir, une grosse pile de dossiers sous le bras, des taches de pizza sur la chemise et salua Alex d'un signe de tête.

Deux ans auparavant, il avait eu une longue conversation avec Bradley, d'où avait surgi le projet Docteur Stanley. Un bon point dans la carrière officielle d'Alex. Le schéma de l'opération lui revenait complètement : on lui avait demandé de lancer un rideau de fumée sur les rapports entre l'Agence et les généraux cocadollars boliviens. Alex avait répondu par un projet étrange : il avait écrit deux livres, aidé par un groupe de rédacteurs fantômes et par les banques de données de l'Agence. Le premier, intitulé *La CIA et les généraux boliviens*, signé par une certaine Astrid Glover, racontait avec un luxe de détails souvent inédits l'histoire tourmentée d'amour et de haine entre l'Agence et les généraux boliviens. Il démontrait l'ingérence de la CIA dans les coups d'Etat successifs survenus à La Paz au cours des dix dernières années, la participation des généraux au trafic de drogue et l'appui que l'Agence leur avait apporté pour certaines opérations où se mêlaient trafic d'armes, missions secrètes et distribution de cocaïne. C'était un livre franchement intéressant, tellement qu'il parvint presque à figurer au quinzième rang des best-sellers du *Village Voice*.

Six mois plus tard, une certaine Lucille Barnes, autre nom de plume surgi des chaudrons infernaux d'Alex, publiait *La Paranoïa de la désinformation*, excellent travail d'analyse psychologique de la paranoïa journalistique, prompte à découvrir partout des conspirations et des alliances secrètes. Le chapitre VII était consacré au livre d'Astrid Glover. A partir des erreurs qu'Alex lui-même avait semées dans le texte au milieu des informations cohérentes, il réduisait en miettes le travail sur la Bolivie. N'importe quel lecteur moyennement intelligent pouvait conclure, après avoir lu les deux textes, que la CIA n'avait pratiquement rien eu à voir avec les généraux cocadollars boliviens — voire, absolument rien —, même si l'Agence pouvait avoir été mêlée à beaucoup d'autres choses.

Le plus beau de l'histoire, c'est la peine que s'était donnée Alex pour forger les fausses personnalités de mesdames Glover et Barnes. Le clou de toute l'opération se produisit lorsque Glover intenta à Barnes un procès qu'elle perdit. Alex assista à la dernière session du procès.

— Cela fait plaisir de te voir parmi nous, Alex, dit Bradley. C'était un homme d'une quarantaine d'années aux mâchoires saillantes, pour qui le moment le plus heureux de la vie était l'après-midi précédant Noël, lorsqu'il passait un moment en compagnie de ses trois filles à décorer l'arbre et à disposer les cadeaux devant la cheminée ; il avait eu une fois un herpès nerveux au bras gauche, lorsqu'il était chef d'antenne au Guatemala et avait ordonné l'assassinat de deux jésuites dans le Quiché.

— Je viens faire un tour, dit Alex avec un grand sourire.

— J'ai entendu dire que Blanche-Neige est encore plus compliquée que le manuel de remise à niveau en techniques de communication distribué par Peter. Il paraît que tu as battu ton propre record, dit la doctoresse Nelson en s'approchant en boitant de la chaise où Alex s'était laissé tomber et en lui serrant le bras.

Alex garda son sourire. On aurait dit la fin d'un film gelé à la dernière image.

— Ce que j'aime le mieux dans tes opérations, Alex, c'est que je n'y comprends rien et qu'elles marchent quand même. Tu dois avoir passé un pacte avec des démons, dit Bradley en savourant son café.

— On raconte que si tu devais passer l'examen psychiatrique d'embauche, tu te retrouverais *illico* et pour toujours dans un asile d'Alexandrie, dit la doctoresse Nelson en serrant plus fort.

— J'ai là quelques notes que je vais te lire. Tout ce que je te demande, c'est de me répondre à la fin par oui ou par non, dit Bradley. Il prit un petit cahier et se mit à lire calmement :

— L'opération Rêve de Blanche-Neige a pour objectif de créer une crise profonde au sein de la direction sandiniste ; d'affecter les relations entre les commandants ; d'encourager les frictions entre la base sandiniste et eux ; de raviver les vieilles tendances divisant le sandinisme ; de porter atteinte à leur crédit populaire ; de neutraliser politiquement plusieurs d'entre eux ; d'affecter leur crédibilité internationale ; de les discréditer moralement. La cible principale de l'opération est Machado, le vice-ministre de l'Intérieur.

Il fit une pause. Alex, qui ne s'était pas départi de son sourire, dit :

— Oui.

Bradley continua :

— Il s'agirait — et là, je te cite, Alex — de consolider dans l'opinion publique internationale les points suivants : *a*) Machado est un trafiquant de drogue qui a une fortune cachée au Mexique et a utilisé des ressources et du matériel sandinistes pour l'amasser. *b*) Luaces l'apprend et Machado le tue. *c*) La nouvelle remonte jusqu'à Tomás Borge qui couvre Machado, puisque c'est un de ses protégés. *d*) Il est possible que d'autres cadres sandinistes soient impliqués dans l'opération. En résumé et en termes d'information publique internationale, le sandinisme est un trou à rats, grouillant de trafiquants de drogue, d'assassins et de gens prêts à les couvrir.

— Oui, dit Alex.

— Et comment diable comptes-tu t'y prendre ? Tu n'as pas de point de départ. Aucune base pour appuyer ton histoire, affirma la doctoresse Nelson.

Toujours souriant, Alex garda le silence.

— Toute ton histoire repose sur l'idée que les journalistes ne croient pas aux coïncidences et que toi, tu en as fabriqué un millier, dit Bradley. Tout est basé sur les « véhicules involontaires ». C'est bien ainsi que tu les appelles ?

— Oui, dit Alex.

— Et tu déposes une opération de 654 000 dollars entre les mains d'un groupe de radicaux, de quelques journalistes de gauche et d'un Bulgare ex-agent de la Dajnavna Sigurnost ?

— C'est bien cela, dit Alex.

— Je n'aime pas ça, Alex. Ce sera un miracle si ça marche.

— Ils ont mis un produit sur les arbres ? interrogea Alex après quelques instants de silence. On n'entend plus les oiseaux.

— La doctoresse Nelson les a tous mangés, Alex, dit Bradley, indiquant que la conversation était terminée.

Alex sortit du bureau les bras croisés dans le dos. Il lui fallait prendre un avion pour Mexico. Bon, ils ne le gêneraient pas. Et, ce qui était encore mieux, ils n'allaient pas tout gâcher en prétendant collaborer avec lui. Ils lui avaient même dit que l'opération ne marcherait pas et, comme la conversation avait sans doute été enregistrée, ils avaient dégagé leur responsabilité. En plus, la doctoresse Nelson n'avait sûrement pas mangé les petits oiseaux. Elle avait dû se contenter de les baiser.

97. Le goût bulgare

(IX)

Dans la prison de Pleven, les jours étaient plus longs que les nuits. C'est du moins ce que supposait — ou devinait — Stoyan, qui n'avait jamais vu le soleil depuis sa cellule. María pouvait avoir dix-neuf ou vingt-cinq ans, et lui n'avait jamais pu lui offrir de poupée, jamais pu l'accompagner à son premier bal, jamais pu lui raconter des histoires les soirs d'orage, jamais pu être le père de sa fille disparue.

C'est pour cela qu'il réécrivait *Le Comte de Monte-Cristo*, *La Vengeance de Winettou* ou *Adieu à Mompracem* ; pour cela et parce que s'enfermer en compagnie de Karl May, Dumas ou Salgari constituait une vengeance contre les lectures ennuyeuses et quasi obligatoires des rapports de Boulganine et des textes pédagogiques de Malenkov. Pour cela et parce que, même s'ils avaient mis ses rêves sur écoute, ils n'en tireraient rien. Il ne rêvait que d'îles tropicales, de jungles où l'on écoutait le rugissement du tigre, de steppes où paissaient encore des buffles et où une carabine d'argent représentait, avec son cheval, le bien le plus précieux pour un homme.

A travers la fenêtre qu'il avait dessinée à la craie sur le mur de sa cellule, il observait le monde. Parfois, tout en contemplant la tour Eiffel, les faubourgs de Madrid ou les eaux troubles de l'Adriatique, il se disait qu'il était peut-être devenu un déserteur de la révolution mondiale, un de ceux qui avaient renoncé à ouvrir la porte du nouveau monde pour le faire danser sur un nouvel axe ; un de ceux qui ne croyaient plus à une modification de fond des règles du jeu humain. Mais il se disait que non, que d'autres étaient passés à l'ennemi mais pas lui. D'autres, par exemple ceux qui le maintenaient en prison.

Les jours s'écoulaient. Stoyan ignorait ce qui se passait au-dehors. Il essayait de percevoir, à travers les subtils changements d'humeur des gardiens, les changements dans la situation mondiale. Les indices étaient si ténus que le remplacement d'un bol cassé par un neuf était le signe d'un soulèvement ouvrier à Berlin, d'une lettre ouverte de Bertolt Brecht ou d'une crise agraire dans le Cinquième Plan quinquennal soviétique. La délivrance d'un vieux journal pour motifs hygiéniques pouvait signifier la mort de Yeshkov ou la disgrâce de Beria ; le journal lui-même était une mine de rapports à lire entre les lignes.

Toutes ces années, il pensait souvent à Fucik, à ces phrases écrites en prison où il disait que même si les nazis faisaient de la charpie de son corps, ils ne pourraient jamais s'emparer de ses idées ni de son âme. Toutes ces années, Stoyan ne fut jamais seul. C'est peut-être grâce à cela qu'il triompha de ses geôliers. Grâce à la compagnie de Edmond Dantès, comte de Monte-Cristo, de Old Shatterhand, de Winnetou, de Yáñez et de Sandokan. Leur compagnie et sa persévérance le rendaient invincible. Les dictateurs étaient mortels mais pas l'obstination des hommes. Il n'oublia pas de prendre bonne note des dettes de sang contractées entre persécuteurs et persécutés.

Stoyan Vassiliev n'avait pas seulement une foi aveugle dans les romans d'aventure. Il avait aussi une certaine confiance dans les retournements favorables de l'Histoire que pouvait apporter le passage du temps.

98. Les bonnes affaires de Perro Loco : pacte suicidaire

Le commandant Ontiveros place la main du Japonais tout à côté du pistolet, et, même si le connard est déjà tout raide, il lui appuie le doigt sur la gâchette pour le faire tirer au plafond. Deux douilles éjectées, c'est bon. Une balle dans la tempe, la deuxième évidemment. La première dans le plafond — il a eu un peu les foies ; et basta ! Le Japonais a l'air de lui sourire, comme s'il le remerciait d'avoir transformé l'assassinat en suicide. C'est mieux pour les petits-enfants quand ils raconteront l'histoire. Le pépé a suivi le code de l'honneur samouraï. Quand on a découvert qu'il trafiquait de la coke, il s'est tiré une balle dans la tête. Ils pourraient même le raconter en vers. Enculés de Japs : tous kamikazes. L'autre enculé, l'associé, avait une balle dans le front, ça lui faisait un troisième œil à équidistance des deux autres, comme le triangle des Bermudes. Perro Loco le regarde attentivement, presque avec tendresse, comme quelqu'un qui contemple une estampe d'art. Banzaï ! Un pacte suicidaire.

Banzaï, mes couilles ! se dira-t-il plus tard, une fois dissipée l'euphorie d'avoir descendu les deux trouducs. Combien de fric tu veux tirer à un mort ? T'as beau lui piquer son portefeuille, les pièces de monnaie dans les poches du pantalon et même la carte de crédit négociable auprès d'une maquerelle qui travaillait pour lui et revendait des téléviseurs achetés avec des cartes de crédit volées, que dalle, des clous ! Il pouvait toujours revendre les morts à la concurrence, se faire payer le service, ça n'allait pas rapporter grand-chose ; le Jap et son pote s'étaient lancés sur le marché avec une timidité de danseuses ukrainiennes. Des clous, décidément. Il était forcé de reconnaître qu'il les avait descendus comme un con, parce qu'il s'était énervé. La balle lui avait échappé au beau milieu d'une discussion dans la chambre d'hôtel où il leur avait donné rendez-vous.

Perro Loco Ontiveros allait devoir chercher comment réparer sa connerie. Il n'avait plus qu'à récupérer les dépôts de coke et voir s'il y avait moyen de les négocier. A moins qu'il ne décide de les « découvrir ». Il y aurait une photo de lui dans *La Prensa* devant un tas de petits sacs. Ça lui permettrait de tenir un mois. Un tiers pour la photo, deux tiers pour les affaires. Non, il était décidément trop honnête à l'égard de la nation. Il faisait du zèle. Un quart pour la photo de la « découverte », le reste pour les affaires. Et tant pis pour l'hymne national.

Les cadavres lui souriaient. Sympathiques, ces putains de cadavres, se dirait-il ce même après-midi.

99. Histoires de journalistes

(Julio)

Carlos Machado ouvrit la porte de la chambre d'hôtel et serra Greg dans ses bras. Je le regardai deux fois. Il n'avait pas changé. Quand tout s'est effondré sur le chemin, ne reste que l'intuition pour se forger une conviction.

— On a beaucoup de choses à se dire, Carlos, dit Greg qui lui aussi semble croire à l'intuition, même s'il s'y fie moins que moi. Difficile à dire.

— La révolution, c'est ce qu'il y a de meilleur, dit Machado. Et ensuite, les amis. Mais c'est peut-être la même chose : sans les uns, on ne peut pas faire l'autre.

Nous nous assîmes sur la moquette et la bouteille apparut comme par magie. La chambre ressemblait à une tranchée sur le front. Quelqu'un avait lu des magazines sur le sol et la salle de bains était trop petite pour suspendre les chaussettes qui venaient d'être lavées. Il était capable de transformer une chambre du Ritz en bivouac dans la sierra.

— Vous avez l'air d'avoir beaucoup travaillé. Greg ressemble à un Mexicain et toi à un gringo, Julio.

— On raconte que tu as des problèmes, Carlos, dit Greg sans tourner autour du pot.

Machadito nous regarda attentivement l'un après l'autre. Puis il retira de nos mains les verres de rhum avec de la glace et les posa sur la table de nuit.

— Vous êtes sérieux ? Vous avez la tête de gens qui ont

retourné cela dans tous les sens et qui ne peuvent pas y croire même s'ils sont ébranlés.

Merde, ce n'était pas comme ça qu'on deviendrait champions de poker. Tout le monde devinait nos pensées. Notre figure était devenue transparente. Mauvais point pour des journalistes. Greg et moi, on allait devoir répéter devant un miroir, la photo de Buster Keaton à côté.

— Il y a des rumeurs qui traînent... commençai-je.

— Qui traînent ? Où ? interrogea rapidement Machado.

— On raconte qu'il y a une taupe au sein de la direction sandiniste. Que la CIA la tient à cause d'une histoire de drogue et qu'elle l'a retournée. On raconte que tu as des problèmes et qu'il y a des conflits entre commandants, dit Greg en résumant et sans citer ses sources, ce qui était finalement une attitude professionnelle.

— Putain, il y en a vraiment sur terre qui n'ont rien d'autre à foutre que d'inventer des histoires, dit Machado pour toute réponse. Puis il reprit l'offensive : Et tu t'es avalé tout ça ?

— Les vice-ministres répondent, les journalistes interrogent, lui dis-je.

— Mais, nous, on est quand même autre chose que ça. On est des amis ! Ou plus maintenant ? enfonça Machadito.

— Justement, dit Greg. C'est parce que nous sommes amis que nous sommes venus te poser des questions claires, sans pièges ni double tranchant.

— OK, sans double tranchant, donc. Qui est la taupe ? Qui est votre informateur ? Qui sont les commandants qui ont des problèmes entre eux ? Quels sont ces problèmes ?

— C'est toi la taupe, la CIA a découvert quelque chose sur toi et te fait du chantage.

— C'est ça qu'on raconte ? demanda-t-il.

— C'est ce qui se dit, répondis-je en avalant ma salive.

— Autant le savoir. Maintenant, il faut savoir pourquoi ils disent ça. C'est plus qu'une simple calomnie. Donnez-moi deux jours et je mets tout ça au clair. Deux jours. Je sais que vous ne pouvez pas croire que c'est moi la taupe.

— Si tu es une taupe, nous, on est des Chinois, lui dis-je. Greg approuva d'une courbette puis saisit le bord de ses yeux entre les doigts et s'étira le visage. Il avait vraiment l'air d'un Chinois. Machado éclata de rire.

— Si j'ai quelque chose pour la presse, vous serez les premiers à l'avoir. Avec vingt-quatre heures d'avance. Je vous dois bien ça.

— J'aime mieux l'entendre de ta bouche, monsieur le Vice-Ministre, dit Greg.

Je soupirai ostensiblement.

— Si tu ne me rends pas le rhum, Carlitos, nous ne te raconterons pas l'autre histoire. La meilleure et la vraie... lui dis-je.

Machado retourna chercher nos verres sur la table de nuit.

— Ce n'est pas tout ?

— Nous voulons écrire l'histoire de ta vie, commandant.

— Qu'est-ce que c'est que ces conneries ? Je croyais que vous étiez des journalistes sérieux qui ne traitaient qu'avec des prix Nobel, des actrices de ciné oscarisées, des ministres et au-dessus...

— Faut pas se fier aux apparences, dit Greg avec son meilleur accent mexicain.

100. Enlèvement

Alors qu'elle était en train de recoller ses cils postiches dans le miroir de l'ascenseur, Eve sentit la pression d'un doigt sur son estomac.

— On t'enlève, sale vieille bigleuse, dit le nain.

Eve, qui ne parlait pas espagnol, baissa les yeux et vit un nain qui essayait de lui perforer le nombril de son doigt aiguisé tout en lui souriant. Elle n'était pas bégueule, mais s'il s'agissait d'avoir des rapports dans un ascenseur, cela ne serait ni par le nombril, ni avec le doigt d'un nain. Ils devaient pourtant bien suivre des cours d'éducation sexuelle, en Amérique du Sud ?

— Les mains en l'air, ou gare ! insista le nain en espagnol.

Eve tenta de sortir un revolver de sa poche, mais elle n'avait que ses produits de beauté et un carnet de notes. Elle essaya de se souvenir où elle avait mis le petit revolver. Marcelino le nain, en revanche, sortit un .45 monumental — du moins compte tenu de sa taille — et le pointa sur l'endroit où quelques secondes plus tôt il tenait son doigt. Son autre main s'introduisit sous la jupe d'Eve. Elle le regarda avec surprise. Qu'est-ce qu'il ne fallait pas voir dans les ascenseurs de Manhattan ! Des nains violeurs ne parlant qu'espagnol. Manquerait plus qu'il sorte une guitare pour adoucir un peu les choses. La main du nain remonta jusqu'à l'élastique du slip d'Eve et commença à jouer avec.

— Si tu ne lèves pas les mains, la grosse, j'enlève ta culotte, dit Marcelino.

— Qu'est-ce que vous comptez faire quand nous serons au rez-de-chaussée ? interrogea Eve en anglais.

— Continuer jusqu'au sous-sol, répondit le nain dans un anglais qui prétendait imiter l'accent d'Edward G. Robinson.

En l'entendant, Eve se rendit compte que l'histoire était sérieuse. Le nain, pour sa part, en voyant la transformation dans l'attitude de la jeune femme, se dit que les langues, c'était vraiment magique. Saint Berlitz, priez pour nous ! Benigno attendait au sous-sol, un revolver à la main. Le nain poussa Eve par les fesses jusqu'à la voiture. Sa petite main était toujours sous la jupe de l'assistante d'Alex.

— Mon chef va vous ensevelir deux cents mètres au-dessous du lit de l'Hudson, dit Eve.

— Ton chef sait que tu es avec nous. Il t'a prêtée pour une fête de longue durée, deux nuits au moins, ma fille, répondit le nain.

— Qu'est-ce qu'elle dit ? demanda Benigno.

— Qu'elle aime bien les grands bruns comme toi, mais qu'elle préfère les petits avec des couilles dans mon genre. Elle a dit aussi qu'elle aimait bien les joueurs de maracas.

— Et quand est-ce qu'elle a dit tout ça ? demanda Benigno, méfiant.

— Dans l'ascenseur.

Eve, qui avait compris le mot « maracas », pensa qu'ils allaient peut-être lui offrir une sérénade.

Le nain, sans enlever la main de sous la jupe, la fit monter sur le siège arrière d'une voiture japonaise et s'installa près d'elle. Elle tenta de dégager la petite main au moment de s'asseoir, mais le nain, au lieu de la retirer, la bougea et agrippa Eve par-devant. Lorsqu'elle essaya de protester, le nain lui montra le trou noir du canon. Si elle bougeait, il était prêt à lui arracher la moitié de la toison.

— Tu n'as pas oublié de laisser le message de revendication ? demanda Benigno.

— Il est dans une enveloppe glissée dans la boîte aux lettres du bureau de ces connards, répondit le nain.

Benigno démarra.

101. Version de *Adieu à Mompracem* de Emilio Salgari revue et corrigée par Vassiliev dans la prison de Pleven

Vieux Tigres, peut-être, mais encore capables de mordre, songeait Yáñez, tandis que *Le Vengeur* faisait route en pleine mer en direction des îles de la Sonde. Le rajah Brooks, le chien des Anglais, était mort cinq ans auparavant. Le sultan de Jahore avait disparu, rongé par les maladies vénériennes. Cowie l'Ecossais avait disparu dans la jungle des Philippines. Même la Compagnie des Indes occidentales était passée de vie à trépas six ans auparavant. Mais les Tigres étaient toujours vivants.

— Quel âge as-tu, Sandokan ?

— Ne me parle surtout pas de ça, tu vas me gâcher le coucher de soleil.

De fait, un soleil grenat embrasait les eaux de l'océan Indien, tachant d'un rouge profond le bleu de la mer. Durant dix-huit heures, ils avaient fait route vers l'est, et les quelques hommes encore valides avaient dû remplacer l'équipage toujours atteint par l'étrange maladie.

Yáñez esquissa un bâillement.

— Je crois qu'il est temps que nous ayons une conversation avec notre drôle d'invité bulgare, dit Sandokan.

— Au fait, où est-ce exactement ?

— C'est un petit pays des Balkans, en bordure de la mer Noire, qui a été occupé par les Turcs.

Comme s'il répondait à un appel pourtant inexistant, Mikhaïl Vassiliev surgit sur le pont en compagnie d'un jeune Javanais que les Tigres avaient à peine remarqué durant l'échauffourée de la veille au soir. C'est peut-être pour cela qu'ils l'observèrent cette fois plus attentivement que l'astronome bulgare. C'était un garçon d'environ vingt-cinq ans au teint olivâtre et au pied assuré. Sous son turban rouge, ressortait un visage aux traits fins et au regard acéré. Il portait une petite cicatrice au menton.

— Messieurs, je vous remercie. Je dois la vie à mon ami Vassiliev et à votre hospitalité, dit tout de suite Malang en tendant la main.

— Nous sommes venus de très loin pour te chercher, l'ami, répondit Yáñez. Une bouteille à la mer nous a fait sortir de notre retraite. Une retraite « spirituelle », disons. Sandokan pouffa à l'évocation de la soi-disant retraite « spirituelle » et serra la main tendue.

— Vous nous devez tous les deux une explication, dit Yáñez. Comment avez-vous su que nous étions à votre recherche, Malang ? Quel est le rapport entre vous deux ? Comment avez-vous fait pour quitter la prison de Sirim ? C'est bien là que vous étiez enfermé ?

— Je suis sûr que notre aventure n'a rien à envier à votre histoire de bouteille à la mer, répondit Mikhaïl Vassiliev.

— Sambliong, monte une table sur le pont et un panier avec du poulet, de la charcuterie et des bouteilles de vin, ordonna Yáñez. Pas de bonne histoire sans décorum.

Il se retourna pour contempler le soleil qui disparaissait dans l'océan et, après l'avoir mouillé avec sa salive, alluma un cigare de Manille.

102. Alex observa la salle...

... comme un décorateur de théâtre observe son œuvre le jour de la première. Assis au fond du petit auditorium, il jouissait d'un anonymat laborieusement élaboré. Si on les avait tous passés à la radiographie thermique, les participants auraient pris des couleurs chaudes ou froides. Ses collaborateurs étaient bleus : la secrétaire noire de la fondation Christie qui arpentait l'allée d'un air affairé ; Grincheux 10, la journaliste australienne, qui découvrait généreusement ses cuisses au troisième rang ; Dormeur, tout là-bas, près de la sortie, en train de fumer. En rouge étaient les sandinistes, l'un d'eux à la table, attendant son tour de parole, assis à côté d'un écrivain italien ; et par là, au second rang, son cher vieux Bulgare, un peu vieux peut-être, et pas aussi concentré qu'Alex l'aurait souhaité. Un peu plus loin, il aperçut les journalistes Greg Simon et Julio Fernández ; bizarrement, Elena Jordán était assise à côté de ce dernier. Alex avait-il sans le vouloir favorisé une réconciliation matrimoniale ? Si c'était le cas, c'était digne du meilleur *soap opera*. Quelle bêtise, se dit-il, de voir les personnages de la trame comme s'il s'agissait d'un corps d'armée. Ils jouaient dans la même mise en scène, tous prisonniers d'un rôle. Dans l'univers d'Alex, il pouvait y avoir des dérapages, des moments de folie ou de rage, des manies mais, selon lui, le calme revenait toujours et il avait une perception équilibrée du jeu et des forces en présence, cette sensation toute britannique de participer à un sport propre joué par des gentlemen. Le pire des porcs n'avait-il pas aussi un peu de cœur ? Sans écouter ce qui se disait dans le micro (un écrivain angolais, auteur de nouvelles, mulâtre sympathique, tentait d'expliquer à ses collègues la difficulté d'être écrivain dans un monde d'analphabètes), Alex suivait attentivement Machado du regard. Le petit commandant écoutait religieusement, en buvant chaque parole. Depuis le début du colloque, il avait une attitude d'étudiant zélé, prenant des notes dans un cahier, posant des questions discrètes aux autres écrivains dans les couloirs, échangeant des livres.

Alex perçut le ronron de la traduction simultanée qui bourdonnait dans l'écouteur, tenta d'y chercher un rythme musical, consulta sa montre. Il leva les yeux et vit Sharon Williams, la journaliste australienne, changer de siège pour venir s'asseoir à côté de Machado. Tout baigne, se dit-il.

Une main amie lui toucha le dos, l'arrachant à son rôle de metteur en scène. Benjamin était derrière lui. Il n'aurait pas dû s'y trouver. Le visage d'Alex se déforma en un rictus qui allait de la bouche aux yeux.

— Il y a un jet spécial qui t'attend à l'aéroport. Tu es attendu à Langley dans cinq heures, dit Benjamin.

— Tu sais pourquoi ?

— Tu as entendu parler d'un général cubain qui s'appelle Ochoa ?

— L'un de ceux qui est en Angola ?

— Je crois que oui.

— Qu'est-ce qu'il lui arrive ?

— Je n'en ai pas la moindre idée.

103. Encore un sujet de thèse refusé à Elena Jordán

Dieu, qui voulait sans doute jouer une très mauvaise blague au Mexique, fit revivre à la fin des années soixante-dix Guillermo Prieto, merveilleux écrivain populiste du siècle dernier, illustre libéral (*cf.* Carlos J. Sierra, *Guillermo Prieto*, Club des Journalistes de Mexico, 1962), ministre des Finances dans l'un des gouvernements de Benito Juárez, qui mourut dans la misère et dont on raconte qu'étant ministre et gardien du Trésor de la nation, il n'avait même pas d'argent pour se racheter les boutons manquant à son manteau. Dieu, voulant sans doute, du haut de sa toute-puissance macabre, que la blague prenne tout son sel dramatique, lui dénicha même un boulot incognito au sein de la commission qui était en train de réaliser l'audit financier de la chaîne de télévision gouvernementale.

Prieto, auteur de phrases mémorables du genre : « Malheur à qui confond le service de l'Etat avec son enrichissement personnel », était en train de boire un soda à la cafétéria, en essayant de ne pas maculer sa longue barbe blanche avec le ketchup de l'infect hamburger qu'il mâchonnait, lorsqu'il entendit une conversation qui fit dresser ses vénérables oreilles.

Quelqu'un était en train d'évoquer la mystérieuse disparition, la semaine précédente, de trois pianos à queue. Don Guillermo, qui avait quelque difficulté à s'adapter au style et aux idiotismes de la langue en vigueur dans la seconde moitié du XXe siècle, n'eut pas de mal pour imaginer les difficultés que supposait le vol de trois pianos à queue. Il calcula leur dimension, l'habituelle surveillance policière à la porte du bâtiment et la nécessité d'avoir utilisé pour l'opération un véhicule de taille respectable. Moyennant quoi, il nota l'histoire dans son cahier et se promit d'enquêter.

Le cahier, à la fin de la première semaine de travail, était couvert de notes se référant à des histoires de la même eau ; par exemple cette phrase que don Guillermo avait entendue de la bouche du sous-gérant de production et qu'il se promettait d'étudier attentivement : « Pas vu pas pris, c'est toujours ça de pris. » Il n'en percevait pas tout le sens mais ne nourrissait guère de doute sur sa signification générale. Son cahier comportait également quelques notes succinctes sur la mystérieuse disparition d'un tapis persan. Pour les besoins du décor d'un feuilleton censé se dérouler à la campagne, un tapis persan de soixante mètres de long avait été acheté plusieurs millions de pesos. Le tapis avait disparu quelques secondes après sa livraison. Si la première question semblait évidente — que venait donc faire un tapis persan dans un feuilleton se déroulant dans un rancho de la campagne mexicaine ? —, l'autre mystère n'en était pas moins intrigant : pourquoi le tapis, qui avait été livré à 17 h 15 au siège de la chaîne par un camion de l'entreprise vendeuse était-il ressorti à 17 h 32 dans un camion de la chaîne ? Une efficacité et une célérité sans précédent dans aucune administration publique.

Le cahier de don Guillermo comportait aussi des notes sur l'existence d'une triple comptabilité pour la paie à la direction de l'information, deux d'entre elles occultes, et où apparaissaient comme employés du journal télévisé, même si personne ne les avait jamais vus dans les parages, un neveu du président et son chauffeur, la fiancée d'un des présentateurs des émissions du soir, le cousin d'un producteur...

En plus de ces étranges histoires, que don Guillermo avait passé une grande partie de son temps de travail à rassembler, il avait aussi eu le temps de s'intéresser aux déclarations d'un des dirigeants de la chaîne qui demandait partout où était passé un certain « master », sans visiblement savoir qu'il s'agissait d'une cassette vidéo, ou de réunir des informations à propos de mémorables séances de spiritisme avec cocaïne (une poudre tout à fait semblable, selon don Guillermo, au talc si fréquemment utilisé de son temps pour les écorchures), cocaïne que les animateurs d'émissions pour enfants n'arrêtaient pas de se fourrer dans le nez. Etc.

Ce travail prétend suivre un parcours similaire à celui de l'enquête menée par don Guillermo, en utilisant bien sûr ce dernier comme personnage et en se basant sur les rapports d'audit (*cf.* en annexe celui daté d'avril 1986 et les rapports de la Cour des comptes du 16 juin 1985 et du 16 avril 1986) ainsi que sur des dénonciations publiques (*cf. Proceso* du 23 avril 1984) concernant la gestion administrative de la télévision publique mexicaine durant le sextennat 1976-1982, réalisés au cours de la période 1982-1986, le tout étudié à la lumière de la pensée morale du libéralisme national du siècle dernier.

Il s'agirait en somme de faire revivre le H. G. Wells de *La Guerre des mondes* (n'y voyez aucune pédanterie de ma part) : Un affrontement entre des morales différentes, des conceptions radicalement différentes du service public, de l'administration de l'Etat (*cf. Journal officiel*, avril 1987, interventions des députés du PRI Langarica et Ríos Smith) alors que, paradoxalement, les principes d'aujourd'hui se prétendent les héritiers de ceux d'hier.

Je prévois d'annexer à cette thèse les déclarations des fonctionnaires responsables de la télévision publique à cette période, en particulier les références aux illustres pères de la patrie qu'ils invoquaient d'autant plus qu'ils étaient en train de se livrer à un pillage éhonté.

Elena Jordán, Mexico

P-S1 : ci-joint une bibliographie complète et la table des matières provisoire.

P-S2 : compte tenu des refus réitérés opposés aux sujets de thèse déposés par l'intéressée au cours des derniers mois, je serais reconnaissante au jury de préciser si son refus est fondé sur des raisons méthodologiques ou sur la solidarité avec les manœuvres corrompues des pourris de la télévision publique. Merci d'avance pour les explications.

E.J.

104. Le goût bulgare

(X)

Lorsque Stoyan put finalement faire ce qu'il voulait vraiment, on pensa qu'il était déjà trop vieux pour y arriver. Stoyan démontra que non. Il courait plus vite que tout le monde, il arrivait avant, et il racontait les histoires mieux que beaucoup d'autres. Il se fit des dizaines d'amis. Il améliora son espagnol et l'enrichit en prenant par-ci, par-là des mots argentins (« bas » au lieu de « chaussettes », « chausses » au lieu de « caleçons »), chiliens (*« pucha ! »*), cubains (*« acere »* disait-il au télégraphiste de la DPA[1]), mexicains (six manières de dire testicules, dont *« maracas »* et « jemelesgrattes »), et boliviens. Les révolutionnaires latino-américains aimaient ce Bulgare qui n'avait pas l'air d'un Européen, était sérieux et mystérieux, n'aimait pas les cravates et avait un passé romantique (ancien des brigades internationales et ex-guérillero dans les Balkans, rien que ça !). Il savait partager l'insouciance, les plaisanteries et l'idée de la révolution comme une aventure morale à entreprendre avec passion, tout en étant capable de tirer aussi bien avec un Garand qu'avec un M1.

En 1961, il se trouvait à La Havane avec le Che. En 1965, il était dans la sierra El Bachiller au Venezuela où il interviewait Américo Martín. Sur une photo, on le voyait

1. DPA : Service de télégraphes cubains. (N.d.T.)

boire du vin en compagnie du commandant du MIR, Miguel Enríquez. On disait qu'il avait été ami intime de Raúl Sendic et que, lorsqu'il voyageait sur des avions de KLM ou d'Air France, il peignait des étoiles tupamaros dans les toilettes. Il avait interviewé César Montès au Guatemala, mais on racontait qu'il lui avait aussi servi de messager. C'était le genre de type que l'on pouvait inviter à prendre le maté sans qu'il soit besoin de lui expliquer comment s'y prendre. On pouvait aussi l'inviter à écouter un vieux disque de *carnavalitos* récemment arrivé du pays. Il avait une collection de foulards mexicains dont on était jaloux ; l'un d'eux lui avait été offert par Demetrio Vallejo à la prison de Lecúmberri à Mexico. Il connaissait beaucoup de poèmes inédits de Roque Dalton, car Roque Dalton en personne avait sorti un cahier à Prague et les lui avait lus.

Vassiliev, « le papi » bulgare, croyait, comme tous les autres, que l'heure des brasiers avait sonné et qu'ensuite tout serait lumière. Il fut témoin de victoires et de défaites, ces dernières plus nombreuses. Il identifia des cadavres d'amis, il tenta d'obtenir des entretiens en prison qui lui furent refusés. Il suivit la trace des exilés, il vit les colonnes de fumée noires s'élever du palais présidentiel de La Moneda, et il contempla les yeux grands ouverts la tentative des derniers hommes de l'ELN [1] d'attaquer la caserne de Latakia au moment du soulèvement militaire contre Torres à La Paz. Il fut un témoin avant tout, quelqu'un qui avait raconté beaucoup d'histoires et qui en avait écouté encore plus. Il conservait beaucoup de secrets qui, avec le temps, se transformaient en anecdotes. Il écrivit des dizaines de reportages, prit des milliers des photos, aucune ou presque digne d'un prix.

Alors qu'il arrivait à la fin de son histoire et qu'il semblait que la défaite serait l'emblème du grand reflux, et

---

1. ELN : Armée de libération nationale. (N.d.T.)

qu'il n'avait été au bout du compte qu'un de ces nombreux journalistes témoins d'une époque de mort sans destin, tout changea à nouveau. Stoyan arriva à temps à Managua pour l'entrée des colonnes sandinistes. Il avait soixante-douze ans lorsqu'il grimpa dans une jeep en compagnie de Machadito qui en avait vingt-quatre, pour arriver au bunker de Somoza.

Il y a une photo de lui, prise par le photographe mexicain Pedro Valtierra, où Stoyan Vassiliev et Carlos Machado se tiennent bras dessus, bras dessous sur un char d'assaut ; ils sont en train de se raconter une histoire et doivent, pour s'entendre, crier plus fort que la foule en liesse qui a envahi les rues. Il est impossible de dire lequel des deux a la bouche la plus grande ouverte.

Ils pénétrèrent ensemble, à pied, à l'intérieur du bunker.

Stoyan s'arrêta pour contempler les restes de la tyrannie qui s'était enfuie en catastrophe : des vieilles bottes, des dessous féminins en train de sécher sur les tringles à rideaux et, dans la salle de bains, un téléphone décroché, des douilles de balles, une télévision à l'écran brisé, un W-C troué par une des dernières balles, les petits anneaux en plastique servant à unir six boîtes de bière absentes, une paire de chaussons japonais, des uniformes militaires abandonnés dans la fuite...

Cinquième partie

Finales wagnériens

105. Les Invisibles de la 46e Rue

Comment dater avec précision l'arrivée des premiers habitants de Basse-Californie ? A quel moment la subtile invasion eut-elle lieu ? Qui fut le premier à débarquer dans la 46e Rue ? De vagues silhouettes dansantes, de douces présences effacées, protégées par l'ombre des gratte-ciel. Invisibles personnages.

Alvarito était arrivé en premier. Il avait trouvé un travail au Blimpies, l'un des restaurants de la rue. Il ramassait les ordures et nettoyait les plaques de métal. Il ne parlait pas anglais et communiquait avec l'administateur — un Turc — par gestes et parfois par l'intermédiaire d'un des livreurs qui était salvadorien. Timide et silencieux, il était persuadé que s'il s'éloignait de son lieu de travail de plus de quinze mètres, il serait mis à la porte pour toujours. Durant les premières semaines, pour se protéger de l'énormité de la ville remplie de signes incompréhensibles, de langues mystérieuses, de signaux destinés à d'autres, il dormait dans la rue. Tout à côté du restaurant, un terrain vague servait de parking. En échange de quelques dollars, il était parvenu à convaincre le gardien de nuit péruvien de le laisser dormir de minuit à 5 heures sous une vieille Porsche que ses propriétaires, en voyage en Afrique, avaient laissée là depuis des mois. C'est lui qui arrivait le premier au travail et partait en dernier. Le lundi et le mardi, jours de congé du Péruvien qui était alors remplacé par un Pakistanais, Alvarito dormait debout, au coin de la rue, sous la pluie et les néons.

Il ne resta pas très longtemps seul. A sa suite arrivèrent les autres, en une lente procession : Gustavo, Alegrías, Fermín, El Cochi. Ils devinrent hommes à tout faire dans les fast foods qui servaient petits déjeuners et lunchs aux employés du quartier : celui de l'hôtel Wentworth, qui n'ouvrait que de 7 heures à 11 heures, un Roy Rogers au coin de la Cinquième Avenue, le Lim qui livrait les petits déjeuners dans les bureaux, le Harry's spécialisé dans les salades.

Les Invisibles envahirent la rue peu à peu. Leur espagnol chantant commença à s'imposer dans le brouhaha où se mêlaient les commandes, les cris et les informations : où sortir les poubelles et à quelle heure ; où trouver des assiettes en carton, où déposer les caisses de sodas et de jus de fruits ; comment bloquer la porte pour qu'elle ne reste pas complètement fermée — ce qui faisait fuir les clients — sans qu'elle s'ouvre au moindre coup de vent et que la pluie n'envahisse la salle en contrebas. Vers 5 heures, ils disparaissaient à nouveau. Ils vivaient maintenant à Brooklyn, dans une chambre de six mètres sur deux. Ils avaient mis sur le sol les nattes pour dormir et ils avaient accès aux toilettes et à la douche au bout du couloir. Ils voyageaient en métro. Un aller le matin, un retour le soir. Les mêmes stations. Descente à Sixième Avenue et 48e Rue. Ils portaient toujours de longs couteaux de cuisine affûtés sous leurs blousons. Ils avaient appris à vivre avec. Les ennemis potentiels devinaient les couteaux dissimulés sur la poitrine des silencieux Invisibles. Ils étaient devenus encore plus invisibles. Personne ne les regardait, personne ne les voyait.

Si l'on avait posé la question à la prof de danse à la retraite, au Panaméen qui vendait des chaînes stéréo sur la Sixième Avenue, au jeune Noir assistant-bibliothécaire qui travaillait pour se payer des cours de journalisme à l'université de New York, tous auraient pu répondre en toute bonne foi qu'ils ne les avaient jamais vus. Les Invisibles portaient pourtant tous le même blouson, indéfinissable, interchangeable, en plastique orangé avec un écusson de l'équipe de base-ball des Bravos d'Atlanta.

Désemparés, volatiles, vaccinés contre la pluie ou les terribles et surprenantes chutes de neige, silencieux, indéchiffrables, les cinq Invisibles avaient tout le temps nécessaire, chacun dans son isolement, pour observer ce qui se passait autour. Considérés comme des meubles, comme des rouages déconnectés de la réalité parce qu'ils ne parlaient pas la langue, ils avaient accès à des histoires étrangères, entrevues ou devinées... Les Invisibles savaient qui fumait de la marihuana et pourquoi la femme du Portugais marchand de sacs en cuir cocufiait son mari avec le réceptionniste coréen de l'hôtel ; ils savaient que les livreurs de jus de fruits Florida consentaient une ristourne plus importante à Pete du Blimpies qu'à ses concurrents ; ils savaient parfaitement les goûts musicaux de chacun des habitués de ce long pâté de maisons entre la Cinquième Avenue et l'Avenue of the Americas. D'une certaine façon, avec leurs couteaux de cuisine soigneusement affûtés jour après jour, glissés dans une gaine de cuir accrochée au cou et collée à la poitrine, ils étaient des anges gardiens au service de l'ordre public, même s'ils quittaient rarement leurs limbes de silence pour toucher au pain des mortels. Personne n'avait encore sollicité leur intervention. Leur mission consistait à observer, de façon isolée, prudente et bien sûr provisoire, dans l'attente du jour où ils quitteraient la ville maudite pour repartir vers le Sud. Mais peut-être ne repartiraient-ils plus, et leur faudrait-il envisager autrement ce survol de la vie des autres. Peut-être resteraient-ils pour toujours à New York (c'était bien comme cela que s'appelait la ville ?)

Mais pour pouvoir planifier l'éternité, pour rester toujours, il leur aurait fallu trouver des femmes, fonder une tribu. Si, pendant les premiers mois, les cinq petits hommes bruns, les cheveux très noirs et raides, drapés dans leurs blousons orange vif, ne s'étaient pas posé la question, à partir du sixième mois, ils commencèrent à regarder les femmes. Ils cherchaient l'équivalent de ce qu'eux-mêmes pouvaient offrir : une tribu, un clan qui les protège contre les intempéries, les agressions, les conditions de travail illégales, la solitude et le chômage. Cela aurait pu être les trois vendeuses portoricaines de chez Mart's, un magasin d'électronique au milieu de la rue. Mais les trois Portoricaines électroniques étaient prises dans un mouvement social où les vagues successives de nouveaux citoyens décrivaient une spirale autour du centre fictif de l'intégration, un objectif qui pourrait être résumé par la figure d'abruti du WASP d'une pub télé en train de s'acheter une assurance contre l'incendie. Les Portoricaines appartenaient au huitième cercle intérieur. Les Invisibles au douzième, au mieux. Il n'y avait pas d'espoir de ce côté-là.

Alegrías découvrit alors six sublimes adolescentes pakistanaises qui travaillaient dans un atelier clandestin de confection, au milieu de la rue. Mais Alvaro tomba aussi sur les parents jaloux. Ils ne purent même pas les approcher suffisamment pour leur faire signe.

Les Invisibles en étaient là lorsque Fermín et El Cochi aperçurent la gringa en train de manger des œufs brouillés au bacon pour le petit déjeuner. Tout deux tombèrent raide amoureux du premier coup, ainsi qu'ils s'en rendirent compte lorsqu'ils se racontèrent mutuellement l'apparition de cette femme qui leur avait lancé un regard. Amoureux fous, ils finirent par contaminer tous les autres à force de descriptions et de discussions enthousiastes.

C'était peut-être au départ un amour impossible, mais c'était vraiment de l'amour.

106. Alex n'arriva jamais à...

... Langley. La doctoresse Nelson, une femme paisible, dont la polio éveillait toutes les compassions du monde, l'attendait en souriant dans le salon des personnalités de l'aérogare de la Panam à Kennedy. Un sourire qui évoquait le rictus amoureux des piranhas avant leur petit déjeuner.

— Alex, j'ai de bonnes nouvelles, dit-elle sans lui offrir de siège. Lis-moi ça. Dans dix minutes, tu as un vol retour pour Mexico. Louis t'accompagnera. Elle lui montra un Texan aux dents de lapin qui lui adressa le même sourire que sa patronne.

— C'est pour ça que tu m'as fait venir ? Au beau milieu d'une opération ? En pleine phase finale ? Tu vas y laisser ta tête, Virginia, dit Alex en l'appelant pour la première fois par son prénom.

— Je te jure que quand tu auras lu ce dossier, tu vas m'adorer... dit la doctoresse Nelson, en lui montrant de nouveau le classeur jaune avec des anneaux qui contenait une cinquantaine de pages. Alex le prit et le soupesa.

— Qu'est-ce que c'est ?

— Nous avons acheté un rapport diplomatique mexicain basé sur une indiscrétion en provenance de la rédaction de *Granma*, l'organe du PC cubain. N'oublie pas, en le lisant, la provenance de l'information. C'est eux qui confirment. Nous avions déjà eu vent de cette histoire mais les infos étaient insuffisantes et nous l'avions mise au frigo en attendant. Avec ça, Blanche-Neige pourrait bien devenir ton passeport pour la gloire. Quand tu auras terminé de le lire, rends-le à Louis, il se chargera de tout. Et continue Blanche-Neige. Même si tout ne tourne pas rond, n'arrête rien. C'est le moment rêvé. Ce truc, dit-elle en montrant de nouveau le classeur, va éclater au grand jour la semaine prochaine. Le seul problème, c'est les coïncidences de date. La direction des opérations est d'avis que Blanche-Neige, plus ça, c'est peut-être un peu trop. Je pense le contraire. La décision t'appartient... Réfléchis bien à cette question de saturation d'infos... Et donne-moi ta réponse par l'intermédiaire de Louis... Simplement oui, ou non.

— Comme quand on se marie ? demanda Alex.

— Exactement. Oui ou non...

Alex lui tourna le dos. Tandis qu'il rangeait le classeur dans son porte-documents, il sentit le Texan à ses côtés.

— Au fait, il y a encore une chose que l'on m'a demandé de te dire. Ton assistante a été enlevée hier par un nain... Il s'en passe vraiment de drôles dans ta tanière. Tu es le seul d'entre nous qui ferait un malheur au cinéma. Nous, nous sommes vraiment trop ennuyeux.

— T'en fais pas, doc. C'est sûrement une histoire sentimentale. Mes secrétaires ont toujours eu des problèmes avec les nains.

107. Histoires de journalistes

(Greg)

Armando me fit passer la photo et attendit ma réaction qui ne vint pas. J'observai les deux personnages photographiés dans les rues d'une ville du Mexique (Morelia ? Querétaro ? Puebla ?). Je levai les yeux et regardai ce bon vieil Armando. Sans nous en rendre compte, nous l'avions peut-être toujours situé du mauvais côté. Après tout, il était possible qu'il travaillât pour le MI 5 anglais ou pour les services français. Je pouvais parfaitement l'imaginer en grande discussion avec un sorbonnard.

— Vous reconnaissez l'autre ? demanda-t-il.

— Dans quelle ville a-t-elle été prise ? demandai-je.

— Puebla. Si vous regardez attentivement la photo, vous distinguerez la date sur le journal que l'autre tient à la main... Vous le connaissez, mister Simon ?

— Pas du tout, mais ce n'est pas grave parce que vous allez me le dire, n'est-ce pas, Armando ?

Profitant d'une pause dans le colloque, le gros s'était éloigné en direction des distributeurs automatiques de café et de chocolat. C'est le moment qu'avait choisi Armando pour faire son apparition et tirer la photo de l'intérieur d'un livre. Je tentai de déchiffrer le titre. S'il s'agissait de *La Décadence de l'Occident* de Spengler, Armando travaillait pour les services allemands ; si c'était l'*Histoire de la Révolution française* de Michelet, il travaillait pour les Français.

Et si c'était la méthode Jane Fonda pour maigrir, Armando travaillait pour la CIA.

Il s'agissait de *La Région la plus transparente* de Carlos Fuentes. Bon sang, mais pour qui travaillait donc Armando ? Pour le ministère mexicain de l'Intérieur ?

— L'homme, c'est Rolando M. Limas.

— Puisque vous savez tout, Armando, vous allez sans doute pouvoir me dire de quoi le señor Limas et le commandant Machado étaient en train de parler lorsqu'on les a photographiés ?

— Du climat, mister Simon. Du climat de Puebla, de combien il s'est dégradé ces dernières années et est devenu de plus en plus sec... Vous pouvez garder la photo du moment que vous ne dites pas que c'est moi qui vous l'ai donnée.

Armando fit demi-tour. Son gilet brodé d'oiseaux et de fleurs disparut. Je regardai à nouveau la photo. Machadito était un peu flou, de biais, mais il paraissait écouter le trafiquant de drogue mexicain avec la plus grande attention. Et pas n'importe quel trafiquant, « le plus grand et le meilleur » de tous les narcos.

— Ce n'était pas Armando ? Qu'est-ce qu'il fout là ? demanda le gros, un gobelet dans chaque main.

— *A picture*. Il nous apportait une photo, gros. *What the hell is happening here ?* Merde, qu'est-ce qui se passe ici ?

108. Le dossier Ochoa/La Guardia lu par Alex dans l'avion

Alex ouvrit le classeur, releva qu'il manquait la première page du rapport original, et lut :

« * En mars 1989, Fidel Castro demande au ministère de l'Intérieur l'ouverture d'une enquête sur la possible implication d'officiers cubains dans des affaires de trafic de drogue. Sa demande se base sur des informations fournies par des « amis colombiens » qui ont repris des infos filtrées par des trafiquants locaux, et sur les déclarations de deux trafiquants détenus à Miami, qui ont eu un certain écho international. Concrètement, Fidel demande que l'on établisse sans ambiguïté si la « filière cubaine » existe et si des gens du ministère de l'Intérieur y participent.

* Quelques jours plus tard, au cours de l'enquête, les services de contre-espionnage détectent des liaisons radio entre Cuba, les Etats-Unis et la Colombie. Après analyse des données, ils arrivent à la conclusion que Cuba sert bel et bien d'escale pour des transports entre la Colombie et Miami. Les liaisons sont détectées fin mars et durent jusqu'au 24 avril. Les services de contre-espionnage arrivent à déterminer la zone d'émission, dans les environs de La Havane, près du Río Almendrares, mais ne peuvent pousser plus loin, car les émissions cessent sans motif apparent avant l'intervention prévue.

* Le 27 avril a lieu une réunion d'évaluation de la situation en présence de responsables du ministère de l'Intérieur. A cette réunion, et bien que l'affaire des émissions radio ne le concerne pas directement, assiste entre autres le colonel Antonio La Guardia, chef du groupe MC (chargé des opérations commerciales anti-blocus).

* Depuis un an, la DEA dispose d'un volumineux dossier Cuba. Il se base sur des enregistrements effectués au Panama entre un agent clandestin des stups américains et un capitaine de l'armée cubaine qui lui offre la possibilité d'utiliser Cuba comme plaque tournante. Le Cubain insinue qu'il dispose d'appuis officiels pour l'opération. Le second élément provient des aveux de Reinaldo et Rubén Ruiz, trafiquants de cocaïne d'origine cubaine détenus à Miami qui, lors d'interrogatoires menés par des fonctionnaires du fisc de Miami, soulignent l'utilisation d'installations militaires cubaines (en particulier l'aéroport militaire de Varadero) en 1987, comme points d'escale entre la Colombie et les Etats-Unis. Certaines déclarations des narcos arrêtés peuvent faire douter de la véracité de leurs propos. Ainsi, lorsqu'ils prétendent avoir pu se procurer les mêmes cigares que Castro (en 1987, Fidel avait arrêté de fumer depuis deux ans). Les Cubains disposeront par la suite de cette information et supposeront que la CIA dispose d'autres éléments mais qu'elle les garde pour une opération de chantage ou une attaque préméditée.

* Parallèlement, et sans lien avec ce qui précède, le département de contre-espionnage des forces armées révolutionnaires se livre à une enquête sur le général Arnaldo Ochoa, chef de la mission cubaine en Angola. L'enquête est provoquée par une série de rapports sur des comportements scandaleux attribués à l'officier (attention ! le général a un passé à peu près intouchable selon les paramètres cubains : combattant de la révolution participant aux côtés de Camilo Cienfuegos à l'invasion de Las Villas, chargé de mission

au Venezuela à l'époque du Che, chef des troupes de combat en Ethiopie, candidat évoqué pour la direction de l'armée cubaine d'occident). Fêtes somptuaires, aventures féminines, contrebande, opérations financières hors-la-loi en Angola. Cette enquête débouche le 29 mai sur la convocation d'Ochoa à une réunion privée dirigée par Raúl Castro à laquelle participent aussi les généraux Abelardo Colomé et Ulises del Toro, où ils lui demandent des comptes sur son comportement. Ochoa minimise les faits mais les autorités supérieures ne sont visiblement pas convaincues puisque l'enquête continue.

* Le 2 juin, Raúl Castro convoque Ochoa à une autre réunion, seul à seul cette fois. Il n'en sort rien de neuf. Mais sa nomination à la tête de l'armée d'occident est d'ores et déjà écartée. L'enquête continue d'accumuler des éléments à charge et s'oriente vers l'assistant d'Ochoa, le capitaine Jorge Martínez Valdés et vers le colonel Rodríguez Estupiñán, aide de camp du général en Angola.

* L'enquête révèle une série d'affaires troubles où sont impliqués Ochoa et ses deux assistants : corruption, contrebande d'ivoire et de diamants ; vente de stocks militaires de sucre et de farine de poisson ; relations avec des prostituées emmenées en voyage dans les zones de combat ; fêtes et orgies monumentales où l'on « jette la maison par les fenêtres » ; cadeaux à des subordonnés pour créer une ambiance favorable. Sont mises à jour des fraudes aux dépens de l'Armée populaire sandiniste et de la république d'Angola : en tant qu'intermédiaire dans des opérations d'achat d'armes, Ochoa a gardé une partie de l'argent pour lui. Les accusations mettent en cause Diocles Torralbas, ministre des Transports, le général de brigade Patricio La Guardia, représentant du ministère de l'Intérieur en Angola, qui sert de contact dans plusieurs affaires, et son frère Tony La Guardia, colonel au ministère de l'Intérieur, chargé de la fameuse section MC (il a dirigé d'abord la Cimex, puis le

groupe Z). Attention, ces deux derniers personnages ont aussi une biographie de révolutionnaires à toute épreuve, depuis les premières années (ils viennent du Directoire révolutionnaire) jusqu'à nos jours (Tony a été officier des troupes spéciales et Patricio était au Chili au moment du coup d'Etat contre Allende).

* Le général Abelardo Colomé a des entretiens avec les frères La Guardia le 30 mai et le 2 juin. Patricio est, à La Havane, déchargé de sa mission en Angola et Tony est écarté de la direction du groupe MC. Au cours du second entretien, ils sont interrogés sur leurs relations avec Ochoa et les affaires de contrebande en Angola. Ils tentent de se couvrir. La base de leur argumentation est que les opérations de troc sur le terrain sont fréquentes pour assurer le ravitaillement de l'armée cubaine en campagne.

* Au cours de l'entretien avec Raúl, l'existence d'un compte bancaire d'Ochoa à l'étranger est découverte (« Tu as un compte à l'étranger ? » « Euh... oui, presque rien. » « Combien ? » « Des broutilles. »).

* Le dimanche 11 juin a lieu une réunion en présence de Fidel, Raúl et de certains hauts responsables du ministère de la Défense, entre autres le général Leopoldo Cintra, qui vient d'être chargé de mission en Angola et apporte de nouveaux éléments pour l'enquête. L'arrestation des personnes impliquées est décidée, après évaluation des effets prévisibles sur l'opinion publique nationale et des inévitables campagnes internationales.

* Le 12 juin 1989, sont arrêtés le général de division Arnaldo Ochoa, le capitaine Jorge Martínez, les frères Patricio La Guardia, général de brigade, et Tony La Guardia, colonel au ministère de l'Intérieur, le colonel Rodríguez Estupíñán et le ministre des Transports, Diocles Torralba. Les arrestations ne sont pas rendues publiques.

* Quelques heures plus tard, des documents retrouvés au domicile du capitaine Martínez livrent les premiers indices que l'affaire est plus importante que prévu. On découvre les liens entre Martínez et d'étranges personnages colombiens, ainsi qu'un faux passeport...

* Le 13 au soir, l'enquête avance en direction du groupe MC, ancien département Z du ministère de l'Intérieur, chargé des opérations commerciales antiblocus, dont Tony La Guardia a été le chef jusqu'à ces derniers jours. La participation de plusieurs officiers à de multiples affaires illégales est mise en lumière. Plus important, on commence à découvrir l'existence d'un réseau de trafic de drogue organisé à partir de cette dépendance du ministère de l'Intérieur.

* Le 15, sont arrêtés le capitaine Amado Padrón, chef de section, le lieutenant-colonel Alexis Lago, chef des opérations navales de la section, le premier lieutenant Jose Luis Piñeda, le capitaine Leonel Estevez, le major Gabriel Prendes, et les officiers Antonio Sánchez, Rosa María Abierno, Miguel Ruiz Poo, Eduardo Díaz Izquierdo (trésorier du groupe et détenteur de 500 000 dollars). Les sommes confisquées s'élèvent au total à un million de dollars et 250 000 pesos cubains. L'un d'entre eux, Padrón, est propriétaire de onze automobiles ; tous possèdent des armes de collection, du matériel électronique. Il faut, pour évaluer ces données, tenir compte des conditions de carence matérielle habituelles à Cuba.

* L'enquête révèle, dans le cas de Ochoa et de son subordonné Martínez, qu'ils ont été en contact avec des mafiosi américains et des gens du cartel de Medellín pour utiliser Cuba comme plaque tournante dans des opérations de trafic de drogue. Depuis le milieu de 1986 en particulier, Martínez, au nom d'Ochoa, a maintenu des relations avec les Colombiens par l'intermédiaire d'un contact au Panama, l'Italo-Américain Frank Morfa, qui lui a proposé de partici-

per à des opérations de blanchiment d'argent et de le mettre en contact avec le Colombien Fabel Pareja, qui travaille pour le cartel de Medellín. Ce dernier lui propose de se rendre en Colombie et lui offre un passeport colombien pour qu'il puisse parler directement avec Pablo Escobar. Ochoa donne son feu vert. Les conversations tournent autour de trafics éventuels où Cuba serait utilisée comme plaque tournante (ils offrent 1 200 dollars par kilo transporté) et des possibilités d'installation d'un laboratoire quelque part en Afrique. Ochoa, qui ne dispose d'aucune infrastructure, s'appuie sur Tony La Guardia et son groupe. Aucune de ces opérations ne se réalise.

* Ochoa ignore que le groupe de Tony La Guardia a réalisé pour son compte de fructueux trafics de drogue au cours des deux années précédentes, en utilisant des propriétaires de bateaux cubains exilés, des trafiquants mexicains et des contacts indirects en Colombie. L'intervention d'Ochoa ne fait que renforcer leur groupe. Leur première opération date d'avril 1987. Un avion colombien atterrit dans la section militaire de l'aéroport de Varadero (contrôlée par le groupe MC) et décharge 400 kilos de cocaïne pure emballés dans des cartons d'ordinateurs IBM. La drogue est réexpédiée un mois plus tard sur Miami par vedettes rapides. Une autre opération avec de la marihuana lui succède. Une seconde opération coca a lieu au mois de mai selon les mêmes mécanismes, et deux autres à la fin de l'année avec 500 kilos de plus en transit. Deux autres encore en 1988 et huit en 1989. Une nouvelle tactique est utilisée pour plusieurs d'entre elles. Des paquets phosphorescents contenant la drogue sont largués d'avion dans la mer au nord de Varadero et des vedettes rapides les récupèrent. Au total, le groupe a réalisé dix-neuf opérations, dont quinze réussies. Six tonnes de coca ont été passées, ce qui a rapporté 3 millions de dollars. Le groupe MC a fourni des maisons clandestines aux passeurs de Miami, a ouvert des

aéroports militaires aux avions, a fréquemment réuni à Cuba des trafiquants colombiens, mexicains et américains, a offert des infrastructures, des bateaux, des dépôts. Tout cela justifié vis-à-vis des autres forces du ministère de l'Intérieur par le fait qu'il s'agissait d'opérations habituelles (contrebande de tabac avec les Etats-Unis) visant à obtenir des produits soumis au blocus (pièces détachées, produits pour l'industrie pharmaceutique et les hôpitaux).

* Le compte en banque d'Ochoa au Panama est créditeur de 200 000 dollars.

* Comment expliquer que quatorze officiers des forces armées et du ministère de l'Intérieur se soient laissé corrompre de cette manière ? Selon des déclarations des accusés et les rumeurs, l'utilisation irresponsable de l'argent, la tentation de faire des affaires, le développement de privilèges au sein de certains secteurs de la bureaucratie ont favorisé une atmosphère « j'm'enfoutiste ». Il est possible que plusieurs des personnes impliquées se soient lancées dans les opérations en pensant de bonne foi qu'il s'agissait d'opérations autorisées et que les fonds ainsi obtenus permettraient d'obtenir des devises pour renforcer d'autres opérations dont ils avaient la responsabilité. Mais l'argent sale a fini par contaminer tous ceux qui le touchaient. Il est très difficile de déterminer l'origine de ces comportements.

* Cuba a décidé de rendre publiques ces histoires, et par conséquent de juger les personnes impliquées. *Granma* a publié le 14 juin un petit communiqué annonçant l'arrestation d'Ochoa, ce qui a déclenché des rumeurs en tout genre. Le journal doit publier une bonne partie des informations livrées ici le vendredi 16 juin. Il est possible que cette publication marque le début d'une campagne anticorruption encore plus vaste.

* Cuba a nié systématiquement toute implication dans des trafics de drogue. Ces informations portent donc un

rude coup à la révolution et il est impossible d'en évaluer aujourd'hui les conséquences. On peut envisager, entre autres, un raidissement de l'attitude cubaine vis-à-vis des conséquences économiques de la perestroïka considérée dans l'île comme un facteur d'affaiblissement du moral révolutionnaire favorisant la régression vers le capitalisme. La responsabilité des plus hauts dirigeants du ministère de l'Intérieur n'est pas clairement établie mais ils seront très probablement au minimum révoqués, voire peut-être même pire.

* La participation de trafiquants mexicains à l'opération est secondaire. Il semble qu'ils n'aient fait que proposer un réseau de passage de drogue aux Etats-Unis par voie terrestre mais que les choses en soient restées là.

* Il faudrait...

Le rapport se terminait ainsi. Alex jeta un coup d'œil à la date. Les services de Bradley l'avaient élaboré le 15 juin. Aujourd'hui c'était le 16 et l'histoire était en train de passer dans le domaine public. De l'arrestation des personnes impliquées à la publication de l'affaire, moins d'une semaine s'était écoulée. Alex devait maintenant prendre une décision quant à Blanche-Neige.

109. Les affaires de Perro Loco : le taxi

— Ce n'est pas un taxi collectif que je veux mais un taxi, imbécile !

— Encore un ? demande le contact de Perro Loco (sans cesser de se gratter, saisi brutalement d'un putain d'accès de gale nerveuse). Mais, t'en as déjà six !

Perro Loco Ontiveros n'est pas homme à se laisser intimider par une logique si implacable. Il lui répond sans réfléchir et le plus aimablement du monde :

— Qu'est-ce que ça peut bien te foutre ? Il lance un sourire amoureux à son contact qui a déjà les foies.

— J'ai compris, mais qu'est-ce que je fais moi, maintenant ?

— Tu vas me le changer, mon pote, dit Perro Loco en sortant un cure-dent en argent pour se curer les incisives.

— Vous pouvez pas me faire ça, mon commandant. Comment est-ce que je vais échanger un taxi collectif volé contre un taxi normal neuf ?

— Ça, mon pote, je veux pas le savoir. Démerde-toi, c'est tes oignons, lui répond Perro Loco en lui tournant le dos et en se dirigeant lentement vers la sortie du garage.

En arrivant sur le parking, le commandant Ontiveros fait quelques pas de danse. Pas trop, il faut quand même pas exagérer. Il monte ensuite dans sa Mustang rouge avec des plaques de l'Etat de Tabasco et prend l'avenue Tacubaya.

Il écoute sur la radiocassette des chansons d'Alfredo Jiménez ; il n'en connaît pas les paroles par cœur, même s'il est persuadé du contraire. Ils les chante donc à moitié, changeant des phrases çà et là comme qui changerait de chaussettes. Au Sanborn's de l'ancienne rotonde de Diane, un collègue l'attend. C'est El Mierdas, qui a des affaires à traiter avec lui. Ontiveros le regarde de loin : il est accoudé au bar, la tête enfoncée dans un café au lait.

— Je sais pourquoi t'as la gueule toute tordue. C'est à force de lécher les couilles du chef, attaque-t-il d'entrée avant de commander un chocolat et des *churros*.

— Le chef veut qu'on aille se faire ces deux enculés de Canarios. Tout de suite, ce matin. Il dit qu'ils n'arrêtent pas de le faire chier et qu'il lui faut un bon coup dans les journaux pour que le procureur arrête de l'emmerder, explique El Mierdas.

— Quelle pute ! Je croyais que c'étaient ses potes ?

— Il s'en branle.

— Et on y va seuls, tous les deux ? demande Ontiveros en trempant les beignets dans son chocolat. Pour une opération pareille, faut au moins un détachement complet, sans compter le tank.

— Le chef dit que tu lui dois bien ça, que t'as pas intérêt à l'oublier, Ontiveros, et qu'il faut qu'on y aille seuls. On les passe à la moulinette et, dès que tout est sous contrôle, il nous envoie un camion de flics pour rajouter un peu de cinéma. Il veut un max de coups de feu. Si on est sages, il nous envoie même l'hélico, dit El Mierdas, que même le coup de l'hélicoptère n'arrive pas à rassurer. (Il est déjà allé ce matin prendre une assurance-vie au nom de sa mère, une brave dame qui, après avoir abandonné son métier de prostituée à cause de l'âge, a monté aux halles centrales un commerce de vente de vêtements usagés.)

Ontiveros réfléchit au milieu d'une bouchée. Ce n'est pas pour rien qu'il est arrivé là où il est sans jamais prendre le temps de réfléchir plus d'une seconde. Le chocolat dégouline des commissures de ses lèvres.

— Combien d'agents morts ce mois-ci dans l'accomplissement de leur devoir, El Mierdas ?

— Pas un seul. A moins de comptabiliser la cirrhose de Librado, mais il n'avait qu'un coup de couteau au bras quand il a été hospitalisé.

— C'est vraiment une pute ! dit Ontiveros en parlant de son chef à haute voix. Il se rend compte que non seulement El Mierdas et lui doivent aller s'occuper des Canarios, mais qu'en plus il est prévu qu'ils y laissent leur peau afin que le groupe spécial d'enquêtes atteigne son quota de morts à la fin du mois. Et que la presse puisse disserter sur ces humbles serviteurs de l'ordre, victimes de leur devoir.

— Il y a un problème ? interroge El Mierdas.

— Réfléchis, imbécile ! Il nous demande d'aller nous faire les Canarios alors que je suis sûr qu'il les a déjà prévenus. Il leur a dit que nous avions des comptes personnels à régler avec eux et qu'il ne voyait aucun inconvénient à ce qu'ils nous explosent le cul à coups de fusil.

— Si tu préfères, je te l'explose avec ma bite, dit El Mierdas, soudain de bonne humeur.

— Et moi j'accrocherai des couronnes à la tienne et j'en trouverai une bien longue pour te la foutre au cul, des fois que ton cadavre serait pas assez raide, répond Ontiveros pour clore l'incident. Il s'agit maintenant d'inverser l'affaire à son profit.

110. Histoires de journalistes

(Julio)

Tirer ou ne pas tirer un coup. Quand tu ne baises pas, tu te frottes furieusement la queue contre la porte du frigo ou le mur en briques. Cela faisait un bon bout de temps que je ne baisais plus et Elena commençait à me courir sur les hormones. Au point de me faire danser la conga, la charge de la brigade légère ou de vieux twists ridicules. Heureusement, tous les oubliés (*los olvidados* comme dirait Buñuel) qui n'ont pas eu de rapports sexuels depuis longtemps disposent d'un recours largement utilisé aussi par Julio Fernández votre serviteur : l'onanisme. Grand saint Onan, priez pour nous ! C'est un saint bourré de vertus : on peut, entre autres, tirer Brigitte Bardot rétrospectivement, du temps où elle n'était pas encore vieille et préoccupée du sort de ces connasses de baleines. Simple. Grâce à saint Onan, tu peux t'enfermer en ayant en tête un catalogue de première bourre et choisir entre Kim Novak (avant que Kirk Douglas se radine) et la grosse Suzana qui vendait des sandwichs à la sortie du collège et qui pour décortiquer les avocats se penchait sur le comptoir en montrant ses nichons. Ou entre la deuxième en partant de la gauche au troisième rang des filles du Tropicana et Fanny Cano dans un film des années soixante. Simple. Sélectif, le manuel, éclectique aussi. Et pas besoin de fournir des explications à quiconque sur l'étrangeté de ses goûts sexuels. Pas besoin d'expliquer à un psy pourquoi on met son pantalon au frigo à rafraîchir (pour avoir la bite au frais le matin, bien sûr). Ou pourquoi à treize ans on allait se la secouer chez ses tontons en l'absence de l'oncle et le plus près possible de la tante.

J'étais en pleine relation intime avec Sophia Loren lorsque le téléphone sonna pour la deuxième fois. Je tentai de ne pas me laisser déconcentrer dans un moment clé, avec les oscillations de son cul en point de mire, mais le téléphone, tel un censeur du Vatican, revint à la charge.

C'était Elena.

— J'ai ce qu'il te faut.

— Je n'en doute pas une seconde, dis-je en moi-même, mon tuyau à pisser des illusions à la main.

— Je sais tout sur Rolando M. Limas.

111. Version de *Adieu à Mompracem* de Emilio Salgari conçue dans la prison de Pleven par Stoyan Vassiliev

Ils en étaient à leur deuxième coupe de champagne. Les mouettes annonçaient la proximité de la terre ferme, le ciel limpide présageait du calme.

— C'est ta dernière chance de nous dire qui t'envoie, dit l'homme blanc à son prisonnier craintif, enchaîné face à lui sur la passerelle.

— Pas de temps à perdre, jette-le aux requins, suggéra le malabar malais qui était avec lui.

Le jeune prisonnier, qu'ils avaient embarqué au cours d'un duel dans une rue de Singapour deux jours plus tôt, tremblait comme une branche de bambou sous l'orage.

— Non, je vous en prie ! Mais promettez-moi votre protection si je parle.

— Ne t'inquiète pas. A partir de maintenant, tu es sous la protection des Tigres de Malaisie.

Le garçon contempla les deux hommes richement vêtus. Le vieux Malais était habillé d'un costume de lin blanc ; un demi-turban avec une perle rose au beau milieu couronnait sa tête. Son compagnon portait une simple chemise blanche, de larges pantalons de serge et un chapeau mexicain enfoncé presque jusqu'aux sourcils pour se protéger des ardeurs du soleil. A quelques pas, se trouvaient un autre Européen et un Javanais. A leur attitude, on aurait dit des invités.

— C'est Mirim, le roi des mendiants. Il nous a promis un souverain en or à partager entre tous si nous lui apportions votre tête.

— Et que peut donc nous vouloir le prince des mendiants de Singapour ? demanda Yáñez de Gomara, le redoutable Tigre blanc — c'était lui — à son frère de sang Sandokan.

— Décris-nous ce Mirim.

— C'est un borgne d'une cinquantaine d'années. Ce n'est pas un Malais comme moi. On dit qu'il est né au Bengale, et qu'avant de devenir le roi des bas quartiers de notre ville, c'était un pirate opérant sur les jonques de Stal Inchu.

Sandokan avait déjà commencé à jurer lorsque le vieux Sambliong l'interrompit :

— Il y a un objet bizarre qui s'approche, murmura-t-il à l'oreille du maharajah sans trône.

— Je reviens dans une seconde, dit le Tigre de Malaisie à ses invités en s'éloignant de la table. Yáñez le suivit.

— Que se passe-t-il ? demanda le Portugais.

— Quelque chose s'approche.

— A tribord ?

— Non, répondit le Malais.

Yáñez regarda l'horizon à l'est et à l'ouest. L'océan brillait dans son immense solitude.

— Peut-être par-derrière ?

— Non, Tigre blanc, cela vient du ciel.

Yáñez leva les yeux vers les hauteurs et découvrit, incrédule, à moins d'un mile nautique, un aérostat à rayures rouges et bleues, les couleurs détestées de l'Union Jack, avec un grand dragon peint en son centre, qui déployait ses ailes et vomissait son haleine de flamme. Le ballon volait à quelque quatre-vingts mètres au-dessus de la mer, poussé par une douce brise d'est. C'était un beau spectacle, sans aucun doute, mais les marins malais, qui n'en avaient jamais vu, étaient terrifiés.

— Dis-leur que c'est un cerf-volant chinois, qu'il ne faut pas s'inquiéter, un grand cerf-volant avec des hommes à l'intérieur.

— Il n'y aucune magie là-dedans, dit le Portugais à Sambliong qui partit sur-le-champ transmettre l'information.

— Qu'en penses-tu ? demanda Sandokan à son frère blanc. Les invités, le jeune Malang et l'étrange Bulgare, s'étaient approchés d'eux et regardaient ensemble le globe qui venait lentement à la rencontre du navire.

— Branle-bas de combat, Yáñez ! Je n'ai plus confiance en rien. Depuis quelques jours, il ne nous arrive que des choses bizarres, dit Sandokan.

Yáñez indiqua d'un geste à Parang de faire sonner les cloches du bateau. L'équipage se mit tout de suite à l'œuvre et découvrit les canons et les mitraillettes Maxim.

C'était extraordinairement bien vu de la part de Sandokan car, au même instant, on commença à lancer de l'intérieur de l'aérostat de petites bombes qui explosèrent à quelques mètres à peine du *Vengeur*.

112. Longoria entre en action

Saturnino Longoria observa attentivement le chef des « autres ». C'était un homme d'une maigreur étonnante, avec une grande masse de cheveux blancs et le visage mal rasé. Un personnage qui ressemblait à un chanteur de country au sortir d'une cure de désintoxication.

Quand le Noir à la mine d'assassin s'approcha par-derrière pour chuchoter quelque chose à l'oreille du chef des « autres », cela confirma Saturnino dans ses impressions du début, forgées tout au long de ces deux premiers jours de conférence. Le type complotait quelque chose, et était à la tête de ce complot nébuleux. Ce type était le chef de ceux qui s'intéressaient à son ami Stoyan. Ils étaient une demi-douzaine à peu près. L'affaire semblait sérieuse : il y avait le Noir, bien évidemment, l'Américain en blouson de cuir qui avait suivi Stoyan depuis l'aéroport, la journaliste blonde qui était au premier rang en train de parler avec un délégué italien... Le chef des « autres » se leva, Longoria attendit prudemment un moment avant de se glisser vers la sortie latérale de l'auditorium.

Le chien Malatesta l'attendait en rôdant sur le trottoir en face du Colegio de Mexico. Pour un chien errant, son obéissance aveugle était parfaite. Là où Longoria le laissait, tôt au tard l'animal revenait. Un chien d'une discrétion peu commune, retenu dans ses aboiements, ne manifestant pas trop sa gaieté et s'identifiant clairement à son maître. Longoria lui donna les biscuits qu'il avait volés à la conférence, de petits biscuits à la cannelle que l'on servait avec du café ou du thé dans la partie arrière de l'auditorium. Malatesta les dévora à la file pendant que son partenaire observait attentivement le chef des « autres » monter dans une voiture avec chauffeur et disparaître sur le périphérique.

Longoria regarda Malatesta finir la réserve de biscuits et commença à élaborer un petit plan : de quelle nationalité étaient-ils ? Pour qui travaillaient-ils ? Etaient-ils armés ? Qu'est-ce qu'ils voulaient ? C'étaient peut-être des émissaires de ce passé profond que Stoyan était en train de déterrer ? Il alluma le mégot d'une Gitane canadienne récupéré dans un des cendriers. Ce qu'il y avait de mieux dans ces conférences internationales, c'étaient les restes qu'elles laissaient aux parias un peu organisés. L'air pollué du volcan souffla sur la tête dégarnie de Saturnino Longoria, et Malatesta, chien tropical peu enclin au froid et à la pluie, frissonna avant de secouer énergiquement la queue. Il avait besoin d'argent et d'infrastructure. Après, on n'avait plus qu'à « coudre et chanter », comme disait une de ses cousines dont il venait de se souvenir.

113. Les Invisibles perdent leur nouvel amour

C'était peut-être, au départ, un amour impossible, mais c'était de l'amour. Rapidement, dans la chambre de Brooklyn où ils couchaient, pendant qu'ils livraient leurs batailles nocturnes contre les cafards et les petites fourmis noires, les Invisibles ne parlèrent plus que de la déesse blonde qui avait souri à Fermín et à El Cochi. La femme dorée qu'Alvarito avait aperçue de loin. La femme aux jambes parfaites qu'Alegrías avait vue sortir sous la pluie en début de soirée sans se protéger la tête ni le visage. La femme que Gustavo avait suivie jusqu'à un immeuble de bureaux voisin. La femme qui avait caressé la main d'Alvaro lorsqu'il lui avait apporté un café.

Elle louchait mais ce petit défaut n'avait aucune importance. Au contraire, ce léger strabisme rendait son regard plus intense, plus étrange, plus désirable.

Strabisme ou pas, les avait-elle vraiment remarqués une seule fois ? Certes, ils lui avaient apporté son café, deux cuillerées de sucre, une de crème ; mais les avait-elle vus ? S'était-elle arrêtée sur un de leurs visages ? Sur le regard fixe couronnant les blousons orange électrique ?

Alvaro jurait que cela n'avait guère d'importance. Que si elle acceptait de vivre avec les cinq en même temps, ils prépareraient ses repas et lui feraient prendre son bain et...

Alegrías fut le premier à remarquer l'étrangeté de la

situation. Il était en train de vider les poubelles au sous-sol de l'immeuble de Madison. Un travail supplémentaire pour lequel il recevait 2 dollars par jour. Soudain, il aperçut un compatriote à sale gueule qui surveillait la sortie des ascenseurs, un .38 à la main. Alegrías se fondit dans les murs rugueux du souterrain, dans une zone presque sans lumière entre deux Cadillac noires. Il ôta son blouson et le roula sous l'une des voitures. Puis il attendit de voir ce que le type était venu faire.

Les portes de l'ascenseur s'ouvrirent et l'Invisible découvrit avec surprise un nain en train de pousser par les fesses, une main glissée sous sa jupe, la femme qu'ils adoraient tous.

Elle dit quelque chose en anglais et le nain lui répondit dans la même langue tandis qu'ils se dirigeaient vers une auto vert émeraude.

— Qu'est-ce qu'elle dit ? interrogea le Mexicain maigre.

— Qu'elle aime les grands bruns dans ton genre mais qu'elle préfère encore les petits avec des couilles comme moi. Elle a dit aussi qu'elle aimait bien les joueurs de maracas, répondit le nain.

Ils montèrent dans la voiture et la conversation devint inaudible. La femme n'avait pas très peur, elle ne tremblait pas de façon ostensible. Alegrías fut sur le point de s'évanouir de pur amour.

Lorsqu'il entendit le moteur se mettre en marche, Alegrías en profita pour quitter sa cachette et gravir en courant la rampe du parking. Pour sortir, il leur fallait faire le tour complet du sous-sol. La lumière de l'après-midi aveugla à moitié l'Invisible. Sans réfléchir aux terribles conséquences de ses actes, il monta dans un taxi et dit en espagnol :

— Une voiture verte va sortir d'ici. Vous la suivez et surtout, vous ne la perdez pas.

Il était prêt à dégainer son couteau pour appuyer sa demande, lorsqu'il entendit une voix lui répondre en espagnol avec l'accent du nord-ouest du Mexique :

— Pas de problème. Entre compatriotes...

114. Le mardi 23 au soir...

... Alex était vautré sur l'un des deux lits jumeaux de la chambre 210 en train de surveiller deux écrans de télévision. Autour de lui, les autres Grincheux du groupe de Benjamin contrôlaient trois magnétos et un téléphone. Sur l'écran de droite, on voyait l'image peu attirante d'un couloir d'hôtel désert. Sur celui de gauche apparaissait une chambre semblable à celle occupée par les Américains, avec le lit défait. Stoyan Vassiliev, le vieux journaliste bulgare, venait d'entrer dans la chambre et de poser sur l'autre lit un paquet de livres. « La télé à l'ère du cinéma muet », se disait Alex en fumant une cigarette. Vassiliev commença à se déshabiller et se dirigea vers la salle de bains, sortant du champ de la caméra. Alex se regarda dans le miroir de la commode et tira de sa cigarette une bouffée rageuse. Une autre cigarette allumée reposait dans le cendrier. Il faisait chaud dans la chambre. Grincheux 4 avait enlevé sa chemise et dansait dans la chambre en maillot de corps, à la recherche d'un verre où mettre les deux cubes de glace qu'il tenait à la main. Grincheux 7 faisait les mots croisés d'un vieil exemplaire du supplément du dimanche du *Los Angeles Times* ; et Benjamin était plongé dans l'édition mexicaine de *Playboy*. A 9 h 37, le téléphone sonna et Alex répondit.

— L'intéressé se trouve avec l'Australienne dans un

hôtel du centre. Les conditions ont été remplies, ânonna Grincheux 3.

— Merci, répondit Alex. Il raccrocha et fixa l'écran où apparaissait la chambre vide du Bulgare. Il était toujours sous la douche. Alex alluma une nouvelle cigarette puis s'adressa à Benjamin :

— Attention, c'est pour bientôt.

Il regardait toujours fixement l'image de la chambre du Bulgare tandis que derrière lui les autres mettaient au point les derniers détails.

— Orlando est dans sa chambre ?

— Sa télévision est allumée. Je l'entends très bien, répondit Grincheux 4.

— Nous aurions dû prendre le risque de mettre une caméra dans la chambre des Nicaraguayens, dit Benjamin.

— Non. S'ils la découvrent, toute l'opération est par terre. Il n'y a pas de quoi s'inquiéter. Nous l'avons vu entrer dans la chambre grâce à la caméra du couloir. Il est tout seul. Grâce au micro de la chambre d'à côté, on entend la télé. Qu'est-ce qui t'inquiète, Ben ? demanda Alex.

— Rien, dit Benjamin.

Alex vit sur l'écran le Bulgare sortir de la salle de bains entouré d'une serviette. Il lisait un magazine.

— On peut y aller, dit-il.

Benjamin se dirigea vers l'autre porte de la suite. Il ajusta sa cravate d'un geste nerveux et fit un signe de la main à Grincheux 8, le Guatémaltèque Dominguo Reina qui était en train de somnoler, allongé sur un fauteuil.

— Envoie la bande, ordonna Alex à Grincheux 7 dans la pièce principale.

Grincheux lança le dispositif et dans la chambre de Stoyan Vassiliev commença à s'entendre une discussion qui venait apparemment de la chambre d'à côté. Alex mit des écouteurs pour l'entendre et guetter les réactions de Stoyan.

Au début, le Bulgare, qui était plongé dans son magazine, sembla ne pas se rendre compte des bruits censés provenir de la chambre de gauche.

— Allez, marmonna Alex, tu as perdu ta curiosité ? Tu es vieux ? Tu es sourd ? (Merde, et s'il était sourd pour de bon ? Il n'avait pas prévu cela.) Augmente un peu le volume, sans exagérer, ordonna Alex à Grincheux 7. Tous les yeux étaient fixés sur l'écran où l'on voyait le Bulgare lire les pages « Etranger » de *Proceso*. Il se dirigea vers le minibar, l'ouvrit, prit un Coca et une petite bouteille de rhum et se prépara un Cuba Libre avec des gestes mesurés. Soudain, il parut se rendre compte des cris que l'on entendait de l'autre côté de la cloison.

— Bien, bien... susurra Alex. Allez, allez...

Vassiliev mit ses lunettes et Alex se dit que c'était pour écouter mieux, qu'il avait besoin de bien voir pour bien entendre.

— Blanche-Neige, attaque, ordonna une voix qui ne trahissait pas l'anxiété visible de l'autre côté.

Après avoir vérifié le barillet, Benjamin remit le pistolet à Domingo Reina.

— Couloir ? interrogea Benjamin dans son talkie-walkie.

— Dégagé, répondit dans l'appareil une voix déformée.

Benjamin regarda fixement Alex. C'était le moment décisif.

— Vas-y. Sors le Mexicain de sa grotte, ordonna Alex.

— Blanche-Neige ! dit Benjamin dans le talkie-walkie.

L'image de Grincheux 8 sortant de la suite dans le couloir apparut sur l'écran. La caméra le rendait plus petit ; son pistolet était glissé dans la ceinture, derrière le pantalon. C'était comme un jeu de miroirs, une valse à la cour de Vienne avec les danseurs multipliés par les glaces du grand salon. A l'autre bout du couloir, surgit le pistolero mexicain. Il avait les yeux bandés. Grincheux 8 lui mit le pistolet dans les mains et le conduisit devant la porte. Alex aurait presque pu jurer qu'il avait entendu les deux petits coups frappés à la porte.

— Zéro dans la chambre du Bulgare !

Grincheux 7 arrêta la bande que Stoyan était en train d'écouter. Alex tenta de diviser son regard entre la porte qui devait s'ouvrir et les réactions du Bulgare à la fin de la discussion, mais il n'arriva qu'à regarder alternativement en louchant.

Maintenant, tout dépendait du bon *timing*, de la non-interférence accidentelle de voyeurs et de curieux. Alex avait besoin de quarante secondes à peine, quarante secondes tranquilles où n'interviendrait pas le hasard. Tout l'assassinat était conçu comme un pari contre les interventions du hasard.

Les images ne sont pas filmées au ralenti mais il semble à Alex que plus rien n'a son rythme et sa vitesse habituels, que Grincheux 8 enlève lentement le bandeau du visage de l'assassin, avant de lui mettre le pistolet dans la main et de s'écarter en attendant que la porte s'ouvre. Alex sait que ce n'est que lorsqu'il entendra les deux coups de feu que la réalité redeviendra réelle.

Dans ce genre de jeux, se dit Alex, la seule réalité, c'est le sang qui coule. Blanche-Neige a besoin de son premier mort pour exister.

115. Histoires de journalistes

(Greg)

— Tout le monde voudrait être quelqu'un d'autre, me dit Kath. Mais personne n'a jamais vécu de l'intérieur le fait d'être un autre.

Elle se mit à rire de son raisonnement, simple au départ, mais qui s'était compliqué sans qu'elle le veuille. Nous étions en train de photographier des enfants dans les rues du centre de Mexico. Elle prenait les photos et moi je tentais de les comprendre, de voir ce qu'elle recherchait dans ses cadrages, d'imaginer pourquoi certaines fois elle tournait autour, s'éloignait, attendant le sourire ou le geste que je ne voyais pas. Magie de la photo. Le soleil brillait. Un soleil mou, qui ne réchauffait pas grand-chose. Dans Palma, nous suivîmes de loin pendant une demi-heure un gamin d'une dizaine d'années qui vendait des araignées en plastique qu'on agitait en tirant sur un petit fil.

Le gros évoquait parfois ces enfants au travail. Sans la sensiblerie que manifestaient volontiers sur ce thème mes amis latino-américains ; il n'en parlait pas non plus comme des chiffres maniés par un prof de statistiques, et ne manifestait aucune démagogie sur la question. Ses réflexions étaient différentes. Je tentai de les expliquer à Kath.

— Le gros prétend que les Mexicains sont en train de gâcher leur meilleure génération depuis la fin de la révolution. Que tous ces enfants qui travaillent, qui sont obligés de travailler à cause de la crise, sont les meilleurs, les plus intelligents et les plus sympathiques des Mexicains mais qu'à cinq, huit ou dix ans, il leur faut travailler huit, dix ou douze heures. Ils ne vont pas à l'école, n'ont pas le temps de jouer. Ils sont brillants, ils sont agiles, ils sont rapides. C'est l'école de la rue. Mais la rue a ses limites. Ils ressemblent à de petits adultes, qui ne peuvent pas être et ne seront jamais différents. Ils sont les meilleurs mais ils n'auront pas la possibilité d'être les meilleurs. Tu me comprends ? dis-je, en me rendant compte que moi non plus je n'étais pas capable d'exprimer clairement une idée, même si elle me semblait claire avant de la mettre en mots.

Kath appuya sur le déclencheur. Je ne sus jamais ce qu'elle était en train de prendre. Mais elle suivait son idée. D'une certaine manière, elle était peut-être capable de synthétiser la vision que se faisait le gros des gamins de Mexico avec la sienne propre.

— Quelquefois, je rêve que je suis une adolescente de Zacatecas qui rêve d'être une adolescente de l'Oklahoma qui rêve d'être une adolescente de Zacatecas. Tu peux comprendre cela ?

— Oui. Mais je ne vois pas le rapport avec les enfants que tu photographies ni avec ceux du gros.

— Il n'y en a pas, dit Kath en me tirant la langue (ce qui me rendit fou, mon amour naissant devait être en pleine phase d'adolescence) mais tu comprendras quand tu verras les photos. Je n'ai jamais su bien expliquer les choses.

Je regardai ma montre. Il était presque 1 heure et demie. Je donnai une petite tape à Kath. Le gros devait être en train de se ronger les ongles en nous attendant.

Ce n'était pas le cas. Il mangeait une glace au chocolat devant la fontaine des grenouilles et contemplait les réverbères récemment nettoyés de la calle Bolivar. Bizarrement, au lieu de demander où nous allions déjeuner, il entra dans le vif du sujet. Le seul problème, c'est que le sujet en question était un sujet étrange connu de lui seul, et que lui seul pouvait faire les questions et les réponses.

— Qui est Valencia ? Le compte en banque... Valencia est un type qui possède un compte commun avec notre ami Carlos Machado au Banco Internacional. Le compte existe. Plusieurs millions de pesos. Qui est Valencia ? A quoi sert ce compte ?

— De quoi tu parles ? lui demandai-je.

Kath pendant ce temps s'était écartée, pour échapper à l'euphorie du gros et pour continuer d'assouvir sa curiosité professionnelle. Elle photographiait les réverbères du siècle dernier.

— Elena me raconte au téléphone des histoires sur un certain Limas. Je raccroche, je retourne aux chiottes finir ce que j'étais en train de faire et lire un roman de Graham Greene, et le téléphone se remet à sonner. Je décroche, on raccroche. Une fois, deux fois. A la troisième, j'insulte mon correspondant et un type avec l'accent cubain me dit : « Valencia. Banco Internacional, succursale 37, Machado. » Et il raccroche. Il avait l'air nerveux.

— Avec l'accent cubain ?

— Oui. J'y vais, je fais de mon mieux pour séduire la sous-directrice de l'agence et voilà que je découvre que Machadito possède en effet ici à Mexico un compte joint avec un certain Valencia. J'interroge. Personne ne se souvient de Machadito mais Valencia est un petit Chicano, toujours avec des lunettes noires. Alors ?

Même si les journalistes sont censés avoir des réactions fulgurantes et mieux réfléchir debout qu'assis, j'arrêtai le gros d'un geste.

— Gringo être un peu lent. Avoir besoin bière pour penser mieux.

— Et moi ? me cria le gros.

— *Amigo* mexicain avoir aussi besoin bière...

Kath, de loin, nous sourit et nous prit une photo.

116. Alex, qui regardait...

... l'écran n'arrivait pas à croire ce qu'il voyait. D'où sortait le serveur ? Un serveur masqué ! Elégamment vêtu, avec sa veste blanche et sa cravate noire, il ressemblait à l'apparition de la Bête du Marécage ou d'un cousin de Freddie. Mais il était vraiment là.

En se passant et repassant la bande dans les jours qui suivirent, Alex continuait à éprouver la même sensation. C'était un masque élégant, un loup comme celui de Zorro ou du Lonesome Cow-boy, qui n'en rendait pas pour autant invisible un préhistorique Colt 45 à canon long qu'il tenait à la main tandis que de l'autre il portait un plateau avec une bouteille de vin et trois verres.

L'absence de son contribuait à renforcer l'irréalité de cette scène dans le couloir, et de tous les événements qui suivirent. Apparition surprise du serveur masqué et armé. Il sourit. Il sourit ? Le tueur à gages mexicain qui attend que le sandiniste ouvre la porte enregistre trop tard cette nouvelle présence. En revanche, Grincheux 8 — Arenas le Guatémaltèque — s'en aperçoit et commence à reculer dans le couloir. La porte s'ouvre sur le visage étonné de Luaces, le sandiniste. Il est en train de se raser et de la mousse lui coule sur le côté droit de la mâchoire. On n'entend qu'un coup de feu, mais très clair, qui vient rompre le silence de la bande vidéo. Mais au lieu d'en être l'origine, le tueur à gages mexicain en est la victime. Une balle au beau milieu du dos qui le projette, le pistolet encore à la main, dans les bras du sandiniste. Ce dernier, qui n'a pas perdu les réflexes affûtés par des années à esquiver les coups de feu de la garde de Somoza, se jette au sol et referme à moitié la porte de sa chambre. Le serveur a un nouveau sourire et remet maladroitement le pistolet dans sa ceinture, en essayant de ne pas se faire mal avec le canon. Grincheux 8, qui est là à cause de sa fantastique ressemblance avec le commandant Carlos Machado, recule dans le couloir, manquant de se cogner contre un vieux Bulgare.

— *God !* dit Alex, ce qui comme chacun sait signifie Dieu en anglais. Il ne sait pas si cette exclamation s'adresse à une force majeure qui, par miracle, a foutu en l'air l'opération Blanche-Neige en son plus crucial moment, ou si c'est simplement un cri qui remonte de l'enfance.

117. Les affaires de Perro Loco : Canarios

— Remontez votre culotte, Madame ! Vous n'avez pas honte ? dit Perro Loco Ontiveros en entrant par la fenêtre. La femme le regarde, surprise, pas autant qu'elle aurait dû, vu la tête de violeur invétéré que le commandant Ontiveros affiche d'habitude. Aujourd'hui plus que jamais : il a les yeux fixés sur la toison de la plantureuse quinquagénaire qui est en train d'essayer dans la salle de bains de chez elle une culotte en playtex vert émeraude qu'elle vient d'acheter. Elle est au milieu de l'opération, ce qui a provoqué une réflexion désobligeante.

— Ontiveros, mon amour, puisque tu me surprends dans cette tenue, profitons-en, non ? lui répond-elle, trahissant une longue intimité. Puis elle commence à se débarrasser aussi de son soutien-gorge, vert citron celui-là, qui soutient deux énormes seins qui louchent (chacun regarde en sens contraire).

— Je suis en mission, dit le traître en passant la jambe par-dessus le rebord de la fenêtre et en faisant attention à ne pas s'écraser les couilles contre le cadre en métal.

— Formidable, dit la femme qui s'appelle Suzy (avec toutes les variantes, Suzette, Sucette, Suce-moi...) et se met à secouer les seins comme si elle écoutait le *Mambo número ocho* de Pérez Prado. Manque de chance, coincée par sa culotte à mi-cuisse, elle trébuche et va s'écraser contre le policier qui vient de sauter par la fenêtre et est hors d'haleine.

— Mon Dieu ! s'exclame Ontiveros. Il accompagne cette revisite tardive du rituel catholique d'un violent coup sur la bouche de la grosse suceuse, asséné avec le canon de son .45. Elle crache deux dents et s'évanouit *illico* dans ses bras ; sa poitrine glisse contre le corps d'Ontiveros et elle laisse sur sa chemise une fine traînée de bave sanguinolente.

Ontiveros, toujours pratique, renonce rapidement à l'idée de s'enfiler la citoyenne évanouie, malgré les désirs que ce genre de situations éveillent immanquablement en lui et, le flingue à la main, donne un coup de pied dans la porte de la salle de bains et entre dans la pièce où sont censés se trouver les Canarios. Il tombe sur une chambre où il n'y a qu'une télé allumée qui annonce à des téléspectateurs inexistants la mort de Luis Manuel Pelayo.

— Je me suis fait baiser, dit Ontiveros très doucement. C'est comme ça et il y a pas de raison que cela change.

Les échos étourdissants des coups de feu résonnent longuement comme s'ils continuaient à rebondir contre les murs et à voler d'un côté l'autre de la chambre pleine de fumée. Il n'y a personne d'autre qu'Ontiveros. Il regarde partout mais il ne trouve absolument rien, personne à braquer et à expédier dans l'autre monde. Les années de métier développent l'intuition. C'est peut-être pour cela qu'Ontiveros va regarder sous le lit et découvre l'aîné des Canarios. Il a le corps criblé de balles et un rictus lâche qui veut ressembler à un sourire. Il le tire par le pied. L'imbécile n'a même pas de chaussettes ! Il le traîne par terre et confirme ce qu'il sait parfaitement : il est froid et, froid comme il est, on va lui foutre le meurtre sur le dos. C'est alors qu'Ontiveros, qui en a vu d'autres, se retourne et voit son fidèle ami et compagnon, l'inséparable El Mierdas, pointer sur lui son revolver, avec une gueule de trou du cul de traître. Il s'est retourné juste à temps. Ils se tirent dessus en même temps. Mais El Mierdas est moins précis et a vocation à jouer les cibles de foire. En guise de récompense, Ontiveros lui fait un trou dans le ventre. Un trou noir, bien rond, presque parfait, par lequel jaillit un petit jet de sang.

Ontiveros s'approche de son ami qui gît par terre et lui dit d'un ton sec :

— Triste connard. C'est qui qui t'avait aidé à acheter ton appartement dans la colonia Nápoles ?

El Mierdas, qui a un fils à moitié abandonné et dont le vrai nom est Enrique Castillo, mais qui a oublié combien de fois, sa mère exceptée, on l'a appelé ainsi depuis dix ans, a un geste de regret qu'Ontiveros prend pour de la douleur. Chauffé par l'ingratitude de son collègue, Ontiveros n'attend pas la réponse ; avec le canon de son revolver, il le frappe en pleine gueule et lui casse trois dents. Il en rajoute un peu, histoire de se justifier :

— Moi qui t'aimais comme un frère...

— Un peu plus et j'allais oublier, lui dit El Mierdas. (Assis par terre, il pleure comme une grand-mère de cinéma, partie parce que la balle dans le ventre lui fait mal, partie parce qu'il se sent coupable.) Un gringo t'a appelé au bureau, il m'a dit de te dire, aïe ! qu'il te cherche, aïe ! qu'il faut que tu l'appelles, que c'est urgent.

Ontiveros prend note du message et retraverse avec difficulté la fenêtre de la salle de bains par laquelle il est entré. Au même moment, on entend les sirènes des voitures de police remplies des collègues chargés de finir de lui baiser la gueule. Mais ils vont trouver le scénario changé.

118. Tuez-le...

... dit Alex en regardant fixement l'écran où le serveur disparaissait dans le couloir tandis que Grincheux 8 courait en sens inverse et que Vassiliev le Bulgare ouvrait la porte de sa chambre pour voir s'enfuir un Machadito qui n'était pas Machadito, ainsi que l'avait prévu l'opération Blanche-Neige. Sauf que le mort n'était pas le bon mort. Sauf qu'un élément inattendu était venu se glisser dans le jeu parfait conçu par Alex et le corrompre, détruisant d'un coup le puzzle qu'il avait mis huit mois à assembler. Coïncidence : tel était le fin mot d'une histoire basée sur le fait que les journalistes ne croyaient pas aux coïncidences. Alex en avait fabriqué seize pour qu'au dernier moment une autre coïncidence (*God !* Un serveur masqué !) surgisse et vienne foutre en l'air le fragile équilibre scénique.

— Tuez-le ! ordonna Alex en désignant la silhouette qui avait disparu de l'écran.

Benjamin, en pleine frénésie, ouvrit un porte-documents et en sortit deux petits revolvers munis de silencieux. Il en passa un à Grincheux 3 qui le cacha derrière son dos et tous deux sortirent de la suite presque en courant.

— On lève le camp ! cria Alex à ses assistants. Il demeura immobile tandis qu'autour de lui se déclenchait une activité fébrile. Les Grincheux faisaient disparaître dans les valises des fils et des magnétos, des prises et des moniteurs télé.

Alex se prit la tête dans les mains et se repassa pour la dixième fois le film des événements. Puis il se mit à rire. C'était peut-être des coïncidences qu'il riait.

119. Histoires de journalistes

(Julio)

A l'entrée de l'ambassade du Nicaragua, dans le quartier de Las Lomas, il y avait un attroupement de journalistes : reporters radio avec des magnétophones, équipes légères de télévison avec la caméra à l'épaule. La bonne vieille odeur de l'info...

Greg était un vieux renard dès qu'il s'agissait de se frayer un chemin vers la porte : il savait se faufiler et prendre des mines de prix Pulitzer ou de futur nobélisable offensé derrière ses lunettes, lorsqu'on tentait de l'arrêter. Je le laissai faire et fumai une cigarette non loin de là, appuyé contre un poteau. Journaliste mexicain flegmatique prenant les choses avec calme. Au bout d'un moment, Greg revint les mains vides.

— Le commandant Machado n'a pas de déclarations à faire. L'ambassade publiera un communiqué de presse un peu plus tard... C'est tout ce que j'ai pu obtenir. J'ai fait passer un mot à Machadito où je lui redonne le téléphone de chez toi.

— Cela ne m'étonne pas, dis-je. Viens, on va traîner un peu avec les confrères, des fois qu'il y ait du neuf sur l'assassinat... Et j'ai besoin d'un café.

Cette matinée était entrée brutalement dans ma vie. D'abord une voix à la radio débitant des informations incohérentes sur l'assassinat d'un pistolero mexicain dans l'hôtel de Machadito ; les soupçons... Le trajet en métro jusqu'à l'hôtel ; la disparition diplomatique des sandinistes, rappelés par l'ambassade ; les accès bouclés par des flics mexicains qui devaient en être déjà à leur cinquantième café.

— Des œufs brouillés au jambon avec beaucoup de sauce piquante, proposai-je à mon associé gringo qui supportait apparemment mieux que moi de s'être levé aux aurores.

— Voilà pourquoi je préfère les hebdos et les mensuels. Et être *free lance* sans rédacteur en chef sur le dos, dit Greg. Si je n'ai rien d'intelligent à dire, je ne le dis pas. Je ne suis pas obligé d'inventer un article comme ces chers confrères. Il sortit son paquet de Delicados filtres et se dirigea vers les taxis collectifs qui descendaient sur Palmas.

Il avait parfaitement raison. Il n'y avait rien de pire pour un être humain que de se croire intelligent de bon matin.

120. Le goût bulgare

(XI)

Stoyan Vassiliev savait que dans le couloir, à quelques mètres à peine de la porte de sa chambre, un homme vêtu d'un blouson en cuir noir et un foulard mexicain rouge autour du cou avait été tué d'un coup de revolver en pleine poitrine. Pas la moindre idée de qui pouvait être cet homme. Il ne l'avait jamais vu, ni à l'hôtel ni à la conférence. Il savait que lorsqu'il avait ouvert la porte, il avait vu un homme s'échapper au fond du couloir. Un homme de petite taille qui portait un tee-shirt noir. Il aurait juré que c'était Machado.

Il savait que Machado et Luaces partageaient la chambre 223, à côté de la sienne. Il avait bu un verre de rhum vieux avec Machado la veille, dans cette même chambre. Il savait que quelques minutes avant le meurtre — un seul coup de feu —, les deux sandinistes avaient discuté violemment. Il était difficile de ne pas entendre une discussion à travers la fine paroi en briques qui séparait les chambres. L'un accusait l'autre d'être mêlé à des histoires de drogue. Ils parlaient vite en espagnol et beaucoup de choses lui avaient échappé. Mais, aucun doute, l'échange entre ses voisins de chambre avait été violent.

Les policiers mexicains étaient en train de prendre des photos, de rôder dans les couloirs, d'interroger. Il l'avait été, mais après avoir répondu aux deux premières questions en bulgare, on l'avait laissé tranquille. Ce n'était pas maintenant, après une longue vie remplie d'expériences instructives, qu'il allait se mettre à collaborer avec la police mexicaine.

Il savait tout cela, mais il ne comprenait pas. Pour un homme d'action (et malgré ses quatre-vingts ans passés, Stoyan continuait d'en être un), ne pas comprendre et donc ne pas savoir comment agir était l'un des pires cas de figure.

Il était déconcerté. Pour se remettre, il se prépara un Cuba Libre. Longoria qui, habillé en serveur, apparut par la porte entrouverte ne pouvait pas mieux tomber.

— *Room service, señor !* Voici les sandwichs que vous avez commandés, dit-il tout en posant un doigt sur ses lèvres pour demander le silence. Puis il prit Stoyan par la main et le conduisit dans la salle de bains.

Le Bulgare le regarda faire en souriant. Il aimait les conspirations, et Saturnino avait l'air d'un conspirateur débarqué du passé le plus lointain avec les façons de Pimpinela Escarlata et l'allure de Bela Lugosi.

Longoria ouvrit les uns après les autres les robinets du lavabo et de la douche, monta au maximum le volume de la musique d'ambiance, puis brancha le rasoir électrique.

— Que se passe-t-il, Saturnino ? demanda le Bulgare, mais bien évidemment, Longoria ne pouvait pas l'entendre.

— Le mort était un des « autres », répondit énigmatiquement le vieil Espagnol. Il eut un sourire de fierté : c'est moi qui l'ai descendu.

Stoyan resta silencieux. Qui que fussent les « autres » de Longoria, ils faisaient partie de la légion des démons qui étaient de l'autre côté de la barricade. Comment ces chiens staliniens avaient-ils réussi à y voir clair dans son jeu ? En savaient-ils assez pour vouloir le tuer ? Qu'est-ce que Machado avait à voir dans toute cette histoire ?

— Il faut que j'emmène Malatesta pisser, je l'ai enfermé dans un placard en bas. Après, je te raconterai tout comme il faut... En fait, je ne sais pas ce que je vais te raconter parce que ce n'est pas très clair pour moi non plus. Je dois être en train de perdre certaines facultés, dit Longoria en sortant de la salle de bains.

Stoyan se retrouva seul, plus déconcerté que jamais. Qui était Malatesta ? Un vieil anarchiste, bien sûr. Mais, pourquoi fallait-il l'emmener pisser ? Il finit son verre d'un trait et décida de passer lui aussi à l'action. Le rôle de simple observateur n'était pas pour lui. Il enfila une veste défraîchie en velours côtelé noir, rangea son passeport dans une poche et mit dans l'autre la fourchette qui accompagnait les sandwichs apportés par Longoria et qu'il n'avait pas touchés... Avec de plus mauvaises armes, il avait fait de plus grandes guerres.

121. Tu pourrais me raconter...

... ce qui s'est passé ? demanda Alex.

Benjamin le regarda fixement avant de dire :

— Comment veux-tu que je te le raconte ?

— De la façon la plus plate possible. L'évidence. Sans interprétations, sans rajouter tout notre *software*.

Ils étaient en train de boire des tequilas au bar du Mirador, en haut de la tour Latino-Américaine, aiguille incrustée dans le ciel de Mexico. Ils en étaient à la troisième tournée. C'était un après-midi doux, aimable. Côté ouest, ils pouvaient voir un nuage noir qui s'avançait vers eux.

— Il y a eu une fusillade devant la chambre d'un fonctionnaire du gouvernement nicaraguayen en voyage au Mexique.

— Une fusillade ?

— Une fusillade avec un seul coup de feu... On a retrouvé devant la porte de la chambre le cadavre d'un Mexicain d'une quarantaine d'années, nommé Leonel Posada, *alias* El Renco, fiché depuis longtemps par la police : trafic de drogue, prostitution, meurtre. Un type qui ne vaut pas grand-chose dans leur logique, une quantité négligeable dans la nôtre. Personne ne le pleurera et nous n'avions même pas pris d'assurance-vie pour lui. Mais le mort plaît aux journalistes.

— Ensuite ? demanda Alex.

— C'est tout.
— Qui l'a tué ?
— Tu as vu les mêmes images que moi. Nous les avons même vues ensemble et je n'arrive toujours pas à y croire. Cela a un côté fantomatique plutôt absurde. On dirait un film de Spielberg. Tu es sûr que ce n'était pas un de tes montages ?
— Il a été tué par un serveur déguisé en Zorro.
— Juste le masque.
— Mais ça, nous sommes les seuls à le savoir, toi, moi et nos Grincheux.
— C'est-à-dire que personne n'est au courant. Nous autres n'avons aucune existence publique.
— Mais qu'est-ce que le Bulgare a vu ? interrogea Alex.
Benjamin commençait à se sentir mal à l'aise. Il sentait des picotements aux mains et son col de chemise le serrait. Alex ne faisait jamais de confidences, ne donnait jamais d'autres informations, ne discutait jamais avec ses associés. Il dictait des conférences, posait des questions dont il connaissait les réponses et transmettait au monde les consignes divines.
— Il a vu... quelqu'un ressemblant à Machado courir dans le couloir... dit Benjamin dans un soupir. Il savait où Alex voulait en venir.
— C'est cela même. Le Bulgare a vu Machado courir dans un couloir où se trouvait le cadavre d'un tueur mexicain. C'est tout ce qu'il a vu parce que le serveur avait disparu.
D'un geste, il commanda une nouvelle tournée de tequilas.
— Blanche-Neige ne meurt pas, Ben. Nous disposons d'une reine des neiges éternelles, ajouta-t-il. D'un autre geste, il demanda l'addition au garçon.
Alex aurait facilement pu devenir un habitué du lieu. Cette vision de la ville, prise dans les nuages de pollution et de pluie et vue d'en haut, avec ses hommes, ses automo-

biles et ses arbres en réduction, lui plaisait. Ses bureaux provisoires étaient situés six étages plus bas. Ils n'étaient pas très vastes et leur accès n'était pas aussi exotique que dans l'immeuble de Manhattan mais c'était largement suffisant pour une opération à mi-naufrage. Cet accès de pessimisme fit sourire Alex.

Benjamin hésita un moment avant de dire ce qui lui passait par la tête :

— Reste un petit détail, Alex. Toi, je ne sais pas, mais moi, je ne pourrai pas dormir tant que je ne saurai pas qui est le serveur déguisé en Zorro et pour qui il travaille. Surtout pour qui il travaille. Ses maîtres ont-ils à voir avec Blanche-Neige ou est-ce une coïncidence ?

— Heureusement que tu es là, j'allais l'oublier. Maintenant, tu sais ce que tes Grincheux ont à faire : enquêter. Je suppose que maintenant c'est toi qui ne vas pas en dormir. Moi, à vrai dire, je m'en fiche un peu mais j'aimerais quand même bien le savoir avant demain.

122. Histoires de journalistes

(Greg)

Il y a une chanson de G. Brown dans *Havana Moon*, un disque de Santana, qui répète la même phrase sur un rythme de country : *Ils sont tous partis au Mexique.* Ses amis sont partis, ses potes sont partis, même son chien est parti. Je suppose qu'il faut situer la chanson à la conjonction de deux des plus saines traditions américaines : prendre la route (merci Woody Guthrie, Jack Kerouac, Wyatt Earp, Bob Dylan, John Dos Passos, Calamity Jane, Spiderman, John Garfield, Ernest Hemingway) et passer la frontière sud (merci John Reed, Indiana Jones, James Taylor, Clint Eastwood, John Huston, Babe Ruth, Carleton Beals, Mike Gold, Burt Lancaster).

Je suppose que mes multiples voyages au sud, au cours des dernières années, ont pour motif cette double tradition bien américaine. Mais il n'est pas facile de descendre vers le sud. Toute nouvelle connaissance contient une dose équivalente de culpabilité. Le fait d'être en Amérique latine un gringo *born in the USA* est un passe-temps bon pour les inconscients, les gangsters brasseurs d'affaires, les missionnaires commerçants, les gauchistes proches de la retraite, les *freaks* naïfs ou partis en croisade. Tous projettent leurs démons et leurs fantasmes sur le continent sud. Nous passons derrière, nous, les naïfs, qui croyons qu'il n'y a ni frontières, ni pays, rien que des paysages et des chansons dans des langues parfois inconnues. De tous les monstres qui voyagent au sud, nous sommes les plus dangereux parce que nous croyons que nous ne sommes porteurs d'aucun péché originel susceptible d'être pardonné ; parce que nous croyons rationnellement ne pas être si différents que cela et pouvoir coexister avec les autochtones sur un pied d'égalité : tu me donnes et je te donne, tu me souris et je te souris, même si la nuit nous faisons des cauchemars où des gosses affamés et à moitié nus, fantômes vivants de l'Amérique latine, nous montrent du doigt.

Descendre au sud représente, comme le savaient Malcolm Lowry, Joseph Conrad et Ambrose Bierce, une descente à l'intérieur de son propre enfer. Lorsque l'on quitte le trompeur paradis américain — qui est le véritable enfer —, les démons passent à l'attaque et essayent de percer la peau pour s'échapper. On s'en rend compte quand on voyage au sud ; on connaît bien ces Martiens qui jouent au ping-pong dans nos têtes. Mais, au bout du compte, on est reconnaissant d'être comme on est et pas autrement. Car celui qui ne connaît pas l'enfer se satisfera de mourir agenouillé devant sa télé dans un endroit aussi absurde qu'Indianapolis.

Moi, j'étais là. Et même si parfois je n'y comprenais rien, les autochtones n'avaient pas l'air de s'y retrouver mieux. Du moins, à en juger par la lecture des articles consacrés à cette histoire absurde. J'en fis l'observation au gros qui me répondit en substance et entre deux borborygmes que lorsqu'il se lavait les dents, il n'avait pas de temps à consacrer aux conneries racistes d'un gringo.

— On aurait bien besoin d'une bonne dose de rationalisme, dis-je au gros pour conjurer les démons hégéliens. Nous pourrions par exemple mettre en ordre les rares éléments dont nous disposons... Premièrement, la rumeur se répand que la CIA dispose d'une taupe à l'intérieur de la direction sandiniste... deuxièmement, on nous fait part de deux connexions louches entretenues par notre ami, l'insoupçonnable Machado : des relations avec un trafiquant très populaire et un étrange compte en banque... Troisièmement, le fameux tueur El Renco est assassiné sur le pas de la porte de la chambre d'hôtel de Machado. Au fait, El Renco était-il déjà fameux avant sa mort ou perpétue-t-il la tradition mexicaine qui veut que seuls les cadavres puissent être célèbres ? Quatrièmement, l'ambassade nous ferme ses portes... Il n'y a plus qu'à additionner.

— J'additionne, dit Julio Fernández qui enfilait un tee-shirt de Sting en sortant de la salle de bains.

— Quel est le résultat ?

— Je ne sais pas.

— Mais si, tu le sais, dis-je en allumant mon avant-dernière Delicado filtre.

— J'ai l'impression que Machado est mouillé dans une affaire louche. La CIA l'a appris et le tient...

— Mais nous avons tous les deux parlé avec Carlos, et nous n'avons pas du tout senti cela, n'est-ce pas ?

Le gros alla vers la fenêtre et l'ouvrit.

Une brise glacée balaya l'atmosphère lourde et enfumée de son appartement.

— Merde, il fait froid, dit le gros qui avait l'habitude de débiter des évidences quand il était embêté.

— Non. Nous avons senti que cela ne pouvait pas être Machado. Mais c'est toi le moins rationnel des deux et c'est à toi d'arriver à une conclusion. Passe-moi les cigarettes.

Le gros disparut dans le couloir et revint sans les cigarettes mais avec deux boîtes de bière.

— Tu crois vraiment que Machadito est dans la merde jusqu'au cou ? me demanda le gros avec un regard triste. Je n'arrive pas à y croire.

— Ça m'en a l'air. Mais ce n'est pas de cela que nous sommes en train de parler, dis-je en le regardant dans les yeux (ce que je faisais rarement parce que le gros ne m'avait jamais trompé). Ce dont nous sommes en train de parler sans vouloir le dire, c'est de la question de savoir si nous sortons cette histoire, même si Machado est dans la merde jusqu'au cou.

— Je crois bien que oui.

— Et moi aussi.

— Nous sommes une paire de salauds qui croyons à la « vérité journalistique » et à toutes ces salades. Nous sommes capables de faire mal aux Nicas s'il s'agit de dire la vérité.

— Saloperie de merde de vérité ! dit le gros en se laissant tomber dans le fauteuil sans laisser tomber une seule goutte de la mousse qui couronnait sa boîte de Tecate.

— *Bullshit !* On va raconter l'histoire parce que si on ne le faisait pas, on ne serait plus jamais capables d'en raconter d'autres. C'est tout ou rien.

— Arrête de parler anglais, je ne t'écoute pas, dit Julio.

— Mais si on raconte l'histoire, on a intérêt à enquêter sérieusement.

— Je le sais bien. Non seulement on va nager dans la merde, mais en plus il va falloir bosser. Saloperie !

— Reprends l'addition.

— Qu'est-ce que Machado peut bien foutre de ce fric à Mexico ? Qu'est-ce qu'il fricote avec un trafiquant de drogue ? demanda le gros.

Je pensai à ces histoires de voyage au sud. A une époque, je voulais être journaliste sportif, vivre au Mans, parler le français, et être marié à une Turque qui me préparerait trois fois par jour un café bien fort. Le téléphone sonna.

— Fernández, répondit le gros laconiquement. Il garda le silence tandis qu'il écoutait puis me dit en bouchant l'écouteur d'une main :

— Armando a une histoire à nous raconter. Tu as envie de l'entendre ?

123. Alex prit le téléphone...

... que lui tendait Grincheux 5, l'ex-maîtresse d'école qui était partie en vacances à Managua et qui faisait pour le moment office de secrétaire dans les bureaux du SD installés dans la tour Latino-Américaine.

— Smith. Qui est à l'appareil et que puis-je faire pour vous ?

— Tout est foutu, n'est-ce pas, mister Smith ? répondit Rolando M. Limas à l'autre bout de la ligne.

Une ligne où l'on entendait des grognements et des sons étranges. On racontait que, depuis le tremblement de terre, les rats s'étaient mis à bouffer les lignes téléphoniques de Mexico. Qu'ils en profitent. Des rats mutants avec des conversations aussi absurdes que celle-là.

— Blanche-Neige continue, señor Pérez.

— Non, *amigo*. Je reprends mes billes. Mais j'ai pris une bonne assurance avant. Mes amis à New York ont enlevé votre copine la bigleuse. Je téléphone simplement pour dire au revoir et pour vous conseiller de ne pas me chercher par ici. Ça s'est mal passé, c'est fini. Point. Ça ira mieux la prochaine fois, mon petit Alex, et on s'aime autant qu'avant.

Par la fenêtre, Alex observa une tache verte qui devait être le bois de Chapultepec. Il devait pleuvoir là-bas ; on voyait les éclairs.

— Señor Pérez. Si vous laissez tomber, nous annulons vos contrats d'assurance.

— Tous, mon pote ?

— Tous. Automobile, voyages. Même l'assurance-vie, señor Pérez.

— Si notre association est dissoute, j'ai l'impression que vos contrats d'assurance à vous sont également périmés. Ce n'est pas dans l'intérêt d'une compagnie américaine ici à Mexico. Les gringos ont du mal à se déplacer dans cette ville. La ville peut être salope à leur égard, elle est capable de les bouffer, ils peuvent finir aspirés dans une chasse d'eau, l'eau non bouillie leur donne la chiasse, ils se saoulent comme des cons place Garibaldi... Vous n'imaginez pas tout ce qui peut leur arriver...

— J'ai idée que cette ville n'est pas non plus l'idéal pour ceux qui débarquent de la frontière nord, señor Pérez. Ici on ne les aime pas, on les regarde comme des bêtes bizarres, des semi-anormaux.

— Bon, je vous laisse. Vous prenez pas trop la tête, dit Rolando M. Limas en raccrochant. Alex contempla quelques instants le téléphone. Il appela d'un geste Grincheux 3, dont le bureau se trouvait à côté des toilettes. C'était un quadragénaire en costume, avec les tempes grisonnantes et d'épaisses lunettes de myope.

— Ton contact dans la police, celui qui nous a dégotté le mort, il est vraiment bon à quelque chose ?

— On dit que c'est le meilleur, Alex.

— Mets-le sur Limas. Je veux son cadavre, le plus tôt possible. Et bien mort. Qu'on lui mette un miroir dans la bouche après le coup de grâce pour vérifier s'il ne respire pas encore.

Grincheux 3 regarda Alex fixement. Ce qui lui plaisait le moins dans cette mission mexicaine, à part la nourriture, c'était qu'il ne savait jamais si le chef de son chef, le chef de tous les chefs, était sérieux ou pas.

— A quelle heure Dormeur a-t-il rendez-vous avec les journalistes ? demanda Alex à sa secrétaire improvisée.

— En ce moment, chef.

— Là-bas dans ce bois ? demanda-t-il en désignant Chapultepec.

— Oui, monsieur, répondit la secrétaire en le regardant. On ne peut plus annuler...

Alex ne lui rendit pas son regard. Il était trop occupé à essayer de voir si les éclairs étaient bien au-dessus de Chapultepec. Il se demandait si la foudre était en train de frapper les *ahuehuete* qu'un vice-roi d'Espagne avait fait planter là, lui qui n'aimait pourtant pas les arbres et ne rêvait que de revoir les paysages pelés de la steppe castillane. Il lui allait falloir étudier l'histoire du Mexique s'il gardait ce bureau.

124. Version de *Adieu à Mompracem* de Emilio Salgari conçue dans la prison de Pleven par Stoyan Vassiliev

La troisième bombe de nitroglycérine atteignit *Le Vengeur* près du château de proue, ébranlant le poste d'équipage et tuant un des artilleurs. L'aérostat hostile, faisant miroiter ses couleurs, descendait dans l'après-midi resplendissant, cherchant le navire dont les cheminées vomissaient de denses nuages de fumée noire qui témoignaient de la terrible énergie de ses chaudières.

— Mitraille-le ! cria Sandokan.

— Impossible, il est encore trop haut, répondit le Portugais en se dirigeant pourtant vers une des mitrailleuses toutes neuves installées sur le château de proue.

Une autre bombe secoua le navire comme si une main gigantesque avait donné un terrible coup de poing dans la mer.

Yáñez commença à tirer avec la mitrailleuse balle après balle, profitant d'une brève descente de l'aérostat causée par un courant d'air. Il vit les impacts frapper le panier, et il vit même clairement un des blessés tomber dans l'océan. L'habileté du Portugais lui permit de corriger tout de suite l'angle de tir, avec l'aide d'un des Tigres de Malasie qui soutenait le châssis de la mitrailleuse. C'est à ce moment-là que l'enfer se déchaîna sur *Le Vengeur*. Une des bombes de nitroglycérine lancée du ballon par les mystérieux ennemis explosa sur le pont.

La dernière chose que Yáñez vit fut un ciel couvert de mouettes sur lequel se levait une monstrueuse colonne de feu.

125. Le goût bulgare

(XII)

Stoyan Vassiliev remerciait la chaleur mexicaine, et c'est peut-être à cause d'elle qu'il s'attardait dans sa promenade et non à cause de sa crise d'arthrite, comme le prétendait Longoria. La chaleur frôlait sa tête et lui réchauffait les cheveux, les rayons de soleil illuminaient ses mains et leur donnaient de la vie. Une sensation se déplaçait lentement dans son corps, entrait dans ses os, et remontait le long de son squelette. Le soleil, comme lui avait dit un jour un Indien péruvien à Lima, réchauffait le squelette. C'était à cela qu'il servait. En outre, le soleil était le grand évocateur de souvenirs, le grand reconstructeur de nostalgies, le fabricant idéal des rêves. Le soleil le transportait dans d'autres histoires, certaines aussi étranges que celle-ci ; d'autres plus simples, comme ces batailles primaires entre journalistes et pouvoir. Le soleil lui rappelait la terrasse sur le toit de l'université de La Paz en Bolivie, un jour normal, paisible, où Stoyan était en train de fumer quand il aperçut un tank avancer vers l'immeuble.

Il voulut expliquer à Longoria ce que c'était de vivre avec une tête peuplée de fantômes, mais l'Espagnol, qui le pressait et l'obligeait à traverser les rues proches de l'Alameda à toute vitesse, ne s'apitoya pas sur lui.

— Et qu'est-ce que tu crois que j'ai dans la tête, des oiseaux ? dit Longoria. Ceux qui écrivent disent que nous, les vieux, nous radotons à cause de l'artériosclérose. Ils n'en savent rien. Moi, je suis obligé de vivre avec un Napolitain qui m'a vendu un faux billet de loterie et avec un policier parisien que j'ai tué avec un couteau. On vieillit à force de trimballer ses morts et ses fous. Remue-toi, vieillard !

Stoyan admirait et respectait la tour Latino-Américaine. Un immeuble de cette hauteur dans une ville qui connaissait de terribles séismes possédait à ses yeux une magie particulière. Lorsqu'une demi-douzaine de rues plus loin, Longoria pointa l'immeuble de son index crochu en précisant que c'était là leur objectif et le refuge des « autres », Stoyan sentit la méfiance l'envahir.

— Viens, je vais te les montrer. Tu vas peut-être en reconnaître quelques-uns, au moins tu te feras une idée de qui ils sont.

Stoyan acquiesça. Il ne fallait surtout pas s'opposer aux projets de son ami qui, comme il l'avait constaté, était devenu irascible avec les années. La difficulté de ses conditions de survie y était sans doute pour quelque chose.

Ils prirent l'ascenseur jusqu'au 33e étage et tombèrent sans le vouloir sur un bureau d'import-export. Longoria prit l'initiative et trouva très vite l'escalier de service. Ils commencèrent à le descendre. L'Espagnol avait donné le ton de leur attitude : distraits à l'entrée de l'immeuble ; innocents pendant leur promenade au 33e étage ; silencieux et prudents dans la descente de l'étage.

En ouvrant la porte de l'escalier à l'étage du dessous, Stoyan, qui était devant, découvrit une tête connue qui attendait l'ascenseur. Quand l'ascenseur arriva, l'homme rentra une caisse à l'intérieur.

Stoyan n'avait qu'une manière de vérifier. Il sortit de la poche de sa veste en velours la fourchette qu'il y avait prise la nuit d'avant, et, au moment où la porte de l'ascenseur se refermait, il l'enfonça dans la main du type qu'il avait vu s'enfuir dans le couloir : son ami Machadito, qui était et n'était pas Machadito. L'homme hurla en sentant que la main avec laquelle il avait appuyé sur le bouton avait été transpercée par quelque chose. La porte se referma.

Stoyan observa le scandale ainsi créé et recula prudemment. Le cri avait attiré des curieux.

— Mais pourquoi as-tu enfoncé une fourchette dans la main de ce type ? demanda Longoria en regardant la porte fermée de l'ascenseur.

— C'est le type que j'ai vu dans le couloir, c'est Machadito, un ami à moi, Carlos Machado, le sandiniste, mais ce n'est pas lui. Je voulais lui laisser une marque. Si c'est lui, désormais il aura une cicatrice à la main, si ce n'est pas lui, c'est qu'ils voulaient que je prenne quelqu'un d'autre pour lui...

— Je ne comprends rien du tout. Tu deviens de plus en plus bulgare, répondit Longoria et, presque sans transition, au moment où la porte du bureau s'ouvrait et dans la meilleure des traditions de pistoleros tels Doc Holliday et Billy Le Kid, il cambra le dos et sortit de sa ceinture un colt monumental à canon long.

Stoyan Vassiliev n'avait pas perdu lui non plus les réflexes historiques qui l'avaient maintenu en vie pendant plus de quatre-vingts ans. Il fit un saut en arrière, se mettant hors de portée des tirs, et buta contre la porte d'un bureau d'une compagnie du Jalisco qui fabriquait de la tequila. Il regrettait d'avoir perdu sa fourchette.

Des coups de feu et des cris retentirent. Stoyan revint avec deux presse-papiers en bronze. Il y avait des gens par terre. Longoria défendait sa position derrière un bureau en métal démonté que quelqu'un avait laissé, par chance, dans le couloir. On apercevait au-dessus d'un tiroir le canon du .45 de l'Espagnol. De l'autre côté du couloir, un Noir regardait prudemment par une des portes des bureaux et tirait de temps en temps sur Longoria. Les coups faisaient voler des éclats métalliques du bureau-barricade. Des spectateurs involontaires, le ventre au sol, étaient en train de mordre la moquette. Une demi-douzaine d'innocents qui évitaient de lever la tête, ne serait-ce que d'un millimètre.

Stoyan analysa la situation en moins d'une seconde et, les presse-papiers à la main, il entra de nouveau dans les bureaux des fabricants de tequila. Il les traversa à la vitesse de l'éclair. Il cherchait une porte intérieure communiquant avec les autres bureaux ou une fenêtre qui lui permette de passer. Il ne trouva que le regard d'une secrétaire effrayée, qui était peut-être bilingue, mais qui était incapable de parler ne serait-ce que sa langue maternelle quand Stoyan lui demanda en grec comment il pouvait sortir sans passer par la porte principale. Il se reprit tout de suite et lui posa la question en espagnol, mais pour toute réponse n'obtint qu'un regard effrayé implorant sa pitié. Ce n'était pas le moment d'en avoir. Le Bulgare chercha des objets dont il pouvait se servir comme projectiles. Deux nouveaux coups de revolver des deux calibres, l'aboiement du .38 du Noir et le coup de foudre sec du .45 de Longoria, le firent se dépêcher. Il trébucha contre un bureau. Il portait sous le bras une bouteille de tequila au nom prédestiné : « Brasier Ardent », pouvait-on lire sur l'étiquette.

— Dès que l'incendie démarre, tu recules vers l'escalier, dit-il à Longoria en espérant que les fabricants de tequila n'auraient pas menti sur le degré d'alcool indiqué. Il ouvrit la bouteille et mouilla son mouchoir pour fabriquer le premier tequila Molotov de l'histoire.

Un, deux... la première flamme jaillit à côté du Noir qui tirait au .38. Stoyan sauta par-dessus les flammes et se trouva devant la porte de l'escalier de service. Longoria, haletant, le rejoignit tout de suite.

— Il s'en passe décidément de drôles dans la vie, dit l'Espagnol. J'ai l'impression que la réalité se bulgarise de plus en plus.

Stoyan ne se donna pas la peine de répondre et commença à descendre l'escalier quatre à quatre. Il avait la sensation que son cœur avait disparu. La seule chose qui le consolait c'était de penser que celui de son ami devait être également en train de flotter dans les limbes.

126. Histoires de journalistes

(Julio)

Une branche du périphérique traverse le bois de Chapultepec à proximité de Los Pinos, la résidence présidentielle. Le bois dans ce coin est tout humide de pluie et les camions militaires sont nombreux. Les gardes présidentiels sont cantonnés à proximité. Au-dessus de la voie rapide se succèdent les ponts piétonniers peints en jaune. Au milieu du pont situé deux cents mètres avant Los Pinos, Armando nous attendait. Appuyé sur la balustrade, il regardait passer les voitures et lançait de temps en temps un coup d'œil nostalgique en direction des arbres.

— Ce sont des mouettes ? Non, ce n'est pas possible, il n'y a pas de mer ici. Cela doit être des pigeons, dit-il en nous voyant. Il faisait allusion à des oiseaux blancs qui volaient entre les pins et les *ahuehuete*.

— L'oiseau de Mexico, Armando, c'est le vautour, dis-je, en phase avec mon humeur sombre.

— C'est difficile, n'est-ce pas ? demanda Armando avec un regard triste.

— Arrête, Armando, tu vas nous faire pleurer, dit Greg en allumant une cigarette qu'il protégeait de la pluie avec le dos de sa main. Je suis en train de tout perdre à cause de cette histoire : mon sens de l'humour, mon goût pour le mélodrame, mon amour pour les espions japonais dans les films... Si tu as quelque chose à nous dire, crache-le. Nous ne sommes pas là pour jouer aux devinettes.

Je fixai les arbres en essayant de dissimuler mon sourire. Quand il jouait les durs, Greg était une mauvaise imitation de John Garfield. Si Armando avait vu *Plus dure sera la chute*, nous étions perdus.

— Nous avons pensé qu'il valait mieux raconter l'histoire de Machado...

— Qui, « nous » ?

— Nous.

— C'est qui, « nous » ? demanda Greg à nouveau. Je lui étais reconnaissant de mener la barque, je n'étais pas d'humeur à essayer d'être intelligent. Je me réservai les coups sur la nuque si jamais Armando avait un moment d'inattention.

Armando eut un geste de la main. Un geste vague où le « nous » se dissolvait dans l'humidité et les voitures qui roulaient sur le périphérique.

— Nous avons pensé que l'histoire méritait d'être racontée. Ou qu'en tout cas, il fallait tirer sur le fil pour voir ce qui se passait.

— Quelle histoire ? demanda Greg.

— Au point où nous en sommes, vous en savez sans doute bien plus que moi. Machado, ses rapports avec Rolando M. Limas, son compte joint à Mexico avec un certain Valencia, tout ça, quoi...

— Et après ? Tout ça, c'est votre première version, non ? Et maintenant, vous en pensez quoi ?

— Je reconnais que j'ai essayé de vous pousser dans cette direction. Mais mes intentions ont changé.

— Arrête de tourner autour du pot, Armando, on se croirait sur une piste de patinage, lui dis-je.

— Machado ne veut pas le fric pour lui. Machado voulait le fric pour acheter des armes pour la guérilla du Salvador. Après l'arrêt des livraisons du Nicaragua dans le golfe de Fonseca, Machado n'était pas d'accord, il pensait qu'il fallait continuer de les soutenir et il a cherché des ressources ailleurs... Au début, nous pensions qu'il se bâtissait une fortune personnelle. Nous savons maintenant que l'argent n'était pas pour lui. Il voulait fournir des armes aux Salvadoriens et il a trouvé l'argent là où il y en a, dans le trafic de drogue. En échange de quelques faveurs, il a eu son fric...

— Et maintenant, qu'est-ce que tu attends de nous ?

— Un silence tactique, je suppose... Si j'étais vous...

— Mais tu n'es pas nous, Armando. J'aimerais bien en savoir un peu plus, lui dis-je (cette fois, c'était mon tour). Tu dis que Machado a fait du trafic de drogue. Tu dis que Machado a des liens avec la CIA parce qu'ils ont découvert l'histoire et qu'ils le font chanter...

— Je n'ai jamais dit ça. Jamais parlé de la CIA. Et si je l'ai fait, je me trompais. Soyons encore plus clairs : je n'ai jamais rien dit, dit Armando, l'homme qui ne disait rien. Il tira un cigare de sa poche et l'alluma. C'est une histoire finie qui ne mène nulle part. Qu'est-ce que vous allez en faire ?

— Gagner le Pulitzer, dit Greg très sérieusement.

— On va l'écrire et on va la garder et t'en envoyer chaque année des photocopies. Si tu nous donnes ton adresse... lui dis-je.

Armando nous regarda avec tristesse, me tendit un journal plié, fit demi-tour et se dirigea vers l'autre extrémité du pont.

Greg ne regarda pas Armando disparaître entre les arbres. Il me regardait, moi. J'observai les gouttes qui dégoulinaient des feuilles. A mes pieds, une petite mare s'était formée. La pluie mouillait le journal que je tenais à la main. Je l'ouvris et je lus le titre : « Scandale à Cuba ! Des militaires impliqués dans un trafic de drogue ».

127. Les Invisibles retrouvent l'amour de leur vie

— Qu'est-ce que tu veux que je te joue, ma belle ? demanda le nain. J'ai un grand répertoire aux maracas, je peux tout jouer, de la cumbia à *Rhapsodie in Blue* de Gershwin.

Eve ne faisait guère attention à lui et continuait à regarder la télévision. Benigno ronflait sur le lit d'à côté. Le nain insista :

— Je te jure que je le ferais par plaisir, pas par devoir... Ce serait amusant. Mais on pourrait aussi faire des choses plus sexuelles. Par exemple j'accroche les maracas à tes nichons et on danse l'un sur l'autre.

Cela faisait deux jours qu'ils étaient dans la chambre. La chaleur de l'été new-yorkais était étouffante dans ce motel sans air conditionné. Benigno et le nain avaient choisi de se mettre à l'aise et se déplaçaient en slip dans la chambre. Eve, après avoir un peu hésité, avait suivi leur exemple et relevait le défi, vêtue d'un mini-soutien-gorge couleur ivoire qui commençait à montrer des traces de saleté et d'une culotte lilas. La nuit, ils dormaient sur les lits jumeaux et elle couchait sur la moquette entre les deux lits, menottée au mollet du nain.

Les sujets de conversation s'étaient épuisés dès les premières heures et ne faisaient depuis lors que se répéter, de plus en plus rarement et avec de moins en moins de variantes : « Pourquoi me retenez-vous ici ? Vous ne connaissez pas Alex, il s'en fout complètement... »

Benigno commençait à en avoir assez et fixait le téléphone avec une inquiétude croissante, espérant l'appel magique du chef qui mettrait fin à l'enfermement. Il proposait de plus en plus souvent de faire les courses et restait au supermarché plus longtemps que nécessaire.

Le nain n'était pas pressé. La fille lui plaisait. Les vingt-deux chaînes câblées de New York lui plaisaient, et même la ville qu'on devinait au-dehors et dont les bruits et les odeurs ne traversaient pas le double vitrage, lui plaisait.

— Deux Pepsi frais pour la table cinq, Benigno ! hurla le nain. Réveillé, le garde du corps taciturne lui lança un regard de haine.

— Je peux me doucher ? Pourquoi est-ce que je ne peux pas me doucher ? interrogea Eve.

— Parce qu'il y a une fenêtre dans la salle de bains, ma chérie. Mais si tu me laisses m'asseoir sur le siège pendant que tu te douches, ni moi ni mon ami Benigno n'y verrons d'inconvénient...

Toujours sur son lit, Benigno leur tourna le dos.

Eve secoua ses cheveux courts et accepta d'un geste :

— On y va, petit. Tout plutôt qu'un jour de plus à macérer dans cette sueur.

Le nain battit des mains.

Eve se déshabilla en chemin, sans attendre d'entrer dans la douche. Marcelino se mit à suer face à ce spectacle inespéré.

Le bruit de l'eau qui coulait empêcha le nain d'entendre les Invisibles pénétrer dans la chambre. Ou d'écouter les borborygmes de Benigno à qui on mettait un couteau sous la gorge. Quand le nain sentit une main sur son épaule, il tenta de l'enlever parce qu'elle le gênait pour voir les images fugaces du corps d'Eve derrière le rideau de douche. Ce ne fut que lorsqu'un long couteau aiguisé succéda à la main amicale qu'il réalisa le bizarre de la situation.

Eve sortit de la douche et s'étonna de ne pas voir le nain. Lorsqu'elle entra dans la chambre, elle fut stupéfaite de trouver ses ravisseurs ficelés par terre tandis que cinq jeunes gens vêtus de blousons orange et porteurs d'énormes couteaux de cuisine la contemplaient avec des yeux extasiés.

Les mots lui restèrent dans la gorge. Elle leur adressa un sourire. Ils le lui rendirent timidement.

La malédiction était rompue, les Invisibles étaient redevenus visibles.

128. Le goût bulgare

(XIII)

Stoyan se demandait parfois comment María avait disparu. Il s'était même mis à écrire sur le fragile papier de sa mémoire plusieurs versions d'un fait qu'il n'avait pas vu et qu'il n'avait jamais pu reconstituer avec la moindre précision. Dans l'une d'elles...

María, une fillette de huit ans, aux tresses blondes, écoute le vol en piqué des Stukas ; la sirène hurle, annonçant l'imminence du bombardement. La petite fille est terrorisée et pleure.

Dans une autre version, Stoyan Vassiliev se trouve dans le maquis de Kostrovo et reçoit une lettre portant la trace des dizaines de mains en sueur des fidèles porteurs de courrier qui ont risqué leur vie pour que lui et d'autres comme lui sachent que quelqu'un les attend. Dans la lettre, sa femme (qui était sa femme à l'époque ?) lui annonce qu'elle a accouché d'une fille qui s'appelle María.

Stoyan a peur de songer à sa fille. C'est une sale époque pour tomber amoureux des fantômes.

Dans une autre version encore, Vassiliev arrive dans une petite maison, guère plus grande qu'une maison de berger, proche de la frontière grecque. Il est à la poursuite d'un groupe de contrebandiers grecs qui travaillent avec la bande à Donovan et qui passent de temps en temps des explosifs en Bulgarie. Il y a quelques heures, il en a tué un dans le dos avec un fusil à viseur télescopique. Il ne le regrette absolument pas. En général, il y a une chèvre qui mange et dort aux alentours de la cabane. Elle n'est pas là aujourd'hui. A l'intérieur de la cabane, il y a un lit de camp et une bassine avec de l'eau. Aujourd'hui, une petite fille se lave les mains dans la bassine. Elle joue avec l'eau, imitant avec sa main le mouvement d'un bateau qui disparaît entre les vagues. Stoyan lui demande comment elle s'appelle. Elle répond en grec qu'elle s'appelle María. Il décide de l'adopter. C'est sûrement une petite fille égarée. La petite fille perdue qu'il a attendue ces dernières années.

Longoria apparut au loin avec deux cartes postales à la main.

— Je suis con, j'en ai acheté deux. La force de l'habitude...

Mais ce n'est pas María, c'est Saturnino, son ami. Stoyan est assis sur un banc recouvert de mosaïques bleues, dans le jardin situé à l'arrière du pavillon de la maternité. Ce sont les territoires de Longoria. Il laisse le soleil réchauffer ses cheveux blancs, sa crinière de vieux lion.

— Qui étaient ces types, Saturnino ? Ce n'étaient pas les staliniens chargés de protéger les types que j'ai sur ma liste ? Non, on aurait dit des Américains, cela ne pouvait pas être eux. Ils voulaient mouiller Machado dans quelque chose.

— Mais ce n'était pas Machado. Machado est passé à la télé et sa main était indemne, dit Longoria.

— J'ai l'impression que tu les as bien eus, Saturnino, résuma le Bulgare. Il fait une chaleur très agréable ici. Il est très bien cet endroit. Comment tu as fait pour avoir tout un hôpital pour toi ?

— J'ai acheté ces deux cartes postales, elles te plaisent ? demanda l'Espagnol sans répondre à la question de son ami. Qu'est-ce que ça pouvait bien faire de savoir qui, cette fois, étaient « les autres » ? Les « autres » étaient toujours là, prêts à ruiner des pays, à inventer des frontières, à organiser des complots si compliqués qu'il n'y avait qu'eux pour les comprendre, à mettre de l'eau dans le vin et à déverser leur merde dans les journaux.

Malatesta trottait joyeusement derrière le vieil Espagnol. Stoyan le caressa et le chien, reconnaissant, lui lécha la main.

— Nous sommes deux petits vieux qui prennent le soleil dans le jardin d'un grand hôpital, dit le Bulgare.

— C'est notre meilleure couverture... répondit Longoria. Est-ce que tu t'es aperçu que je parle de plus en plus comme le personnage de ce film que nous avons vu un jour à Madrid... *La Pimpinela Escarlata* ?

— Et moi, je parle de plus en plus comme un imbécile. J'ai comme l'impression qu'avec l'âge, l'envie de parler qu'on a retenue toute sa vie revient. Quand je me taisais, j'étais plus intelligent, ou du moins j'en avais l'air, dit Stoyan.

— Mais tu as encore de sacrés réflexes, lui dit Longoria. Tu n'as pas hésité une seconde. Putain ! qui t'a appris à te servir d'une fourchette comme si c'était l'épée du Corsaire Noir ?

— La vie.

129. Perro Loco Ontiveros : *unhappy end*

L'Américain dit à Perro Loco Ontiveros, sans détour : « Combien tu prends pour la tête d'un type ? » Et Ontiveros lui répond : « Un petit ou un gros ? » Le silence de l'Américain est éloquentet le commandant Ontiveros, pour être à la hauteur, demande 5 millions de pesos. Pendant cinq minutes, il essaye de marchander à 3, pour conclure finalement le marché à 2,3 millions.

Une fois le marché conclu, l'Américain lui dit : « Rolando M. Limas. » Le commandant Ontiveros, qui ne s'est pas encore tout à fait remis du piège tendu par son chef dans l'histoire des Canarios, sent monter l'inquiétude. Ce n'est pas exactement une affaire peinarde. Limas est un gros morceau à la frontière. D'accord, à Mexico, les prix sont plus bas, mais c'est quand même un sacré morceau. Mais bon, marché conclu, c'est marché conclu. Après avoir informé ses chefs par téléphone que son très cher camarade El Mierdas a rendu l'âme et que dans l'accomplissement de son devoir, l'un des Canarios y a laissé sa peau, lui-même a prétexté un mal de reins. Il sort et se dirige vers le néant : il se met à errer dans la ville au crépuscule.

Qui se ressemble s'assemble : les putains avec les putains, les... C'est ainsi qu'Ontiveros suit la piste des amis que Limas et lui peuvent avoir en commun. Il fait courir le bruit qu'il a une grosse affaire à proposer à Limas, une affaire d'un demi-million de dollars. Si la rumeur parvint aux oreilles de Limas ou pas, Ontiveros ne le sut jamais. En tout cas, quelqu'un lui rend service et l'envoie dans l'arrière-boutique du Casablanca, où M. Limas est en train de faire de petites affaires avec les propriétaires d'une usine de matière plastique qui, l'ayant dans le cul et voyant que l'honorable industrie nationale l'a également dans le cul, essayent d'aller voir ailleurs s'ils n'ont pas une chance de mettre au lieu de se faire mettre.

Ontiveros l'aperçoit de loin. Il se doute que c'est lui mais on ne peut pas dire qu'il le reconnaisse vraiment. Pour vérifier, histoire de voir si l'autre se sent concerné, il crie :

— Salut, Limas !

Mais Rolando M. Limas sent que ce salut est plein de mauvaises intentions. Il sort son gros revolver de sous un chapeau texan qu'il a posé tout près sur la table d'à côté. Il tire en même temps que le commandant Ontiveros qui décharge pour sa part la moitié de son chargeur.

Les propriétaires de l'usine s'envolent. Rolando M. Limas meurt sans rien dire. Triste pour quelqu'un qui a beaucoup chanté la mort quand il était en vie. Ontiveros s'écroule sur le sol avec un poumon perforé. Il meurt fou de rage de s'être fait piéger comme un bleu.

Mais ce qui t'ennuie le plus, Perro Loco, ce qui t'aurait beaucoup ennuyé si tu avais eu le temps d'y penser, c'est qu'il va y avoir un trou du cul pour te décerner une décoration posthume et qu'il la remettra à cette pauvre conne qui est ta sœur, parce que tu es mort dans l'accomplissement de ton devoir.

130. Histoires de journalistes

(Greg)

Pour écrire une bonne histoire à quatre mains, trois étapes sont nécessaires : *primo*, classer l'information ; *deuxio*, trouver la structure initiale, mettre en place les points d'appui, choisir le fil conducteur, sélectionner les citations et replacer les éléments dans leur contexte ; *tertio*, rédiger chacun à son tour et corriger le travail de l'autre. Pour écrire une mauvaise histoire à quatre mains, le processus est le même. Le gros était en chemisette, signalant ainsi qu'il prenait les choses au sérieux. Je relisais pour la troisième fois la feuille de notes que je venais de sortir de la machine à écrire. J'ôtai mes lunettes pour tenter d'y voir plus clair. C'était inutile, on aurait dit un morceau de gruyère.

Julio alla mettre tout doucement un disque de country sur la chaîne. C'était une attention délicate : il n'aimait pas la country. Moi non plus, mais il était persuadé du contraire, sans que je sache pourquoi. Nous n'avions jamais abordé la question.

— Il manque quelque chose ? interrogea-t-il.

— Oui, une cohérence. Nous avons pris la décision de sortir l'histoire et nous allons brûler Machado à petit feu. Si nous avons décidé que l'info prime sur tout — d'abord les faits et ensuite l'amitié et les opinions —, la moindre des choses est d'avoir une histoire qui tienne debout.

— Au fond, je n'ai aucune envie de la sortir. Je suppose que cela explique en partie pourquoi je n'arrive pas à mettre les éléments bout à bout.

— T'en fais pas, gros. Si les pièces ne s'emboîtent pas, c'est parce qu'il en manque. (Il imita la voix d'un speaker de la radio.) Ici Mexico, au micro Greg Simon le pragmatique qui ne se laisse pas vaincre par ses émotions.

— Lis-moi ces conneries et ne déconne pas.

— Trouve-moi un sandwich au jambon et je te lis tout ce que tu voudras.

Julio, attentionné, se dirigea vers le frigo.

— Du jambon cru, des rondelles de tomate, de l'avocat, du fromage de Chihuahua, trois gouttes d'huile et un peu de sel.

Je hochai la tête. Il ne pouvait pas me voir, il me tournait le dos. Mais cela n'avait aucune importance. Nous avions une vieille expérience des sandwichs en commun. Au fait, avions-nous vraiment une histoire à raconter ? Sans doute : une accumulation de coïncidences finit par faire une certitude. Là, il y avait trop de rencontres fortuites. Je ne croyais pas aux coïncidences.

— Un sandiniste au parcours limpide avant, pendant et après la Révolution, entretient des relations avec l'un des tsars mexicains de la drogue, le fameux Rolando M. Limas. Il y a des photos qui le prouvent, nous les avons vues... Il y a des rumeurs selon lesquelles la CIA dispose d'une taupe au sein de la direction sandiniste, quelqu'un qu'ils ont surpris la main dans le sac et qu'ils font chanter depuis... On nous raconte que Machado est entré en contact avec les trafiquants mexicains pour faire des affaires et acheter des armes destinées à la guérilla au Salvador, après l'arrêt des livraisons sandinistes... Machado a ouvert à Mexico un compte joint en compagnie d'un certain Valencia... Un pistolero mexicain est tué devant la porte de sa chambre d'hôtel... Voilà pour les faits. A présent, les questions. Les tiennes d'abord, les miennes après : quel genre d'affaires

Machado menait-il avec les trafiquants ? Qu'est-ce qu'il avait à leur fournir ? Une base au Nicaragua ? Pourquoi la CIA ménageait-elle Machado après avoir découvert son manège ? Le scandale ne valait-il pas mieux pour eux ? Pour qui travaille Armando qui voulait au départ nous lancer bille en tête contre Carlos et qui nous demande maintenant de nous taire ? Le compte en banque est-il pour les sandinistes ? Qui diable était le pistolero tué à l'hôtel ? Que...

Le gros se dirigeait vers moi, son sandwich à la main et le mien sur une assiette lorsque la sonnerie du téléphone interrompit, au beau milieu, ma liste de questions. Il écouta attentivement.

— Merci ma chérie, dit-il en raccrochant. (Il se tourna vers moi.) C'était Elena. Elle vient d'entendre à la radio que Rolando M. Limas est mort lors d'un échange de coups de feu dans un cabaret. Une dispute avec un officier de police. Les deux sont morts, il y a quelques heures...

— Merde ! Et ça, qu'est-ce que cela veut dire ?

Je lui pris l'assiette avec mon sandwich. Il pleuvait. Je me penchai à la fenêtre pour voir le déluge. Il pleut tout le temps à Mexico et quand il ne pleut pas, il semble toujours qu'il est sur le point de pleuvoir.

— Quelqu'un est en train de couper les fils qui restaient. Mais qui ? Machado en personne ? Les Nicas ? Tes compatriotes ? demanda le gros.

On sonna à la porte. Les lunettes à la main, j'allai ouvrir. Carlos Machado, vêtu d'un costume gris qui lui allait mal, sans cravate et tout dégoulinant d'eau, me souriait.

— A l'ambassade, ils m'ont dit que vous me cherchiez. Tu aurais une serviette, gros ?

Julio lui tendit son sandwich à moitié mordu et, sans se départir de son regard à la Humphrey Bogart, se dirigea vers le couloir. Machado mordit dans le sandwich. J'hésitai un moment, tentai de dissimuler ma gêne en cherchant le briquet pour allumer une cigarette qui n'avait aucun goût. Puis je lui tendis la feuille que j'étais en train de lire.

— Lisez ça, commandant. Vous parlerez après.

— Merci, Greg.

Machado s'assit par terre sur un coussin que le gros avait rapporté du Laos, mâchonnant le sandwich destiné à un autre. Julio revint avec la serviette.

— Tu lui as passé mes notes ? J'allais te le suggérer.

Je hochai la tête. Nous guettions les réactions du commandant sandiniste.

— Ce type, ce n'est pas moi qui l'ai tué. J'étais avec la journaliste australienne, à son hôtel. Mais je pense que si tout ça est un montage, elle prétendra que non... Et vous, vous me croirez ?

Le gros ne répondit pas, je marmonnai une réponse inintelligible.

— Putain ! Ces histoires de CIA, ça me fait rire. Et le compte en banque... Je ne l'ai jamais vu de ma vie mais si vous me passez le numéro, on va aller le vider, pour apprendre à ces salauds à ouvrir des comptes à mon nom.

Il leva les yeux et nous regarda.

— Je ne sais rien. Je ne connais pas Limas, je ne l'ai jamais vu. Vous avez la photo où l'on prétend que je suis avec lui ?

Le gros alla chercher la photo et la lui tendit.

— Putain ! c'est bien moi, dit Machado. Mais je ne m'en souviens pas. Où c'est ? Le 6 avril... J'étais au Mexique mais je ne me rappelle pas ce monsieur.

— C'est à Puebla.

— Putain, mais c'est moi ! Mais je n'étais pas à Puebla ce jour-là.

— Et l'histoire des armes pour le Salvador...

— Déconnez pas. Si on pouvait les leur filer, on leur filerait. Mais vous savez comment sont les choses... Il eut un geste comme pour expliquer l'absurde complexité de la situation internationale.

— Les poils du pubis de l'Australienne, ils étaient de quelle couleur ? interrogea le gros.

— Bruns, dit Machadito en s'excusant. Putain, merde... Ça c'est du montage !

Il rendit la photo au gros et réattaqua le sandwich.

— Et nous, qu'est-ce qu'on fait ? me demanda le gros. Tu crois qu'on peut croire ce type ?

— Qu'est-ce que tu veux que j'en sache, lui répondis-je en regardant le commandant mythique se sécher la tête avec la serviette sans lâcher son sandwich au jambon.

— Putain, il est bon ! dit Carlos Machado en nous souriant et en nous montrant les restes du sandwich.

— Tu en veux un autre ? lui demanda le gros.

Voilà, c'était un roman que nous n'écririons jamais, le gros et moi, même s'il y avait matière à. Un merveilleux roman à quatre mains pas rédigé, au dénouement incertain, avec au centre la question de l'information, de l'éthique journalistique, de ce que l'on sait et ce que l'on ne sait pas, avec une ville aux allures de catastrophe où il n'arrête pas de pleuvoir, et un commandant sandiniste en train de manger son deuxième sandwich au jambon cru avec un tel air de bonheur qu'il ne pouvait pas être un agent de la CIA.

131. Alex commanda une double vodka avec un...

... zeste de citron dès qu'il se fut assis dans le large fauteuil de l'avion. Le seul intérêt des voyages en première classe, c'était qu'il n'y avait aucun temps mort entre la montée dans l'avion et le premier verre.

Une partie de Blanche-Neige avait fait naufrage. La partie la plus importante. C'était comme un rêve paranoïaque de Walt Disney qui s'évanouissait. Il était peut-être possible de sauver des fragments du naufrage. Il allait devoir fournir beaucoup d'explications. Il allait devoir revoir toutes ses théories sur le hasard. Il allait devoir travailler comme esclave de la section Libye durant six mois.

Alex commanda sa deuxième double vodka et regarda par le hublot le tapis de lumières magiques s'étendant sur des centaines de kilomètres carrés. Des lignes jaunes et vertes, des figures imbriquées qui semblaient géométriques au début et devenaient abstraites, avec le rouge brillant des avenues illuminées au magnésium et au tungstène, le blanc mercuriel, l'éclat provoqué par sept millions de téléviseurs allumés, un demi-million d'automobiles en train de circuler avec leurs phares trouant l'ombre, trois cent mille lampadaires, ampoules, frigos ouverts, lumières sur la table de nuit, et même quelques milliers de bougies. Quelle ville, quel cadre ! On aurait dit un tableau de Jérôme Bosch passé à la chaise électrique. Il se jura de ne jamais plus se fourrer dans des opérations au Mexique. Ce pays était tellement imprévisible que cela en était gênant.

Mais il savait qu'il ne respecterait pas son serment. Les serments à propos du Mexique ont été inventés pour être violés. On jure pour mieux oublier après, comme ces passions juvéniles que leurs transgressions rendent encore plus excitantes.

Il commanda sa troisième vodka et commença à imaginer une nouvelle opération. Il l'appellerait « Couverture chauffante ». Un petit hommage à Mexico la corrompue.

132. La légende d'un trafiquant

(IV)

Depuis que tu n'es plus là, Rolando, ce n'est plus du tout la même chose. Il y a même un connard qui se promène partout en appelant le Río Bravo Río Grande et personne ne dit rien. Nous sommes tous muets. A Nogales, des salopards ont éventré un imbécile à coups de couteau et lui ont arraché les tripes, mais aucun n'a osé manger son foie, alors que toi, on raconte que tu l'as fait une fois. Désormais, tes insomnies n'empêchent plus la police d'Hermosillo de dormir. Et maintenant, même les bonnes femmes des maires de la frontière cultivent de l'herbe dans leurs pots de fleurs.

On dit que tu étais invisible au point que tu avais quasiment disparu, et que c'est pour ça que tu es parti à Mexico te faire interner dans un hôpital pour lépreux. Là où on guérit ceux qui perdent des morceaux de leur corps. Mais tu t'es trompé de ville, mon pote. Dans cette ville, on meurt rien que de respirer la merde. Dans cette ville, il n'y a que les trous du cul qui meurent. Ceux qui valaient quelque chose sont venus ici, dans le Nord. Ils ont adopté le Nord, et toi, imbécile, tu as fait le chemin inverse, tu es revenu à l'endroit d'où l'on part. C'est pour ça que tu n'es plus qu'à moitié, c'est pour ça que tu es en train de disparaître, que tu n'es plus un homme en entier. Parce que tu es parti respirer l'air qui tue. Et tu erres comme ça dans les rues, avec un imperméable bleu, mais quand tu l'enlèves, on voit tout de suite qu'il te manque toute la moitié du corps. Tu es un homme à moitié.

Il y a en a d'autres qui disent que pas du tout. Que tu es parti mourir là-bas pour leur montrer comment on doit mourir. Pour ceux qui avaient oublié. Un duel au soleil, avec deux .45, au milieu de la rue. La plus large que tu aies trouvée, une putain de voie rapide de trente mètres de large. On dit que ça a été un duel d'enfer, en plein coucher de soleil ; qu'il y avait de la musique, des *marimbas* et des coups de klaxon enregistrés, et trois cents juke-boxes où chantait Camelia la Texana quand les derniers échos des coups de revolver se sont éteints. Les juke-boxes étaient en rythme avec la fumée qui sortait des canons des .45. Mais ni toi ni l'autre imbécile n'étaient là pour voir cela et pour souffler sur les canons.

On dit ça, mais on ne peut plus croire personne, parce que dernièrement par ici même les mensonges mentent. Même les rumeurs ont perdu la putain de bonne saveur qu'elles avaient avant. On dit que tu n'es même pas arrivé à temps pour tes funérailles. De la bouffe pour chien. La pluie de Mexico t'a dissous...

C'est pour ça, sachant que cette pluie ne mouille pas mais qu'elle tue, que nous ne t'avons plus attendu. Nous t'avons attendu tout en ne t'attendant plus. Tu es parti, sale con. Et ici, on oublie ceux qui partent. Mais on dit que tu reviens en avion privé à Tijuana les week-ends, rien que pour te souvenir, te souvenir de ce qu'on ressent quand on installe pour vous de la moquette rouge toute neuve et qu'on vous allume les Camel avec des billets de 20 dollars. Tu verras, si jamais tu reviens...

Et si tu ne reviens pas...

Nous, les derniers imbéciles, les plus trous du cul, les plus vicelards, nous resterons là pour garder la frontière comme s'il s'agissait de notre propre fille ou de notre sainte mère. Nous serons là pour surveiller que personne ne vienne embarquer la ligne et nous enlève le pain de la bouche.

Nous, les plus salopards des salopards, les plus fils de putes des fils de putes, les derniers des trous du cul, nous embrassons ton ombre, Rolando M. Limas.

(Marcelino le nain, Tijuana, décembre 2000)

133. Marguerites

Max ouvrit la porte de chez lui à East Hollywood et le facteur, sans le regarder, lui tendit une carte postale.

Le vieux photographe alla jusqu'à la chambre où la télévision était allumée. Il contempla l'image de la carte postale puis l'autre côté, sans se laisser distraire par l'émission qu'il regardait.

Des palmiers, des plages, les Tropiques. Mais la carte postale avait été postée de Mexico. Où pouvait-il y avoir à Mexico des palmiers, du sable et un soleil tropical ? Il souriait en pensant au coup que ses amis voulaient lui jouer. Stoyan avait la main moins ferme que d'habitude, les pétales de sa marguerite tremblaient. Celle de Saturnino était toujours une marguerite dessinée par quelqu'un qui n'avait jamais cultivé de fleurs. « Nous vivons des jours étranges. Nous pensons à toi », avaient-ils écrit entre les marguerites. Max la posa à côté de lui, sur le bras du fauteuil.

Il but lentement une gorgée de whisky avec du ginger ale. Il resta les yeux fixés sur l'écran, mais ne regardait plus les images. Il s'endormit en rêvant à des palmiers, au soleil tropical, aux mouettes volant doucement au-dessus d'une mer étrangement bleue. Des mouettes au-dessus d'un grand pré de marguerites.

134. Rapport confidentiel

... ce jury suggère l'acceptation en l'état du sujet de thèse intitulé « Les voies de la désinformation » présenté par la candidate Elena Jordán en vue de l'obtention du titre de licenciée en anthropologie sociale, compte tenu des problèmes signalés ci-dessus dans ce rapport (*cf.* en particulier les paragraphes *b* — dix-sept sujets déjà rejetés — et *r*, qui se réfèrent à la plainte en justice déposée par la candidate contre les autorités de l'école...).

Cordialement,

Docteur Mario Limón, Copilco, juin 1989

135. A Cuernavaca, quinze jours plus tard

Le soleil cognait les murs blancs du premier patio où une petite fontaine de pierre lançait en l'air un fin jet d'eau. Une domestique en tablier blanc conduisit les deux journalistes à l'arrière de la maison. Le gros Mexicain arborait une barbe fournie ; le petit Américain portait un énorme appareil-photo muni d'un téléobjectif.

Greg Simon et Julio Fernández échangèrent des regards complices. Aucun garde n'était en vue. Il n'y avait même pas de dispositif de surveillance électronique. En traversant un immense salon, on ressortait derrière la maison par un large porche qui donnait sur la piscine. La maison sentait l'installation récente. Il y avait quelques tableaux par terre, des meubles encore recouverts de draps, un grand coffre fermé au milieu du salon. De la cuisine arrivait une odeur de bouillon de poulet en train de cuire. Elena était assise sous le porche. Sur son bikini, elle portait une chemise que le gros reconnut comme l'une des siennes. Le magnétophone tournait mais ils ne voyaient pas l'Américain. Les journalistes essayaient de s'adapter aux changements de lumière, du plein soleil sur les murs blancs à la semi-pénombre régnant sous le porche.

— Gros, tu as fini par te décider ! Et tu as amené Greg ! dit Elena en se mettant debout et en nous entraînant vers la table. Dans l'ombre, un Américain d'âge indéfinissable — dans les cinquante ou soixante ans —, de longs cheveux blancs, le visage osseux avec la mâchoire saillante et les pommettes hautes, une barbe de trois jours et de puissants yeux bleus au regard un peu perdu, observait les deux nouveaux venus.

Après les salutations, le vieux gringo, que Elena présenta comme mister Brandon Smith et qui avait une solide poignée de main, continua d'observer les deux journalistes. Greg soutint son regard.

— Vous savez que vous êtes très connus dans certains milieux... A l'Agence, par exemple, on vous lit toujours avec le plus grand intérêt.

— De notre côté, nous ne pouvons malheureusement pas lire tout ce que l'Agence écrit sur nous, dit le gros.

Greg prit son appareil, le vieux gringo fit un geste mais Greg, se rappelant les sages leçons de Kath, appuya quand même sur le déclencheur.

— Je suppose que personne n'est capable de lire tout ce que l'Agence écrit. C'est une grosse machine à produire des papiers et à remplir des disques d'ordinateur, dit-il, comme si le petit incident de la photo était déjà oublié.

Tandis que l'agent de la CIA échangeait des phrases sans intérêt avec le gros, Greg le regarda attentivement. Il voyait en lui la même chose qu'Elena. Le bonhomme exerçait le même genre de fascination que les personnages morbides et autodétruits de Conrad, il avait le même air de décadence que Peter O'Toole dans ce film où il interprète un réalisateur de cinéma. C'était un type au teint maladif, la mine d'un charmeur de serpents.

— Si je comprends bien, Elena vous interroge sur des histoires que l'Agence n'a pas encore rendues publiques, des histoires de désinformation, mister Smith, s'aventura Greg.

Le vieux gringo hocha la tête.

— Vous êtes à la retraite depuis combien de temps ? demanda Julio.

— Deux ans. A la mort de Colby, j'ai prudemment attendu quelques mois et...

A une vingtaine de mètres dans le jardin, à un angle de la piscine, un nain était en train de jouer des maracas à une gringa à la poitrine opulente qui louchait. Elle avait un bikini trois tailles trop petit. Julio crut deviner le rythme de *Mamá Inés*.

— Bon, nous allons y aller, dit le gros qui n'avait pas envie de perdre sa journée. Elena se perdit en remerciements et, après avoir pris rendez-vous pour le lendemain, elle remit dans son énorme sac de plage les cahiers, les livres et le magnétophone. La même domestique au visage fermé les reconduisit.

— C'étaient Fernández et Simon ? demanda la bigleuse lorsqu'ils furent partis.

— Eh oui, Eve, répondit Alex en se massant les cheveux. Ils n'ont pas l'air bien redoutables, n'est-ce pas ? Ce qui est drôle, c'est qu'ils ont un point commun avec moi, ils ne croient pas aux coïncidences... Des gens comme ça, on peut les faire danser au son de son orchestre.

Devant le portail, Julio eut une hésitation.

— Où est-ce que nous allons trouver un taxi ?

— Allons manger des grillades de porc, proposa Greg.

— Il faut que vous écoutiez ce qu'il vient de me raconter. Une histoire de fous sur le Nicaragua. Tellement incroyable qu'elle vous aurait fait sourire. Il est en train d'écrire toute la thèse à ma place, dit Elena en agitant le magnétophone.

— Tu aimes ce type ? demanda Julio Fernández à Greg Simon.

— Pas du tout, mais il ne s'agit pas de cela, n'est-ce pas ? Comment veux-tu qu'un retraité de la désinformation me soit sympathique ?

Une vieille Cadillac blanche étincelante apparut dans l'allée bordée de lauriers et s'arrêta à côté d'eux.

— Je vous emmène quelque part ? demanda Armando. Il portait un magnifique costume blanc avec un gilet brodé de fleurs.

136. Version de *Adieu à Mompracem* de Emilio Salgari conçue dans la prison de Pleven par Stoyan Vassiliev

Ils se trouvaient dans une étrange cellule souterraine, une sorte de puits creusé dans le rocher. Du bord, située à une dizaine de mètres au-dessus, pendait une végétation tropicale. Yáñez secoua plusieurs fois la tête et se mit debout. On leur avait laissé les cigarettes et le pistolet. Qu'était-il arrivé au *Vengeur* ?

— Il fallait bien que cela arrive un jour. Donne-moi une cigarette, je n'ai pas voulu te le demander plus tôt pour ne pas te réveiller, dit Sandokan.

— Où sommes-nous ?

— Je ne sais pas. Mais de temps en temps, il y a un homme habillé en mendiant qui se pointe là-haut et fait descendre un panier avec de la nourriture.

Comme si la phrase de Sandokan avait été une formule magique, on vit briller des torches au-dessus du rebord du puits.

— Vous voilà enfin réveillés. Vous avez dormi longtemps, trop peut-être, dit la voix caractéristique de leur ennemi, Stal Inchu. Je voulais venir vous dire adieu...

Les torches éclairèrent un instant le visage du vieux Chinois qui leur souriait. Puis un bruit d'engrenages et de chaînes commença à se faire entendre.

Sandokan tira au moment où le toit se refermait mécaniquement, mais leur vieil ennemi s'était retiré à temps. La balle dut pourtant atteindre l'un des porteurs de torches car, avant que la dernière fente de lumière ne disparaisse, on entendit un cri étouffé.

— Un misérable de moins, dit le Tigre.

Yáñez alluma sa pipe calmement. Sandokan se mit à frapper avec son kriss contre les parois de la petite cellule où ils étaient enfermés, essayant de trouver une fissure, un creux dans les pierres impénétrables.

— Que va-t-il nous arriver ? demanda le Tigre.

— Je suppose qu'ils vont profiter de la pente du fleuve pour nous noyer. Tu n'as pas vu les squelettes blanchis de certains de nos prédécesseurs là-bas dans le coin ? Ils peuvent aussi jeter d'en haut un panier rempli de cobras ou d'une variété locale de serpents tueurs, dit Sandokan en souriant.

— Ou nous balancer deux orangs-outangs en rut... ou allumer des feuilles d'upas et en remplir le souterrain pour que les fumées toxiques nous mènent à la plus atroce des morts.

— Ils peuvent faire pire encore, dit Sandokan. Ils peuvent nous oublier ici pour toujours. Ils peuvent nous laisser pendant des dizaines d'années, jusqu'à ce que nos squelettes ne puissent même plus être identifiés. Si longtemps, que nos amis ne se souviendront plus de nous. Ils peuvent nous condamner à l'oubli.

— Non, ils ne feront pas cela, ils nous haïssent trop, répondit Yáñez en souriant.

Sandokan renonça à chercher une fissure inexistante à l'aide de son kriss à double tranchant et s'affala sur le sol.

— Tu peux me voir ? demanda Yáñez.

— Non, où est-ce que tu es ? Attends, si, maintenant j'aperçois la braise de ta pipe.

— Tu sais, dit le Portugais d'une voix plus rauque que d'habitude, je pense parfois qu'ils n'y arriveront jamais...

qu'ils ne réussiront pas à nous tuer, et que si par hasard ils y parviennent, personne ne les croira. Parce qu'alors, d'autres rêveront qu'ils sont nous.

— Ils ont tant de fois annoncé notre mort... Quelle importance s'ils l'annoncent une fois de plus, même si cette fois c'est la bonne ? répondit Sandokan.

Pendant un instant, dans la cellule souterraine, on n'entendit que le rire de Yáñez qui étouffait la rumeur de l'eau pénétrant par des tuyaux cachés, le sifflement des serpents au venin mortel, les grognements des orangs-outangs et le crépitement des feuilles d'upas empoisonnées qui brûlaient de leur feu diabolique.

— Je sais comment nous allons sortir de là, dit soudain le Portugais.

— Comment ? demanda le Tigre de Malaisie, une pointe d'espoir dans la voix.

— A force d'obstination. Tu vas voir, dit Yáñez. Ses dents brillèrent dans l'obscurité. Il souriait. Un sourire diabolique, amoureux, solidaire et fraternel...

Mexico, avril 1986-novembre 1989

Table

PREMIÈRE PARTIE : ARTS ET MÉTIERS

DEUXIÈME PARTIE : TRAMES ENTRELACÉES

TROISIÈME PARTIE : DÉVELOPPEMENTS

QUATRIÈME PARTIE : SITUATIONS INSTABLES

CINQUIÈME PARTIE : FINALES WAGNÉRIENS

Rivages/noir

Joan Aiken
Mort un dimanche de pluie (n° 11)

Robert Edmond Alter
Attractions : Meurtres (n° 72)

Claude Amoz
L'Ancien crime (n° 321)

Jean-Baptiste Baronian
Le Tueur fou (n° 202)

William Bayer
Labyrinthe de miroirs (n° 281)

Marc Behm
La Reine de la nuit (n° 135)
Trouille (n° 163)
À côté de la plaque (n° 188)
Et ne cherche pas à savoir (n° 235)
Crabe (n° 275)

Tonino Benacquista
Les Morsures de l'aube (n° 143)
La Machine à broyer les petites filles (n° 169)

Bruce Benderson
Toxico (n° 306)

Pieke Biermann
Potsdamer Platz (n° 131)
Violetta (n° 160)
Battements de cœur (n° 248)

Michael Blodgett
Captain Blood (n° 185)

Daniel Brajkovic
Chiens féroces (n° 307)

Wolfgang Brenner
Welcome Ossi ! (n° 308)

Paul Buck
Les Tueurs de la lune de miel (n° 175)

Yves Buin
Kapitza (n° 320)

Edward Bunker
Aucune bête aussi féroce (n° 127)
La Bête contre les murs (n° 174)
La Bête au ventre (n° 225)

James Lee Burke
Prisonniers du ciel (n° 132)
Black Cherry Blues (n° 159)
Une saison pour la peur (n° 238)
Le Bagnard (n° 272)
Une tache sur l'éternité (n° 293)
Dans la brume électrique avec les morts confédérés (n° 314)

W.R. Burnett
Romelle (n° 36)
King Cole (n° 56)
Fin de parcours (n° 60)

Jean-Jacques Busino
Un café, une cigarette (n° 172)
Dieu a tort (n° 236)
Le Bal des capons (n° 278)
La Dette du diable (n° 311)

Daniel Chavarría
Adiós muchachos (n° 269)
Un thé en Amazonie (n° 302)

George Chesbro
Une affaire de sorciers (n° 95)
L'Ombre d'un homme brisé (n° 147)
Bone (n° 164)
La Cité où les pierres murmurent (n° 184)
Les Cantiques de l'Archange (n° 251)
Les Bêtes du Walhalla (n° 252)
L'Odeur froide de la pierre sacrée (n° 291)

Andrew Coburn
Toutes peines confondues (n° 129)

Michael Collins
L'Égorgeur (n° 148)
Rosa la Rouge (n° 267)

Robin Cook
Cauchemar dans la rue (n° 64)
J'étais Dora Suarez (n° 116)
Vices privés, vertus publiques (n° 166)

La Rue obscène (n° 200)
Quand se lève le brouillard rouge (n° 231)
Le Mort à vif (n° 241)
Bombe surprise (n° 260)

Peter Corris
La Plage vide (n° 46)
Des morts dans l'âme (n° 57)
Chair blanche (n° 65)
Le Garçon merveilleux (n° 80)
Héroïne Annie (n° 102)
Escorte pour une mort douce (n° 111)
Le Fils perdu (n° 128)
Le Camp des vainqueurs (n° 176)

Hélène Couturier
Fils de femme (n° 233)

James Crumley
Putes (n° 92)

Mildred Davis
Dark Place (n° 10)

Jean-Paul Demure
Milac (n° 240)
Fin de chasse (n° 289)

Pascal Dessaint
La vie n'est pas une punition (n° 224)
Bouche d'ombre (n° 255)
À trop courber l'échine (n° 280)
Du bruit sous le silence (n° 312)

Thomas Disch/John Sladek
Black Alice (n° 154)

Wessel Ebersohn
La Nuit divisée (n° 153)
Coin perdu pour mourir (n° 193)
Le Cercle fermé (n° 249)

Stanley Ellin
La Corrida des pendus (n° 14)

James Ellroy
Lune sanglante (n° 27)
À cause de la nuit (n° 31)
La Colline aux suicidés (n° 40)

C'est arrivé à Boston ? (n° 205)
La Nuit du jugement dernier (n° 237)
Un cœur en or massif (n° 262)

Joseph Hansen
Par qui la mort arrive (n° 4)
Le petit chien riait (n° 44)
Un pied dans la tombe (n° 49)
Obédience (n° 70)
Le Noyé d'Arena Blanca (n° 76)
Pente douce (n° 79)
Le Garçon enterré ce matin (n° 104)
Un pays de vieux (n° 155)
Le Livre de Bohannon (n° 214)

John Harvey
Cœurs solitaires (n° 144)
Les Étrangers dans la maison (n° 201)
Scalpel (n° 228)
Off Minor (n° 261)
Les Années perdues (n° 299)

Vicki Hendricks
Miami Purity (n° 304)

George V. Higgins
Les Copains d'Eddie Coyle (n° 114)
Le Contrat Mandeville (n° 191)
Le Rat en flammes (n° 243)
Paris risqués (n° 287)

Tony Hillerman
Là où dansent les morts (n° 6)
Le Vent sombre (n° 16)
La Voie du fantôme (n° 35)
Femme-qui-écoute (n° 61)
Porteurs-de-peau (n° 96)
La Voie de l'Ennemi (n° 98)
Le Voleur de temps (n° 110)
La Mouche sur le mur (n° 113)
Dieu-qui-parle (n° 122)
Coyote attend (n° 134)
Le Grand Vol de la banque de Taos (n° 145)
Les Clowns sacrés (n° 244)
Moon (n° 292)

Chester Himes
Qu'on lui jette la première pierre (n° 88)

Dolores Hitchens
La Victime expiatoire (n° 89)

Geoffrey Homes
Pendez-moi haut et court (n° 93)
La Rue de la femme qui pleure (n° 94)

Dorothy B. Hughes
Et tournent les chevaux de bois (n° 189)
Chute libre (n° 211)

William Irish
Manhattan Love Song (n° 15)
Valse dans les ténèbres (n° 50)

Bill James
Retour après la nuit (n° 310)

William Kotzwinkle
Midnight Examiner (n° 118)
Le Jeu des Trente (n° 301)

Jonathan Latimer
Gardénia rouge (n° 3)
Noir comme un souvenir (n° 20)

Michel Lebrun
Autoroute (n° 165)
Le Géant (n° 245)

Christian Lehmann
Un monde sans crime (n° 316)

Elmore Leonard
Zig Zag Movie (n° 220)
Maximum Bob (n° 234)
Punch Créole (n° 294)

Bob Leuci
Captain Butterfly (n° 149)
Odessa Beach (n° 290)

Ted Lewis
Le Retour de Jack (n° 119)
Sévices (n° 152)
Jack Carter et la loi (n° 232)
Plender (n° 258)

Richard Lortz
Les Enfants de Dracula (n° 146)
Deuil après deuil (n° 182)
L'Amour mort ou vif (n° 206)

John D. Mac Donald
Réponse mortelle (n° 21)
Un temps pour mourir (n° 29)
Un cadavre dans ses rêves (n° 45)
Le Combat pour l'île (n° 51)
L'Héritage de la haine (n° 74)

John P. Marquand
Merci Mr Moto (n° 7)
Bien joué, Mr Moto (n° 8)
Mr Moto est désolé (n° 18)
Rira bien, Mr Moto (n° 87)

Richard Matheson
Échos (n° 217)

Helen McCloy
La Somnambule (n° 105)

William McIlvanney
Les Papiers de Tony Veitch (n° 23)
Laidlaw (n° 24)
Big Man (n° 90)
Étranges Loyautés (n° 139)

Marc Menonville
Jeux de paumes (n° 222)
Walkyrie vendredi (n° 250)
Dies Irae en rouge (n° 279)

Ronald Munson
Courrier de fan (n° 226)

Tobie Nathan
Saraka bô (n° 186)
Dieu-Dope (n° 271)

Jim Nisbet
Les damnés ne meurent jamais (n° 84)
Injection mortelle (n° 103)
Le Démon dans ma tête (n° 137)
Le Chien d'Ulysse (n° 161)
Sous le signe du rasoir (n° 273)

Kyotaro Nishimura
Petits crimes japonais (n° 218)

Jack O'Connell
B.P. 9 (n° 209)

Liam O'Flaherty
L'Assassin (n° 247)

Jean-Hugues Oppel
Brocéliande-sur-Marne (n° 183)
Ambernave (n° 204)
Six-Pack (n° 246)
Ténèbre (n° 285)

Abigail Padgett
L'Enfant du silence (n° 207)
Le Visage de paille (n° 265)

Hugues Pagan
Les Eaux mortes (n° 17)
La Mort dans une voiture solitaire (n° 133)
L'Étage des morts (n° 179)
Boulevard des allongés (n° 216)
Last Affair (n° 270)
L'Eau du bocal (n° 295)

Andrea G. Pinketts
Le Sens de la formule (n° 288)

Bill Pronzini
Hidden Valley (n° 48)

Bill Pronzini/Barry N. Malzberg
La nuit hurle (n° 78)

Michel Quint
Billard à l'étage (n° 162)
La Belle Ombre (n° 215)
Le Bélier noir (n° 263)

Diana Ramsay
Approche des ténèbres (n° 25)
Est-ce un meurtre ? (n° 38)

Louis Sanders
Février (n° 315)

Philippe Setbon
Fou-de-coudre (n° 187)
Desolata (n° 219)

Roger Simon
Le Clown blanc (n° 71)
Génération Armageddon (n° 199)
La Côte perdue (n° 305)

Pierre Siniac
Les mal lunés (n° 208)
Sous l'aile noire des rapaces (n° 223)
Démago Story (n° 242)
Le Tourbillon (n° 256)
Femmes blafardes (n° 274)
L'Orchestre d'acier (n° 303)

Les Standiford
Pandémonium (n° 136)
Johnny Deal (n° 259)

Richard Stark
La Demoiselle (n° 41)
La Dame (n° 170)

Richard Stratton
L'Idole des camés (n° 257)

Vidar Svensson
Retour à L.A. (n° 181)

Paco Ignacio Taibo II
Ombre de l'ombre (n° 124)
La Vie même (n° 142)
Cosa fácil (n° 173)
Quelques nuages (n° 198)
À quatre mains (n° 227)
Pas de fin heureuse (n° 268)
Même ville sous la pluie (n° 297)
La Bicyclette de Léonard (n° 298)

Ross Thomas
Les Faisans des îles (n° 125)
La Quatrième Durango (n° 171)
Crépuscule chez Mac (n° 276)
Traîtrise ! (n° 317)
Voodoo Ltd (n° 318)

Jim Thompson
Liberté sous condition (n° 1)
Un nid de crotales (n° 12)
Sang mêlé (n° 22)

Inspecteur Saito (n° 42)
Le Massacre du Maine (n° 43)
Un vautour dans la ville (n° 53)
Mort d'un colporteur (n° 59)
Le Chat du sergent (n° 69)
Cash-cash millions (n° 81)
Le Chasseur de papillons (n° 101)
Retour au Maine (n° 286)
Le Papou d'Amsterdam (n° 313)

Harry Whittington
Des feux qui détruisent (n° 13)
Le diable a des ailes (n° 28)

Charles Willeford
Une fille facile (n° 86)
Hérésie (n° 99)
Miami Blues (n° 115)
Une seconde chance pour les morts (n° 123)
Dérapages (n° 192)
Ainsi va la mort (n° 213)

Charles Williams
La Fille des collines (n° 2)
Go Home, Stranger (n° 73)
Et la mer profonde et bleue (n° 82)

Timothy Williams
Le Montreur d'ombres (n° 157)
Persona non grata (n° 203)

Daniel Woodrell
Sous la lumière cruelle (n° 117)
Battement d'aile (n° 121)
Les Ombres du passé (n° 194)
Faites-nous la bise (n° 296)

Rivages / Mystère

Charlotte Armstrong
Le Jour des Parques (n° 13)
L'Inconnu aux yeux noirs (n° 15)
Une dose de poison (n° 21)

Francis Beeding
La Maison du Dr Edwardes (n° 9)
La mort qui rôde (n° 12)
Un dîner d'anniversaire (n° 18)

Algernon Blackwood
John Silence (n° 8)

Fortuné du Boisgobey
Le Coup d'œil de M. Piédouche (n° 32)

Jypé Carraud
Tim-Tim Bois-Sec (n° 22)
Le Squelette cuit (n° 25)
Les Poulets du Cristobal (n° 31)

Collectif
La Griffe du chat (n° 28)

F. W. Crofts
Le Tonneau (n° 24)

Amanda Cross
En dernière analyse (n° 23)
Insidieusement vôtre (n° 26)
Justice poétique (n° 27)
Une mort si douce (n° 30)

Mildred Davis
Crime et chuchotements (n° 14)
Passé décomposé (n° 16)
Un homme est mort (n° 20)

Michael Dibdin
L'Ultime Défi de Sherlock Holmes (n° 17)

John Dickson Carr
En dépit du tonnerre (n° 5)

Jacques Futrelle
Treize enquêtes de la machine à penser (n° 29)

William Kotzwinkle
Fata Morgana (n° 2)

Alexis Lecaye
Einstein et Sherlock Holmes (n° 19)

John P. Marquand
À votre tour, Mister Moto (n° 4)

Kai Meyer
La Conjuration des visionnaires (n° 33)

Anthony Shaffer
Absolution (n° 10)

J. Storer-Clouston
La Mémorable et Tragique Aventure de Mr Irwin Molyneux (n° 11)

Rex Stout
Le Secret de la bande élastique (n° 1)
La Cassette rouge (n° 3)
Meurtre au vestiaire (n° 6)

Josephine Tey
Le plus beau des anges (n° 7)

Achevé d'imprimer sur rotative
par l'imprimerie Darantiere à Dijon-Quetigny
en mars 1999

4e édition

Dépôt légal : octobre 1995
N° d'impression : 99-0302